肖复兴散文新作选

擦肩而过

肖复兴

著

作家出版社

自 序

诗与文相比，按照布罗茨基所说："艺术就其天性，就其本质而言，是有等级划分的。在这个等级之中，诗歌是高于散文的。"但按照诗人阿赫玛托娃所说，散文则是高于诗的，她说："走进散文时似乎有一种亵渎感，或者对于我意味着少有的内心平衡。"她还说，散文对于她"永远是一种诱惑与秘密"。

似乎在我们的作家与诗人中，少有阿赫玛托娃这种对于散文创作的虔诚与敬畏之感。想想自己，惭愧得很，尽管常与散文为伍，有时却显得过于随意，少有散文写作时独有的那种诱惑与秘密的感觉。

但是，对于散文这种文体的热爱，却是从青年时代一直延续至今的。我一直坚持认为，散文写不好，是很难写好其他文体的。在我国作家中，萧红、孙犁、汪曾祺、张洁、贾平凹等几位，散文写得漂亮，小说才写得漂亮。

散文，是一切文体的基础，又是一切文体的塔尖。只是如今我们的作家以为长篇小说是塔尖，是文学的大道和正宗，散文只是散步的小径。

其实，散文是一种古老的文体，在我国的文学传统中，小说戏剧一直被认为是"小道"，而集部的诗和文，才向来是文学的主要表现形式，或者说是文学的"正宗"。

本着对散文这样基本又传统的认知，这些年来，我坚持这样的散文写作，希望自己能够写得好一些，有进步一些。这本《擦肩而过：肖复兴散文新作选》，收录的是 2017 年 3 月到 2020 年 4 月这三年间我所写的散文中的大部分。雪泥鸿爪，深深浅浅、歪歪扭扭的痕迹，都刻印在这里了。在这里，有我的所思所想，所读所感；有我的屐痕行踪，旧梦新景；也有我的情感回溯和生命的流逝。

我曾经说过，散文是一种光屁股的文体，没有什么文体比散文更能让人一眼洞穿作者，更能让作者审视自己而一箭穿心；同时，也更能让读者和作者在此相会交流，即使一时难以做到倾心，却可以做到暂时的清心。这便是散文这种文体与众不同并让人最可亲近之处。曾读过明人徐渭一联旧诗："肝胆易倾除酒畔，弟兄难会最天涯。"这种肝胆相倾与弟兄相会的感觉，即使一时难以抵达，却是我一直以为散文应该拥有的一种境界。作为作者，我这样写散文；作为读者，我这样读散文。

散文写作，还有另外一种境界。孙犁先生曾经由衷喜欢贾平凹早期的散文作品。38 年前，1982 年，在《尺泽集》里，他评点贾平凹的《静虚村记》和《入川小记》时，特别说了"细而不腻"和"低音淡色"这样两点特色，他说："这自然是一种高超的艺术境界。"

孙犁先生所提到的这种境界，特别是针对散文写作者而言。"细而不腻"和"低音淡色"，是散文写作抵达这种高超艺术境界的两翼。在这里，细，强调的是散文生命的调性和本色；低、淡和腻，说的是正反两面，强调的是散文的朴素和节制的性格。

如今，强调散文写作的细，还为人所道并重视，因为上个世纪二三十年代，郁达夫在论述散文创作时就曾经说过："原来小品文文字的所以可爱的地方，就在于它的清、细、真三点。"细是被强调的三点之一，百年以来，延续至今，并未遗忘。但是，低、淡和不腻，被强调得不多了。相反，高音喇叭、浓妆艳抹、肥腻流油的散文写作，日渐其多。毫无节制的童年、乡愁、亲情或走马观花旅游景点自拍式、广告词的书写，炫技派的高蹈悬空琐碎浮华的铺排，塞进历史文化的陈芝麻烂谷子而消化不良以显示气骨不凡高妙的所谓大文化散文，都与当年孙犁先生所强调的"细而不腻"和"低音淡色"渐行渐远。

这正是我所要格外警惕的。

感谢作家出版社和本书的责编赵超、郭晓斌先生，让这本小书得以出版，并且宽容地选入了我所画的一些画。画画，只是我业余所好，毫无基础，亦无章法，并不入流。不过，画画和散文，如果再加上旧体诗的学习和写作，却是退休之后三支合手的拐杖，助我在古道落照中走得能稍微远一些。

也要谢谢偶然机遇中翻看到这本小书的读者朋友们。在这里邂逅，是一种缘分，纸上栖鸦，字间开心，让我们彼此有片刻的握手言欢，甚至促膝交谈。希望你们能够喜欢，期待你们的批评。

2020 年 10 月 8 日寒露于北京

目录 Contents

平安报与故人知

　　家对门一楼的小院里，种着两株杏树，今年开花比往年早一个多星期，根本不管疫情肆虐全球，烂烂漫漫，满枝满桠，开得没心没肺。这家主人，每年春节前都会携妇将雏全家回老家过年，破五后回来。今年破五了，元宵节过了，春分都过了，清明也过了，他们还没能赶回家，不知是在那里受阻，还是被疫情隔离。屋子里始终是暗的，晚上没见到灯亮，月色中显得有些凄清。小院里，任凭杏花开了，落了，一地缤纷如雪，又被风吹走，吹得干干净净。小院一直寂寞着，等候主人的归来。

　　在这样非常时期，没有比平安归来更令人期待了。毕竟是家，平安归家，是世上所有人心底最重要的期盼。

　　闭门宅家，一天天地看着对门的杏花从盛开到凋零，到绿叶满枝，心里对这家人也充满平安的期待。其实，也是对所有人的期待。我的孩子在遥远的国外，很多朋友在外地，甚至有人就在最让人牵心揪肺的武汉和襄阳、宜昌等地，可谓疫情的前线。怎么能不充满期待与祈愿呢？

　　无事可做，翻书乱读，消磨时日，忽然发现我国古诗词中，写到平安的诗句非常多。这或许是因为心有所想才会句有所读吧。不过，确实俯拾皆是，足可见平安是从古至今人们心心相通的期待与祈愿。如果做大数据的统计，猜想"平安"会是在诗词中出现非常多的词语，可以和"山河""明月""风雨""鱼雁""香草""美人"等这些属于中国独有的意象词汇相匹敌。

"种竹今逾万个，风枝静，日报平安。"这是宋代一个叫葛立方的词人填的一阙并不知名的小令，但竹报平安却是我国尽人皆知的象征。这句词，写的是平常日子里的景象，其中一个"静"字，道出这样平和居家日子的闲适。如果是在平常的日子里读，我会随手就翻过去，不会仔细看，觉得写得太水，大白话，没什么味道。如今读来，却让我向往，更让我感叹。日日足不出户宅在家中，没有任何人往来，屋里屋外，同样也是一个"静"字，心里却是暴风骤雨。电视屏幕中世界各地出现的确诊人数惊心动魄地频频增加，会让这个"静"字倾翻，而让"平安"二字格外升高，让人多么期盼。

"身投河朔饮君酒，家在茂陵平安否。"这是唐代王维望乡之诗，远在他乡，喝着别人的酒，惦记着家人的平安，酒中该是何等的滋味。

"自别萧郎锦帐寒，凤楼日日望平安。"这是宋代陈允平怀远之诗，写闺中情思。"从今日望平安书，我欲灯前手亲拆。"这是放翁的诗，一样怀人念远，是对朋友的牵挂，对平安书信的渴望。他们都强调了对日日平安的渴望与期盼。如果仅仅是和平时期时光的阻隔，便只是日常的情谊缠绵，甚至是儿女情长；如果是灾难的阻隔，那平安的分量便会沉重无比。"尺书里，但平安二字，多少深长。"同样是平安书信，同样是宋代的词人，刘克庄的这句词，多少道出了这样的分量。

我所能读到的关于平安的古典诗词中，最让我感动并难忘的，是岑参的"马上相逢无纸笔，凭君传语报平安"。这是小时候就读过的诗句，那种在战争或离乱之中偶遇故人，无纸无笔，急迫匆忙之中让人传个话给家人报个平安的心情，什么时候读，都让人心动。比起同属于唐代诗人的张籍的诗句"巡边使客行应早，欲问平安无使来"，要好；比起元代顾德润的"归去难，修一缄回两字报平安"，要好不知多少。

张、顾、岑三位，同样都是归去难，一个只是守株待兔般空等使者的到来，好传递平安家书；一个是已经写好哪怕只有两字的平安书信；一个是偶然遇到归家的故人，托他传达平安的口信。一个让平安如同栖息枝头的鸟；一个则是让鸟迫不及待地放飞家中；一个是根本没有鸟，只是心意凭空传递，如同风看不见，却让风吹拂在你的脸庞和心间。平安，让相隔的关山万重显得多么沉重。岑参的好，是因为哪怕只得到平安的口信，也可以抚慰一些我们内心的牵挂与期盼。它会比接到真正的平安书信，更让我们感动，并充满想象。平安，在虚实之间，在距离之间，变得那样绵长，是属于我们心底的一种期盼和祈愿。

同在望乡或怀远之中渴望平安消息一样，关于得到平安消息和终于平安归家的诗词，也有很多。"平安消息好，看到岭头梅"，这是文天祥的诗句；"旧赏园林，喜无风雨，春鸟报平安"，这是周邦彦的词；"难忘使君后日，便一花一草报平安"，这是辛弃疾的词。无论是得到平安消息，还是平安归来，他们都是将平安与梅花、春鸟，乃至一花一草那些美好的意象联系在一起。在这个动荡的世界上，平安，真的是最美好的一种意象，一种无价的向往。因为平安是和无价的生命紧密联系在一起，任何富贵、权势等其他东西，都无法与之相比。

关于平安的近代诗词中，我最喜爱的是鲁迅先生和陈寅恪先生的两首绝句。

"我亦无诗送归棹，但从心底祝平安。"这是鲁迅先生1932年送给归国的日本友人的诗句。这一年，日本侵略者将战火烧到上海，战争烽火中，平安同那海上随海浪颠簸动荡的归棹一样，让人充满担忧，使得心中的祈愿是那样的一言难尽，意味深长。

"多少柔条摇落后，平安报与故人知。"这是陈寅恪先生1957年写给妻子的诗句。这一年，陈寅恪在广州中山大学教书，校园里，印度象鼻竹结实大如梨，妻子为竹作画，这是陈题画诗中的后一联。这一年，刚经历反右斗争，其平安一联是写给妻子也是告与朋友的。其中"柔条"和粗壮的象鼻竹毫不相称的对比，让我们看到劫后余生的平安，是多么的难能可贵，而让人们格外喟叹与珍重。陈寅恪为妻子写了两首题画诗，另一首尾联写道："留得春风应有意，莫教绿鬓负年时。"说的正是这珍重之意。可以说，珍重，是平安之后的延长线。平安，便有了失而复得之意，也有了得而再失的警醒。

人生沉浮，世事跌宕，无论在什么样的时代背景与生活境遇下，在什么样的生活动荡与变化中，哪怕我们早已经从农耕时代飞跃进电子时代，从古到今，平安都是世界共情共生的一种期待与祈愿，这种期待与祈愿万古不变。特别是在如今疫情全球蔓延之际，这种平安的期盼与祈愿，更是让人把心紧紧地攥在胸口。无论富贵贫贱，无论种族国家，无论是梵蒂冈的教皇，还是不列颠的女王，无论是奔波在前线的战士，还是居家的我们普通百姓，没有比平安的期盼和祈愿更重要的了。"但从心底祝平安"，是我们的期盼；"平安报与故人知"，是我们的祈愿。

让我一直隐隐悬着的心一下子放下来的是，前两天的晚上，家对门一楼的房间里亮起了灯，橘黄色的灯光，明亮地洒满他们家的阳台。主人终于平安地回家了。尽管错过了今年小院里杏花如雪盛开，但那两株杏树，已经绿荫如盖，也算是替他们守在家中，"便一花一草报平安"了。

2020 年 4 月 19 日谷雨于北京

诗人老傅

在我中学读书的校园里，曾经正经出现过几个专写旧体诗的诗人。那时候是"文革"后期，校园逍遥，插队在即，同学即将风流云散，天各一方。前途未卜，心绪动荡，大概是最适宜旧体诗书写的客观条件。爱好一点儿文学，自视几分清高，加上所谓革命理想的膨胀，又有铺天盖地的毛泽东诗词的影响，如此四点合一，大概是那时旧体诗书写的主观因素。由此诗情大发，激扬文字，还要学古人那样相互唱和，抒发高蹈的情怀："振衣千仞岗，濯足万里流。我有辞乡剑，玉锋堪裁云。"十分好笑，又那样天真，书生意气，贴着青春蹩脚的韵脚，留下稚气未脱的诗行。

在这几个叱咤校园的诗人中，老傅是其中一个。老傅是我高中时的同班同学。算起来，到如今，我们的友谊长达五十五年之久。那时，我去北大荒三江平原七星河畔，他去内蒙古阴山脚下察右中旗。他从内蒙古驰书一封，内含一首诗，其中一联是："风吹遥想三江雪，蚊咬更念七星人。"虽不大合格律，却至今难忘。

青春像只小鸟一去不飞还。王洛宾唱的不仅是歌，也是人生必然的规律。无论美好还是残酷的青春，如何再难以忘怀，都只能如烟花一瞬即逝。一晃，我和老傅都早已退休十二年。受老傅影响，退休之后，我也学写格律诗，便和老傅经常诗书往来，唱和应答。没有手机的时候，是写在信中；有了手机之后，便发短信；有时候等不及，索性拿起电话对着话筒把诗念出来。曾学白居易诗"每到驿亭先下马，循墙绕柱觅君诗"，写"每早手机开启时，先寻短信觅君诗"。诗，为我们谱写了友情的延长线，为友情保鲜并扩容。

老傅爱写词曲小令，我爱好格律诗，便拉他也写。他一出手便不俗，写得确实好。有一首题为《习书自得》："皓首学书为乐和，写孬写好又如何。有心砺刃雕犬马，无欲润毫画龙蛇。宁被斯文骂山寨，莫装豪放笑馆阁。每逢笔到得意处，不待钤朱呼老婆。"最后一联，多么潇洒，颇有魏晋之风。

老傅还有一首题为《街头即景》："天下有人管，自家不能离。买书学炒菜，拎米看下棋。牵狗遛马路，听人吹牛皮。老妻凭窗唤，该管孙学习。"写得风趣俏皮，生活气息扑面。特别是"牵狗遛马路，听人吹牛皮"一联，我对他说，流沙河先生写过一联"狱中陈水扁，楼下赖汤圆"，"陈水扁"与"赖汤圆"人名的对仗中，"扁"和"圆"是巧对；"遛马路"和"吹牛皮"的生活俗语对仗中，"马"与"牛"，虽平仄稍有不合，也算是难得的巧对。能够将庸常场景和日常用语入诗，并对仗得如此巧妙有趣，是写诗的本事。

他写了一首《中秋夜》："定在中秋夜，都来总共仨。劳妈烹紫蟹，哄爸赋黄花。顺路她捎菜，专程我买瓜。东西儿子拿，逛累就回家。"寻常日子的普通场景，被他写得这样亲切温馨。虽然都是口语，诗味却很足，中间两联对仗，那样的自然妥帖，没有一点儿文人写诗的酸腐气。不酸，不俗，不旧，是老傅写诗的三大特点。

他还写过这样一首："两个柴鸡蛋，一杯热奶茶。好歌随意唱，宿墨任锋划。展卷摹晨鹊，凭窗数暮鸦。问孙何处好，我爱姥爷家。"在现在旧体诗的写作中，难得见到这样生活化和口语化的，这是他的长项，可以毫不夸张地说，直逼聂绀弩。

世上诗人有两种，一种是特别像诗人的诗人，有一本本的诗集正式或自费出版；一种是特别不像诗人的诗人，从未有过自己的诗集问世。一种居庙堂之上；一种处江湖之远。老傅属于后一种，但他一生钟情旧体诗，无意争春，只为裁诗叙心，图个乐和。

老傅全名叫傅博文。"文革"期间改名为陆风雷。那时候改名是风尚，可以理解，一般时过境迁之后都又把名字改回来。让我难以理解的是，老傅后来并没有改过来，他给自己的闺女也改姓为陆。我曾多次问过他，他只是嘿嘿一笑，不作回答，或许有他自己不愿与人说的缘由，或是诗人都愿意给自己起一个笔名。

老傅性情耿直，年轻时气盛，一生颠簸坎坷，千难万难好不容易从内蒙古回到北京，一度生活艰辛。没有房子住，夏夜只好睡在三轮平板车上，独望满天星斗，心情可感可知，幸亏那时北京的夜空没有污染。中年，早早下岗；晚年，又一直病卧在床，连楼都下不了，最后连床都下不去。每逢想到这些情景，我心里就会发酸。这几年来，尽管心里一直替他担忧，也一直隐隐有不祥的预感，但今年春节前夕，听到老傅病逝的消息，还是感到那样的突然，站在雾霾的街头，愣了半天。老傅和我同龄，没能熬进本命年的门槛。

老傅过世之后，他的闺女陆杨是个有心人，发现他随手写在零散纸上的好多首诗，散落在家中的角角落落，便把它们全部收集好，打印出来。其中还有一部分是老傅在《五人集》上的批注，也一并一条条整理出来，打印出来，编辑成厚厚一册。这是对写了一辈子诗的父亲最好的纪念。

这本《五人集》，是前几年我们中学同班和老傅同好的五位同学，将各自写的一些旧体诗合印了一本诗集，属于自娱自乐，留给彼此一个友谊的念想。没有想到，病中的老傅将每一首诗都认真地看了，还随手写下了翔实的批注。没有对诗真正的热爱，没有对友情真挚的倾注，是做不到的。我们五个人中，只有他做到了。这些批注，没有客套的虚与委蛇，非常直率，直不辅曲，一针见血。

我看到他对我写的诗的批注，非常的感动。

我写了一首《孩子新居即兴》，其中颔联是："如约而至窝瓜长，不请自来扁豆生。"老傅批注："长"改为"老"，"生"改为"青"。

改得真的是好。"窝瓜老"，是窝瓜最好的时候，我们常说"老窝瓜"嘛；而比起"生"来，"青"有了活生生的色彩，和"老"对仗得也更有了情趣，常说是"老中青"嘛。"长"和"生"，当然对仗得也算工稳，但不如"老"和"青"对仗得更有鲜活的生气。

我写过一首《清明怀李玉琪》。李玉琪，是和我同在北大荒一个队的北京女知青，挖沙子时塌方，被沙所埋而亡，年仅十七岁。这首诗的尾联是："当年多少知青伴，独你荒原睡落霞。"老傅写道："睡"字改"守"。改得多好啊，"睡"只是一种状态；"守"字则含有更为深厚而复杂的情意。我们都从那里回到北京，五十多年过去了，而她还在那里守着，守着什么呢？无以言说的余味，和一种隐隐的痛感，让我心动。

在我题朋友梅兰竹菊诗手书长卷中的首联"少年枯坐三尺斋，夜夜挥毫踏墨海"旁，老傅批注："踏"字改为"探"。在颔联"竹菊梅兰随字走，隶行楷草伴花开"旁，老傅批注："字"改"笔"；"花"改"帛"。前者，"探"字改得好，有了少年学书的劲头儿，"踏"显然不符少年，而显得老成或过于气势汹涌了。后者，"笔"和"帛"改得都很实，"帛"不见得比"花"好，而且，"帛"是入声字；但"笔"改得确实要比"字"要好，意在笔先，方能字上纸端。

我写《重读〈我们曾经相爱〉》，《我们曾经相爱》是我1984年出版的第一部长篇小说。全诗是这样的："三十年前旧作文，曾经往事落灰尘。风吹犹动空庭柳，月照难堪满纸魂。书外逢谁悲白发，字间知己哭青春。从来乱世轻生死，未必爱情属美人。"老傅的批注有两处修改。一是把"吹"字改为"闭"，改得我眼前一亮。是啊，既然是风吹，当然柳就会动，"犹"字在这里就说不通。改为"闭"字，不见得最好，且是入声字，"停"或"平"都可作为更好的斟酌对象，但，"闭"毕竟是让风停住了。二是，将最后一句的"爱情"改为"姻缘"，改得好，改得更为准确。乱世美人可能难有稳定的婚姻，但乱世爱情还是存在的，电影《乱世佳人》《魂断蓝桥》里便都有这样的爱情。

如今的世上，还能有这样的人，认真读你的诗，字斟句酌地细心为你挑错，并搜肠刮肚帮助你出主意修改吗？幸运的是我有，便是老傅。

在这本《五人集》中，有老傅自选的七十一首诗词。在这些诗词旁，也有老傅不少的批注。

其中《忆江南·阴山八唱》之一是这样的："阴山绿，羊儿撒满地。若将翡翠比草原，星似碎花云似玉，惜无花香气。"老傅批注："碎花"应为"钻石"。

他曾经写给我一组《寄复兴》，写得情意绵长，读来特别感动，让我爱不释手。其中有这样一首："拳拳老友意，寒夜暖诗多。款款今朝舞，依依昨日歌。佛陀偈雁塔，燕语误人托。去载去年去，渐迷远山阿。"他批注：颈联应为"雁塔或佛偈，断桥误人托"。

老傅有一首《遣兴》："幸而熬到老来闲，敢卧咸亨问酒钱。万事悠悠茴香豆，揣家与妻过大年。"他有批注：应是"悠悠万事"。

这些修改，都改得重蹈格律不合的老路。《阴山八唱》中，将"碎花"改为"钻石"，和形容草原为"翡翠"、形容云彩似"玉"保持一致，贯通一体的意思是好的，但是，钻石的"石"是入声字，整句"星似钻石云似玉"，便成了"平仄仄仄平仄仄"，于格律不合。同样，《寄复兴》的这一颈联，应该是"平平平仄仄，仄仄仄平平。""雁塔或佛偈，断桥误人托"，便成为了"仄平仄平平，仄平仄平平"，显然格律不合。另外几处，都是同样的平仄问题。

有意思的是，这些改动，都是我在《五人集》付印之前好为人师所为，为他所同意的。老傅统统把它们又打回原形。他显然并不认同我的修改，顽固地坚持己见，当时的同意，不过只是勉强，出于友情。这便是老傅。见得写诗的风格，也见得为人的性格。

我曾经和老傅争执过，既然学写旧体诗词，尽管允许咱们犯错误，但还是要尽可能遵守格律的基本要求，尽量避免错误。他不以为然地反驳我说，都是写着玩的，就是给你看，又不是拿出去给别人看，要那么讲究干吗？我说他：即使给自己看，也应该尽量弄得好看些，自己对自己有个进步的要求才是。

我曾经针对他的那首《习书自得》，对他说：你写得多好啊，真是句句精彩。可惜，就是有点儿韵律不合。后三联"有心砺刃雕犬马，无欲润毫画龙蛇。宁被斯文骂山寨，莫装豪放笑馆阁。每逢笔到得意处，不待钤朱呼老婆"，每一联都有平仄问题。当然，可以宽韵，但"蛇"字属"麻"韵，和"歌"韵相离太远；"阁"是入声字。你要是能改改多好啊！

他虽然口上还是不以为然，但私下苦读王力的《诗词格律》，后来他写的《中秋夜》那几首诗都严守格律。这便是老傅。表面嘴硬，背后使劲的老傅。可爱的老傅。真性情的老傅。

看完老傅在《五人集》上的批注，我真想给老傅挂个电话，开开玩笑对他说：你这人可真逗，给别人提意见都很准，对自己就是另一回事了，一点儿也不稳准狠。你对别人玩的是《挑滑车》，自己玩的却是《华容道》呀！一畦萝卜一畦菜，自己的孩子自己爱，你这也太护犊子了吧？

可惜，这个电话，打不通了。

如果是以前，话筒的那一边，一定会传来老傅爽朗的大笑声。

我写了两首打油诗，怀念同学老傅，怀念朋友老傅，怀念诗人老傅：

陆杨为父亲编诗读后

幸逢娇女细编成，遗作篇篇感旧情。

每学唐诗严格律，常从元曲俚歌行。

世间老傅独一处，身后小词并七星。

何必看朱易为碧，风雷偏改博文名。

清明怀老傅

本命年前恨命悲，曾经是梦梦相随。

倾心敢化阴山雪，负气羞垂向日葵。

有酒难凭今夜醉，无花谁使故园思。

一天星月犹堪记，五十余年老傅诗。

2019 年 3 月底清明前于北京

凤仙花祭

疫情期间闭门不出，和外界的联系，完全靠微信。前天，突然收到一位老街坊的微信，问我：小鱼前些天走了，你知道吗？我大吃一惊，小鱼只比我大两岁，怎么说走就走了呢？我赶紧问他：是得了新冠肺炎吗？回答不是，具体什么病，他也不清楚。

那天，我坐在屋里，望着窗外空荡荡的街道，眼前总是晃动着小鱼的身影。

那时候，我和大院的孩子们都管小鱼叫"指甲草"。这个外号，是我给她取的。

指甲草，学名叫凤仙花。凤仙花属草本，很好活，属于给点儿阳光就灿烂的花种。只要把种子撒在墙角，哪怕是撒在小罐子里，到了夏天都能开花。女孩子爱大红色的，她们把花瓣碾碎，用它来染指甲、抹嘴唇，红嫣嫣的，很好看。那时，我嘲笑那些用凤仙花把嘴唇抹得猩红的小姑娘，说她们涂得像吃了死耗子似的。

放暑假，大院里的孩子们常会玩一种游戏：表演节目。有孩子把家里的床单拿出来，两头分别拴在两株丁香树上，花床单垂挂下来，就是演出舞台前的幕布。在幕后，比我高几年级的大姐姐们，要用凤仙花给每个女孩子涂指甲，涂红嘴唇，男孩子也不例外。好像只有涂上了红指甲和红嘴唇，才有资格从床单后面走出来演出，才像是正式的演员。少年时代的戏剧情景，让我们这些半大孩子跃跃欲试，心里充满想象和憧憬。

我特别不喜欢涂这个红嘴唇，但是，没办法，因为我特别想钻出床单来演节目。我只好每一次都让小姐姐给我抹这个红嘴唇。凤仙花抹过嘴唇的那一瞬间，花香挺好闻的。其实，凤仙花并没有什么香味，是小姐姐手上搽的雪花膏的味儿。

这个小姐姐，是我们演节目的头儿。她就是小鱼。

我既有点儿讨厌她，又有点儿喜欢她。小孩子的心思就是这样复杂。讨厌她，是因为每一次演出她都像大拿，什么事情都管，好像她是个老师。喜欢她，是因为她长得好看，我们大院里的老奶奶说她像年画里走下来的美人儿；还有，给我抹红嘴唇的时候，她手上有那种凤仙花的香味儿。

现在想，那时候给她取外号，为什么不叫"凤仙花"，偏偏叫"指甲草"呢？她应该是一朵花，不是一根草的。不过，我不是诚心要把她贬低为一根草的。那时候，我根本不知道指甲草的学名叫凤仙花。

我读小学五年级的时候，她读初一。有拍电影的导演到她的学校里挑小演员，相中了她，让她回家跟家长商量一下，只要家长同意，就带上她到剧组报到。学校老师很高兴，这是给学校扬名的好事。她自己当然更高兴，她本来就喜欢演节目嘛，马上就可以当一名小演员了，这不是跟天上掉下了馅饼一样！

没有想到，小鱼的爸爸妈妈死活不同意。她妈妈是医院里的护士，她爸爸是个工厂的技术员，都觉得演员就是戏子，不是正经的职业。当学生，就得把学习成绩弄好，将来上大学，才是正路子。他们都是那种信奉"万般皆下品，唯有读书高"的老派人。她妈妈就是看中了她爸爸是个大学生才嫁给他的。

正如白天不懂夜晚的黑，大人们很难懂得小孩子的心思。爸爸妈妈的不同意，竟然让小鱼的命运发生了根本性的变化，这是当时包括小鱼在内的我们大院所有人都没有想到的。说起小鱼，街坊们都会叹口气说：咳！老天真是不长眼呀！小鱼并没有如爸爸妈妈期待的那样考上大学，实际上自从初一演员梦破灭之后，小鱼的学习成绩就开始下滑。高中毕业之后，小鱼没有考上大学，先在一所小学当音乐老师，后来又跳槽到文化馆工作，都和表演沾点儿边。但她并不快活，她的不快活，又波及她的爸爸妈妈。因为无论爸爸妈妈怎么催，怎么帮助她找对象，她都没有心思。她一辈子都没有结婚。

那年，我从北大荒回到北京当老师，她还不到三十岁，风韵犹似当年。说老实话，如果不是我在北大荒有对象，真的有心想找她。可是，我知道，她看不上我。她能看得上谁呢？

后来，她爸爸单位分了楼房，一家人搬走了。我很少再见到她。后来，听说她得了病，人消瘦了很多，甚至脱了形，再也没有当年漂亮的模样了。当时，人们都不大懂，她自己也是乱吃药，现在想想，她得的应该是抑郁症。

她的爸爸妈妈都过世得早，老街坊们都说，如果不是因为她，不会这么早就过世的。但是，我说，如果不是因为她的爸爸妈妈当年拦腰斩断了她的梦想，她不会有这样的命运。

如今，她走了。也许，是一种解脱吧。我的心里，却总不是滋味。她本是一朵花，最终成了一根草。或者，作为我们普通人，本来都属于一根草，就不应该做一朵花的梦吗？

2020 年 3 月 20 日写毕于北京

海河边的那间小屋

　　三十八年前的春天，是个星期天，我正在家里洗衣服，忽然从收音机播放的新闻中听到这样一条消息，天津和平区东北角一个副食店的一个叫孙淑云的会计，一家三代十二口人住在一间十三平方米的房子里，她费尽心思调理三代人的关系，将艰难生活的痛苦嚼碎咽进自己的肚子里，两次让房给了别人家。我听后很感动，住房问题，一直以来，是全民性的大问题，我当时就住在简陋的一间半的小房里，对于房子问题所蕴含的辛酸苦辣感同身受。我当即放下洗的衣服，赶到火车站，买张火车票，到了天津。那时，真是心里充满激情，仿佛写作具有使命感，有一股看不见的什么力量，如风一样在驱赶着你，自觉不自觉地往前奔去。

　　我在东北角附近的一条胡同深处找到这家副食店，可惜，孙淑云请假在家没来上班。一位店员好心地写给我孙淑云家的住址，当天晚上，我在那间只有十三平方米的小屋里找到孙淑云。她家住在靠近海河边的一个大杂院里，是当年天津八大家之一长源盐商杨家大院的后花园。时代更迭，岁月变迁，大院里住进的普通百姓人家越来越多，花草繁茂的后花园，早已变成了杂乱无章的大杂院。孙淑云家那间十三平方米的小房，是原来杨家后花园的一个八角凉亭改造的。

　　那是一次难忘的采访，我和孙淑云仿佛并非萍水相逢，彼此并不陌生，她对我突然的造访，显得有些激动。我看到窄小的房间里，一张双层的床铺，想象着一家十几口人，是怎样挤在这张双层床铺上的，其间婆媳斗气、妯娌相泣，又是怎样发生的。

两个孩子正挤坐在一把椅子上，趴在饭桌上写作业。她非得让孩子站起来，把这唯一的椅子让给我坐，又让孩子把茶杯里的茶倒掉，为我冲了一杯当时正热门的麦乳精……一切，那么亲切，那么亲近，又那么心酸。这个窄小的家里，有我家和我熟悉的很多家的影子。

一连几天，我到孙淑云家和她详谈过去她所经历的一切事情。我了解到，辛酸的住房问题背后，还蕴藏着她内心深处的隐痛。她因为出身于资本家而失去上大学的机会，年龄大了，嫁给了一个煤建厂的工人，才住进这样与她以往生活场景完全不同的小房。在孙淑云内心的隐痛中，折射出的是沉重的历史对于渺小个人无形的挤压。这样的房子问题，因历史情不自禁的介入而更显厚重。

望着这位比我大六岁、饱尝人间冷暖的大姐，我知道，二十多年来，憋在她心里的种种世事沧桑和人生况味，正需要对人倾述。那时候，人与人之间不设防，心与心那样容易接近，容易敞开心扉。

我决心立刻写一篇报告文学，一吐为快。在天津河北区文化馆的阅览室里，我写下了《海河边的一间小屋》。河北区文化馆在中山路上，是一座简陋的旧式小楼，阅览室在二楼，房间不大，需要一早赶到，要不很难抢到座位。我一清早就赶到文化馆大门前，第一个冲上二楼的阅览室，抢到最里面一个安静的座位。我从早写到晚，中午下楼，在对面的一个小饭馆买了两个烧饼草草吃罢，回去接着写，一直写到黄昏时分，文化馆关门，这篇《海河边的一间小屋》写完了。

走下那颤悠悠的木楼梯，出文化馆，我走到前面不远的狮子林桥。桥下流淌着海河水，往南面望去，偏东一点，就是孙淑云的家。那间十三平方米的小房，虽然看不见，却依稀浮动在那一片蒙蒙的晚雾中。不知为什么，我忽然涌出一种想流泪的感觉。

一年后，即1983年年底，天津百花文艺出版社的编辑谢大光来北京找我。他看到了《海河边的一间小屋》，很感动，希望我将这篇报告文学和新近写的有关普通人的报告文学，一起编一个集子，交他们百花文艺出版社出版。他笑着对我说："《海河边的一间小屋》写的是天津的事，在天津出书，是再应该不过的事情不是？"

这是我和谢大光第一次见面，但我早知道他，他也是一位作家，散文写得很漂亮。一年多之前，1982 年，我便在《人民日报》上读过他写的散文《鼎湖山听泉》，他把鼎湖山写得实在太美。能够得到他的青睐，我当然很开心。

有一阵子，我常到天津参加一些活动。那时，天津文学杂志社的张少敏成为我的好朋友，在他的帮助下，《天津文学》的老主编万力和作协的领导鲍昌，曾一度力主调我到天津作协搞专业创作。这些活动和交往，让我打开眼界，重新认识自己，认识文学，也认识了那些以往存在于他们作品之中和我的想象之中的各类作家。

在天津的时候，我常去百花文艺出版社玩，那是座漂亮的小洋楼。我也曾经到大光家，他家在八大道一幢小洋楼的一间拥挤的房里。那时，我们还算年轻，一晃，将近四十年过去了，一切恍然如梦，唯有当时的情景，依旧清晰如昨。想想百废待兴时候的文学，是那样富有朝气和友情，文人之间，无论长辈还是同辈，都没有隔膜，平淡如水，却那样亲切而亲近，一见如故。

1984 年，《海河边的一间小屋》，在谢大光的努力下顺利出版了。谢大光为我编辑的这本书取名为《海河边的小屋》。在这本书的后记里，我写道：

> 书名中将原来的"一间"两字去掉了，因为我从这一间小屋又走到另一间小屋，和许多小屋的主人相识了，相交了，心和心相撞了。我采访了煤矿工人、石油工人、汽车司机、店小二、邮递员、送煤工、小学老师、待业青年、小裁缝、家庭妇女……这些篇章大多收在这个集子了。

同时，我引用了罗曼·罗兰的话："对普通人就得表现普通的生活，它比海洋还要深，还要广。他们中最渺小的人，也包藏着无穷的世界。"然后，我写道："我愿意从目前我们仍不尽如人意的生活中去挖掘并反映这些看来平凡却无穷的'世界'。"

我应该感谢谢大光，是他和朋友们的帮助和支持，让我有信心和勇气改变报告文学的写作方向，把目光聚焦在这些普通人的身上，并清醒地认识到：文学不属于精英，而属于大众；文学不应该屈膝于权势和资本，而有着独立的品质和正义与正气；文学应该身处时代的激流之中，让浊浪排空也淋湿自己一身，而不要衣襟上溅湿一点浪花就狼狈而逃。

多年以后，在天津，过海河，我特意到东北角。望着眼前变化万千、完全认不出来的景物，我忽然想起了那篇《海河边的一间小屋》。这篇报告文学是以孙淑云为第一人称写的，在结尾处，我以孙淑云的口吻这样写道："如果房子富余了，我的这间当年的八角小亭翻盖的小屋拆除了，平地盖起了一座摩天大楼，会怎么样呢？还会有我这样一段含泪带笑的故事吗？"三十八年过去了，当年的八角小亭翻盖的小屋的确早已经拆除了，平地也早盖起了一座座的摩天大楼，眼前，物非人非。"人生几回伤往事，山形依旧枕寒流。"狮子林桥还在，海河依旧缓缓流淌，孙淑云大姐，你现在哪里呢？

2020 年 3 月 5 日惊蛰于北京

燃烧的蜡烛

疫情暴发后，一直闭门在家，看书成为打发现在的时间、期冀以后的日子最好的法子。断断续续，一直在读《布罗茨基谈话录》和以赛亚·伯林的《个人印象》。两本书中都有关于诗人阿赫玛托娃的篇章，对这位"俄罗斯诗歌的月亮"，两人都有着充满深厚感情的回忆。

其中布罗茨基回忆起这样一件事：1965 年 2 月 15 日，阿赫玛托娃曾经寄给他两支蜡烛。那时候，布罗茨基 25 岁，阿赫玛托娃对他这样一个年轻诗人非常赏识，一直给予关怀和鼓励。在《个人印象》中，记录了阿赫玛托娃和以赛亚·伯林的对话，她说："我们是以 20 世纪的声音说话，这些新的诗人谱写新的篇章。"并说："他们会让我们这一帮人都黯然失色。"这里所说的"他们"和"这些新的诗人"中，首先包括布罗茨基。这时候的布罗茨基正被流放，在偏远的荒野之地，接到这样的两支蜡烛，心情可以想象。

更何况，这是两支什么样的蜡烛啊！布罗茨基回忆这两支蜡烛："来自锡拉库扎，极其的美好——它们在西方制造：透明的蜡烛，阿基米德式的……"

我无法想象透明的蜡烛是什么样子，尤其是燃烧时红彤彤的火焰升腾在透明的蜡烛上的样子，因为我见过的蜡烛都是白色或红色的，从来没见过透明的。我也不知道阿基米德式的蜡烛是什么样子的，只知道锡拉库扎是意大利西西里岛上的一座古城，来自那里的两支古典式的蜡烛，无疑是珍贵的礼物。对于正在受难中的布罗茨基，其珍贵不仅在于感情的古典，同时也在于燃烧的蜡烛给予他光明的希望。

对于没有大规模停电体验的人，如今的蜡烛，只成为了婚礼现场和夜餐厅的一种情调的点缀，袅娜摇曳的烛光，美化或幻化着人们似是而非的想象。如果再稍微文化一点儿，对于我们中国人，蜡烛有心，和竹子有节一样，成为感情和气节的一种古老的象征；西窗剪烛，也成为一种情感与希望的期待。

蜡烛，对于俄罗斯人，尤其是对在莫斯科和彼得堡的人们而言，曾经是珍贵无比又痛苦无比的回忆。在第二次世界大战期间，德国法西斯入侵苏联，全城停电的夜晚，蜡烛萤火虫般的点点闪动的微光，不仅照明黑暗，也辉映着炮火的闪光；曾经刻印进肖斯塔科维奇的交响乐中和诗人的诗行间，也刻印在那一代俄罗斯人的记忆里。

蜡烛，在阿赫玛托娃那里，也曾经是诗的一种意象。

记得在《安魂曲》中，她写过这样的诗行：

> 蜡烛在我的窗台上燃烧，
> 因为悲痛，没有其他理由。

这是只有阿赫玛托娃和布罗茨基那一代人才有的记忆。蜡烛，便不止于诗的意象，而成为生命中的雪泥鸿爪，一个时代的抹不去的印迹。蜡烛无语而沧桑，燃烧着一代人的悲痛，这样的诗，便具有了史诗的意味。

在遥远的流放之地，接到这样两支蜡烛，便和岁月静好的平常日子里，意义不尽相同。莎士比亚写过一句台词："人变了心，礼物也就变轻了。"同样可以说：世道变了，人心始终如一，礼物也就更显得重了。

于是，事过经年，这两支蜡烛的细节，晚年的布罗茨基记忆犹新。

往事重忆，旧诗新读，别有一番滋味。尤其在武汉封城一月有余的日子里，读这样的诗句，不由得想起武汉城中那些救灾救难的来自全国的医护人员，还有那九百万的满城普通百姓，特别是那些为救灾而死去的医护人员，和因病毒入侵而死去的芸芸众生。尽管时代背景完全不同，但在灾难之中普通百姓所遭受的痛苦是相同的。"因为悲痛，没有其他理由"，真是痛彻心扉。燃烧的蜡烛，便燃烧着我们共同的心。

夜静心不静，写下一首打油诗，以抒读后之感：

闭户锁门伤岁华，读诗阿赫玛托娃。
春风不解江边疫，冷雨犹开纸上花。
樱树花前月空落，安魂曲后夜哀筇。
一联蜡烛悲痛在，垂泪替人多少家。

2020 年 3 月 2 日于北京

诗是重构的时间

　　齐家三姐乔迁新居，一群老友前去为她稳居。大家都是五十多年的老朋友，一晃到了人生的秋深春晚时节，友情自然如同范石湖的诗："晚来拭净南窗纸，便觉斜阳一倍红。"能有一处舒心安稳的住处养老，大家都为她高兴，当然要为她好好庆贺一番，顺便美美地撮一顿。

　　在新居意外见到齐家小妹。肖大哥！进门来，第一声高叫的就是她。

　　齐家姐妹四人，原来住在天坛东侧路的简易楼里。她家三姐和我年龄相仿，又爱好文学，和我很熟悉，成为朋友，五十余年，一路迤逦而来。我先去北大荒，她后去通辽插队，是她到火车站为我送行。一别经年，上个世纪七十年代初，我从北大荒回来，她也从通辽回京，便又接上火。我常到她家去，聊聊闲天，借本书看，也把当时写的一些歪诗拿给她看。那时，我们二十多岁，残酷而残存的青春期处于尾巴阶段，便踩着这个尾巴，自以为青春不老大树长青一般，还读诗，爱诗，并信奉诗，借诗行船，让自己能够滑行得远些。我们惺惺相惜，在寒冷的暗夜里，相互给予一点儿萤火虫的微弱亮光般的鼓励。

　　那时，齐家小妹很小，大概还在读初中，我几乎没有注意到她会躲在一旁悄悄听我们的交谈。

　　齐家三姐倒是还常见，齐家小妹，只是二十多年前偶尔见过一面，已经这么多年没见了。她的模样变化不大，算一算也是六十出头的人了。岁月如梭，真的是如此，回忆中的一切，虽然都确确实实地经过，却显得不那么真实。我听她姐说过，时代转型期，企业纷纷凋零，她所在的木材厂倒闭后，她下了岗，却没有像有些下岗职工一样，无所事事，天天到公园跳舞打牌，得过且过；或悲观丧气，天天闷在家里斗气。国家转型，她自己也转型。她自学财会，虽然艰苦，但咬牙坚持，很快找到了新的工作，如今成为独当一面的能人，想退休不干，人家都不让，拼命挽留。

齐家小妹上前来，热情地一把握住我的手，依然高嗓门儿对大家说：这是我的男神！

这话完全是如今年轻人流行的语言，说得我很不好意思，连忙摆手说：什么男神，还门神呢！

大家都笑了。她却不笑，指着我对齐家三姐很严肃地说：是真的，是男神！那时候，你忘了吗？他总到咱家去，拿给你看他写的诗，他走后，好多诗我都偷偷地抄了下来。虽然那时我年龄小，有些看不大懂，但有一句诗："纵使生命之舟被浪打碎，我也要把命运的大海游渡"，过去了快五十年了，我还记得清清楚楚。它一直鼓励我，遇到什么困难，也有了勇气和信心，没有过不去的火焰山。我下岗那时候，就是这句诗鼓励了我，过去了这个坎儿！

她一口气水银泻地地说了那么多，说得很真诚，我很感动。五十年前的一句诗，居然有这样大的魔力？如今，我自己都有点儿不相信，但是，五十年前，一句诗，对于我们真的就有这样的魔力，可以温暖我们，慰藉我们，鼓励我们，甚至激动着我们，可以像安徒生童话说的，如一只温暖的手，让冻僵了的玫瑰花重新绽放。如今，早不是诗的时代，诗已经被顺口溜和手机短信里的段子所代替。

分手之后，回到家里，我怎么想，也想不起这句诗来了。我微信询问齐家三姐，她问了她家小妹，回复我这句：

纵使生命之舟被浪打碎，

我也要把命运的大海游渡。

　　我端详起这句诗来，怀疑它是不是我写的，如果真的是我写的，怎么连一点儿模糊的影子都想不起来了呢？我再次微信询问齐家三姐：这是我写的吗？我觉得不是我写的。她再次问了她家小妹，回复我说：她说了，就是你写的，肯定是你写的！

　　我像突然领回一个失散近五十年的孩子。可是，它却曾经如一个弃妇，早被我抛落在遗忘的风中。

　　想起《布罗茨基谈话录》中，布罗茨基说过的一句话："每一首诗都是重构的时间。"这句诗，重构了五十年前的昨天，也重构了五十年后的今天，前后两个时间是那样的不同，不同得连我们都有些不认识了。布罗茨基还说："时间用各种不同的声音和个体交谈。时间有自己的高音，有自己的低音。"那么，哪个时间属于我自己的高音和低音呢？

　　我想了想，五十年前，写诗的时候，正是我在北大荒风雪弥漫、前路渺茫的时候，应该是时间的低音。那么，五十年后，就应该是物极必反的高音了吗？但是，我却将这句诗忘得一干二净，连一点儿渣滓都不剩。其实，更应该是低音，难道不是吗？

　　所幸的是，齐家小妹让这句诗重构的时间，有了专属于她自己的高音和低音，便让这句拙劣的诗有了时间流逝的瞬间留下的倒影。

2019 年岁末于北京

发小儿就是那把老红木椅子

　　"发小儿"，是地道的北京话，特别是后面的尾音"儿"，透着亲切的劲儿，只可意会。发小儿，指从小在一起的小学同学，但是比起同学来，更多了一层友谊的意思在内。也就是说，同学之间，可能只是同过学而已，没有那么多的交情可言；而发小儿则是在摸爬滚打一起长大的年月中，积累下了深厚的友谊。比起一般的朋友而言，发小儿又多了悠长时光的浸透，因为很多朋友，没有像发小儿这样，从童年到老年一直在一起，度过那样漫长的时间。从这一点讲，发小儿和你在一起的时间，可能会比你和父母、和妻子孩子在一起的时间还要长久。

　　正是因为了有了时间这样的维度，童年的友谊，虽然天真幼稚，却也最牢靠，如同老红木椅子，年头再老，也那么结实，耐磨耐碰，漆色总还是那么鲜亮如昨，而且，有了岁月打磨过的厚重包浆，看着亮眼，摸着光滑，使着牢靠。事过经年之后，发小儿就是那把老红木椅子。

　　黄德智就是我这样的一个发小儿。小学同学有很多，可以称之为发小儿的，只能有一位或两位。我和黄德智从小一起长大，有六十多年的友谊。小时候，他家境殷实，住处宽敞，住在前门外草厂三条一个独门独户的小四合院里。在整个一条胡同里，那是非常漂亮的一个院子，大门的门楣上有镂空带花的砖雕，大门上有一副精美的门联：

"林花经雨香犹在，芳草留人意自闲。"虽然我那时看不大懂，但觉得词儿很华丽。

我家住西打磨厂，离他家不远，穿过墙缝胡同就到。为了便于监督管理学生放学后写作业，老师把就近住的学生分配到一个学习小组，我和黄德智在一个小组，学习的地方就在他家，学习小组的组长，老师就指定他当。几乎每天放学之后，我都要上他家写作业，顺便一起疯玩。天棚鱼缸石榴树，他家样样东西都足够让我新奇。我第一次有了这样的感觉：同样都是过日子，各家的日子是不一样的。

到他们家那么多次，我从来没有见过他的爸爸，可能他爸爸一直在外面忙工作吧。每一次，出来迎接我们的都是他的妈妈。他妈妈长得娇小玲珑，面容姣好，皮肤尤其白皙，像剥了壳的鸡蛋。后来，我才知道她是旗人，当年也是个格格呢。她没有工作，料理家里的一切。她说一口地道的北京话，很和蔼客气，看我们一帮小孩子在院子里疯跑，也没有什么不耐烦，相反夏天的时候，还给我们酸梅汤喝。那是我第一次喝酸梅汤，是她自己熬制的。酸梅汤里放了好多桂花，上面还浮着一层碎冰碴儿，非常凉爽、好喝。

黄德智长得没有他妈妈好看，但是，和他妈妈一样白皙。和我们这些爱玩爱闹的男孩子不大一样，他好静不好动。他没有别的爱好，就是喜欢练书法，这是他从小的爱好。他家有一个老式的大书桌，大概是红木的，反正我也不认识，只觉得油漆很亮，像涂了一层油似的，即使阴天里也有反光。

那是我第一次见到书桌——我家只有一个饭桌，吃饭、写作业都在这个饭桌上。他家的书桌上常摆放着文房四宝，那么多支大小不一的毛笔悬挂在笔架上，也是我第一次见到。每一次写完作业，我们这些同学回家，可以在街上疯跑，或踢球打蛋，或去小人书铺借书看，他不能出来，被他那个长得秀气的妈妈留在屋子里，拿起毛笔写他的书法。

在学校里，黄德智不爱说话，默默的，像一只躲在树叶后面的麻雀，不显山不露水。但他的毛笔字常常得到教我们大字课的老师的表扬，这是让他最露脸的时候，我特别为他感到骄傲。我的大字写得很一般，他曾经送过一支毛笔和一本颜真卿的字帖，让我照着字帖写。他对我说，他很小就开始临帖了。

有一次，在少年宫举办全区中小学生书法展览，黄德智的一幅书法在那里展览了。我记得很清楚，是写得很大的一幅横幅，用楷书写了六个大字："风景这边独好。"展览会开幕那天，我和他一起去少年宫。其实，我不懂书法，对书法也没有什么兴趣，他送我的那支毛笔和那本字帖，我根本就没有动过；但是，有他的书法在那里展览，我当然要去捧场。

那天的展览，常到他家写作业的学习小组里的人，一个也没有去，我们班上的同学，也是一个都没有去。我挺不高兴的，替黄德智忿忿不平。他却说：你来了，就挺好的了！这话，让我听后挺感动，我知道，这就是我和他发小儿之间的友谊。

看完展览回去的路上，天上忽然下起雨来。开始雨不大，谁想不大一会儿工夫，雨越下越大，我们两人谁也不想找个地方躲雨，一直往前跑。少年宫在芦草园，靠近草厂三条南口，便都觉得离黄德智家不远了，想赶紧跑到他家再说。但是，就这样不远的路，跑到他家的时候，我们都已经被淋得浑身湿透，像落汤鸡了。

他妈妈看见我狼狈的样子，忙去找来黄德智的衣服，非让我换上不可。然后，又跑到厨房去熬红糖姜汤水，热腾腾地端上来，让我们一口不剩地喝光。

雨停了，我穿着黄德智的衣服走出大门，他送我到了胡同口，我又想起了刚才喝的那碗红糖姜汤水，问他：都说红糖水是给生孩子的妈妈喝的，你妈妈怎么给咱们喝这个呀？他笑着说：谁告诉你红糖水只能是生孩子的妈妈喝？我们两人都忍不住咯咯地笑起来。我从来没有看到他这样开心地笑呢。

高中毕业，我去了北大荒插队，黄德智留在北京肉联厂炸丸子。

一口足有一间小屋子那么大的大锅，哪吒闹海一般翻滚着沸腾的丸子，是他每天要对付的活儿。我插队回来探亲时，到肉联厂找他，指着这一锅丸子说：你多美呀，天天能吃炸丸子！他说：美？天天闻这味儿，我都想吐。

他还在一直坚持练书法，始终没有放弃。

我从北大荒刚调回北京的那年，跑到他家找他叙旧，他确实没有放弃，白天炸他的丸子，晚上练他的书法。没过几天，他抱着厚厚一摞书来到我家，说是送我的。我打开一看，是人民文学出版社1957年版的十卷本《鲁迅全集》。他说，路过前门旧书店看到的，想我喜欢读书，喜欢写作，就买下了。我问他多少钱，他说22元。那时候，他每月的工资才40多元。我刚要说话，他马上又对我说，接着写你的东西，别放弃！

如今，黄德智已经成了一名颇有成就的书法家，他的作品获过不少的奖，还陈列在展室里，悬挂在牌匾上，印制在画册中。前几年，黄德智乔迁新居，我去他新家为他稳居。奇怪的是在他的房间里，没有看见他的一幅书法作品。我问他，他说他觉得自己的字还不行。他的作品一包包卷起来都打成捆，从柜子的顶部一直挤到了房顶。他打开他的柜子，所有的柜门里挤满了他用过的毛笔；打开一个个盛放毛笔的盒子，一支支用秃的笔堆在一起，如同一座小山。他说起那些笔里面的沧桑，胜似他的作品，就如同树下的根，比不上枝头的花叶漂亮，却是树的生命所系，盘根错节着往昔日子的回忆。其中一段，是属于我和他的小学回忆。

一个人，经历了人生种种，会有很多回忆，但发小儿这一段回忆，无与伦比。一个人，如果老了之后，还能和一个或几个发小儿保持联系，是极其难得的。哪怕你老得走不动道了，有发小儿在，你就有了一把这样的结实可靠的老红木椅子，可以安心、舒心地靠靠，聊聊天，品品茶，还可以品出人生别样的滋味。

2019年12月22日于北京

幽径春生豆蔻长

——我和《人民文学》之缘

    我第一次看到《人民文学》这本杂志，是 1961 年的秋天，那时我读初二。班上的一个同学知道我爱看书，好心从他家里拿来两本，一本是清末民初出版的老书《千家诗》，一本便是《人民文学》。

    杂志也是旧的，纸页发黄，封面都卷了角，是 1956 年第 8 期的《人民文学》。这期杂志上其他作者和文章统统忘记了，只记得一篇小说《三月雪》，作者叫萧平。在《人民文学》杂志上发表文章的，大多数作家都赫赫有名，耳熟能详，这个萧平，在当时对于我很陌生。但这篇小说给我的印象很深，讲述了战争年代一个区委书记与一个十一二岁的小姑娘和她妈妈的故事。与同时代同样书写战争的小说写法不尽相同，萧平把战争推向背景，把更多的笔墨落在战争中的人性和人情之处；将战争的残酷和人性中的微妙，有机地调和在一起。浸透着战争的血痕，同时又盛开着浓郁花香的三月雪，可以说是萧平小说显著的意象，或者象征。可谓一半是火，一半是花。

    正值青春期，"小轩愁入丁香结，幽径春生豆蔻梢"，那个天真可爱的小姑娘和她牺牲的妈妈，让我感动，让我难忘。我很喜欢这篇小说，将第一节的开头"日记本里夹着一枝干枯了的、洁白的花。他轻轻拿起那枝花，凝视着，在他的眼前又浮现出那棵迎着早春飘散着浓郁的香气的三月雪，翁郁的松树，松林里的烈士墓……"，抄录在笔记本上。如今，五十八年过去了，这个笔记本还在，我幼稚的字迹还在，《人民文学》留在我十四岁的记忆里。那时候的《人民文学》和我一样正值豆蔻年华，青春年少。

我知道的《人民文学》里的第一位编辑是崔道怡。那是我读小学五六年级的时候，买了一本上海少年儿童出版社出版的小说《队员的道路》，封面上印着一个系着红领巾的少年的侧影，还印着作者的名字：崔道怡。这本书很薄，但我很喜欢读，是我最早读到的儿童小说之一。我记住了这个名字。在我高三毕业后的一个冬天，又看到一篇小说《过客》，作者也是这个名字：崔道怡。我显得很兴奋，仿佛他乡遇故知。其实，当时我根本没有见过他。

1974 年的春天，我从北大荒回到北京，在一所中学里教书。没课的时候，我常去学校图书馆翻书，从墙角堆放的几个大麻袋里，翻出一套《人民文学》的合订本。杂志是用粗粗的麻线人工装订的，像刺猬一样在麻袋里蜷缩委屈得年头太久，已经破烂不堪，连最上面一期的封面都没有了，而且也不是按照出版的年月装订的，锣齐鼓不齐，把现有的《人民文学》都弄在一起，囫囵个儿地装订在一起。负责图书馆的老师见我蹲在地上翻个没完，一摆手，让我拿走。这厚厚一摞《人民文学》，成为我那时候学习写小说的范本，印象最深的是方之的一篇小说《岁交春》。对比流行于"文革"期间的小说，这篇散文化的充满诗意的小说写法别致，让我耳目一新；而且，让我第一次知道了什么叫做岁交春，百年一遇，那样难得。还有一篇小说《圣水宫》，一看作者是萧平，更像见到了童年时代的朋友一样格外兴奋。

1978 年第 4 期的《人民文学》上，刊发了我的第一篇小说《玉雕记》，那是邮寄到编辑部的自由来稿，信封上只写了"《人民文学》编辑部收"，连一张四分钱的邮票都不用贴，竟然就寄到了，还发表了。那时候，我连《人民文学》编辑部的大门朝哪儿开都不知道。从自由来稿中发现这篇小说的编辑是许以前辈，我从来没有见过。《玉雕记》的这个名字就是她帮助改的，原来我写的小说题目叫《一件精致的玉雕》，显然，不如《玉雕记》精炼，更像小说的名字。

以后，每期《人民文学》杂志，我都会收到，我不知道是谁定下的，又是谁帮我寄出的，我只是感到温暖。一直到 1997 年底，我从《小说选刊》调入《人民文学》杂志。命运浮沉，岁月更迭，我居然进入《人民文学》的大门，成为《人民文学》中的一员，并一直在那里工作到退休。

记得第一天来到《人民文学》，在编辑部的办公室里，我和崔道怡坐对桌。我对他说起当年读他的小说《队员的道路》和《过客》的往事，又向他说起了关于《玉雕记》的往事，问他知不知道刊发我的这篇小说的编辑是谁。他是当时《人民文学》资格最老的老人，是《人民文学》历史的一本活字典。他想了想，对我说：应该是许以，当时，她负责小说。

一切关于我和《人民文学》的往事，在《人民文学》跌宕而漫长的历史中，算不得什么，微弱得只是时光荡起的些许涟漪。但是，坐在《人民文学》编辑部的办公室里，重温这些往事，便显得那样亲近，触手可摸，含温带热。

那一天，我感到命运中确实是有着缘分存在的。我想起了初二那一年的秋天，第一次见到《人民文学》杂志的情景，那时候，觉得《人民文学》高深莫测，侯门一去深似海。如今，我从她的读者，到她的作者，又成为她的编者，完成了我人生的"三级跳"。我真的感到冥冥命运中不可测的神奇。

如果从初二我第一次见到《人民文学》算起，我和《人民文学》有着长达五十八年时间的交织。今年，是《人民文学》创刊七十周年，在这七十年的历史中，也有我的五十八年，这不是缘分又是什么呢？如今，我老了，而她不老，会永远年轻。祝福《人民文学》！

2019 年 10 月 21 日于北京

投稿记

　　说来难忘，我是七八级的大学生。那一年，报考中央戏剧学院，考戏剧文学常识和写作两门，前者试卷上有一道解词的题："举国欢腾"的"举"和"百废俱兴"的"俱"各自的词义。我答对了后者，却答错前者。这两个成语，对于我们国家和我们这一代人来说，具有特殊年代感，和我完全个人化的考试记忆，竟然如此密切地联系在一起。

　　在共和国七十年的历史中，有些年月，千载难逢，不同寻常，无论对于历史，还是对于个人。

　　七十年代末，就是这样的一段年月。

　　那时候，"四人帮"刚刚被粉碎，国家和民族正在一个历史的转折关头，才忽然觉得悲尽兴来、物转星移，才一下子觉得报国有门、济世对策，也才真正明白了"举国欢腾"和"百废俱兴"是什么意思，仿佛天都格外地蓝了起来。

　　那时候，我在北京郊区的一所中学里教书，业余时间到丰台文化馆参加文学活动。文化馆里聚集着一群爱好文学的志同道合者，其中有后来的报告文学家理由、小说家毛志成、儿童文学家夏有志、不幸英年早逝的评论家张维安……不过三尺微命，都是一介书生，在此之前，大家并不认识，却仿佛惊蛰后的虫子一下子冒出来似的，相逢何必曾相识一般聚在了一起。大家坚信东隅已逝，桑榆未晚，一份几乎丧失殆尽的文学旧梦，像是普希金童话诗里那条小金鱼一样，渔夫撒网终于又捞将上来。

那时候，我们一起编一本叫做《丰收》的内部文学杂志，和那个"百废俱兴"的氛围是那样的吻合，在那间也就十平方米的小屋里，激情和想象，争吵与辩论，总会爆棚而能够把屋顶掀翻。或是剪灯听雨、拍窗对月，或是清茶浊酒、白雪红炉，或是干脆吃着五分钱一个的烧饼，喝着白开水，润着早已经争执得沙哑的嗓子，将我们彼此写的小说或诗歌，像在舞台上一样充满感情地朗诵着，然后相互毫不留情地批评，突然冒出的好建议和噼噼剥剥的煤火一起蹿起来。我们甚至为文章里多的几个"的"字到底要还是不要而激烈地争论着，仿佛如同哈姆雷特在追问"是生还是死"一样认真而执著。

我们也常常结伴，骑着自行车，一列长龙浩浩荡荡地从郊区出发，把车铃转得山响，一路迤逦而来，杀向王府井的新华书店，不惜排着小半天的长队，为了买那些重见天日、让我们渴望已久的古今中外名著。那时，托尔斯泰的《复活》1.85元一本、雨果的《九三年》1.15元一本、两本《古文观止》1.5元，一套《唐诗选》才2.1元……

文化馆文学组的组长是理由，他大我整整十岁，为了能够让我抽出一段时间专门到文化馆安心创作，他骑着他那辆破摩托车跑到我们的学校里，磨碎了嘴皮子，找校长为我请假。他还骑着那辆破摩托车大老远地找到我的家，为的是带上我风驰电掣地穿过半个北京城，跑到小西天的电影资料馆去看一场当时的内部电影。而在大雪纷飞的春节头一天，张维安一身雪花雪人一样推开了我的家门，为了只是因文学而联系在一起的情感，还有一点点当时他那么坚定的希望。他总是果断地鼓励我说：你行，一定能行！

我对自己的写作并没有信心，而且，投稿对于我来说更觉得山高水远，烧香找不到庙门一样渺茫，心里充满忐忑，却莽莽撞撞地开始了我投稿的生涯。那时候，投稿很简单，将稿子塞进一个牛皮纸的大信封里，在信封的右上角剪下一个三角口，再在信封上写上"稿件"

二字，连邮票都不用贴，直接扔进信筒就行了。至于稿子是一去豪门深似海，泥牛入海无消息，还是幸运地得以刊用，全凭稿子的质量，再有就是运气了。

我底气不足，投寄进绿色信筒里的第一篇稿子，并不是我自己寄的，而是我的中学语文老师田增科。我写了一篇纪念周总理的两千多字的散文《心中的花》，先拿给田老师看，他觉得写得可以，便替我做主，装进信封，写上地址，在信封上剪下一个三角口，投寄给《北京日报》。投寄出去，我心里依然没有底，本是抱着出师未捷身先死的心态，没有想到很快就刊发在报纸的副刊上。那时，报纸刊物没有如今遍地开花这样多，几乎每个单位都订有《北京日报》，看到的人很多。两千多字的文章，不是豆腐块，占了报纸老大的版面，很是醒目。

我清楚地记得这篇散文的稿费是六元钱。稿费单是寄到我教书的中学里的，学校里的老师和我一样，都是第一次见到稿费单，很好奇，便像新闻一样传开了。有一天，校长特意把我叫到他的办公室里。当时我和年迈多病的母亲相依为命，生活拮据，每年过春节的时候，学校都会给我一些补助，这一次校长笑着对我说：你有稿费了，补助就给你一半吧，免得老师们有意见。我们的校长是西南联大毕业的，他送我出校长室的时候，又对我说：稿费每千字三块钱，太少了，还不如我们在昆明的时候呢。不管多少，这是我得到的第一笔稿费。事过多年之后，田老师替我打听到了，刊发我这篇散文的编辑是赵尊党先生。

初次试水，出师告捷，给了我一点儿信心。1977年的年底，我写下我的第一篇小说《一件精致的玉雕》，文学组的同伴看完后觉得不错，像田老师一样，替我在信封上写下地址，再剪下一个三角口，寄到了《人民文学》杂志。《人民文学》是和共和国同龄的老牌杂志，是文学刊物里的"头牌"，以前在它上面看到的尽是赫赫有名的作家的名字。那时候，刘心武的小说《班主任》刚刚在《人民文学》上发表，轰动一时，《人民文学》自然为众人瞩目。如果不是文学组好心的伙伴替我直接寄出了稿子，我是不敢的。

没过多久，学校传达室的老大爷冲着楼上高喊有我的电话。我跑到传达室，是一位陌生的女同志打来的，她告诉我，她是《人民文学》的编辑，小说收到了，觉得写得不错，准备用，只是建议我把小说的题目改一下。他们想了一个名字，叫《玉雕记》，问我觉得好不好？我当然忙不迭地连声说好。能够刊发就不容易了，为了小说的一个题目，人家还特意打来电话征求一下你的意见。光顾着感动了，放下电话才想起来，忘记问一下人家姓什么了。

1978年的第4期《人民文学》杂志上刊发了这篇《玉雕记》。我到现在也不知道打电话的那位女同志是谁，不知道发表我的小说的责任编辑是谁，那时候，我甚至连《人民文学》编辑部在什么地方都不清楚，寄稿子的信封都是文学组的伙伴帮我写的。一直到二十年后我调到《人民文学》，我还在打听那位女编辑是谁，杂志社资格最老的崔道怡先生对我说，应该是许以，当时，她负责小说。可惜，许以前辈已经去世，我连她的面都没有见过。

如果说文学作品有"处女作"之说，投稿也应该有属于自己的"处女投"。真正属于我的"处女投"，是寄给《诗刊》的一组儿童诗。说是一组，其实统共就两首，完全是仿照泰戈尔《新月集》写的。大概前面两次投稿都还顺利，壮了我的胆的缘故吧，我在信封上写上"寄《诗刊》编辑部收"，把稿子装进去，再在信封右角剪了一个三角口，就扔进了邮筒。这是我第一次自己往外寄出的稿子，感觉真有些异样。那时候，大街上的信筒是老式的，绿色的，圆圆的，半人高，以前也曾经不止一次往里面投寄信件，但是，都是贴上邮票的呀。这样不贴邮票，就剪下一个三角口，能寄到吗？然后，马上打消了自己这样小心眼儿的念头，以前两次寄出的稿子，不是都寄到了吗？你的手气就这么差？

那时，《诗刊》编辑部在虎坊桥，我每天从学校下班，都要路过那里倒车回家。在他们编辑部的门口有一块大玻璃窗，每一期新发表的诗，他们都选出一些，用毛笔手抄在纸上，贴在玻璃窗里，供过往的行人观看。玻璃窗前总会围着好多的人，一行一行把诗看到底，那时人们关心诗，就像如今人们关心橱窗里的时装秀一样，诗和文学离人们那样近。有一天黄昏下班路过那里，我忽然看见我的那两首诗，居然墨汁淋漓地抄写在玻璃窗里，题目改成了《春姑娘见雪爷爷（外一首）》。题目下面就是我的名字。最后一行，写着"选自《诗刊》1978 年第 6 期"。我的心跳都加快了，玻璃窗里我的那些幼稚的诗句，好像都长上了眼睛一样，把所有的目光聚光灯似的打在我的身上。这是我第一次发表的诗，也是我唯一一次发表的诗。只是，到如今，我知道了所有发表我作品的责任编辑，却始终不知道发表我的诗的编辑是谁。

对于我，"处女投"，和"处女作"的作用与意义相同。它让你有了信心，也让你见识了世道人心，那些你根本就不认识的编辑，让你触摸到并不敢忘怀的文学的良知、善意和温暖。

就在我对投稿有了一些信心的时候，投稿开始不再那么顺风顺水。我写了第一篇报告文学《剑之歌》，是写当时在马德里世界击剑锦标赛上负伤勇夺银牌的击剑女将栾菊杰的教练文国刚。寄给几处，不是退稿，就是石沉大海，这让我对这篇报告文学的质量打了问号。还是丰台文化馆文学组的同伴不服气，把退回的稿子换了个信封，转手要寄给《雨花》杂志，说栾菊杰和文国刚都是南京人，《雨花》也是南京办的，可能会认的。我拿过信封，自己给《雨花》杂志寄了出去。反正，也不用贴邮票，就是在信封上剪个三角口嘛。或许，真的会是东方不亮西方亮。

那一年冬天，我考上了中央戏剧学院。第二年春末的时候，我接到《雨花》杂志的一封电报，要我速去南京改稿。正在上课，学校不准请假，只好熬到放暑假，我到了南京。记得很清楚，我到南京的时候是清晨，路上的行人很少，只见有一些老人躺在马路边的凉椅上乘凉。刚刚下过一点小雨，地上有些湿润，风很清爽。按照地址找到《雨花》编辑部，站在大门口，怎么看怎么面熟，好像在哪儿见过。想了想，是在电影里，这不就是当年蒋介石的总统府吗？心想《雨花》编辑部真会找地方。

接待我的是《雨花》当时的主编顾尔镡先生。我知道，他是位著名的剧作家，写过话剧《峥嵘岁月》。他是粉碎"四人帮"后我见到的第一位作家，身材魁梧，仪表堂堂，面容可亲。他出现在我面前的样子，给我印象太深：穿着一条短裤衩、一件和尚领的大背心，摇着一个大蒲扇，和我在街上见到的那些躺在凉椅上乘凉的老人没什么两样。他让编辑先安排我住下，就住在编辑部旁边的招待所里，招待所旁边就是太平天国天王府的西花园，热是热点儿，风景十分不错。下午，顾尔镡先生来看望，对我说这房间太热，你晚上要是改稿子就到我们编辑部，那里电风扇多，也凉快些，便让编辑给我一把编辑部房门的钥匙。

那一年的夏天，南京非常热，每天趴在桌子上用两台电风扇前后身吹着改稿，听顾尔镡先生摇着大蒲扇说些和稿子有关或无关的事情，然后到新街口闲逛，到鸡鸣寺吃小吃，或到天王府的西花园散步，过的是我有生以来最惬意的日子。它让我不仅学会了文学上的许多东西，更让我感受到由文学的真诚所弥漫起的平和与温馨的氛围。1979年10月，我的这篇经顾尔镡先生指导修改的报告文学，发表在《雨花》杂志的头条位置上。

那时候，文学是多么的纯，人与人之间的关系是多么的纯，就像那时没有雾霾没有酸雨没有沙尘暴的天空一样，让我的呼吸那样的顺畅。都是一些素不相识的编辑，都是沙海淘金一般从自然来稿里选择，没有一点如今已经越来越复杂而且是见多不怪的机心巧智与人际关系，以及由此编织的蛛网一般的网络，没有一点如今被金钱拨弄、被物欲所役所浸淫的尿迹一般发酵的痕迹。无论是作为作者的我们，还是素昧平生的编辑，不敢说那时都在做青史文章，却敢说那时没有一丝如今的朱门歌舞与后庭软花的气息。认真，热情，单纯，简单，就像当年我爱用的碳素墨水洇在纸面上一样，黑是黑，白是白，那样的清晰，那样的爽朗；就像当年的雪花飘落在地上一样，没有如今还没等落下很快就被污染的模样，或被我们有意装点成五彩的冰灯雪雕似邀宠的模样。曾经心想，那时候我投稿的经历，大概并非仅属于我自己的个例，很多作者都曾经和我一样拥有相似的经历，因为我们毕竟身处同一个时代。我分外怀念那一段年月。

非常有意思的是，我从南京修改完《剑之歌》回到家后的第三天，我的儿子落生。如同小鸟啄破蛋壳似的，他睁大了一双明亮的眼睛，望着对于他陌生的世界，和对他对我们一样崭新的时代。

2019 年 8 月 5 日写毕于北京雨中

郎平和一个时代

在我采访过的中国运动员中，郎平给我留下深刻的印象。她是一位佼佼者，可以毫不夸张地说，作为一名运动员，几乎无人可以与之匹敌。之所以这样说，是因为她个人的体育生涯伴随我国新时期整个体育史。如果说郎平是一本书，那么，打开这本书，可以管中窥豹，看到自粉碎"四人帮"以来这四十余年跌宕起伏的体育简史。

1980 年年底，郎平 20 岁，我受《中国青年》杂志的委派，到新源里她家和体委训练局女排宿舍采访她的时候，发现她和其他运动员有一点不同之处，那就是爱读书。光她订的杂志就不下十种。她告诉我，她爱读巴金、杨沫、宗璞的小说，也爱读大仲马的《基督山伯爵》和夏洛蒂·勃朗特的《简·爱》。她告诉我，1976 年地震时，在北京青年队塑料布搭成的地震棚里，她还在看书，看得眼睛都近视了，现在视力只有零点六。说到这里的时候，她冲我笑了起来。

那时候，郎平还只是中国女排初出茅庐的年轻姑娘。尽管这之后不久她第一次当选全国十佳运动员，但毕竟不像以后那样尽人皆知。她告诉我一个笑话，有一次和孙晋芳一起出门，在公交车站等车，几个小伙子冲她们两人叫道：嘿，傻大个儿，过来呀，和哥们儿比比个儿！气得她俩冲他们喊道：谁像你们呀，跟土豆一般高！说完，她和我一起乐了起来。如今，谁不认识她郎平呢？还会冲她这样乱喊乱叫吗？

后来，我为《中国青年》杂志写了一篇报告文学《球，落地生花》，记录了 20 岁初出茅庐的郎平。她的运动生涯开始时，正好踩在中国刚刚结束了一个旧时代、开启改革开放新时代的点上。可以说，她生正逢时。

四年之后，1984年洛杉矶奥运会，我国重返奥运大家庭，第一次在奥运会上亮相，其运动比赛含有无可比拟的政治意义，它不仅寄托在运动员身上，也翻涌于全国人民的心中。郎平幸运地参加了这一届奥运会，不仅参加，而且和女排姑娘们一起在决赛中，以3：0的成绩干脆利落地完胜美国女排，实现了她们同时也是我们中国人的三连冠梦想，可谓扬眉吐气。正是国家改革开放伊始，万物复苏，百废待兴，郎平参与了拉开这个新时代的帷幕，而成为世界瞩目的显赫人物。

体育正是那个时代崛起的一面镜子，是民族精神振奋的一种写照和激情的一种宣泄。所以，当时的中美女排决战，万众瞩目，一家老少都围着电视机看，连大字不识的老太太都知道"短平快"，都会叫响郎平的外号"铁榔头"。当中国姑娘胜利归国的时候，万众欢腾，红旗漫卷。女排的那场胜利，对于我们是那样的重要，因为女排的拼搏，成为了那个时代的精神，鼓舞着各行各业的人们；女排的成功，成为了一种集体记忆，铭刻在历史的年轮里。郎平，成为一个时代英雄的名字，一个体育新时代最值得骄傲也是最醒目的象征。

1986年，26岁的郎平退役。退役之后，她结婚生女，到美国留学，尽管生活之路并不平坦，但她都很努力，并获得成绩。她独自品尝人生的种种况味，而将曾经的辉煌与美好的记忆，留给我们大家。

这之后，九年的时间如水而逝。九年，淡出赛场与人们的视野之外，足可以让人彻底遗忘，很多曾经有名的运动员，就是这样被时间的水流冲淡了色彩，被无情地遗忘。郎平，之所以是郎平，就因为她不可能被遗忘。她的血液里，融化着体育的细胞；她的睡梦中，激荡着对体育割舍不去的情感。她不愿意归隐江湖，独钓寒江，而愿意做弄潮儿。1995年，郎平临危受命，担任中国女排主教练，这是她人生角色的重要转换，从中国女排的运动员，成为中国女排的教练员。九年来人生起伏之中，中国女排的运动员，有的出国，有的经商，有的升官，有的成为将军，只有她一人做到了这样不同凡响的转换。尽管伤病缠身，尽管生活跌宕，她始终都无法离开自 13 岁就开始摸爬滚打的排球场。那一年，从美国飞抵首都机场，她受到前所未有的热烈欢迎，是郎平，也是几乎所有人都没有料到的盛况。郎平，中国体育一个从未被遗忘的名字。她的名字响亮，永远回荡着历史与时代的回声，是其他运动员难以比拟的，就因为她始终在场，在体育的现场叱咤风云。

在她的带领下，仅仅用了一年的工夫，1996 年，在亚特兰大奥运会上，中国女排获得亚军。可以说，做运动员和教练员做到这份上，是郎平体育与生命的巅峰，迄今在女排前国手中，无人可以企及。

以后，她只身一人闯荡意大利好长时间，又辗转回到美国，执教美国女排。她开始率领美国女排打中国女排，作为主教练，她将在 2008 年北京奥运会上，在自己的家门口，和中国队的主教练陈忠和对垒斗法，这不仅成了中国球迷和记者、也成了世界许多人关注的热门话题。一时间，郎平被推上舆论的浪尖。这段富于戏剧性的经历，更是中国女排前国手不曾有过的传奇。

这一年，率领美国女排出征北京奥运会的郎平 48 岁。那一年，跟随中国女排出征洛杉矶奥运会，战胜美国女排获得三连冠的郎平 24 岁。生命中的整整两轮光阴，让郎平出奇地从此岸站到彼岸。按照过去人们的惯性思维，是两军对垒，站在了敌对的一面。不少人对此颇为不解，棋圣聂卫平对此更是颇有微词，但绝大多数人为郎平骄傲，也为中国骄傲。毕竟时代在前进，曾经为以郎平为首的中国女排举国欢庆、万人空巷，属于一个时代；转身一变，执教美国女排，对阵自己国家的女排，属于又一个时代。体育，是战争的袖珍版，又是和平的象征物。中国运动员、教练员到世界各国当教练的有很多，并不独郎平一人，只不过郎平名气更大，女排这个项目更为国人瞩目而已。实际上，郎平此举，善莫大焉，不仅促进了世界女子排球的发展，而且给我们带来了多少观赛的欢乐，让一部体育史变得那样丰富多彩。

记得当年有记者曾经问郎平：你带领的美国女排参加北京奥运会，和中国女排对阵，你是一种什么样的感受？郎平回答得非常得体。对比我第一次采访她的时候，她确实成熟了许多。看得出常年国外的生活与学习，东西方文化的碰撞，使她受益良多，不那么偏颇，不那么拘谨，也不是我们所想象的那样，心里充满矛盾或痛苦。她说：带领美国队对抗中国队，一定会有不同的感受。从感情上，中国队是我的祖国的队伍，当然会很特别。但作为职业教练，我尽量不去想对手是中国队，只是我的一个对手，战胜对手是必要的，这是体育比赛，不是战争。同时，她说：我还是希望中国女排能够走在世界之巅。只不过，她有自己对"世界之巅"的理解，她说：奥运会上有两个中国主教练，说明中国排球走向了世界，也展示了中国排球的魅力。

事实上，人们对那一次中美女排大战的关注，和二十四年前的心情与心态已经大不一样。从爱国激情到国际友情的演进，从借助体育浇自己心中之块垒一般的宣泄，到尽情享受体育回归体育之本位，正体现了一个越来越有实力、越来越朝气勃勃的中国的开放和包容的胸怀。我们对体育认知的提升，和我们国家自身的进步与发展是同步的。于是，女排不仅仅是历史中的一种精神和我们怀旧中的一种情感，更是中国在新时代焕发出的一种青春形象。郎平便不仅仅属于中国，也属于世界。

如今，水流回环，郎平又回国成为了中国女排的主教练，以近60岁的高龄带领新一代的女排姑娘，步入体育的一个新时代。我不知道郎平心里做何感想，会不会想起四十年前曾经一样年轻的自己。训练场和赛场像一个个旋转的魔盘，变幻着自己多彩的人生。流水带走光阴的故事，改变了一个人。

我常常会想起三十九年前，第一次采访郎平的情景。一晃，四十年的时间这么快过去了。那时候的郎平，叠印着今日的郎平。郎平，踏进体育，从一个年轻的姑娘到霜染两鬓，贯穿中国改革开放整整四十年，让我们清晰地看到体育见证郎平的成长，更看到体育见证历史的进展。

2019 年 7 月 27 日于北京

做韦伯一样的猪

我属猪，和猪还真有不解之缘。

小时候，家中生活拮据，姐姐十七岁就只身闯内蒙古修京包线铁路。头一年回京探家赶上春节，在王府井的百货大楼买了个瓷做的存钱罐，罐子不小，足有个小皮球大，造型是头肥头大耳的猪。姐姐对我说：你属猪，就送你这个当过年的礼物吧！

这头猪便跟随我整整六年，一直到小学毕业，里面存满了哗哗响的硬币。初二那一年，母亲病了，怕花钱，一直不去医院看病，有一天半夜里吐血，吓坏了我。姐姐闻讯从内蒙古赶回家，替母亲在北京铁路医院（当时在东华门附近）办好了医疗证，作为铁路职工的家属，母亲的药费可以享受半价报销。

半价，母亲还是舍不得。姐姐走后，我到王府井的集邮公司卖掉了我的两本集邮册。和那头猪的存钱罐一样，那两本集邮册也是从上小学就开始攒的，整整七年。卖掉邮票的钱，还是不够多，我把那头猪的存钱罐砸碎了，把里面的硬币倒了出来，一起交给了母亲。从不发火的母亲骂了我，然后又安慰我说：那头猪做得多喜兴啊！我看见，母亲在悄悄地擦着眼角。

到北大荒插队的时候，我喂了两年猪。我认识了什么叫跑阑子猪（种猪），什么叫劁猪（被劁的猪），还认识了那个年代里的新品种巴克夏猪。我住在猪号里，外屋放着烀猪食的大锅，里屋住着我和一个山东盲流来的跑腿子（单身汉）。猪圈就在屋的后面，半夜里睡不着的时候，能够清晰地听得到那一群猪八戒的哼哼声，那声音低沉得像好多把走了调的大提琴。

永远忘不掉的，是那一夜"大烟泡"彻底淹没了猪的哼哼声，暴风雪把猪圈的围栏吹断，一圈的猪八戒都撒了欢地跑了出去，惊醒我们两个人，一个人跑去招呼人，一个人冲进风雪找这帮猪八戒。这帮家伙把我害得格外的狼狈，它们陷进没腰身的雪窝子里，我要去救它们；我陷进雪窝子里，却只好自己爬上来，浑身的棉衣冻得跟铁一样梆梆硬。

关于猪的记忆，由于日子过去久远了，即使有些酸楚，也变得温暖而难忘，时间像水把那些记忆冲洗得干干净净，把那些不愉快的泥垢筛去。

我没有别的收藏爱好，但收藏猪的小玩意儿，无论外出到哪里，国内国外，只要碰上了这样的小玩意儿，总要带回家，木头的、石头的、泥塑的、玻璃的、水晶的、铁皮的……随着日子一起增多，比我当年在北大荒喂猪的猪圈里的还要多了。

我发现，国内和国外做的猪，不大一样，国内的猪，除了民间剪纸，一般比较写实，憨头憨脑，重拟人化，属于现实主义；国外的猪一般夸张，卡通，可爱活泼，童话风格，属于浪漫主义。我曾经在布拉格买了一只水晶猪，粉红色，没有眼睛，四条腿和一对耳朵、一张嘴，都删繁就简为几乎相同的一个圆圆的小点，却那么神似，真的可爱之极。我在美国买了一头瓷猪和一头铁皮猪，藕荷色的铁皮猪身上布满各种颜色的花朵，明黄色的瓷猪的眼睛、嘴巴和屁股上都画着闪着光的红心，真是情趣盎然。我们这里造猪，再怎么造，也不会让心贴在猪屁股上去的。

在美国印第安纳州的布鲁明顿小城，有一家猪餐厅，专门卖烤猪肘子。不是用电烤箱，而是专门用炭火，烤出的猪肘子很好吃。每次来布鲁明顿，我都会到那里去。去那里，不仅为吃猪肘子，还为看那里的猪玩偶。餐厅里，餐桌上，柜台前，窗台上，酒柜里，房梁间……只要有一点儿的空间，见缝插针，都摆着猪玩偶，各种造型，各种色彩，写实的、变形的、夸张的、浪漫的、童话的、神话的、拟人的、拟神的……让我非常爱看，每次去看，都会爱不释手，忍俊不禁。这里简直成了一个猪玩偶的博物馆。我从来没有见过哪一个餐厅展览这样琳琅满目的猪玩偶。

我在博物馆里看到过唐代出土文物的玉猪，和我们现在用机器制造出来的玉猪完全不一样，造型和线条都很简洁，只是在一块玉石上用刀轻轻刻了几笔，几乎没有凿下去什么废料，就让一头猪浑然天成，让人不得不佩服。艺术真的是只有变化，没有进化。现在的艺术，有时和古代有着天堑一般的距离。

我在报纸上曾经看到过这样一则报道，说在浙江余姚河姆渡遗址出土了新石器时代的猪的骨骸，还有刻着猪图案的黑陶钵，那可是七千多年前的猪，是最古老的猪了。据说，黑陶钵上刻着的那猪，身上带有花纹，头部向前低垂，腹部鼓胀，鬃毛耸立。那样子和今天的野猪有些相像，但身上刻有美丽的花纹，说明七千年前的猪凶猛却还是可爱的。

我一直想买一只这样的猪，如今我们制造的猪，都如人一样被驯化了，既没了七千年前那猪的野性，也没了唐代出土的那猪的灵性。潘家园就在我家旁边，有一天闲逛，真凑巧，碰上了在博物馆里看到过的那种唐代出土的猪，明知道是仿造的，还是买回一只，聊胜于无，多一点儿怀想吧。

我读过的关于猪的文学书不多，也许，世界上关于猪的书，更多偏重于饲养和烹调，而文学方面则侧重小白兔、白天鹅、大灰狼、狐狸或熊，却忽略了猪。在我读过的有限的书中，难忘的是小时候读过的我国作家包蕾的《猪八戒吃西瓜》，长大以后读到的美国作家怀特的《夏洛的网》，还有美国作家大卫·威斯纳的童话《三只小猪》。

《猪八戒吃西瓜》中猪的性格，那样的可笑，又是那样的可爱，是《西游记》里猪八戒的最有意思的续写。《夏洛的网》里那头叫作韦伯的猪，真的是太让我难忘了，我敢说他是世界上最可爱的猪。过年的时候，韦伯面临被宰杀的时候，是蜘蛛夏洛在自己织的网上面为韦伯织下"好猪"二字，让人们以为是神谕，救了他的性命。自此之后，夏洛总在她织的网上面写字为他鼓吹，致使韦伯在展览会上获奖而成为一头不同寻常的猪。夏洛和韦伯的友谊就这样建立起来，当夏洛老去、死去，但她产下的三只小蜘蛛，被韦伯带回温暖的谷仓里悉心照料，每当韦伯看到这三只小蜘蛛的时候，总会想起自己的朋友夏洛。一头猪的情意，那样清澈，那样温暖，让我们作为人而赧然羞愧。

猪年又到了，今年我正好七十二岁。心里暗暗地对自己说：虽然已经老了，但如果要做猪，就做韦伯一样的猪吧。

2019 年春节前夕改毕于北京

一书犹望及生前
——重读奥兹

听到奥兹病逝的消息，我正在读译林出版社朋友新寄来的他的短篇小说集《朋友之间》。一个人，和一个素不相识的作家的缘分，往往这样的奇怪。在一个陌生的角落里，读一位心仪作家的书，这位作家正在另一个陌生的角落里，根本不知道你在读他的书，但是，你们已经在书中相会并熟知。这便是文字独有的神奇，所谓身无彩凤双飞翼，心有灵犀一点通。

就我个人而言，我更喜欢奥兹的短篇小说。对比他的长篇小说《爱与黑暗的故事》，他的短篇小说写得更有节制而精悍。因为刚刚听到奥兹逝世的消息，放下这本《朋友之间》，去找他的另一本短篇小说集《乡村生活图景》。如今图书出版几近泛滥，我没有保留旧书的习惯，属于狗熊掰棒子，读一本，扔一本，为了让家里拥挤不堪的书房清爽一些。但是，奥兹的这本《乡村生活图景》，我保留了下来。那是我一年多前读过的书，书页间，有我随手涂抹的读书笔记。

重新翻看这本旧书，为的是找到和奥兹相遇的经历，仿佛在回忆和一位逝世的旧友过去的交往一样，雪泥鸿爪，便也尽含情意。尽管我根本不认识奥兹。

这是我读的奥兹的第二本书，第一本是他的《爱与黑暗的故事》。但是，说实话，我没有读完，也不是因为他过于琐碎，写得太长了，而是我已经没有了耐心。读《乡村生活图景》不一样，以色列特里宜兰那么一个小的乡村，那么一个个的小人物，被他写得那么的耐人寻味。波澜不惊的生活图景背后，被他揭示出那么多荡人心弦的曲衷和秘密。好的文学作品，总应该是这样从心灵到心灵，让陌生人之间产生共鸣，从而感到彼此并不陌生，感觉这个世界并不大，处处都有着惊人的相似之处。

同样作为短篇小说，和奥兹的前辈俄罗斯的契诃夫相比，奥兹更具有现代性；和奥兹的同辈加拿大的门罗相比，奥兹写得更为干净，没有那么多的旁枝横逸和复杂交织，也没有那么多的巧合。契诃夫的有些短篇小说，更像是小品。门罗的很多短篇小说，更像中篇。每个人的审美取向和爱好不尽相同，奥兹的短篇小说，更符合我理想中的短篇小说。

找到《乡村生活图景》，重新翻看《亲属》。因为，一年多年前，第一次看这本书，先看的就是这篇小说，算是第一次和奥兹有了真正的握手交谈，看清了一些他的眉眼，听到了他说话的声音和呼吸的节奏。这便是我为什么重读这一篇小说的心理原因。仿佛找到一个旧相识的老照片，那上面，不仅有他，还有我自己的身影，而且，是我们的第一次合影。逝去的日子，逝去的人，便一起复活。

这是一篇书写亲情的小说。如果仅仅是亲情，也没有多大意思，写的人多了。奥兹与众不同，写的是维系并渴求一个孩子亲情的姐妹两人之间，却恰恰失去了亲情而变得无比的隔膜，两人都是极其孤独，而且是无法排遣的孤独。亲情，便不再只是我们惯常见到的那种煽情的儿女情长，婆婆妈妈，琐碎腻人，而有了更多的人生况味和内心无可言说的苦楚。

姐妹之间的隔膜，妹妹对于姐姐这个孩子割舍不掉的亲情，这些属于叙事的内容，融入了早春二月那个夜晚妹妹接这个外甥时候的回忆中表达。这种以一个接人的外壳包裹回忆的写法，并不新鲜。但是，奥兹却将现在进行时态的接人和过去时态的回忆，穿插交织得那样干净而熨帖，毫不繁琐啰嗦。奥兹没有将回忆完全作为往事单摆浮搁流水账式地叙述，也没有将接人写得只是接人那样的单线条的单薄干枯。回忆中的玩具熊、跳棋、诗集和明信片的细节，帮助他将回忆删繁就简而呈现出富有棱角的画面，将单纯的叙述变成了文学化的描写。接人中的大衣和树枝的横空出现，则帮助他完成了本来平淡无奇情节的自然起伏跌宕，让只是一场接人的寻常生活场景和人物心情，变得姿态摇曳。

最后，外甥没有接到，女主人公精心为之准备的烤鱼和土豆，她自己热了热，但是，没有吃，倒进垃圾桶。她无声地哭泣起来，两三分钟后，她把放在床头那个给外甥准备好的已经破旧的玩具熊埋进抽屉里（埋字翻译得真好，不是放进，而是不忍心再看见）。回忆和现实，有了细致入微的呼应。小说最后一句："半夜时分，她脱衣睡觉。特里宜兰开始下雨。雨下了整整一夜。"不尽的余味缭绕，弥散在小说之外。

重读这篇小说，还是让我感动，觉得奥兹写得那样的好。

我一直认为，想念、热爱或纪念一位作家，最好的方式，就是读他的作品。这是你和他或她相会的最佳路径。前辈沈祖棻教授有这样一联诗："漫说百书输一面，一书犹望及生前。"我这样理解，百书指书信，而后一个书，我则认为是著作。读已故作家的书，就像看到他生前的样子了。

谨以此短文纪念奥兹。

2019 年 1 月 3 日于北京

地平线，遥远的地平线

在城市，已经看不到地平线。被高楼大厦遮挡，地平线在遥远的天边。地平线，对于人们似乎可有可无，没有什么价值和意义。

有时候，我会想，地平线，真的对于我们没有什么价值和意义吗？如果说有，它的价值和意义，在哪里呢？我说不清。我们现在所说的价值和意义，都是有非常明确指向的，大到历史与文化，小到每平方米建筑面积，以至更小到柴米油盐。地平线，看到看不到，不当吃不当穿的，又有什么关系呢？

是，关系不大。但不能说一点儿关系都没有。

对于我，看到地平线最多的时候，在北大荒。几乎每天都可以看到。无论出工到田野，或者垦荒到荒原，或者收秋在场院，都可以看到遥远的地平线，连接着田野荒原的尽头，和天边紧紧地镶嵌在一起。天气好的时候，地和天相连的那一线，是笔直的，是阔大的，像天和地在亲密地接吻。天气不好的时候，那一线的衔接是灰色的，是暗淡的，即使雷雨天，地平线有惊鸿一瞥的闪电，却也是平静的，安稳地等着电闪雷鸣消失，看不出它一点的情绪波动。这便是大自然，真正的宠辱不惊，不会像我们人一样，踩着尾巴头就会跟着摇晃，大惊小怪，或失魂落魄。

早晨或黄昏时候的地平线最为漂亮。有晨曦和晚霞，有朝阳和落日，地平线的色彩格外灿烂。而且，天空中呈现出所有的灿烂，都是从那里升起，在那里落幕的。有一年的麦收，我们打夜班，连夜把地里的麦子抢收，拉回到场院里来。坐在垛满高高的金色麦秸的马车上，迎着东方走，看见了地平线是怎么样一点点地由暗变青，怎么样由鱼肚白变成了玫瑰红的晨曦，那一刻的地平线，真的是诗情浓郁，像是变化万千的舞台，上演着魔术般的童话。

1974年的初春，我离开北大荒，队上派了辆牛车送我到农场的场部，赶车的是我的中学同学。黄昏时分，春雪还未化尽，牛车嘎嘎悠悠地走得很慢，似乎依依不舍。我不住地回头看着生活了整整六年的二队，忽然看见一轮橙红色的灯笼一样巨大的落日，在以很快的速度下沉，一直沉落到地平线之外，光芒还弥散在四围，我生活了六年的二队，就在这一片金黄色和橙红色的光晕包围之中。第一次感到，地平线离我竟是那样的近，近得是那样亲近。

第二天早晨，天气忽然变了，细碎的雪花飘飘洒洒。那一天，我的女朋友送我上了一辆敞篷的解放牌大卡车的后车斗里。分手在即，不知未来，来不及缠绵悱恻，甚至连挥一下手都没有来得及，车子已经驶动，而且，吃凉不管酸地越开越快。很快，她的身影变小，和地平线融合在一起。春雪似乎是排着整齐的队伍，从地平线一点点地飘曳过来的。我看见，她顶着雪花在跑，一点一点地，变成了一片小雪花，淹没在茫茫的雪原之中。地平线，似乎在我的周围，像一个圆圈，像如来佛的一只巨手，紧紧地围裹着我，寒冷而凄切，不动声色，又幽深莫测。

离开北大荒，回到了北京，我再也没有看见过这样开阔这样让我感慨又难忘的地平线。

再一次和地平线邂逅相遇，是几十年之后，在遥远的戈壁滩。那一年的夏天，我去青海柴达木盆地的西部，寻访阿吉老人之墓。老人是乌孜别克族，是第一位带领勘探队到青海寻找石油的向导。墓地在尕斯库勒湖畔，湖水全部来自昆仑山和阿尔金山融化的雪水，真的清澈如泪。湖水的尽头，便是地平线。站在湖边，遥望地平线，如同看大海和天相连，水天荡漾，天如水，水如天，是在别处不一样的感觉。

几十年前，一群和我年龄差不多的北京学生，也曾经来到这里。那时候，讲究上山下乡，他们支援三线建设，来到这里当石油工人。他们和我一样，也是到这里来寻访阿吉老人。他们和我一样，也是站在孖斯库勒湖边，被那水天相连的地平线所吸引。和我不一样的是，他们竟然脱下鞋，挽起裤腿，走进湖水之中，向着那遥远的地平线走去。那个时代，对于我们这一代年轻人，拥有很多诱惑，膨胀着很多激情，便毫不犹豫地泼洒出很多最可宝贵的青春。这一群年轻人被地平线所诱惑。他们无一幸免地被地平线所吞没，全部沉没于孖斯库勒湖中。

想起这一切，地平线，给予我的感觉，竟是那样的复杂，一言难尽。

前些天，看到一篇文章，介绍画家何多苓的近况。何多苓的年龄，和我们这一代人差不多，经历过同样的岁月颠簸。谈到最近的画作时候，他说，以前风景画中要有地平线，必须要用地平线体现一种诗意。他说，现在，不会了，不必怀念年轻的自己，现在，他会更自由地画。

他的这番说辞，肯定有他的况味沧桑之后的感悟。我想起他的那幅有名的《春风已经苏醒》。记得刚粉碎"四人帮"不久，在美术馆看到这幅油画的时候，很感动。那种忧郁的调子，那种迷茫又充满渴望的情感，那种时代交替之际的隐喻，觉得和同样出自四川罗中立的那幅名画《父亲》，绝然不同。画中那个坐在草地上、咬着手指的小姑娘，望着画面之外的什么地方。什么地方呢？是遥远的地平线。

无论如何，我们经历了多少苦难、迷茫、失落，乃至整个青春与生命的代价，还是要相信，地平线是存在的。哪怕它在画面之外。

2019 年元旦试笔于北京

街头九章

一

夏天，在杨梅竹斜街，看见房檐下晾晒着一排颜色各异的衣服。晾衣绳系在两扇窗户之间，是这户人家的后窗，正好临街，一览无余。这些衣服，有大人的，有小孩的，有男人的，有女人的，还有内裤和胸罩。都是夏装，颜色很鲜艳。从衣服的颜色和样式上，可以猜得出，是一家三口的年轻人。

街头晾衣服，在国外很难见到，是中国城市才会有的特色，而且，是北方胡同、南方里弄才有的特色。见过上海的里弄里，衣服搭在两楼之间窄小的空间，顶着灿烂的天空，迎风飘动，艰辛生活中的活泼而自得，别有一番家长里短的风情。

没有风，杨梅竹斜街的这些衣服，没有那样的飘摇，一动不动，像是一幅画里面画的衣服一样，定格在那里。黑乎乎的后窗，像一只眼睛，死死地盯着它们。阳光很强，一面灰墙，闪着反光，让每一件衣服都能感到挺热，甚至烫人。

一个年轻的女人，手牵着一个五六岁的小姑娘，走出院门，两人都穿着漂亮的花裙子，鲜亮的颜色，有意和晾晒的那一排衣服争奇斗艳。

二

有一年冬天，我陪着芝加哥大学的宝拉教授去看八大胡同。在陕西巷，一户人家的窗台上放着一溜儿冻柿子，个头儿一般大小，像排队一样，敦敦实实、整整齐齐地蹲在那里。橙黄的柿子，画龙点睛一般，让一条灰色暗淡的陕西巷，都有了亮色。

宝拉感到很新鲜。

我告诉她，北京有这样的讲究，冬天入九那一天吃一个冻柿子，然后，每一个九的第一天吃一个冻柿子，一直吃到九九冬天的结束，可以防治咳嗽。

原来是这样！她惊讶得睁大了眼睛。

其实，这很平常，冬天，寒风呼啸的日子里，没吃过喝了蜜的冻柿子，谁还能称得上是北京人呢！

三

在青云胡同，没有见到一个人。这条胡同的一半要拆迁，胡同两旁的院子里，几乎没有了人家。断了烟火气的胡同，清静得很，能听见自己脚步的回声。一切，显得不那么真实似的，好像走在旷野幽谷里。

胡同拐角处，忽然看见电线杆上绑着一个篮球筐，球网的穗子，红白相间，还很新，飘荡在风中。猜想，一定是哪个爱好篮球的孩子，把球筐绑在了这里，电线杆子成为了免费的球架，因地制宜，放学之后，可以在家门口玩会儿球。

看球筐绑在电线杆子上的高度，得是大孩子，起码上了中学。能绑这样一个球筐的孩子，得穿耐克篮球鞋。别看没辙儿只能将就住在窄小破旧的胡同里，一身行头，不能将就，得有点儿 NBA 的范儿。

寂寞的球筐下，听得见唰唰球进筐的声音，砰砰球落地的声音。如同电影里的空镜头，幕后回荡着清亮的回声。

以前，我小时候，在这样的胡同里，是和同学一起踢足球。两个书包，各码一头，就是球门。

那时候，胡同拐角处，有一块石碑，上面刻着"泰山石敢当"。

四

早晨，去老马家早点铺吃早点，路上，总能看见一个卖菜的外乡人。每天早上，他都会雷打不动在那里卖菜。

在公交车站旁的便道上，靠着一棵粗大的杨树，摆开一排菜箱，箱子里的菜，红的红，绿的绿，白的白，很鲜亮，让我想起汪曾祺写过的诗句："来了一船瓜。一船颜色和欲望。"燃起这一箱箱欲望的，大多是附近起早的老头儿老太太。

他人站在另一头，是统率这些红红绿绿蔬菜的将领，感觉良好。

四十来岁，个头儿不高，说话和气，任人随便扒拉他的菜，他从不言语。装菜的一辆电动三轮车，就放在前面，如果有调皮的孩子上去玩，他也不言语。

有时吃过早点，我路过他的菜摊，买点儿菜，顺便和他聊两句。

我曾问过他，你跑到街头卖菜，城管不管你吗？

他说：我来得早，城管上班晚，他们来的时候，我早卖完菜回家了。

有时候，买完菜，一掏兜，零钱不够了。他会说，下次再给吧！让我把菜拿走。

有一阵子，没见到他。大杨树下，没有了他的菜箱，没有了他的电动三轮车，空落落的，像一块斑秃。

后来，他回来了，我问他哪儿去了。他告诉我，回老家一趟。孩子结婚。

他的孩子居然都结婚了。他有这么大年龄吗？都说城里人比乡下人显得年轻，也不尽是呢。

五

街头有个修车铺，长年累月在那里，变成了一棵长在那里的街树。

修车铺的后面，原来是一片平房，他就在那儿修车。平房拆了，变成了一片高楼，他还在这儿修车。他和他的修车铺，就在背景的变换之中，一起苍老。

有一天，我坐在马路对面的台阶上，画他的小铺——一辆排子车改造的，上面驮着柜子，摆满零零碎碎的各种工具和配件。

也画他，他坐在一旁的一把折叠椅上，一副愿者上钩的样子，闲云野鹤一般，满不在乎，半闭着眼睛，望着前方，似睡非睡，半醉微醺。

私家小汽车普及后，自行车少了，修车的人跟着也少了；开始流行共享单车，那车可劲儿造，坏了就扔，不坏也扔，自有专门人去收拾，他修车的生意更加锐减。不过，他还坚持在这里，不图挣钱，有个抓挠儿，自己给自己找点儿乐吧。

他的修车铺小，却五脏俱全，得画一阵子。每次抬起头往他那里看的时候，都觉得他也在抬头看着我，便有些做贼心虚，怕被他发现我在画他，被抓个现行，当场露怯。

画完之后，拍拍屁股走人之前，又朝他那边瞅了一眼，他还是一样的姿势，眼睛瞅着前方。心想，也许，他习惯了，就是这样，根本没工夫搭理我。是我自作多情，以为人家在看你画画呢。

六

如今，街头最流行的景象是手机，不少人行色匆匆走在路上，总忘不了拿着手机津津有味在看。

曾经看过一幅题为《都市风景线》的水彩画，画面中那些行走在都市街头的人群中，没有一个人的手里是拿手机的，倒是有一个穿黄裙子的年轻女子，手中拿着一本书，边走边看。

这是幅2000年的作品。那时候，手机还没有在街头流行。手机的流行，尤其是智能手机的风靡，也就是近几年的事情。手机不仅有了听，而且有了看的功能。手机不仅改变了人们的生活，也改变了街头的风景线。

有一天，我路过一个十字路口，等红绿灯的时候，看到街道两旁的人，不管站着的，还是蹲着的，都在看手机。绿灯亮了，一对年轻的情侣，女的撒娇，非要男的背着她过马路，男的背着她过马路，如同撑船过渡。迎面走来的时候，我看见，女的手里还舍不得放下手机，正对着手机讲话，讲的什么，听不大清，燕语莺声，倒是挺甜的。她一边讲着话，一边咯咯地乐，男的脸上也现出幸福的笑容。

听说过这样一件事，有一女子边看手机，边过马路，走到马路的一边，不小心，被马路牙子绊倒，一头扎进路边的铁栏杆里，脑袋正好卡在铁栏杆的缝隙之间，当场卡死。

要是有人背着过马路，再怎么看手机，也不会出现这样的悲剧。

七

路遇，街头常见的情景剧。偶遇，是常见的。巧遇，是不常见的。艳遇，是想遇而不可遇的。最让人感到意外又兴奋的，是遇见多年不见的老朋友。

有一天，下公交车，相跟着一个和我年龄差不多的男人，也下了车。我们两人一前一后走上了便道，他从身后紧赶两步，走到我的前面，转过身问我：你是不是姓肖？我点点头说是。他又问：你是不是叫肖复兴？我又点点头说是。他一把抓住我的手问我：你还认识我吗？我摇摇头。他说：我是你小学的同班同学呀！三中心小学的。你记起来了吗？

我问清他的名字，记起来了。小学五年级，他和我们班上的一个女同学，一起到芦草园的少年宫演出《小放牛》。老师组织我们全班同学都去看。站在台下，看他和那个女同学边唱边跳，我的心里挺不得劲儿。原来定好的，是我和那个女同学一起演《小放牛》的。那个女同学长得挺好看的呢。不知为什么，老师最后决定让他来演。

自从小学毕业之后，六十多年，同班同学里，只遇到他一位。自然，聊了很多，天南地北，"文革"前后，别来沧海事，语罢暮天钟。

聊得最多的还是小学时候的事，同学、老师，一个个差不多都聊到。唯独没有说起和他一起演《小放牛》的那个女同学。

八

大约二十年前的冬天，雪后初晴的早晨，我坐车上班。路过华威桥下的十字路口，忽然看见一个女子赤身裸体，站在马路边上，一动不动，似乎没有感到数九寒冬的冷风像鞭子一样，从她的身上抽过。她浑身冻得通红，僵硬，更多是麻木。

正是上班的早高峰，车水马龙，行人如鲫，来来往往，穿梭不停，一样麻木得像卓别林时代的无声电影。

没有一个人过去，关心地问问她，或者给她披上一件衣裳，哪怕是单薄的衣裳，即使不能避寒，起码可以让她遮羞。

所有的人，都像我一样，忍不住望着她，心生怜悯，多看了她几眼。然后，上班去了。我们的车也掉头朝北扬尘而去。

二十多年过去了。想起这一幕，常为自己匆匆掉头而去感到有些羞愧。

即使，我帮不了什么。

九

有一件事，也发生在街头，过去了四十年，记得还那么清楚。

我的一个中学同学，刚从北大荒回到北京不久。我比他早回来几年，在一所中学当老师。他待业在家，一时没有找到工作。为了生计，他每天黄昏时候卖晚报，一份报纸能赚一两分钱。虽然钱少，也算有个营生，有个进项。

我们两家挨得很近，每天放学之后，没事的话，我会去和他一起卖报。我的嗓门儿比他大，使劲儿吆喝着。他的力气比我大，一摞报纸死沉死沉的，大多抱在他的怀里。

有一天，突然刮起了大风。抱在怀里的报纸，被风吹跑几张，他想去上前追风中飘飞的报纸，怀里的报纸一张张又被风刮走，像张开了翅膀的小鸟，纷纷扬扬地落在街头的角角落落。我们两人赶紧跑过去，弯腰一张张地捡报纸，却是顾此失彼，捡到这一张，眼瞅着又刮走另一张，按下葫芦浮起了瓢，狼狈不堪。

正是下班的时候，很多路人帮助我们，把散落在街头的报纸，一张张、一张不少地捡起来，递到我们的手中。

以后，我听说过，也是风的缘故，街头遗落苹果、牛仔裤，甚至人民币的事情。好多次，都被路人捡走，并没有物归原主。我们怎么那么幸运，感受到街头曾经给予我们的温暖。

如今，那个街头早已不再，拓宽的马路旁，盖起了一片漂亮的高楼。

2018 年岁末于北京

桂花六笺

一

小时候，我住的大院里，曾经有一株桂花树。那时候，北京的院落里，一般种些海棠、丁香、石榴、枣树之类，很少有见种桂树的。秋天时，它开花，花很小，藏在树叶间，不仔细看，几乎看不见。院里的街坊曾经用它加糖煮沸做过糖桂花。但是，在我的记忆里，似乎从来没有闻到过它的花香。这很奇怪，因为在书中看过介绍，说桂花的香味是很浓郁的。

那株桂花树没种几年，就死了。大概，水土不服。或者，在北京的大院里很难养。不过，这只是我的猜测。我们大院里曾经有三棵枣树，据说，是清朝时候的老树了。还有两棵丁香，一棵开白花，一棵开紫花。这几棵树，先后也都死了。

如今，我们的大院，都没有了。前几年，拆了。

二

到北大荒插队的第三年，我第一次回北京探亲。和当时在青海石油局当修井工的弟弟约好，一起去十三陵游玩。正是秋天，一进十三陵景区大门，便闻到一股浓郁的香味。我从来没有闻到过这样的香味，那香味，真的好闻，直冲进肺腑，翻着跟头似的，泛着冲天香气，当时，想到的一个词，就是沁人心脾。

再往里走，看到甬道两旁，摆着两排花盆，里面种的是桂花，树都不高，但那香味，真的是格外浓，浓得像一杯酒。没有风，却像是被风吹着，紧跟着你，缭绕在身旁，久久不散。

别的树开花的时候，很多花是很漂亮的，比如梨花如雪，桃花似霞，樱花如梦，榴花似火，合欢花恰如绯红的云彩……但是，一般越是开得漂亮的花，都没有什么香味。

也曾经闻到过有些树的花香，印象中最为芬芳的是丁香。但是，和桂花的香味相比，还是淡了些。如果丁香像是一幅水彩，桂花则像是一幅油画，最起码也是一幅水粉。丁香的花香雅致，桂花的香气撩人。

很久很久以后，就是如今过去了四十多年了，只要一想起那年十三陵的桂花，那股香味，似乎还缭绕在身旁。

那一年，我正在恋爱。

结婚的时候，没有酒席，只是家人和几个朋友吃了一顿晚饭。我在街上买了一瓶桂花陈酿。

三

1986 年，我写了一本长篇小说《早恋》。写的是中学生的感情生活。不少中学老师不以为然，视若阴霾。但是，江苏常熟一所中学的班主任，却特意将这本书推荐给他的一位女学生。这位女学生走出了青春期所谓"puppy love"（小狗之恋）的旋涡之后，给我写了一封信。

那时候，她正读高中。从此，一直通信到现在。在所有和我通信的人中，包括亲人和发小或一起插队的朋友，都没有她和我通信的时间长。在我的人生中，算是一个奇迹。

更奇迹的是，在她和我通信第二年的秋天，她的家乡桂树开花的时候，她在信封里夹了一些晾干的桂花寄给我。从她读高中开始，一直到她工作几年以后，一直坚持了好多年。没有任何一个人，这样给我寄过桂花；我也从未想起过，给任何一个人这样寄过桂花或其他的花。或许，这只是带有孩子气的举动吧，人长大以后，会羞于此，或不屑于此吧。

但我很感动。每一年的秋天，江南三秋桂子盛开的时候，接到她寄来的夹带桂花的信，没有拆开，就已经闻到了桂花的香味。

其实，晒干的桂花是没有什么香味的。我却每次都能够闻得到。

前两年的秋天，她到北京出差。坐高铁从常熟出发到北京站，换乘地铁到我家，我去地铁站口接她，看她沿着滚梯上来，手里提着一个竹篓，里面装满的是螃蟹。是秋季阳澄湖鳌大肉肥的螃蟹。

我谢过她，心里忽然想起的是，以往每一年这时候她寄给我的桂花。算一算，快三十年过去了。我老了，她也人进中年。

桂花！

四

在戏剧学院读书，教授中国现代文学史的曹老师，讲郁达夫，问学生谁读过郁达夫的小说《迟桂花》。我举手说我读过。曹老师让我讲讲小说的内容，我答不上来，只记得是一男一女在秋天桂花开的时候上山的故事。曹老师宽厚地让我坐下，自己讲了起来。

还是高中时候读过的书，中间隔去了一个"文化大革命"，晚了整整一个轮回十二年，才上的大学，是真正的"迟桂花"。

重读《迟桂花》，才发现小说中提到杭州的满觉陇桂花最出名，小说的男主人公和女主人公，一起上的是杭州的翁家山。郁达夫写了这样几句："在以桂花闻名的满觉陇里，倒闻不到桂花的香气……可到了这里，却同做梦似的，所闻到的尽是这种浓艳的气味。"他说这种气味："我闻到了，似乎要引起性欲冲动的样子。"

这后一句的比喻，是典型的郁达夫的语言。我再未见过用这样的比喻形容桂花的香气。

今年中秋前后，一连十天住在杭州。前一段时间，桂花打苞的时候，连下阴雨，打落好多花瓣，没落的花瓣，委屈地团缩着，影响了开放。所以，不要说满觉陇的桂花，就是西湖沿岸的桂花，都没有闻到郁达夫所形容的这样的香气。

郁达夫的小说写得好，旧体诗写得也好。读他的旧体诗，有这样一联："五更食薄寒难耐，九月秋迟桂始花。"说的还是迟桂花。看来，他对迟桂花情有独钟。在小说和诗中，他借花遣怀，说迟桂花开得迟，却香气持久。这是他小说的意象，是我们很多人心底的向往。

五

我见过园林中种植桂花树最多的，在四川新都的桂湖。之所以叫作桂湖，就因为桂花树多。绕湖沿堤一圈，乃至满园，到处都是。相传这些桂花树，都是当年杨升庵手植。这样的传说，我是不信的。

杨升庵是新都的骄傲。杨在京为官时刚正不阿，因对明武宗、世宗两代皇帝直言犯谏，遭受贬黜，发配充军，最后客死他乡，如此颠沛流离的命运，令人唏嘘，也敬重。他植桂花树于满园之中的传说，便让人坚信不疑。桂花树，其实是人们感情的外化。

如果赶上桂花盛放的时节，桂湖就像在举办一场新嫁娘隆重的婚礼，花香馥郁，如同婚轿和贺喜的人群，从入门处开始，一直拥挤着，摩肩接踵，水流一样，弥散到园子里四面八方的角角落落，处处都是桂花之香。银桂、金桂和四季桂，仿佛是小姑娘、少妇和老妇人，齐齐展展地都跑进园中看新娘，个个裙袂叮当，衣襟带香，沾染得空气中都是散不去的香味。同别的花香相比，桂花要香就搅得周天香彻，绝不做遮遮掩掩，不屑于扭扭捏捏的小家子气和故作姿态的含蓄状，是花中的烈性子，迸发如潮，按捺不住，如烈酒。这一点，暗合了杨升庵的心性与品性。

我到过桂湖多次，见过桂湖这些密密麻麻的桂花树。可惜，从未见过这样的桂花盛景，闻到这样曾经浓烈的香气。

六

今年重阳节之夜，住在广东肇庆的鼎湖山庆云寺脚下。住房是座围合式的二层小楼，住在二楼，没上楼，就闻见了扑鼻的花香，不用问，只有桂花才会有这样醉人的香气。果然，住房的窗前，有一棵粗大的桂树，从一楼冲天直长到二楼的天井，看样子，足有百年树龄。是一棵金桂，金色的花朵缀满枝叶间，很是醒目。密集的金桂花散发出的香气，可以用得上郁达夫的形容词了，才真正称得上是浓艳。

夜间下起大雨，噼噼啪啪的雨点，敲打得房顶和玻璃窗，像擂打着小鼓，惊醒了睡梦中的我，心里暗想，这样大的雨，窗前的金桂，花落知多少，该是一地零落。

早晨起来，推门一看，金桂花果然落了一地。但是，香气居然依旧扑鼻。抬头看看树上，一夜大雨，那样多的落花，枝叶间还有那么多的桂花，金灿灿的，沾着晶莹的雨珠，和地上的落花相互呼应着，一起散发着一股股的香气。那香气，配得上郁达夫说的"浓艳"二字。

想起放翁的一句诗："名花零落雨中看"。鼎湖山这棵金桂老树的落花，也是名花，是我见过的香气最浓艳的名花。

2018 年 12 月 27 日改毕于北京

岭南四记

鼎湖山听雨

鼎湖山，向往已久。全赖谢大光那一篇《鼎湖山听泉》的诱惑。这是 1982 年发表的一篇散文，将鼎湖山写得实在太美。

一眨眼，三十六年过去了。深秋时节，终于来到肇庆，虽然已是晚上，还是先要奔向鼎湖山。阴云密布的夜色中，无法爬山，就在山脚住下。想明天一早就近上山，寻找大光听泉的幽境。谁想，竟然下了整整一夜大雨，第二天清早起来一看，依然阴雨绵绵，没有停下来的意思。

想起大光写过的："这万般泉声，被一支看不见的指挥棒编织到一起，汇成一曲奇妙的交响乐。"无法如大光一样鼎湖山听泉，也要上山，去鼎湖山听雨吧。

先坐游览车直到鼎湖山顶宝鼎园。山路蜿蜒，被山风吹得飘动的雨雾中的山，似乎跟着也在飘动，像活了起来，虽没有翩翩起舞的大动作，却别有一番飘飘欲仙欲醉的小姿态，特别是偶尔躲过雨雾露出青山一角，宛若惊鸿一瞥，犹抱琵琶半遮面，轻拢慢捻，像是自吟自唱，自我陶醉。

沿途山边的一棵紧挨着一棵密匝匝的绿树看得很清楚，都被一夜大雨浇得浑身湿透，如大光写的那样，是"沉甸甸的湿绿"。只是大光所说的山间这些绿树翻滚"犹如大海的波浪"的壮观，被雨雾遮挡得看不到了。

大光还写道："泉水是孩子如铃的笑声，受泉声的影响，鼎湖山显得年轻了许多。"由于今年受"山竹"台风的影响，山上的大树被吹折不少，好些断树的残骸还倒卧在山间路旁。鼎湖山显得有些苍老。大自然变幻莫测，一座再有名的大山，也显得渺小无奈。

雨小了很多，枝叶间挂着晶莹的雨珠，含泪带涕般，被细细的风吹拂得摇摇欲坠，偏偏就是不肯掉下来，仿佛有了某种磁力，在表演着踩钢丝的杂技。或许，是鼎湖山的树格外的坚强和神奇吧，这座被称为"北回归线的绿宝石"的山上，有一千八百多种树木，其中包括很多神奇的树种。老树可以成精，何况是岭南四大名山之首的鼎湖山，又有着佛教第十七福地的美名，这里的树，和公园被人工修剪得笔管条直的树不一样。

被大光描绘得万种风情千般韵味的泉声，是听不清，甚至听不到了，都被雨声淹没。别看雨比昨夜小了很多，但齐刷刷地打在树叶上，像击打着千万面的小鼓，满山响彻此起彼伏的回声。时大时小的雨声，噼噼啪啪，淅淅沥沥，窸窸窣窣，打在树叶间、山石上和游览车的篷顶上，大珠小珠落玉盘一般，完全抢去了泉声的风头，让泉声只好暂时退居二线。那一刻，雨声成为鼎湖山的主角。

游览车把我们拉到宝鼎园。这是建在山顶上的一座袖珍园林，繁花茂树，簇拥着硕大的几只宝鼎和一方端砚。一看便是新修不多年，大概是当年大光没有见到的新景致。奇怪的是，在这里听不到雨声，也听不到泉声。不是雨变小了，也不是泉声没有了，而是这里游客很多，争先恐后在宝鼎和端砚前照相，笑语喧哗。

从宝鼎园往下走，先到蝴蝶谷看鼎湖。鼎湖不大，却分外的绿，绿得像翡翠，和九寨沟美妙的水有一拼。在这里，雨声四起，声音柔和，显得有些缠绵，是广东音乐中丝竹之声的感觉。雨水打在湖面上，溅起丝丝涟漪，特意让只能听见而看不见的雨声，变为了有形，可以一掬触摸。

再下到庆云寺的时候，雨声变得格外清澈，而且，有了一种独特的香味。都说深山藏古寺，庆云寺是一座明朝就有的古寺，古寺和名山，如同美酒金樽、宝马雕鞍一样，是绝配。雨声在这里清澈如同梵音袅袅，和打在古寺的寺顶、台阶、香炉、经幡上，或许相关；但是，雨声的香味，却和古寺无关。香味来自寺下的几株桂花树，那几株桂花树不高，看来很年轻，是银桂。藏在枝叶间的花瓣并不明显，香味却很是浓郁撩人，弥漫在空气里，被风吹得像长上翅膀，肆无忌惮地四处荡漾，让雨声也情不自禁地染上了它们馥郁的香味。

再往下走，便到了大光所写过的补山亭，还有飞水潭。飞水潭的瀑布不大，却有了自己的声响，不甘于雨声如此一路招摇，要与之争锋。在这里，雨水打在树叶间溅起回声，飞水潭冲到岩石上迸出响声。雨声和泉声，亮开各自的嗓门儿，表演一曲二重唱，最后混合在一起，沿着往下流淌的溪水，蜿蜒地隐没在远处的树丛之中。

我以为这应该是此次鼎湖山听雨的高潮。但我错了，再往下走，走到平缓的山坡上，看到依山而立一块巨大的石头，石上一字字完整雕刻着大光《鼎湖山听泉》全文。一片泉声，被一个作家感受，写成一篇文章；一篇文章，被一座大山记住，雕刻成一座石雕；一座石雕被后人看到，重新认识一座名山，重新感知大自然。无论是鼎湖山听泉，还是听雨，到这里，真的到了高潮。起码，那一刻，我为鼎湖山，也为大光而感动。

惠州看朝云

二十三年后，第二次来到惠州。为的还是看苏东坡和王朝云。

对苏王二人，惠州人耳熟能详。二位都不是惠州人，却是惠州的骄傲。如今，无可替代地成为了惠州形象的代言人。清诗有句："一自坡公谪南海，天下不敢小惠州。"其实，应该公允说："一自苏王二人在，天下不敢小惠州。"使惠州成名，不仅东坡一人，加上王朝云，方才日月同辉。

说来惭愧，学识浅陋，二十三年前第一次来惠州时，我才知道王朝云其人。她是东坡的爱妾，更是东坡的知己。做爱妾容易，做知己难。前者，只要有媚人之态，云雨之欢，即可；后者，则需要款曲互通，心心相印。说白了，前者靠肉体，后者靠精神。作为封建社会的一个弱女子，王朝云是一个稀少的异类。

东坡为官，一路被贬，苏王二人于杭州相识，被贬途中，一妻七妾都相继离东坡而去，唯独王朝云一路跟随，南下惠州。那时候的惠州，漫说无法与天堂杭州相比，简直就是蛮荒之地。世态炎凉，人生况味，不在花开时而是在花落时体现。如做对比，王朝云如此举动，和俄国十二月党人的妻子离开彼得堡、莫斯科，随丈夫一起奔向荒凉的西伯利亚无异。

如今的惠州，变化不小，城内新建起了堂皇的合江楼。苏王二人初到惠州，就是住在那里。只是，合江楼簇新如同待嫁的新娘，完全没有当年东坡的沧桑与凄凉。还是要到西湖去，才能看到东坡和朝云。

杭州有西湖和苏堤，惠州也有西湖和苏堤。西湖和苏堤几乎成为了东坡的名片。不过，惠州的西湖和苏堤，别有王朝云的印迹。惠州有民间传说，说王朝云死后，东坡梦见了她渡湖回来给嗷嗷待哺的孩子喂奶，湿透衣服，为她不再涉水，东坡修了这道苏堤。惠州的西湖和苏堤，属于东坡，也属于王朝云；属于梦，属于传说，也属于诗。

王朝云的墓，就在西湖的孤山小岛上。此次坚持绕道几百里到惠州来，为的就是到孤山，再次拜谒王朝云的墓。这样一位卓尔不群的女人，无论过去，还是现在，都极为少见。尤其是对比如今如飞蛾扑火愿意傍大款依附于官的势利女人，王朝云更显其风流绝代。

几代岁月沧桑，风云跌宕，将近千年时光过去，当年的墓还在，已属奇迹。这便是世道人心的力量，是世代惠州人彼此传递的心意。晚唐诗有句曾云："石麟埋没藏春草，铜雀荒凉对暮云。"岁月无情，多少名人高官的墓都已经荒芜，弱小的一介侍妾王朝云，对抗得了漫长岁月的流逝，经得起风霜雨雪的磨砺，并不是什么人都可以做到的。

也许是记忆有误，二十三年前，没记得王朝云的墓前有六如亭。王朝云死后，曾建一个六如亭，因为她死前握着东坡的手念叨过《金刚经》中"如梦、幻、泡、影，如露，亦如电"的六如偈。眼前的这个六如亭像是新建不久的，亭柱上应该刻印着东坡为其写的那副有名的挽联："不合时宜，唯有朝云能识我；独弹古调，每逢暮雨倍思卿。"我没有看到，只看到陈维的那副石刻楹联。

墓前一侧，立有一尊王朝云的坐姿石像（包括东坡纪念馆前的那尊东坡与朝云的石像），肯定都是新近这些年做的。石像中的王朝云，雕刻得过于现代，尤其是双乳圆润突兀，显得有些轻佻，不像我想象中的朝云。如果和孤山脚下最早立的那尊唐大禧雕刻的东坡像相比，少了一些古风悠悠。

记得二十三年前，通往孤山的道上，曾有一片相思树，细叶纤纤，一片绿意蒙蒙，我也没有找到，见到的是东坡和惠州人的铜像群雕，大概也是新建不久的。记忆，有时是靠不住的，时间无情，会将记忆撕得零碎，也会加入日后的想象，变得面目皆非。不过，二十三年前见过的那一片相思树，应该是确实存在的。还是相思树好，人们对王朝云和东坡的相思之情，驮载着漫长的岁月，随枝叶拂风而动。

弥补我遗憾的是，将要离开王朝云墓地的时候，忽然看到墓地旁边立有一株树，我不认识是什么树，不粗，却修长，亭亭玉立，枝繁叶茂。树身上有一块木牌，上前一看，写着树的名字，叫灰莉。还写着几个字："4—8月开白花，花大芳香。"

这株灰莉树，大概也是新种的。依偎在朝云墓前，最合适不过。四月最初开花的时候，正是清明前后，一树洁白如雪的白花。而且，花大芳香。

中山偶得

　　来中山多次，从未去假日广场。现在，流行把商场叫作广场。假日广场就是一座大型的商场，和一般商场不同的是，它的走廊和各家店铺里，陈列着很多艺术品，几乎触目皆是，将商场变成了别致的展览馆。这让我有兴趣前往一观。

　　假日广场，在中山市开了有些年头。据说，它的老板靠做红木家具和房地产开发发了财，当年买下这块位于市中心地皮的时候，价格很便宜。地皮在手，他没有惯性地将其再变成商品楼，接着惯性地赚钱，而是建了这座商场，为了将他各种的收藏陈列于此，也是圆他自己的一个梦吧。

　　发了财的商人有的是，愿意买些艺术品收藏的也有的是。马太效应，钱赚多了，就会越赚越多，越赚越容易，不费吹灰之力。不过，像这位老板愿意亮出自己的收藏与人分享，并不多见。人各有志，人各有梦，商人的梦，彼此之间不尽相同，和普通人的梦更会不尽相同，因为他们有实力和能力实现自己的梦。

　　在假日广场里转悠，发现和我一样闲逛的人不多，也许不是节假日的缘故。很多店铺，尤其是最有文化创意的店铺前，门可罗雀。那些到处陈列的各种艺术品前，也没有多少人流连关注，大概是见多不怪了吧。心想，这样的商场，摆出的完全是姜太公钓鱼的姿态和自娱自乐的心态，能赚得到钱吗？

　　引我注意的不是这些艺术品和老板最为得意的各个历史时期木工工具的收藏品，而是门联。

　　门联，作为一种形式，和房屋院落的建筑是连在一起的，具有我国独具特色的民俗和文化的意义，全国皆然。原来以为北京的四合院门联最多，没有想到，岭南一样有着这样的传统，有的门联硕大无边，应该是大宅门的门联，或楹联。

在假日广场的荷房餐馆、小城餐厅和静远居茶室等处，我看到很多这样的门联和楹联。它们悬挂在各个包房的门里门外，比起千篇一律的现代化的装潢，成为了一道独特的风景。斑驳脱落的油漆，纵横交错的木纹，无语话沧桑，道出历史隐性的密码。还有那些独具岭南特点、用石湾陶瓷做成了芭蕉叶形状的门联，更让我这样的北方人耳目一新。这些形态各具、文字各异的门联，让人可以想象它们原来是生存在什么样的地方，什么样的人家，又是什么样的宅第。

我从未见过哪一座商场里，会陈列如此众多的门联和楹联。能够收集到这样多的门联和楹联，得是有心人，得费多少踏破铁鞋无觅处的工夫。要知道，在房地产开发盛行的时代，破旧立新成为城市建设新的伦理，很多老房子老院落，在推土机的轰鸣中消失殆尽，收集到这些老门联和楹联，是要和推土机抢时间的呀。

忍不住，我随手记下一些：

尧天舜日
郭福彭年

天锡鸿禧
人修骏德

门纳百福
户集千祥

维新世界
幸福人家

福禧德祥，这是民间最朴素也是最大众化的愿望。这几副门联，在老北京也常可以见到。其中最后一副门联，显然年头比前几副要晚，是民国前后讲究维新时期的了。这些不同时期的门联汇聚一起，刻印出历史简约的足迹。

> 得道有福
> 与德为邻

> 惠民是仰
> 济世为怀

这两副门联，说的是人们心里的另一种愿望。前者，说的是择邻。旧时人家，讲究千金买宅，万金择邻。好邻的标准，就一个——德为上。后者，说的做人。惠民与济世，即使如今也应该是做人必备的信仰与情怀。

> 芙蓉花面春风暖
> 杨柳枝头甘露香

> 绿叶摇风诗婉转
> 红花经雨画玲珑

这样文绉绉的雅致的门联，在老北京也有很多，或是有些文化的人家，或是没有文化请人撰写的门联，即便都是些陈词，却也要以此显示自己对文化的一种向往。

还有一副长联，想是大户人家挂在厅堂之上：

> 龙之腾凤之舞大丈夫这般气象
> 日之光月之霁士君子何等襟怀

如此对仗，如此笔墨，真的有些不一般的气象和襟怀，超出寻常见到的纳福积德惠民济世之语。

看到这些琳琅满目的门联，不禁想起北京。论起门联，老北京是其发源地。不要说老北京，就是十几年前，我在写作《蓝调城南》一书的时候，仅仅走访城南一隅，见过多少老门联，历经沧桑，依然健在。如今，仅仅是十几年过去了，再去城南旧地寻访，很多老门联已经不见了。遥远的中山市，还有这样的一位老板，愿意泼洒金钱，花费时间，跑腿跑路，出心出力，收集到这样多的门联和楹联（难得还有门额和门匾）。偌大的北京，比这位老板有钱有势有权的人有的是，可曾有一位也能收集到这样多门联，并把它们放在商场与大家分享？

我不知道，只知道，北京的老门联越来越少。

沙湾古镇即景

从广州去沙湾古镇那天的路上，下了一场雨，虽是阵雨，但那一阵下得挺大的。到达古镇的时候，雨停了，挺善解人意的。

沙湾古镇在番禺，如今，番禺成了广州的一个区，从市内坐地铁倒一趟公交车就到，不远，很方便。不是节假日，古镇很清静，走到留耕堂前，人多了起来。留耕堂，是何家宗祠，在古镇有不少宗祠。岭南一带，宗祠文化传统悠久，它维持着宗族的团结、信仰以及文化的传承。何家是古镇大户，一家出了三位举人，其中一位还当了朝廷的驸马爷，声望在古镇绵延长久。留耕堂最早建于元代，现在堂皇阔大的建筑，是清康熙时重建。留耕堂前，是一片轩敞的广场，成为古镇的中心，留耕堂便当之无愧地成了古镇的地标。

广场四周，几乎布满了画画的学生，一打听，是从广州专门来这里写生的。小马扎上，坐着一个个年轻的学生，稚气的面孔和画板上稚嫩的画作，相互辉映，成为那一天古镇一道别致的风景，为古镇吹来年轻的风。

我最爱看人写生。面对活生生的景物，取舍的角度，感受的光线，挥洒的色彩，个人想象的填充，每个人都不尽相同，非常有趣。这些学生千篇一律都在画水粉画，大概是老师的要求。晚秋雨后的阳光，湿润而温暖，照耀在这些学生的身上、画布上和水粉盒子上，跳跃着五彩斑斓的光斑，让古镇那一刻如诗如画，显得那么的幽静和美好。

　　这时候，忽然广场上嘈杂起来，有学生从马扎上腾地站起来，有的跑向广场那一侧，有的惊慌失措地望着那一侧。我也朝那边望去，那边靠道口是一排房子，有小店，有住家，住家大门旁边是一扇落地的卷扇拉窗。窗上有一道凉棚，凉棚下摆着一溜儿画架、马扎，还有水粉盒、调色的水杯和书包。就看见一个中年男人，气哼哼地从家门出来，不由分说将这些东西一件件抄起，噼里啪啦地朝前面的广场扔去，立刻，一片狼藉，慌乱的色彩涂抹了一地。

　　有几个学生纷纷跑了过去，想阻止这个男人近乎疯狂的举动，但杯水车薪哪里阻止得了腾腾火苗的燃烧。那个男人依旧发疯似的扔东西，一个画架子正好砸在一个女学生的脑袋上，我看见，她委屈地哭了起来，蹲下来，拾起自己的画架和水粉盒，紧紧地抱在怀里。

　　一位镇子上的女人骑着摩托车过来，指责着这个男人，骂他衰仔！

　　一个男子骑着自行车过来，放下车，走到这个男人的面前，给了他一巴掌，说怎么可以这样？

　　这个男人不动了，也不说话，站在那里，呆若木鸡。

　　那个女人和那个男子，向学生解释，他的脑子有毛病，独立生活都成问题，然后，指着他的房子又说，这房子都是政府出钱帮他新盖的。

　　本来拿出手机要报警的学生放下了手机。能和神经病人掰扯清什么呢？那个女学生还在无声地哭泣。有女同学搂着她的肩膀，安慰着她。

　　在学生们的议论中，我听明白了，刚才下雨的时候，学生们到凉棚下躲雨，然后又去和同学交流的时候，一时没有来得及将画具移走，就发生了刚才那一幕的闹剧。

女人和男人把学生和那个男人劝开，几个学生把扔出去的画具和马扎拾起，远离凉棚，到别处写生去了。广场上，又恢复了刚才的平静。阳光依旧湿润而温暖地照耀着，洒在广场上一片金光。只有那一片被泼洒出的水粉和水搅和一起的色彩，显得那样杂乱无章，像一幅荒诞派的画。

和江南古镇相比，这里没有水系的环绕，由于经过南宋到元明清几代，建筑风格更为丰富，破坏和改变的不多。老街纵横交错，地理肌理清晰犹存，石板路沧桑还在。除个别人家变为店铺，大多院落依旧保持着原来的烟火气，商业气息还没有那么浓重不堪。细细走走，有一种依稀梦回前朝的感觉。

我在古镇转了一圈，又回到留耕堂前的广场。留耕堂门前一侧，齐刷刷坐满一排学生，对着前面的广场、小店、老街，以及更前面一些的池塘，露出的镬耳式山墙一角，在写生。

在这一群学生里，我看到了刚才哭泣的那位女学生，我看见她画架的画纸被撕开了一道大口子，她依然坚持在上面画。我站在她的身后，仔细看了看她的写生画，她画的对面那个脑子有毛病人家的房子，左边是那扇家门，右边是有卷窗的凉棚，凉棚旁边，她多画了隔壁店铺前摆放的一盆花，红艳艳的三角梅开得正旺。

2018 年 12 月 13 日写毕于北京

后　窗

　　我家厨房的后窗，对着后面楼的阳台，阳台是一面明亮的落地玻璃窗，由于没有高大树木的遮挡，所以对面这户和我同楼层的人家，只要有人出现在阳台上，或阳台后面的客厅，我都可以一览无余，看得很清楚。

　　以前，这户人家住的是一对外地的老夫妇，房子是儿子买下特意把外地的父母接到北京住，也是一片孝心可鉴。可是，这对老夫妇在北京住不习惯，没住一年就回老家了。儿子请房屋中介帮助把房子租出去，好长时间没见有人租，这户房子空了好些日子。阳台和客厅空落落的，像落光叶子的树，没有了生气。尤其到了晚上，那里没有了灯光，黑黢黢的，被楼上楼下的灯光包围，像是一只幽深的黑洞，更显得死气沉沉。

　　今年夏天，有一天晚上，我到厨房接水，朝后窗瞥了一眼，忽然看见对面的阳台闪动着一点儿亮光。仔细一看，是客厅里的电视开了，屏幕上一闪一闪，闪动的光亮。还有一盏壁灯也亮了，那盏壁灯的光不大明亮，不为照明，只为了看电视时房间里不那么黑，避免刺激眼睛。那对老夫妇住这里看电视的时候，也是只把这盏壁灯打亮的。

　　一片朦胧的光影中，虽然看不清坐在沙发上看电视的人，但毕竟终于有人来租了。我接完水刚要走，忽然看见坐在沙发的两个人，从沙发上腾的一下站了起来，猜想是电视看到了什么精彩的地方吧。是两个女人，都只是穿着短裤，戴着胸罩，大概天太热的缘故吧。由于短裤和胸罩都是白色的，在一片幽暗的光影中格外打眼，凹凸有致的曲线，在落地窗的玻璃上打上挺好看的剪影。

像偷窥似的看到了人家什么隐私，但是，对面客厅中的两个女人，并没有觉得什么，依然在手舞足蹈。心里想，怎么也应该把阳台的窗帘拉上才好。或许，她们以为大黑天的，不会有人看见的。

第二天的白天，我在楼下看见了这两个女人，都是一身短衣短裤清凉装扮，都很年轻，二十多岁，是从外地到北京培训，公司帮助她们就近租在这户房子暂时居住。年轻就是美，更何况两人的身材姣好，更愿意在夏天的日子里秀一秀自己的长腿和美胸。

于是，几乎每天晚上，只要我从后窗望去，几乎都可以看见她们两人，都是短裤和胸罩这样清凉装扮，出现在客厅里，只不过有时候短裤和胸罩变换颜色，或者黑色，或者粉色。和白天的装扮是为了给旁人看不同，这时候，她们只是情不自禁地放松，旁若无人地自在，更何况今年夏天北京确实酷热无比。

有时候，她们还会在客厅里兴奋地蹦起高来，甚至翩翩起舞，不知道她们得了什么喜帖子。听不见她们欢快的声音，却能感受到她们是充满了那样旺盛的青春活力和朝气。夏天的炎热，无形中让她们拥有的这样得天独厚的活力和朝气，得以尽情地释放。

一代年轻人有一代的活法儿，我们这一代，年轻的时候，即便再热的夏天，也要裹得严严实实。流行穿绿军装那一阵子，不爱红装爱武装，女生一样连风纪扣都要系上，还要在腰间系上一根皮带呢，哪里看得到什么腰身！

便忍不住想，时代的变化和进展，在身体上尤其是女人身体上最能看到征候，是时代演进中最形象最无法掩饰的注脚。

也忍不住想起了希区柯克那部有名的电影《后窗》。那个在客厅里跳芭蕾的年轻女人，不也是和这两个人一样穿着短裤，戴着胸罩吗？她们不会是在刻意模仿电影吧？如果不是，只能说历史有着惊人的相似；女人的身体和衣着，女人的心思和举动，在炎热的夏夜里，同样有着惊人的相似。

她们一直住到了秋天才离去。夜晚，缺少了后窗前这样两个年轻女人的身影，夜色中的阳台和客厅，又是一片黑黝黝的，像是灯暗幕落演出结束后空荡荡的舞台。一直到晚秋时节，再无人租住，阳台外面的爬墙虎，从红到黄，到一片凋零，后窗前再也没有了夏天那样旺盛的生气。

一天夜里大风起，刮得落叶满地，吹得窗户嘎嘎直响，以为忘记了关闭窗户，忙起来查看。走到厨房的后窗，忽然看到对面的阳台的窗帘竟然被风吹了出来，像醉汉一样，在大风中使劲儿地扑打着自己身子。仔细一看，原来阳台的窗户没有关好，被风吹开。一定是那两个姑娘临走前没有把窗子关严。

第二天白天，风小了很多，对面阳台窗外的窗帘还在风中尽情摇摆。

一连过去了好多天，窗帘都在窗外，像一面信号旗，只要有风，就会摇摆起来，像在向什么人发送信号。

2018 年 12 月 2 日于北京

大白菜赋

又到了大白菜上市的时候。今年，北京大白菜丰收，最便宜的只要一角八分钱一斤。

民谚说：霜降砍白菜。从霜降之后，一直到立冬，北京大街小巷，都在卖白菜，过去叫作冬储大白菜，几乎全家出动，人们拉着平板，推着小车、自行车，甚至借来三轮平板车，一车车地买回家，成为北京旧日冬天的一幅壮丽的画面。如果赶上下雪天，白雪映衬下绿绿的大白菜，更是颜色鲜艳的画面。

那时候，国家有补贴，大白菜的价格，一斤不过几分钱。谁家不会几十斤上百斤地买回家里呢？买回家的大白菜，堆在自家屋檐下，用棉被盖着，要吃一冬，一直到青黄不接的开春。可以说，这是老北京人的看家菜。过去人们常说：萝卜白菜保平安。

大白菜，不是小白菜，不是奶油白菜，而是个头硕大抱心紧实的白菜，一棵有十来斤重。在以往蔬菜稀缺的冬天，大白菜，贫富皆宜，谁家也少不了。齐白石不止一次画过大白菜，却从来没画过小白菜，更别说奶油白菜了。

清时有竹枝词说："几日清霜降，寒畦摘晚菘。一绳檐下挂，暖日晒晴冬。"这里说的晚菘，指的就是大白菜。菘，是一个很古老的词，将大白菜说成菘，是文人对它的美化和拔高。菘字从松字，谓之区区大白菜却有着松的高洁品格，严寒的隆冬季节里，一样的绿意常在。

冬天吃白菜，在我们国家有着悠久的历史。新近读到我的中学同窗王仁兴在三联新出版的《国菜精华》一书，他所研究收集的从商代到清代的菜谱中，白菜最早出现在南北朝的南朝。在贾思勰的《齐民要术》中收录有白菜的吃法，叫作"菘根菹法"。这说明吃白菜，可以上溯至公元六世纪，也就是说，中国人吃白菜至少有着一千五百多年的历史。《齐民要术》记载的白菜的吃法，是一种腌制法：菘根，就是白菜帮，将白菜帮"净洗通体，细切长缕，束为把，大如十张纸。暂经沸汤即出，多放盐……与橘皮和，料理满奠"。

清以来，文人对大白菜青睐有加，为它书写诗文的人很多。从清初诗人施愚山开始，极尽赞美乃至不舍离去之情："滑翻老米持作羹，雪汁云浆舌底生。江东莼脍浑闲事，张翰休含归去情。"就连皇上也曾经为它写诗，清宣宗有《晚菘诗》："采摘逢秋末，充盘本窖藏。根曾润雨露，叶久任冰霜。举箸甘盈齿，加餐液润肠。谁与知此味，清趣惬周郎。"一直到近人邓云乡先生也有咏叹大白菜的诗留下："京华嚼得菜根香，秋去晚菘韵味长。玉米蒸糇堪果腹，麻油调尔作羹汤。"

细比较他们的诗，会很有意思。施诗人写得文气十足，非要把一个不施粉黛的村姑描眉打鬓一番成俏佳人；而皇上写得却那样的朴素无华接地气；邓先生则把大白菜和窝窝头（蒸糇即窝头）连在一起，写出它的菜根味和家常味。

过去人们讲究吃霜菘雪韭，当然，霜菘雪韭，是把这种家常菜美化成诗的文人惯常的书写。不过，在霜雪漫天的冬季，大白菜和韭菜确实让人留恋。夜雨剪春韭，当然好，但冬韭更为难得，尤其在过去的年代里，这样的冬韭属于棚子菜，价钱贵得很。春节包饺子，能够买上一小把，掺和在白菜馅里，点缀上那么一点儿绿，就已经很是难得了。大白菜不一样，在整个冬天都是绝对的主角，家家年夜饭里的饺子馅，哪家不得用大白菜呢？即使在遥远的美国，一整个冬天里，中国超市里都有大白菜卖，尽管一棵大白菜要卖二十来块人民币的价钱，中国人也是要买来吃的。今年春节前，我正在美国看孩子，到那家常去的中国超市买大白菜，老板是个山东人，笑着问我："回家包饺子吃吧？"大白菜，永远是北京人的乡思，迅速联结起中国人彼此之间的感情，是一点儿也没错的。

大白菜，有多种吃法，包饺子只是其中之一。瑶柱白菜、栗子白菜，是白菜中的上品；芥末墩，是老北京的小吃；乾隆白菜，是老北京的花样迭出的一种花哨，但借助大白菜确实做足了文章。

一般人家做得更多的是醋熘白菜，和邓先生所说的"麻油调尔作羹汤"的白菜汤。

白菜汤做好不容易，一般人家会在做白菜汤的时候配上一点儿豆腐和粉丝，条件许可的话，再加上一点儿金钩海米，没有的话，用虾米皮代替，味道会好很多。要想让汤的味道更好一些，如果没有高汤，要用猪油炝锅，如今，猪板油难觅，普通的白菜汤做得好吃，就差了一个节气。

醋熘白菜，我在家里常做，素炒肉炒均可。我做时一定要用花椒炝锅，一定要加蒜，一定要淋两遍醋。如果有肉，在肉即将炒熟时加醋；如果没有肉，将葱姜蒜爆香下白菜前加醋；最后，淋一些锅边醋，点几滴香油，拢芡出锅。这道菜，关键在这两遍醋上，不要怕醋多，就怕醋少。这成了我的一道拿手菜，特别是刚从北大荒回北京的那一阵子，朋友来家做客，兜里兵力不足，就炒这道最便宜的醋熘白菜，吃起来，谈不上"雪汁云浆舌底生"，却也吃得不亦乐乎。

《燕京琐记》里特别推崇腌白菜，说"以盐洒白菜之上压之，谓之腌白菜，逾数日可食，色如象牙，爽若哀梨"。这是我看到的对腌白菜最美的赞美了。腌白菜，对于老北京人而言，是一种太普通的吃法，只是各家做法不尽相同。邓云乡先生在文章中介绍过他的做法："把大白菜切成棋子块，用粗盐曝腌一二个钟头，去掉卤水，将滚烫的花椒油或辣椒油往里一倒，'嚓喇'一响，其香无比。"

我的做法是，将白菜连帮带叶切成长条状，先用盐水渍一下，挤出汤水，将其放进水滚开的锅里，冒一下立即捞出，置入凉水中，再用手把菜里面的水挤净，加盐加糖，淋上滚沸的花椒辣椒油和醋。吃起来，特别的脆，那才叫"爽若哀梨"。这样的吃法，可以说延续了贾思勰在《齐民要术》中说的"菘根菹法"。只是，不知道为什么都少了贾氏说的放橘皮这样一项。

《北平风物类征》一书引《都城琐记》，说到大白菜的另一种吃法："白菜嫩心，椒盐蒸熟，晒干，可久藏至远，所谓京冬菜也。"这里说的是储存大白菜过冬的一种方法，即晾干菜。不过，用白菜心晾干菜，我从来没有见过，大概属于有钱人家吧。我们大院里，人们晾干菜，可不敢这样的奢侈，都是把一整棵大白菜切成两半或几半，连帮带叶一起晾晒。白菜心，我父亲在世的时候，都是用来做糖醋凉拌，在上面再加一点儿金糕条，用来作为下酒的凉菜。

除了晾干菜，渍酸菜也是一种方法。这是两种不同的方法，都属于大白菜的变奏。前者变形不变味儿，后者变形变色又变味儿。前者挤压成如书签一样，夹在我们记忆的册页里；后者换容术一般，变成里外一新的新样子。两种方法，都将大白菜当成一方舞台，尽显其姿态婀娜，只不过，一个干瘪如同皮影戏，一个如同休眠于水中的鱼。

当然，这是物质不发达的时代里，为了储存大白菜，老北京人不得已为之的方法，或者说是一种生活的智慧。如今，大棚蔬菜和南方蔬菜多种多样，四季皆有，早乱了时序与节气。有意思的是，如此风云变化下，晾干菜已经很少见了，但是，酸菜常见，而且是人们爱吃的一道菜品，由此诞生的酸菜白肉、酸菜粉丝、酸菜饺子，为人所称道。在大白菜演进的过程中，酸菜算是为人们创造出来的一种贡献吧。

将普通的大白菜变换着花样吃，真亏得北京人能够想得出来。

大白菜，也不尽是一般寻常百姓家最爱。看溥仪的弟弟溥杰的夫人爱新觉罗浩写的《食在宫廷》一书，皇宫里对大白菜一样青睐有加。在这本书中，记录的清末几十种宫廷菜中，大白菜就有五种：肥鸡火熏白菜、栗子白菜、糖醋辣白菜、白菜汤、暴腌白菜。后四种，已经成为家常菜。前一种肥鸡火熏白菜，如今很少见。据说，此菜是乾隆下江南尝过之后为之所爱，便将苏州名厨张东官带回北京，专门做这道菜。看溥杰夫人所记录这道菜的做法，并不新奇，只是要将肥鸡先熏好，然后和大白菜同时放进高汤里，用中火煨至汤尽。其中的奥妙，在读这本书其他大白菜的做法时才发现，原来宫廷里都特别强调一定要将大白菜煮透。一个透字，看厨艺的功夫。透，不能是断生，也不能是煮烂，方能既入味，又有嚼劲儿。

不过，有一种大白菜的吃法，无论宫廷，还是民间，我是没有听说老北京曾经有过。还是在王仁兴的这本《国菜精华》中，介绍了一种"山家梅花酸白菜"，他引用了南宋林洪的《山家清供》，说这种吃法是将大白菜切开，用很清的面汤先泡渍，再加入姜、花椒、茴香和莳萝等调料，以及一碗老酸菜汤腌制。关键是最后一步："又，入梅英一掬。"所以，林洪称此菜为"梅花齑"。或许，这只是南方的一种古老吃法，北京有的是大白菜，却鲜有梅花。其实，在我看来，也不是鲜有梅花的原因，就跟我们做腌白菜不放橘皮一样，便想不到在做酸白菜的时候可以"入梅英一掬"。我们北京人做菜还是显得粗糙了些，少了一点儿细节的关注和投入。

教我中学语文的田增科老师，如今已经年过八十。他曾经教过的一个学生的家长，是川菜大师罗国荣。罗国荣在上个世纪六十年代担任过人民大会堂总厨。国宴菜品，都要由他排菜单、签菜单。他的拿手菜"开水白菜"，每次国宴必上，不止一次受到周总理和外宾的夸赞。一次家访，罗国荣非要留田老师吃饭，他说，田老师，今天中午我留您吃饭，我用水给您炒盘白菜肉丝，准让您回味无穷。那年月粮食定量，买肉要肉票，田老师对我说，虽然很想尝尝这道出名的开水白菜，但怎能随便吃人家口粮，赶紧骑车溜走了。

能够用简单的白菜，做成这样的一道味道奇美的国宴上出名的清水白菜，大概是将大白菜推向了极致，是大白菜的华彩乐章。颇有些丑小鸭变成白天鹅，一下子步入奥斯卡的红地毯的感觉。

不过，在我的心目中，将吃剩下不用的白菜头，泡在浅浅的清水盘里，冒出来的那黄色的白菜花来，才是将大白菜提升到了最高的境界。特别是朔风呼叫大雪纷飞的冬天，明黄色的白菜花，明丽地开在窄小的房间里，让人格外喜欢，让人的心里感到温暖。白菜的叶子、帮子和菜心，都可以吃，白菜头不能吃，却可以开出这么漂亮的花来，普普通通的大白菜，一点儿都没有糟践，真的就升华为艺术了。

如今，全城声势浩荡的冬储大白菜，已经属于北京人的记忆。不过，即便全民冬储大白菜的盛景消失，大白菜也依然是新老北京人冬天里少不了的一种菜品。一些与时令节气相关的吃食，可以随时代变迁而更改，却不会完全颠覆或丧失。这不仅关乎人们的味觉记忆，更关乎民俗的传统与传承。

大白菜！北京人的大白菜！

2018 年 11 月 22 日于北京

老 屋

北京十月文学月期间，组织者搞了一个"文学行走"的活动，让我带着一帮人去走前门外的几条胡同。我带着他们先到了前门楼子东侧的西打磨厂，那里是我童年少年和青年居住过的一条老街，自然很熟悉，想当年，在这条明朝就有的老街上，一天恨不得走八遍。

轻车熟路，便来到了老街路南的粤东会馆。我告诉跟我而来的这些朋友，从落生不久到去北大荒插队，我就是在这座大院里生活了二十一年。我很愿意让大家看看大院，它就像我小时候光屁股的一张照片，可以看到岁月曾经留下的影像，听到时光流逝的声音。

如今，粤东会馆有两扇大门，一扇红漆明亮簇新，一扇黑漆斑驳脱落。十几年前，西打磨厂就面临拆迁，大院早已经面目皆非。东跨院几户人家坚持不搬，没有办法，只好留下这扇黑漆老门，大院其他部分都早夷为平地，盖起了新房子。于是，才有了这扇红漆新门。一新一旧，一红一黑，一妻一妾般相互对峙，如同布莱希特的话剧，有了历史跨越之间的间离效果。

可惜，两扇大门都紧锁着，无法进去看看里面到底变成了什么样子。有时候，历史是可以由后人加以改造的，改造后的历史，经过一段时间的做旧，打上了新的包浆后，很容易不声不响地让人们相信历史就是这样子。

今年夏天，两个小孙子，一个八岁半，一个六岁半，从美国来北京，我带着他们来到大院前，两扇大门也是这样紧锁着。我很想让他们看看爷爷像他们这么大的时候住的地方，让他们能够触摸到一点历史的脉搏；踩一踩岁月影子的尾巴，看看是不是头跟着也会动；让他们知道他们的根在哪里。两个孩子，和现在跟着我来的人们一样，也只是扒着大门的门缝儿，使劲地看里面那被挤扁而模糊的院落。

我们正要转身离去的时候，迎面碰见一位老街坊，挥着手在招呼着我。知道我想进老院看看，对我说：走，跟着我！他打开黑漆大门，我指着红漆大门对他说：进不了新院子呀！他说：屋后面有段矮墙，翻过去就是新院子了！

跟着他进了院门，果然，东跨院种满花草的南墙后面，有一道齐腰高的矮墙，他扶着我迈过矮墙，一队人马也相跟着迤逦而过。就听见身后有人大喊：谁啊，这么大动静？这位老街坊冲后面喊话的人说：不是外人，是复兴来了！走近一看，是牛子妈。她看见我，笑笑摆手让我们进了院子。

那一刻，我感到是那样的温馨，就像小时候我们一群孩子爬上了房，踩得她家的房顶砰砰直响，她跑出屋，冲着我们高声大喊一样。过去的一切，是那么亲切。那时候，她多么年轻，牛子和我还都是小孩子。

院子全部都是翻盖新建的房子，原来的格局没有变，老枣树、老槐树和老桑树，都没有了。人去屋空，没有任何杂物堆积的院子，显得更为幽深。没有了以往的烟火气，空旷的院子像是一个搬空了所有道具的舞台，清静得有些让人觉得发冷。站在院子里，感觉像有一股股的凉水，从各个角落里涌来，冲到我的脚后跟儿。

甬道最里面东头那三间房子，就是我原来的家。灰瓦，红门，绿窗。地砖，窗台，房檐。清风，朗日，花香。好像日子定格在往昔，只有那些新鲜的颜色，不小心泄露了沧桑的秘密。

多少孩提时的欢乐，少年时的忧伤，青春期如春潮翻滚的多愁善感，都曾经在这里发生。多少人来人往，生老病死，爱恨情仇，纷至

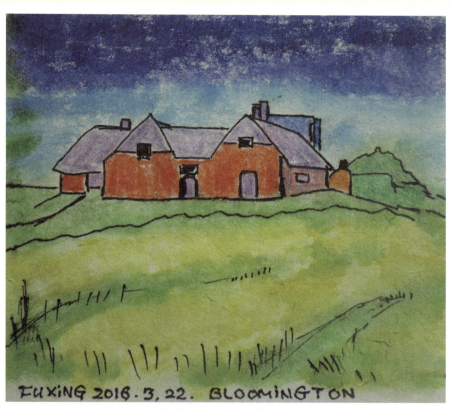

FUXING 2016.3.22. BLOOMINGTON

房子挡住了遥远的地平线

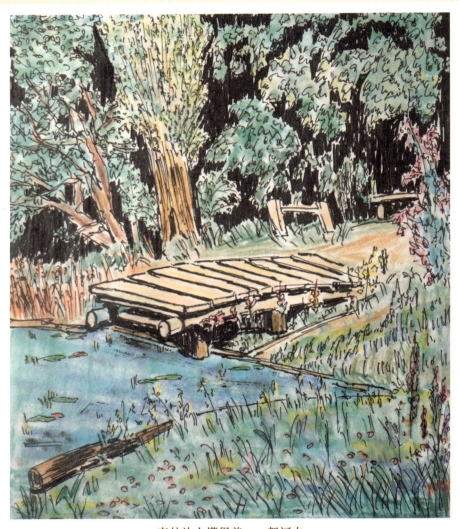

森林让人懂得美——契诃夫

FUXING 2014. 9. 25. "Bloomington

白天光线好的时候，水中倒影才会出现

春天，花还是会重新开放

三月烟花千里梦，十年旧事一回头——郁达夫诗意

看朱成碧思纷纷——唐诗写意

非是白蘋洲畔客，还将远意问潇湘——柳宗元诗意

夏天又来了

沓来又错综交织的记忆，也都曾经在这里起落沉浮。

走进屋子，原来三间小屋打着两个间壁的，最早是在秸秆上抹上泥，再涂上一层白灰，成为了单薄的间壁墙。现在，没有了间壁，三间小屋完全被打通，墙白地平，一览无余，显得轩豁了许多，仿佛让曾经拥挤不堪的日子，一下子舒展了腰身。

有个年轻的朋友问我：你父亲的那块老怀表，是挂在哪面墙上的？

是啊，挂在哪里的呢？我在《父亲》那篇文章中，写过那块英格牌的老怀表，跟随父亲颠簸大半生，最后在闹灾荒吃不饱肚子的年月里，从墙上摘下，卖给了委托行，变成了全家人的吃食。

一切逝去的流年碎影，在那一刻像又重新活过来的鱼，振鳍掉尾地游到面前。

挂怀表的那面间壁墙，已经没有了。

我指着原来间壁的地方，告诉他：就在这里。如今，只有空荡荡的空气了。

那面间壁墙！不知为什么，突然之间，像不请自入的访客闯进门来，一道刺目的光，照亮尘埋网封中的一件往事，溅起四周一片尘阵飞扬。

这件往事，和那面间壁墙有关。

我读小学六年级，或者是初一的时候，开春一天乍暖还寒的上午，我病了，发烧，没有去上学，躲在家中，倚被窝子。弟弟上学，爸爸上班，妈妈出去买菜，屋里只剩下我一个人，显得格外的静，静得能听得见我自己怦怦的心跳。

上午的阳光，在纸窗上跳跃，变化着奇形怪状的图案。翻来覆去在床上折饼，怎么也睡不着。不知为什么，我从床上爬了起来，找到妈妈的针线笸箩，从里面拿起一把剪刀。那一刻，我想自杀。

一直到现在，我都弄不明白，这个自杀的念头，是谋划好久的，还是一时性起？我也不清楚，我为什么突然想起要自杀。是心血来潮？是孩童时代心理茫然的无知？是对未来恍惚无着的错乱？还是想念死去的母亲和远走内蒙古的姐姐？或是饥荒的年月总是饿肚子？或是比生活的拮据更可怕的出身的压抑？

也许，别人会觉得非常可笑，但当时，自杀，对于我是大事，我确实是郑重其事的，我没有把它当作儿戏。

我把自己用省下的早点钱买的仅有的几本书，从鞋箱里（那时，我家没有书架，只有这么一个小小的两层放鞋的鞋箱，腾了出来，让我放书）拿了出来，整整齐齐地放在桌子上。那是我最为珍贵的东西，被我视作唯一的遗物。

然后，我写下一封给爸爸妈妈姐姐弟弟的遗书，也郑重其事地压在书下，露出纸页长长的一角，好让他们一回家就能看到。纸很轻，很软，飘飘忽忽的，游动的蛇一样，一直垂落到桌下。

我拿起剪刀准备自杀，但我不知道剪刀该往哪儿下手。往自己的脖子上？还是往胳膊上？还是心脏？在那一刻的犹豫时——也许是害怕——我忽然抬头看见了墙上贴着的一幅年画，是爸爸过年时候新买的。画上画着一位穿着黑色旗袍的年轻的母亲，肩膀上驮着一个穿着蓝色裙子的小姑娘。小姑娘的手里高举着一朵很小很小的小红花。母女四周簇拥着的是一片玫瑰紫色花的海洋。

在那个时代，年画上出现的人物，大多是工农兵的形象，很少能见到有这样面容清秀、身材玲珑的女人，比老式月份牌上的女人还要漂亮。这应该属于资本家的少奶奶，或知识分子家庭的小家碧玉。她的衣领中间，居然还戴着一枚镶着金边的墨绿色宝石，更是那个时代很少会在画作上出现的。她可以拿一本红宝书，戴一枚领袖头像的纪念章，怎么可以戴一枚这么醒目的绿宝石！

这幅年画，从过年一直贴在我家的间壁墙上。我很喜欢，每次看，心里都有一种异样的感觉。这种异样的感觉，是和在外面看到的事物不一样的感觉。而且，还有一种隐隐的爱在心里悄悄地涌动，心里常常暗想，如果她就是我的妈妈，是我的老师，该多好！

就在看到画的那一刻，我觉得画上的这个漂亮的女人，还有那个可爱的小姑娘，似乎正在看着我，看着我手里拿着的剪刀。

我的手像被烫了一下。我放下了剪刀。

我忽然为自己一时软弱竟然想到自杀而羞愧。

是那个漂亮的母亲，那个可爱的小姑娘，救了我。一直到现在，我也无法捋清楚那一刻我的心理为什么会有这样逆转的变化。以现在时过境迁后的认识，美是可以拯救人的。这个世界，存在再多的丑恶，再多的不如意，再多的压抑，再多的悲恸欲绝，只要还有哪怕一点点美的存在，为了那一点点的美，也是值得活下去的。它就像凌晨天边那一抹鱼肚白的晨曦，虽然微弱得只是那么一点点，不用多久，就会带来朝霞满天。

我把剪刀放回妈妈的针线笸箩里。

我把桌子上的那几本书放回鞋箱里。

我把那封可笑的遗书撕碎，放进火炉里，看着它们迸溅火星，烧成灰烬。

我重新躺进被窝里，吞下一片治发热的药片，用被子蒙上头，浑身出汗，迷迷糊糊地睡着了。

过去了将近六十年，一直到现在，如同悔其少作一般，我从来没敢对别人讲过这桩少年往事。如果不是今天有人问我父亲那块老怀表挂在哪面墙上，我也许不会由此及彼地想起这桩往事。有的往事，你以为自己早已经忘却，甚至以为忘得一点儿影子都没有了，其实，它或它们只是暂时睡着了，像一头蹲仓的熊，即使经过漫长的冬季，冬眠之后还是会苏醒过来，从黑暗幽深的树洞里爬出来；或者像冻僵之后的蛇，冰水融化之后，依然会吐着尖锐的芯子，咬噬着你的心。

读高中的时候，我知道了，曾经贴在我家墙上那幅漂亮的年画，是画家哈琼文画的。去年，在中国美术馆的一次画展中，我意外看见了哈琼文这幅年画的原作。如同他乡遇故知一般，我的心里漾出一股难以言说的感动，甚至激动，站在那里看着，久久未动。少年时代的往事，悄悄地划过心头。

画面上的那位母亲，还是那么漂亮。

她只有活在画的上面，才会永远那么漂亮。

画面上的那位母亲，还是那么年轻。

而我却早已经老了。

老屋，也更老了。尽管如今翻建一新，油饰一新。涂抹在脸上再新再厚的粉底霜，也难以遮挡岁月的风霜。

老屋！

2018 年 11 月 15 日于北京

房　顶

房顶上，铺着鱼鳞瓦。用脚踩在上面，没觉得什么，坐在上面，有点儿硌屁股。

那时候，我家的房后面，有一个小夹道，夹道里堆着一些碎砖头和零七零八的杂物，顺着它们往上爬，很方便就能爬上房。上小学二三年级的时候，我常常会像小猫一样，从那里爬上房。尤其是夏天的晚上，吃完晚饭，做完作业，我总会悄悄地溜出屋，从那里上房，坐在鱼鳞瓦上，坐久了，也就不觉得硌屁股了。

我不知道为什么总爱爬到房顶上去。那里有什么东西吸引我吗？除了瓦片之间长出的狗尾巴草和落上的鸟屎，或者飘落的几片树叶，没什么东西。不过，站在上面，好像自己一下子长高了好多，家门前的那棵大槐树，和我一般高了。再往前面看，西边的月亮门，月亮门里的葡萄架，都在我的脚下了。再往远处看，胡同口的前门楼子，都变得那么矮，那么小，像玩具一样，如果伸出手去拿它，能把它抱在怀里。

房顶上面，很凉快，四周没有什么遮挡，小风一吹，挺爽快的，比在院子里拿大蒲扇扇风要凉快。

风大一点儿的时候，槐树的树叶被摇得哗啦啦响。我会从裤兜里掏出手绢——那时候，每天上学，老师都检查你带没带手绢——迎着风，看着手绢抖动着，鼓胀着，像一面招展的小旗子。

有时候，我也会特意带一张白纸来，叠成一架纸飞机，顺着风，向房后另一座大院里投出去。看着飞机飘飘悠悠，在夜色中起起伏伏，像是夜航，最后不知道降落到那座大院的什么地方。

那座大院里，住着我的一位女同学。她是我的同座，有一次，上课铃声响了，我才想起忘记了带手绢，有些着急，她递给我一条手绢，说她有两条。这样，躲过了老师的检查，我还给她手绢，谢了她。其实，我有点儿不想还她，那条手绢上印着北海的白塔，还有湖上的一条小船，挺好看的。但是，手绢也用红丝线绣上了她的名字。幸好，老师只是扫了一眼，要是仔细一看，看见了她的名字，就麻烦了。

我希望，纸飞机落在她家的门前，她能够看到，从地上捡起来。她一定会有点儿惊奇，不会猜得到是我叠的飞机，特意放飞到她家的院子里。后来，我想，要是飞机真能那么准飞落到她家的门前，又那么巧被她捡起来，我应该在飞机上面写几个字。写什么呢？我瞎琢磨开了，琢磨半天，也不知道写什么好。那时候，我乱想了很多，会写的字不太多。

坐在房顶上，没有一个人，白天能看到的房子呀树呀花草呀积存的污水呀堆在院子乱七八糟的杂物呀……这些所有的一切，都变成了黑乎乎的影子，看不大清楚，甚至根本看不见。院子里嘈杂的声音，也变得朦朦胧胧，轻飘飘的了，周围显得非常的安静，静得整个院子像睡着了一样。

更多的时候，我就是这样无所事事，东一榔头西一棒子胡思乱想。有时候，也会想母亲，但更想的是姐姐。母亲过世几年了，姐姐就离开我和弟弟几年了。母亲去世的时候，姐姐还不到十七岁，为了减轻家里的负担，能够挣得一份工资给家里有点儿贴补，她独自一个人到内蒙古修京包线铁路，连跟父亲说一声都没有，自己拿着户口本到派出所注销了户口。

母亲去世时，我年龄小，所以对母亲的印象不深，但对姐姐的印象很深。姐姐是我和弟弟的守护神。姐姐对我说：娘的脾气大，气头儿一上来，常常不管三七二十一，就会伸出巴掌来打不听话的我或者弟弟，都是姐姐用身子挡住我们。母亲的拳头便像雨点一样，砸在姐姐的身上。

我不知道内蒙古是什么样子，但听说那里属于塞外，冬天很冷。姐姐离开家第二年回家探亲的时候，把父亲的一个羊皮筒子拿走，说是到内蒙古后做件皮裤。姐姐的腿有关节炎。我便想象内蒙古风沙弥漫的样子，想象有骆驼在风沙中穿行的样子，想象姐姐在风沙中跌倒的样子。

后来，姐姐给父亲来信，说她在那里当电话台的接线员，不会在风沙中跌倒。我便又想象姐姐在电话台接电话的样子。电话线很多，像雨后的蚯蚓一样，在姐姐身旁乱爬。姐姐的声音很好听，说的是一口北京话，在风沙呼啸中飘荡，通过电话线，能传得很远，应该还会有回声。

站在房顶上，视野开阔，能看得到前门楼子前面，靠近我们胡同这一侧北京火车站的钟楼。姐姐就是从那里坐上火车离开北京去内蒙古的，每一次从内蒙古回家看我们，也是从那里下的火车。每一次到火车站，依依不舍地送姐姐回内蒙古，火车开走了之后，我都要躲在月台上的圆柱子后面，偷偷地哭。那情景成为我童年最深刻的记忆。很小，我便尝到了生离死别的滋味。火车站，成为我童年最悲伤的地方，想去，又怕去。

站在房顶上，我不止一次探着脑袋，望着前门火车站。那时候，我最渴望的是，也能够从那里坐上火车，到内蒙古去看姐姐。如果夜晚很安静，我能够听得到火车站发出的火车汽笛声，一声声传来，又一声声消失，回声荡在夜色中，那样撩人心扉，让我直想落泪。

更多的时候，我只是默默地望着夜空，胡思乱想，或想入非非。那时候，老师带我们参观过一次动物园对面的天文馆。在那里，讲解员讲解了夜空中的很多星星，我只记住了北斗七星的位置，像一把勺子，高高地悬挂在天空之北。天气好的时候，我一眼就能找到北斗七星，感觉它们就像是在对着我闪烁，像见到老朋友一样，一直等着我在找它们，让我涌出一种亲切的感觉。

有雾或者天阴的时候，雾气和云彩遮挡住了北斗七星，天空一下暗淡了很多。浓重如漆的夜色，像一片大海，波浪暗涌，茫茫无边，找不到哪里是岸，显得那样的神秘莫测。

房顶上，更显得黑黝黝的，只有瓦脊闪动着灰色的反光，像有什么幽灵在悄悄地蠕动。眼前的那棵大槐树一树浓密的树叶的影子，打在墙上和房顶上，风吹过来，树在摇晃，影子也在摇摇晃晃，树哗哗响，影子也在哗哗响着，像在大声喧哗，树和影子争先恐后说着什么我听不懂的话。

这时候，我有些害怕，会忍不住想起院里的大哥哥大姐姐曾经讲过的鬼故事。越想越害怕，便想赶紧从房顶上爬下来，但脚有点儿发软，生怕一脚踩空，从房上掉下来，便坐在那里，不敢动窝儿。

有一天晚上，就在这样我心里紧张不敢动窝的时候，突然，身后传来了砰砰的声响。无星无月的，在浓重夜色中，那声音急促而沉重，一声比一声响，一声比一声近。我很害怕，怕真的有什么鬼蓦然出现，赶紧转过身去，不敢朝声音发出的地方看。

这时候，一个黑影出现在我的面前，叫了我一声：哥！原来是弟弟。

他对我说：爸找你，到处找不着你，让我出来找！我就知道，你一准儿在这里。然后，他又说了句，我看见你好几次一个人爬到房顶这里来了。

那一天，我和弟弟没有着急从房顶上下来。我问清父亲找我没什么大事，便拉着他一起坐在房顶的鱼鳞瓦上，东一榔头西一棒子地聊起来。在家里，我们很少这样聊天，更别说坐在房顶上了。我总觉得他太小。

他问我：你总爱坐在房顶上干什么呀？

我问他：你认识北斗七星吗？

他摇摇头。

我告诉他北斗七星很亮，要是有一天迷路了，找不到回家的方向了，你看到了北斗七星，就能找到回家的路了。

他便让我告诉他夜空中北斗七星在哪儿。可惜，那天天阴，看不到一颗星星。

一晃，六十多年过去了。

老屋早已经被拆，房顶的鱼鳞瓦不知去向何方。

弟弟，已经去世七年了。

2018 年 11 月 6 日于北京

那一排钻天杨

四十多年前，出我住过的地铁宿舍前的那条砂石小路，公交车站对面马路边有两间小平房，是一家小小的副食品商店，卖一些酱油醋之类的家常日用吃喝的东西，同时，兼管每天牛奶的发送。

买牛奶，需要事先缴纳一个月的牛奶钱，然后发一个证，每天黄昏到副食品店去凭证取奶。母亲那一阵子大病初愈，我订了一份牛奶，让母亲喝。尽管母亲不爱喝牛奶，嫌有膻气味儿，但在我的坚持下，她还是每天像咽药一样，坚持在喝。脸上红扑扑的，渐渐恢复了生气。

由于每天到那里取奶，我和店里的售货员很熟。店里一共就两位售货员，都是女的，一个岁数大些，一个很年轻。年轻的那一位，刚来不久。她个子不太高，面容清秀，长得纤弱，人很直爽，快言快语。熟了之后，她曾经不好意思地告诉我：没考上大学，家里非催我赶紧找工作，只好到这里上班。

知道我在中学里当老师，她让我帮助她找一些高考复习的材料，她想明年接着考。又听说我爱看书，还写点儿东西在报刊上发表，对我另眼相看。每次去那里取奶或买东西，她都爱和我说话。

有一天，我去取奶，她特别兴奋，又有些神秘兮兮地问我：今天上午上班的时候，在虎坊桥倒车，看见路旁的宣传栏里，用毛笔抄着两首诗，上面写着您的名字，那诗真的是您写的吗？

她说的那个宣传栏，是当时《诗刊》杂志社办的。那时候，刚粉碎"四人帮"，《诗刊》复刊不久，他们会从每一期新出的《诗刊》挑选一些诗，抄在大白纸上，贴在宣传栏里。这个宣传栏，和当时《光明日报》社前的报栏相隔不远，成为虎坊桥的两大景观，常会吸引过往的行人驻足观看。百废待兴的新时代，一切都让人感到有种生气氤氲在萌动。那是我发表的第一组诗，也是唯一的一组。没有想到，她居然看到，而且，比我还要兴奋。

她对我说：高中的时候，我要是遇到您当我们的语文老师就好了！我觉得她的嘴巴挺甜，在有意地恭维我，但很受听。

那时候，买麻酱要证，买香油要票；买带鱼，只有过春节才有。打香油的时候，都得用一个老式的长把儿小吊勺作为量器，盛满之后，通过漏斗倒进瓶里，手不抖和稍微抖搂一下，动作的快和慢，盛的香油的分量大不相同。那时候，每月每家才只有二两香油，各家打香油的时候，不错眼珠儿地紧盯着，都看得格外仔细，生怕售货员手故意动作慢点儿，又那么一抖搂，自己吃了亏。每一次我去打香油，她都会满满打上来，屏住气，手很稳，动作很麻利。每一次我去买带鱼的时候，她会把早挑好的大个儿的带鱼，从台子底下拿出来给我。我感受到她的一番好意。那是那个时候她最大的能力了。

除了有些书和杂志，我无以相报。好在她爱看书，她说她以前是班上的语文课代表。我把看过的杂志和旧书借给她看，或者索性送给她。我很喜欢爱读书的年轻人，便常常取牛奶时带一些杂志和看过的书给她，便和她越来越熟。她几乎比我教的学生大不了一两岁，所以，她见到我就叫我肖老师，我知道她姓冯，管她叫小冯同学。

有一次，她看完我借给她的一本契诃夫小说选，还书的时候对我说：以前我们语文课本学过他的《变色龙》和《万卡》。我问她读完这本书，最喜欢哪一篇？她笑了：这我说不上来，那篇《跳来跳去的女人》，我没看懂，但觉得特别有意思，和以前学的课文不大一样。

我妈管这个副食店叫小铺，这是上一辈人的老叫法。在以往老北京大一些的胡同里，都会有一个或两个副食店，方便百姓买东西。没有小铺的街巷，会像缺了点儿什么，所以，小铺里的售货员和街里街坊很熟络，街坊们像我现在称呼小冯同学一样，也是对售货员直呼其名的。这是农耕时代的商业特点，小本小利，彼此依赖，亲切，又亲近。我们住的地铁宿舍刚建立不久，这个副食店相跟着就有了。年纪大的那位售货员指着年轻的售货员对我说，副食店刚建时候，我就来了，那时候和她年纪差不多。这一晃，十多年过去了。

日子真的不扛混，十多年，在老售货员眼里，弹指一挥间，在年轻的售货员眼里，却显得那么遥远。她曾经悄悄地对我说：您说要我也这样在这里待上十多年，可怎么个熬法儿？她不喜欢待在这么个小铺里卖一辈子香油麻酱和带鱼，她告诉我想复读，明年重新参加高考。

那一年，中断了整整十年的高考刚刚恢复。因为母亲的病，我没有参加这第一次高考。她参加了，却没有考上。第二年，也就是1978年的夏天，我和她相互鼓励着，同时到木樨园中学一起参加高考的考试。记得考试的第一天，木樨园中学门口的人乌泱乌泱的，黑压压拥挤成一团。我去得很早，她比我去得还早，正站在一棵大槐树下，远远地冲我挥手。槐花落了一地，清晨的阳光透过密密的树叶，在她身上跳跃着斑斑点点的光闪。

我走了过去，看得出来，她很兴奋，也很紧张。结果，我考上了，她没考上，差的分很多，比前一年还多。这是她第二次参加高考。从此以后，她不再提高考的事了，老老实实在副食店里上班。

我读大学四年期间，把病刚好的母亲送到姐姐家，自己住学院的宿舍，很少回家，和她见面少了，几乎断了音讯。

六年过后，我搬家离开了地铁宿舍。那时候，正是文学复兴的时期，各地兴办的文学杂志风起云涌，这样的杂志，我家有很多，一期期地积累着，舍不得扔。搬家之前，收拾东西，才发现这些旧杂志拥挤在床铺底下满满当当，便想起了这位小冯同学。她爱看书，把这些杂志送给她好。

捆好一摞杂志，心里想，都有六年没见她了，她会不会调走不在那儿了？抱着试一试的想法，我还是到副食店去找她。她还在，正坐在柜台里，看见我进来，忙站起来走了出来，笑吟吟地叫我肖老师，说：您可是有日子没来了！

我这才注意，她挺着个大肚子，小山包一样，起码有七八个月了。我惊讶地问道：这么快，你都结婚了？

她笑着说：还快呢？我二十五岁都过了小半年！我们同学有的都早有孩子了呢！

日子过得还不够快吗？我大学毕业都两年多了，一天天过去的日子，磨炼着人，也改造着人，就像罗大佑歌里唱的那样：流水它带走光阴的故事，改变了一个人。

我把杂志给了她，问她：家里还有好多，本来想你要是还想要的话，让你跟我回家去拿。看你这样子，还是我给你再送过来吧！

她摆摆手说：谢谢您了。不用了，您不知道，自打结婚以后，天天忙得脚后跟打后脑勺，哪还顾得上看书啊！前两年，听说您出了第一本书，我还专门跑到书店里买了一本，不瞒您说，到现在还没看完呢！说罢，她咯咯地笑了起来。

那天，她知道我要搬家，挺着大肚子，特意送我走出副食品店。正是四月开春的季节，路旁边那一排钻天杨的枝头露出了鹅黄色的小叶子，迎风摇曳，格外明亮打眼。到这里住了小九年，我还是第一次看见路旁边这一排钻天杨，春天长出的小叶子这么清新，这么好看。

她见我看树，挺着肚子，伸出手臂，比划着高矮，对我说：我刚到副食店上班的时候，它们才这么高。我一蹦就能够着叶子，现在它们都长这么高了。

从那以后，我再没有见过小冯同学。

前些日子，我参加一个会议，到一座新建不几年的宾馆报到。新的宾馆，特别是大堂，设计和装潢都比老宾馆显得更现代堂皇。宽阔的大厅，从天而降的瀑布一般的吊灯，晶光闪烁。一位身穿藏蓝色职业西式裙装的女士，大老远挥着手臂径直向我走来，一直走到我的面前，伸出手来笑吟吟地问我：您是肖老师吧？我点点头，握了握她的手。她又问我：您还认得出我来吗？起初，我真的没有认出她，以为她是会议负责接待的人。她接着笑着说：我就知道您认不出我来了，我是小冯呀！看我盯着她发愣，她补充道：地铁宿舍那个副食店的小冯，您忘了吗？

我忽然想起来了，但是，真的不敢认了，她似乎比以前显得更漂亮了，个子高了许多，也显得比实际年龄要年轻许多。那一刻的犹豫之间，她已经伸开双臂，紧紧地拥抱了我。

我对她说了第一眼见到她的感受，她咯咯笑了起来，说：还年轻呢？明年就整六十了。个子还能长高？您看看，我穿着多高的高跟鞋呢！

她还是那么直爽，言谈笑语的眉眼之间，恢复了以前的样子，仿佛岁月倒流，昔日重现。

她一直陪着我报了到，领取了会议文件和房间钥匙，又陪着我乘电梯上楼，找到住宿的房间。我一直都认为她是会议的接待者，正想问问她怎么想起又是什么时候从副食店跳槽的，她的手机响了。她接电话的时候，我听出来了，她不是会议的接待者，而是这家宾馆的一位副总。电话的那边在催她去开会。我忙对她说：快去忙你的吧！

她不好意思地说：您看，我是专门等您的。我在会议的名单上看到您的名字，就一直等着这一天呢！我和您有三十多年没有见了。今晚，我得请您吃饭！实话告诉您，你们会议上的自助餐不好吃。我已经订好了房间，请我们宾馆最好的厨师，为您做几道拿手的好菜！您可一定等着我呀！

晚餐确实非常丰盛又美味。晚餐中，我知道，生完孩子没多久，她就辞掉副食店的工作，在家带孩子，把孩子带到上幼儿园后，她不甘心总这么憋在家里，用她自己的话说："还不把我囚成甜面酱里的大尾巴蛆?"便和丈夫一起下海折腾,折腾得一溜儿够,赔了钱,也赚了钱,最后和几个人合伙投资承包了这个新建没几年的宾馆,她当这个宾馆的副总,忙里忙外,统管这里的一切。

听完她的讲述,我很佩服她的勇气。她说:您忘了您借给我那本契诃夫小说了吗?我像不像那个跳来跳去的女人?说完,她咯咯地笑了起来。

我也笑了。很多往事,借助于书本迅速复活。跳来跳去,可不是在水磨石的花砖上跳舞一样地跳来跳去。在生活尤其在商海中跳来跳去,是要跌跤的,需要有能蹦能跳的勇气和活力。一个女人,如果在她年轻的时候没有了这种勇气和活力,到后来只能当一个黄脸婆。这是那天晚上她对我说过的话。

那天晚上分手的时候,我问她地铁宿舍前的那个小小的副食店,现在还有吗?

她笑着对我说:一看您就是好长时间没有到那边去了。什么时候,我陪您回去看看,怀怀旧?

她告诉我,那一片地铁宿舍,二十年前就都拆平,盖起了高楼大厦,副食店早都淹没在那一片楼群里了。不过,副食店前路旁那一排钻天杨,倒是没有被砍掉,现在都长得有两三层楼高了,已经成为了那一片的一个景儿了呢!

钻天杨,她居然还记得那一排钻天杨。

2018 年 11 月 4 日于北京细雨中

紫薇花对紫微郎

以前老北京的院子里，种海棠、丁香、榆叶梅、石榴树的多，种夹竹桃的也有，一般没有种紫薇的。就是在皇家园林里，种紫薇的也很少。如今，紫薇被普及，几乎所有的公园和新建的居民小区里，都种上了紫薇。前些年，北京植物园还集中栽种一百多棵紫薇，特别开辟为一座"紫薇园"。

之所以如今对紫薇情有独钟，是因为相对于有些娇贵的树种，紫薇很皮实，容易成活，而且，开的花很鲜艳，紫红色的花朵遍布枝叶之间。在这一点上，和它同期开花的木槿就差很多。论好看，木槿也不差，花瓣比紫薇大，但有些稀疏，藏在枝叶下面，不如紫薇繁茂。老远一看，木槿是叶多花少，紫薇则是紫嘟嘟一片，一片云蒸霞蔚。

关键一点，紫薇花期长，能够开满整整一个夏季，即使到了初秋，也能看到它的花影摇曳。如果在南方，到了寒露，还能见到它的花开。所以，人们又叫紫薇为百日红。夏天结束的时候，几乎所有的花都先后凋落了，唯有紫薇的花还在枝头盛开，谁不愿意把它们种在自己的面前宠爱呢？

不少作家曾经为紫薇写过文章，比如苏州的周瘦鹃。写得最搞笑的，当数郭沫若。在《百花齐放》中，他应景为一百种花写诗，写到紫薇时，他这样写道："皮上轻轻一搔，全身就会摇动；人们因此又爱叫作怕痒花；其实我们倒不痒，并也不怕；只是告诫人们要规矩一些，为什么对于花木用手乱抓？"新诗从《天狗》《天上的街市》乱抓乱写到这份上，真的叫人无语。

不过，紫薇又叫作怕痒花，倒是从这首诗知道的。那时，我正读中学，夏天到来的时候，曾经专门到公园里找过紫薇，带有好奇又神奇的心思，用手在树干上摸了摸，然后抬头看看树，枝头上的紫薇花还真的动了动。

今年夏天，孙子从美国回来，我带他到公园玩，看到紫薇，对他说：这树也叫作怕痒树，你只要用手在树干上摸一摸，枝子上的花就会轻轻摇动。孙子不信，用手轻轻地摸了摸树干，枝头上的花一动不动。再用点儿劲儿摸，花还是不见动静。急得他使劲儿地摇动起树干来，紫薇花瓣不仅动了，还落在他身上几瓣。

后来，我查书，发现紫薇树皮容易脱落，露出里面树干的嫩肉来，再用手去摸，枝头上的花才会像过了电一样地动。就像俗话说的那样，隔着衣服，很难摸着麻筋儿，当然，花就不会动了。想想中学时候，我摸摸树干，紫薇花动的情景，想一定是当时有风，被风吹动罢了，我以为真的花动了呢。

为紫薇花著文，写得最漂亮的，得数汪曾祺。他写紫薇花开得茂盛繁密："一个枝子上有很多朵花。一棵树上有数不清的枝子。真是乱。乱红成阵。乱成一团。简直像一群幼儿园的孩子放开了又高又脆的小嗓子一起乱嚷嚷。"抓住一个乱字，一连串干净简洁的短句子，最后一个比喻，通感，用声音形容花的繁茂火爆。起码在我有限的阅读范围里，没有见过对紫薇如此精彩的书写。

为紫薇写诗，写得最有名的，当然要数白居易。他那句"独坐黄昏谁是伴，紫薇花对紫微郎"，传颂了千年之久。不过，对此诗的误读也最多。紫微郎本来指的是白居易自己，他在宫里的紫微省做中书侍郎，又叫作紫微郎。本是枯坐宫里寂寞难耐，却让我们望文生义，汪曾祺所说的"使人觉得有点罗曼蒂克"。汪先生又幽默地说："不过你要是有一点罗曼蒂克的联想，也可以……紫薇颜色很娇，画面很美，更易使人产生这是一首情诗的感觉。"

对古诗的误读，能和这句"紫薇花对紫微郎"媲美的，大概是东坡的那句"一树梨花压海棠"了。不过，相隔几百年甚至上千年，对一句古诗的误读，其实是融入了现代人的心理和想象，是一种美丽的误读。

紫薇是一种古老的树木，白居易为紫薇写过诗，杜牧也写过，说明早在唐朝紫薇就大量种植了。在北京，有很多开花的古树，至今依然存活在古寺和皇家园林里，比如玉兰。但没听说过有老紫薇树。

我唯一见过的古老的紫薇树，是前些天到广东中山市的小榄镇，那里新近开辟了一片湿地公园，园里的一片坡地上，种着好多棵老紫薇树。我不知道它们具体的年头有多古老，也不知道它们原本就是生长在这里的，还是从别处移栽过来的。和我见过的紫薇树完全不同，粗大的树干，高耸的梢头，沧桑的枝叶，可以和古松古柏古槐相媲美，以前所见过的紫薇都显得那样的纤柔，那样的小儿科了。虽然已经接近初冬的季节，树上居然还在开花，不多，但却是夏秋两季最后的紫薇了，不可一世，足可傲人。

那一片坡地被围了起来，和我们北京植物园里的"紫薇园"一样，这里也叫作"紫薇园"。不过，此紫薇和彼紫薇，却大不一样，就像白居易心中的"紫薇花对紫微郎"，和我们想象的"紫薇花对紫微郎"大不一样。

2018 年 10 月 30 日广州归来

白葫芦花

    从北大荒插队刚回北京的时候，我搬家到陶然亭南。那里新建了一排排红砖房的宿舍，住的都是修地铁复员转业落户在北京的铁道兵，住着来自全国四面八方的人。之所以从城里换房来到这里，是因为这里很清静，而且，每户房前，有一个很宽敞的小院。母亲最喜欢这个小院，可以种些蔬菜吃。

    那时候，我在中学里当老师，开始在报刊上发表文章，这里的街坊在报纸上看到，见到母亲时，常常夸我，让母亲很有面子。在这片地铁宿舍，我算是有点儿文化的人，颇受这些纯朴的街坊尊重。

    夏天一天晚饭过后，一位街坊来到我家拜访。是一个中年男人，很瘦，很黑，很客气。我第一次见到他，才知道他就住在我家后两排，姓陈，湖南人。落座之后，他直言相告，想求我帮他写个状子。我问他，要告谁呀？他垂下了头，沉吟一会儿，才抬起头来告诉我，是要告他老婆。我问他，为什么呀？一日夫妻百日恩，什么事情过不去？他对我说：哪天有工夫，你来我家一趟，我给你看看东西。然后，又对我说：我歇病假，哪天都在家，你什么时候去都行。

    望着他拖着沉重的步子，离开我家的小院，我心想，什么东西，石头一样压得他这样喘不过气来？

    第二天下午没课，我从学校回家早，去了他家。他见我就说：你来得正好，家里没人。说着，他趴在地上，从床铺底下拉出一个小木箱，在箱子里的一个土蓝色的包袱皮里，掏出一个大信封，递给我。是几封情书，另外一个男人写给他老婆的。他从中找到一封，对我说：你重点看看这封。我看后，明白他要告他老婆的最终原因了。这封信里白纸黑字说孩子是老婆和这个男人的。这是压倒骆驼的最后一根稻草。

他叹口气，瘫坐在床头，对我说：那时候，我在部队里当兵，她在村子闹出这样的事情，每次回家探亲，我都隐隐约约地感到有什么事情发生。这不，我和她闹离婚好几年了，她一直不同意，一口咬定孩子是我的。她不知道，这几封信我早都看到了。

我不知道该怎么安慰他。他是信任我，才找我帮助他写状子，但我也不知道该不该帮助他写。我写过一些小说和散文，从来没像宋世杰一样给别人写过状子呀。

他看出了我的犹豫，接着对我说：我现在病了，不瞒你说，是肝病，挺严重的，说不准哪天就不行了。可越是病了，越觉得忍不下这口气。你说要是你，你忍得下吗？

我无言以对。就在这时候，院子里传来了孩子的笑声。他赶忙把信塞回包袱皮里，藏好在箱子里，把箱子推进床铺底下。

他送我走出屋门，我看见一个十来岁的小姑娘，叫着爸爸，蹦蹦跳跳地向他跑了过来；小姑娘的身后，站着一位不到四十岁的女人。我格外注意看了她一眼，长得挺俊俏的，是那种惹人怜爱的女人。她的头顶是一个铺满绿叶的木架子，午后的阳光，透过密密的叶子，在她的身上跳跃着斑斓的影子。她冲我笑笑，说：是肖老师来了，怎么不再坐会儿？我挺尴尬的，有些做贼心虚地说：啊，坐半天了，老陈要找我下盘棋。

和她擦肩而过的时候，我忍不住又瞟了她一眼，不巧和她的目光撞在一起，她依然在笑，我却更有些尴尬，慌不择言地指着架子说：开这么多的白花，这种的是什么呀？

老陈走过来说：是葫芦。

那是我第一次见到葫芦开花。满架的绿叶间，白色的葫芦花开得像一层雪，风吹过来，像是一群翻飞的白蝴蝶。

在这一片宿舍前的小院里，住的都是勤俭持家的人，大多和我母亲一样，种蔬菜的多，种花草树木的少。大多人家栽的是一些扁豆、茄子、黄瓜、丝瓜和西红柿。那时，我见识很少，以为种葫芦不能吃，只能看着玩，最多做成瓢。后来，我对老陈说过这话，老陈说：葫芦也能吃，到时候，长出青葫芦来，请你来吃清炒葫芦。

老陈又找过我好几次，在他的坚持下，我帮助他写成了一个状子，也不知道合格不合格，总觉得和我写的小说散文不是一路活儿，写得挺耙劲。老陈把状子拿回家看后，又找到我，说我写得力度不够，这样到法院真的打起官司，赢的把握悬乎。

我趁机劝他，你自己都觉得悬乎，干吗非得要告你老婆？一封信上说的话，就能证明那孩子不是你的？人家法院就能信？再说，你把孩子都养了十来年了，你舍得不要了，给别人？接着，我又问他：你老婆对你好不好？这么漂亮的老婆，你也舍得不要了，给别人？

他不说话了，我看得出，他犹豫，又不甘心。心里头，在拉锯。

告状这事，老陈一会儿气哼哼地非告不成，一会儿又瘪茄子不吱声了。按下葫芦浮起瓢，就这么自己折磨自己，有时候摔盆摔碗和他老婆闹，常常是他的闺女跑来找我去他家劝架。一来二去，我和他家熟了，和他老婆也熟了。但他老婆见我话不多，任凭他怎么闹，坐在床头，一言不吭。孩子吓得哇哇直哭，她从来也不哭。就这样，好好坏坏，一直闹腾到了秋天。

一天傍晚放学回家，他的小闺女跑到我家对我说：我爸要你去我家！我以为出了什么事，赶紧去了他家。老陈要请我吃清炒葫芦。是他老婆炒的，新下架的葫芦切成片，放了几片红辣椒，喷了点儿香醋，真的挺好吃的。清脆，有一股子清香。我连连称赞，夸他老婆厨艺好。他老婆站在一边，微微笑着，不说话。

这是我有生以来第一次吃葫芦，回味不已。我不知道，那时候，老陈的肝病已经很严重，已经到了肝腹水的程度。他行动不便，很少出门，到医院去看病，都是他老婆蹬着平板三轮车，驮着他，穿过沙子口的粮库和地道，到永外医院，一路不近呢。有时候，半夜，老陈发病了，把孩子惊醒，她就让孩子和老陈一起坐在平板车上，蹬着车，到医院。

最后，他住在医院里，已经无法出院了，也是他老婆一夜一夜守着他。我去医院看过他，对他说：有这样一个女人，是你的福气，别再提离婚的事了！他不说话。

那一年冬天，老陈病逝。他老婆料理完后事，准备离开北京回湖南老家。我问她还回北京吗？她摇摇头。

临别的时候，她带着孩子来我家一趟，直杵杵地先对我说：我知道你帮我家老陈写状子告我的事情。

尽管我也劝老陈不要告她，不要离婚，但见她对我这样直面指陈，还是非常尴尬。

她接着说——我才发现，她比老陈能说多了：老陈的心情我理解，搁谁也都会和我打离婚。

不过，这事你信吗？然后，她这样反问我。

见我一时语噎，她接着又说：我来找你，不是来和你掰扯事情的来龙去脉和是非曲直的，是来给你送东西的。

送我的是用半拉葫芦做成的瓢。

她说：是老陈临走时嘱咐我做的，他说你稀罕这玩意儿！

她离开北京后，她家的房子换了主人。新搬来的人家，把葫芦架拆了，改搭一个葡萄架。偶尔路过时，我会想起老陈和他的老婆。我再也没见过白葫芦花，没吃过清炒葫芦，老陈的老婆炒得确实挺好吃的。

老陈送我的那个葫芦瓢，一直在我家放了好长时间。那时候，自来水管在院子里，冬天冻了，得用开水浇一次水管，要接水存放一天。我家有一个水缸，那个葫芦瓢在水缸里漂着。

2018 年 10 月 19 日于北京

荷花塘

　　住陶然亭南地铁宿舍的时候，宿舍前有一条砂石小路，通往公交车站。上班或下班，走在那条小路上，我常会碰见一个年轻的姑娘。她长得很秀气，修长的身材，显得格外亭亭玉立，在那一带鹤立鸡群，很惹人注目。她很少和人打招呼，都是一个人低着头走路，似乎知道自己的身上落有很多人的目光，不愿意和这些目光相对。

　　后来，我知道，这个姑娘姓郑，正在读高中。那时候，我是高中的语文老师，只是，她不在我教书的学校里读书。她家就住在我家前排的一座院子里。那座院子，我从来没有去过，据说，是我们这一片住家最漂亮的一座院子。郑姑娘的爸爸很能干，院子都是他一手伺弄的，高墙围栏，红砖墁地，中间一条弯曲的小道通往房门，小路铺的是彩色的鹅卵石，小道两旁摆满花盆，四周种些花木，四季常绿，春夏花开，弄得跟小花园一般。很多街坊不止一次地对我啧啧赞赏郑家的小院。

　　我和郑姑娘的爸爸有过一次交往。

　　我刚搬来第二年的秋天，唐山地震余波影响到北京，我家后山墙被震得墙皮脱落，露出了红砖来。我笨，不会泥瓦匠的活儿，又不知道上哪儿能弄到沙子和水泥。那个年月，这都是紧俏的东西。我的邻居家的老大，是个热心肠的小伙子，他对我说：你这墙用不了多少沙子和水泥，我能帮你弄到，放心吧！

第二天晚上，他不知道从哪儿把半袋子水泥和沙子弄来了，搬到我家的院里，和我约好，星期天他休息，帮我抹墙。

星期天一清早，小伙子就来了，跟在他后面的还有一个男人，手里拿着抹子铲子。这便是郑姑娘的爸爸，小伙子向我介绍是郑叔，我便称呼他老郑，谢谢他来帮忙。他笑笑摆摆手，说了句：街里街坊，别那么客套！便开始干活了。两人都不爱讲话，没有一上午，就默默无声地帮我把墙抹好了。我要请他们吃饭，老郑还是一摆手说：街里街坊，别那么客套！转身就出了屋，连手都没顾得上洗。

以后，我和老郑只是偶尔在路上碰面打个招呼。我倒是和他的闺女几乎每天上班的路上碰面，只是郑姑娘依旧低着头匆匆走路，没有和我说过一句话，打过一次招呼。

有一个星期天，在陶然亭公园的湖畔遛弯儿，我遇见了郑姑娘。她没有看见我，不仅是离得距离有些远，而且她的身旁跟着一个小伙子，两个人正在叽叽咕咕地说话，很开心的样子，显得挺亲密。其实，最初，我也没注意是她，走近后，才发现是她，想避开，来不及了。这时候，她也看见了我，羞答答地叫了一句：肖老师！便和那个男孩子咯咯笑着跑走了。

第二天上班的时候，在小路的路口上，我看见了郑姑娘站在那儿，见我走来，迎了过来。显然，她是在等我。她见旁边没人，急匆匆地央求我说：肖老师，昨天陶然亭的事，您千万别对我爸说，行吗？

看她受惊的小鸟一样惊慌失措的样子，我有些奇怪。我教书的班上，不少男女同学也在悄悄甚至明目张胆地谈情说爱。那时候，正是禁锢时代的结束，百废俱兴时代的开始，刘心武的小说《爱情的位置》风靡一时，正处于青春期的孩子，好奇的心情和萌动的心理交织，走到一起，也没什么奇怪的。对于这样的学生，我是睁一眼闭一眼。郑姑娘，这么漂亮的一个姑娘，怎么会没有男孩子对她动心呢？她自己再是一株含羞草，也会有自己的心思，风不动，心也会动，这很正常，不奇怪。

奇怪的是，从那天以后，我好久都没有见过郑姑娘。

很久以后，我听街坊们议论，才知道，郑姑娘和那个男孩子的事，被她爸爸知道了，二话没说，买了两张火车票，带着她回老家了。那时候，郑姑娘已经读高二的第二学期，还有一年就高中毕业了。这个老郑，可真是办事果断，发现自己的闺女的情事才冒出头儿，立刻掐尖打蔓，不能由着她的性子可劲儿长。

几年之后的一个黄昏，我下班回家，在宿舍前的小路上，看见了郑姑娘迎面走来。见到我，她客气地叫了我一声：肖老师！我看了看她，她长成一个大姑娘了，还是修长的身材，却显得丰满一些。让我吃惊的是，她的左眼下面有一道明显的伤疤，让一张曾经那么秀气的脸庞，显得有些变形，远没有以前那么好看了。

她显然注意到我吃惊的神情，说了句：我要赶车去上夜班。转身急匆匆走去了。那个落日熔金的黄昏中她的背影，让我竟然有些伤感，怎么也忘不了。发生了什么样的事情，让一个漂亮的女孩子的脸上，留下这样一道闪电般醒目的伤疤？

那时候，各家都还没有私人电话，地铁宿舍只有一部公共电话，电话安在一户人家的窗台上。各家有事打电话，都得到这里来，公共电话就是一部各家家事的扩音器，管电话的老大爷对各家的家长里短了解得门儿清。有一次到那里打电话，我向老大爷打听郑姑娘的事情。老人家摇摇头告诉我：这个老郑，下手也太狠！一个巴掌把他闺女打出门不说，抄起他们家的花盆就往闺女的脸上砸！脸是肉长的呀，经得起瓦盆砸吗？那是你亲闺女吗？

听完之后，我心里一紧。

老大爷又告诉我，惹得老郑如此发怒，是因为一年之后，闺女从老家回来参加高考，没有考上大学，却依然和那个男孩子在一起。这让老郑格外撮火。回老家，就为了让她冷冷，谁想到却越发热火，粘在一起了。

1984 年，我搬家离开了住了将近九年的地铁宿舍。如今，三十四年过去了，算一算，郑姑娘是五十开外的人了。我再也没有见过她，不知道她现在的情况怎么样了。

偶尔，我会遇见老街坊，顺便打听郑姑娘的情况。他们也不知道，只知道，自从抄起花盆砸自己的闺女之后，老郑再没有什么心思伺弄他家的院子，那么漂亮的院子，荒芜了，只剩下几棵孤零零的树。

我也才知道，老郑抄起花盆向郑姑娘砸去的时候，郑姑娘一直往后退，没有想到花盆不仅没有躲过，还是砸在脸上，自己和花盆一起掉进了门前的荷花塘里。

郑家那一排房前，有一片荷花塘，我是知道的。建地铁宿舍的时候，占的就是农村的地，没盖宿舍的空地，农民也不种庄稼了，挖了一大片荷花塘，为的是秋天卖藕赚钱。夏天的时候，一片洁白的荷花，很好看。我曾经带孩子到那里照相。孩子也曾经到那里摘荷花玩。

如今，那一片地铁宿舍，连同那一片荷花塘，都拆了，盖起了楼。曾经那么温情的地铁宿舍，曾经那么漂亮的荷花塘！

2018 年 10 月 13 日于北京

杭州读画记

在杭州，正好赶上两个特展，一个是浙江博物馆的《吴昌硕与他的朋友圈》，一个是浙江美术馆的《在桥那边——林绍灵江南意象水彩画》。一个近代，一个现代，一古一今，遥相对应，颇有情趣。

如今，国内展览馆的特展增多，有了专业策展人的介入，水平提高很多。这两个特展，有想法，有特点，删繁就简，集中某一点，而非那种作品陈列式、拼盘式、全家福式或从猿到人编年体的传统展览。

《吴昌硕与他的朋友圈》，用的时尚词语，以吴昌硕和他各个时期朋友之间的交往为线索，勾勒出他的一生行为思想轨迹，展现他的艺术品性和性情特征。这里有他和朋友之间的书信往来、诗词唱和、书画雅集，以及为朋友制定的润格等。不是他一人的独唱，而像是一湾活水流动了起来，自有波光潋滟以及两岸风光旖旎。

难得的是展览中的作品不仅有浙江博物馆的馆藏，还有从其他博物馆和私人收藏借来的，成为名副其实的特展。展览从吴昌硕年轻时在家乡的芜园与他最初的启蒙老师开始，到他晚年八十大寿朋友题诗赠画后止。一个再如何有名的画家，也如普通人一样，不可能没有朋友相互的依托，就能够如一棵树长满枝叶花朵，完成自己的一生。这里有吴昌硕很多朋友作品的展示，有很多我第一次见到，感觉耳目一新。

以我这样外行人的眼光看来，这些朋友的作品，很多不见得比吴昌硕的差，足见一个时代伟大人物的出现，绝非单打独拼，一定是在百花竞放中彼此盛开。想同样在20世纪初期欧洲的音乐界，和吴昌硕所在画界一样，涌现出的不是一位而是有德彪西、马勒、勋伯格、理查·斯特劳斯、斯特拉文斯基、巴托克……一批伟大的音乐家。在其他艺术和非艺术领域，一样都出现了烂漫似锦的场面，比如文学就有普鲁斯特的浩瀚长著《追忆似水年华》占据春光，心理学有弗洛伊德的《梦的解析》一鸣惊人，美学有克罗齐的《美学》问世，科学有爱因斯坦的《相对论》的诞生，莱特兄弟的人类第一架飞机上天……

《吴昌硕与他的朋友圈》，让我看到了那个时代画坛风起云涌的勃兴。吴昌硕早期老师潘钟瑞（潘祖荫之族兄）为其铭刻赤乌七年砖砚拓本的题跋轴，凌霞为其画的墨梅册，潘浴升为其所作的篆书"苦铁居"横幅，俞樾为其《篆云轩印存》所作的序，杨岘赠其的对联……看得真的是让我心动。特别是俞樾的序中借唐李阳冰篆刻四法勉励吴昌硕："功侔造化，冥受鬼神，谓之神；笔墨之外，得微妙法，谓之奇；艺精于一，规矩方圆，谓之工；繁简相参，布置不紊，谓之巧。"还有杨岘的隶书对联"铁味苦，胜铜臭；诗道穷，借缶鸣"，不仅是对于年轻的吴昌硕的期许，对于今天的我们，也具有警醒的意义。杨岘的字实在写得是好。吴昌硕，就是在这样前辈的影响和熏陶下成长起来的。

展览中很多吴昌硕朋友圈的作品，让我大饱眼福。所谓艺术氛围，就在于此吧，没有彼此的砥砺，相互的镜鉴，一群人的水乳交融，氛围便形成不了。展览中，有两幅任伯年为吴昌硕所作的画。一幅是《蕉荫纳凉图》。这是一幅很有名且有故事的画。朋友圈中，任伯年的出现，对于吴昌硕至关重要，成为他大器晚成一道界碑式的象征。当年，吴昌硕甚爱这幅画，不幸后来被盗，痛苦不堪，几年之后，朋友在上海发现，重获此画，交还吴昌硕，劫后重逢，喜极而泣，足见吴昌硕对任伯年的感情。

另一幅是任伯年画竹、王震画吴昌硕肖像图。对于吴昌硕，王震是另一位重要人物。王震是当年沪上政商两界举足轻重的人物，早年随任伯年学画，自有一副好笔墨。吴昌硕潦倒卖不出画的时候，王震大量收购其画，给予吴昌硕极大的经济支持，为吴昌硕在沪上打开局面鼎力相助。吴昌硕一辈子感恩王震，展览中有不少为王震画所作的题诗题记，足见师生之间的情意绵长。

吴昌硕与清末宿臣翁同龢的交谊，在展览中有尽情展现。翁同龢赠送吴昌硕的一共三幅作品，都在展览中，一幅斗牛图卷，两副对联："玉德金声寓于石，明窗大几清无尘"；"米老襟怀云山墨，莱公诗句野渡横"。吴昌硕只是给翁同龢送过印章，阴差阳错，二人并未谋面。在这里，不仅可以看出二人惺惺相惜，是彼此的知音；也可以看出吴昌硕交往的朋友圈真的很广，三教九流，名门望族，官场商海，都不乏其人。这一点，和石涛有些许的相似，比石涛幸运的是，晚年的他走红沪上，成为画坛的领袖。

吴昌硕为沈翰（沈钧儒之父）未竟遗墨《墨蟹图》补蟹螯和水草，并题记曰："补其遗墨，秋思萧然，人琴之感，又增几许。"让人感受吴昌硕重情重义温情的一面。同样，八十岁时赠送梅兰芳《墨梅图》并题诗有句："风吹梅树花，着衣幻作雨。"亦可见其情意温馨的一面。

展览中有吴昌硕书写的一副大幅对联："风波即大道，尘土有至情。"这应该是他对于朋友也是对于世情的夫子之道。难得在这样的画展中，能够看到一个画家从寂寂无名到声名鼎盛的各个时期一些内心情感与思想的涟漪轻起，便意在象外，让我有些感动，还有一些想象。

相比《吴昌硕与他的朋友圈》，《在桥那边——林绍灵江南意象水彩画》策展的构思稍显弱了一些。这个展览由风景和人物两部分构成，人物作为意象，当然也可以，只是勉强了一些，因为展览中的人物水彩都为写实具象或印象而少些意象，而且，画得都不如风景更为精彩。

　　作为江南风景，早被人画熟画烂，几乎千篇一律的小桥流水，粉墙黛瓦，能够让人眼前一亮，别出机杼，比较难。林绍灵的水彩画，充分运用了水的浸渍力和色的表现力，让水和色两者的融合更为有机、灵动而富于张力，有一种鱼水之欢和云雨之欢的畅快，有一种秋水共长天一色的自然与清水出芙蓉的天然。让水染上了色，让色变为了水，成为彼此的变体，成为一种新的形态。那种在画面上流动蔓延的感觉，像春天的树开花秋天的树落叶一样，有了活泼的生命气息。借用同为浙江的前辈画家徐渭的一句诗："半岩竹泪犹啼月，一水菱花解照人。"林绍灵的这些水彩画，有这样水月花痕江南独有的感觉。

　　特别是他借用了国画和油画的一些画法，让他的水彩画焕发新的姿态，有了一种油画和国画的效果。比如，他让画幅增大，宽银幕一样拉长，让传统的景物压缩在画面的一隅，别出心裁的大面积的留白——只不过这里的留白运用了水彩的色彩，巧妙地变化了中国画留白的技法，让江南风景不再只是小桥流水的纤巧，而有了留白这样轩豁的背景衬托显得有些不凡的气势。这样的画作，让我想起了英国的水彩画家透纳的风景画，也是大面积的背景，衬托着的景物，不显得小，倒显得有了气魄。真的是艺术中的大与小的辩证，咫尺应须论万里。看得出林绍灵的野心。他不满足传统的江南小品式的画作，无论是水彩画，还是油画；无论是自己，还是名家。

　　石桥下的小河，老屋下的小船，桥上一点红的小人，船下几丝涟漪的荡漾……这样老套的构图，在林绍灵的笔下也有一些，但更多的是朦胧的街景，斑驳的老墙，细雨打湿的石板路，错落有致的黑屋顶，光影交织中的排屋，意到为止的树木，雾蒙蒙水淋淋的深巷，以及缤纷的晨曦，落日熔金的黄昏，月影摇曳的夜色。这里有他的感情，有他的回忆，有他的想象，有他的摸索，而不仅仅是桥那边熟悉的具体的风景写实。尤其是在《相思几许》《流光溢彩》《弄堂余晖》等画作中，那些被他有意变形或虚化的屋子和院墙，被他彻底打破了造型的规矩和模式，无形却有魂，和传统的我们司空见惯的江南风景拉开了距离，和陈逸飞油画中的周庄，和吴冠中国画中的江南，都拉开了距离。这是不容易的，难能可贵的。这样的画作，让我想起印象派画家中的风景，是林绍灵真正的江南意象。

在展览的后记里，看到林绍灵写了这样的话："五十岁后我真正留意起绘画与情感的问题。对'术'的留恋，有时超过对'艺'的思考。当我回头考量过去的画作，猛然感到我的'心'似乎并非真正融化在画中。"这几句话，让我感动，在商场和名利场泛滥和侵蚀的艺术界，在术、艺、心、情这四者之间，能够如此神清思澈地反思自己，不是每一个画家都能够做到的。

在后记里，他还说："与古典时期伟大画家记录历史的功用不同，在当今触手可及甚至泛滥的图像面前，画画还有必要充当影像的记录者吗？"这句话说得也很有针对性，在如今普遍以照片代替现场写生，更代替想象的创作的画坛现实面前，有勇气和照片和实景来拉开距离，改变以往的旧思路、旧方法，寻求新路，确实是水彩画面临的严峻考验。

展览中，专辟了很多个画框，展览着他画的草图，草图旁有他随手写下的感想，非常吸引我，以为这应该也是这个画展的特点之一。这些画在水彩纸、普通白纸，甚至牛皮纸信封背面的草图，更见林绍灵的心性。他的字写得很漂亮，足见书法的功底。他写的感想很有意思。

比如，他说："当我努力抛开照片或少依赖实景写生时，内心记忆中的景象细节就生发。"

他说："这景只能用想象来描绘，实景哪有这样的资料，这也是绘画比摄影强的优势了。"

他说："逆光中的乌镇，景物被光溶解，只见芸芸光炫耀眼，恍惚有悟。"

他说："江南老巷，幽深静谧，在岁月时空中，沉积着多少繁华与兴衰，我喜欢在这样的深巷里踯躅，回味脚下的石板与老墙的气息，顿觉只有用黑色才能把这分量表达出来。"

这是他的创作手记，是他的内心独白，或喃喃自语。艺术就是情感，这是罗丹说过的一句老话，不是所有的老话都落满尘埃，罗丹的这句老话，是对林绍灵这些内心独白的呼应，是林绍灵这些水彩意象的画外音。

由于见识的浅陋，以前从未看过他的画，对于林绍灵这个名字也没听说过。但是，他说的这些话，让我忍不住从头到尾又重新看了一遍他的这个画展。

2018 年 10 月 5 日写毕于北京

西湖邂逅

戊戌之秋，在杭州住了十天，可以好好地看看杭州。看杭州，主要看西湖。在我看来，西湖最美，尽管旧景九溪的溪水、满觉陇的桂花，新景西溪的湿地，都不错，但都无法和西湖相比。没有西湖，便没有了杭州。

我不喜欢旅游团式的走马观花，西湖一日游，是远远看不大清楚西湖的。十天虽不长，总可以稍稍细致一些看看西湖了。更何况是秋天，西湖最美的季节。

西湖的美，不仅美在湖光山色的自然风光，更在于有美不胜收的人文风景。这一次，将西湖整整地绕了一圈，白堤苏堤孤山，南山路北山路湖滨路，都细细地用脚丈量，哪一处都没有省略。如此一圈，我主要是寻找名人故居。我对这样的地方情有独钟，虽然人去楼空，更是重新整修，并非原汁原味，但旧地毕竟还在，四围山色和水影依旧。走在这样的地方，总能让我想象当年主人在的时候的情景，依稀感受到一些当时的气息，便觉得有了这样旧地的依托，主人便未远去，像只是出门，稍等片刻，就会回来。

哪里可以找到西湖四周如此众多的名人故居？明清两代帝都北京，名人故居也不少，甚至更多，却天女散花一般散落在各处，布不成阵。尽管一度密集于宣南，近些年毁于拆迁之中很多，大多已经是放衙非复通侯第，废圃谁知博士斋，难以形成环绕西湖这样的阵势。

心想，幸亏有西湖，没法拆或填平，西湖是这些故居的保佑神。也是一面镜子，照得见世风跌宕和人生况味。

第一站，先去了黄宾虹故居，曲院风荷的对面，沿栖霞岭上坡没几步路便到。然后陆续去了林风眠、唐云、潘天寿、沙孟海、俞樾、马一浮和盖叫天故居。印象最深的是林风眠和盖叫天两地故居。

这两处旧地，都在西湖稍偏处，去的游人极少，与西湖游人若织比，安静得犹如世外隐者。两处都是上个世纪三十年代所建，一个是西式小楼，一个是中式庭院；一个身处密树林，一个面临金溪水。猜想选择这样的地方，并非最佳的得意之所，而是这里地僻人稀，图的是不饥不寒万事足，有山有水一生闲。如今，却成为了西湖难得的风景之一。岁月的磨蚀，让老院生满湿滑的青苔，旧宅摇曳斑驳的树影，一脚踩上，回响的是往昔的回声。

林风眠故居紧靠杭州植物园，紧靠灵隐路上，没有院墙，掩映在翁郁的林木之中。如果没有新盖的一个小卖部亭子，一眼可以看见刻印着吴冠中题写的"林风眠故居"的那块石头，望得到那座灰色的二层小楼。

去那里的时候，是个细雨蒙蒙的黄昏，昏暗的光线中，林木的绿色深沉得有些压抑，不过倒是和那座灰色的小楼颜色很搭。灰色的冷色调，也是林风眠后期作品背景的主色调。那是那个时代投射在他画布上，也是投射在他心上的抹不去的影子。

走进这座林风眠自己设计的法式小楼，厅前的墙上挂着他的学生画的他肖像的油画复制品，背景是几幅林风眠最有代表性的作品如《秋鹜》的影子。那画比照片显得胖些，更加慈祥，仿佛与世无争似的，少了些阅尽春秋的沧桑。在那个年代那批留学法国所有的画家中，可以说没有一位赶得上林风眠生不逢时的潦倒与凄凉。很长一段时间，他甚至没有工作，没有一文钱的工资收入，那个时候，他的画不值钱，卖不出去。特别是妻子和女儿离他而去了巴西，他是彻底的孤家寡人，孤魂野鬼一样，游荡在画界之外。在他的人生际遇中，除了蔡元培最为欣赏并帮助过他，几乎再无什么人伸出援手，特别是在他最为艰难的时刻。

一楼的展厅里，陈列着一张他居住的上海家里一个马桶的照片，"文革"期间，他就是把自己的几百幅画泡烂在浴缸里，然后从这个马桶冲走。时过境迁之后，没有了这些珍贵画作的影子，只有这样一个马桶的照片。世事苍凉跌宕，人事荣枯沉浮之后，忍不住想起放翁的诗句"名山剩贮千秋叶，沧海难量一寸心"，不禁慨然。

林风眠在这座小楼里，只住过十年。那十年，虽然也是生活颠簸，却毕竟和妻子女儿在一起。二楼他的画室，硕大的画案旁，有他的一张单人床。画累了，他就在这里休息。楼下有妻子和孩子，他可以睡得很安稳。看到墙上挂着他的女儿捐献的当年全家福照片，心里漾起难言的感伤。

盖叫天故居在西湖西岸，隔着杨公堤，进赵公堤，路很近。这是一座很大的宅院，比起林风眠的故居要气魄得多。门不大，是江南那种常见的石框宅门，门楣上有马一浮题写的"燕南寄庐"的石刻门匾。按北京四合院的规矩，这是一座两进院，前院客厅，后院居室，但和北京不同，是典型的江南民居格局，进门后有甬道蜿蜒直通后院，而非靠回廊衔接。后院阔大，是练功的场地。院子中央，有两棵老枣树，非常奇特，相互歪扭着沧桑的枝干，交错在了一起。不知道什么时候开始渐渐长成这样的，心想和盖叫天晚年扭曲的人生倒是暗合。

从1930年到1971年去世，盖叫天人生大半居住在这里。前厅叫"百忍堂"，同"燕南寄庐"有客居江南的寓意一样，"百忍堂"也有自己的寓意所在，不仅见主人的品性，也可见当年艺人的辛酸之处。如今的客厅，悬挂有陈毅题写的对联"燕北真好汉，江南活武松"，还有钱君匋题写的对联"英明盖世三岔口，杰作惊天十字坡"。后者嵌入了盖叫天演出的两出经典剧目名字，前者道出盖叫天当年有"江南活武松"的称号，并道出1934年一桩尽人皆晓的往事。那时的盖叫天四十六岁，演出《狮子楼》时，一个燕子掠水的动作从楼上跳下，不慎跌断了右腿，仍然坚持演出到最后。后来，庸医接错断骨，盖叫天为能重登舞台，竟然自己将腿撞断在床架上，重新接骨而成，不是好汉是什么？

走进这座宅院，阳光如水，格外灿烂，仿佛涤净往事的一切龌龊与悲哀。不知还有多少杭州人记得，"文革"中，七十八岁的盖叫天被押在车上游街批斗，刚正不阿的盖叫天不服，硬是从车上跳下，被人生生打断了腿。如此两次断腿，对于盖叫天而言，真是条汉子；对于打断他腿的人来说，又是什么呢？想起郁达夫忆旧诗："三月烟花千里梦，十年旧事一回头。"而今，五十年过去了，谁还能为如此旧事一回头，并能垂下自己忏悔的头呢？

西湖一圈，绵延出这样多的旧事，林风眠未眠，盖叫天尚天，西子湖边忆，情思总缠绵。以前，来西湖多次，都是匆匆一瞥。这一回，总算偿还心愿，和这些故人邂逅。略微不满足的是，今年秋天雨水多，很多桂花未开就被打落，没有见到环湖桂花飘香的盛景。还有，故居修旧如旧，整修得都不错，但是院中的雕像并不如意，基本都是坐在椅子上的一个姿势，雷同得和风姿绰约的西湖不大相称。盖叫天的雕像，倒不是坐姿，是练功的形象，只不过过于具象，缺乏点儿想象力的灵动。倒是后院里的青铜塑像，很是别致，一把椅子，搭着武松的衣服，放着武松的软帽，地上摆着武松的软底靴。仿佛盖叫天刚刚练完功，回屋休息去了。如果我轻叩房门，兴许开门的就是盖叫天。是 1930 年"燕南寄庐"刚刚建成时的盖叫天。那时候的盖叫天四十二岁。

如果这时候出来，是整整一百三十岁的盖叫天。

2018 年 9 月底记于杭州

2018 年 10 月 1 日写毕于北京

早晨的画

我睡懒觉，一般起床比较晚。如果起得早，我会到外面吃早点。一路走去，会看到很多急匆匆上班的年轻人（居然还有滑时髦电动滑板代步上班的），也会看到推车打扫卫生的清洁工人（只不过，除了传统的扫把，多了一个以前未经有过的手机）。

忍不住想起中学时代写的《北京的早晨》之类的作文，写的就是这样的情景，还会加上几句诸如"清晨的薄雾散去，阳光洒满街头，北京城忙碌的一天开始了"的景物描写。那时候，把早晨当作晨曲悠扬，在一个劲儿地抒情呢。不觉有些好笑。转眼间，已经从背着书包上学堂的少年，变得白发苍苍，真的如王洛宾歌里唱的那样，青春像小鸟一去不飞还。

在早点铺吃早点，会遇到很多年轻人，有的是年轻的妈妈带着要去上学的孩子。曾经看到一位年轻的妈妈带着两个女儿，一个大概刚上小学，吃完早点，背着书包，站在地上，着急地催促妈妈快吃；一个大约上小学五六年级，坐在那里，一点儿不带着急的，看着妈妈和妹妹细嚼慢咽。心里暗想，居然有先见之明，早早就有了二胎，也不知道当初罚款没有。

这时候的早市和超市最热闹，早早就开门揽客。卖的，买的，大声吆喝的，默不作声宰鱼切肉的……各行其是，各忙各的。来早市买菜买鱼买肉的，大多是和我一样的老头老太太，如果不去公园里晨练，吃完早点，顺便买点儿菜回家，早晨的功课就算完成了。

早市前面是一个公交车站，在这里等车的，一般都是老人，年轻人都去上班了，不会跑到这里上车的。有一天，看到一对老夫妇从早市买点儿菜出来，站在公交车站等车，那一对老夫妇的年龄比我大些，老头显然有些累了，一只手扶着站牌的柱子，老太太扶着他，各找依托。心里叹口气，这么大年纪，还要自己蹒跚着出来买菜，他们的孩子不会帮助买吗？又一想，这也许是他们早晨起来遛遛弯儿，锻炼身体的一种方式呢。再一想，用不了几年的工夫，我也就和他们一样年纪了，不也还得自己出来买菜吗？学生时代的晨曲抒情，如今变得有些忧郁了。

前几天上午，要参加一个朋友的聚会，地点在南锣鼓巷附近。因为怕堵车，早早赶到那儿，才八点多，离聚会时间还早，就先到南锣鼓巷去转转。那里我很熟悉，我曾经读书教书的戏剧学院，在棉花胡同，棉花胡同西口就是南锣鼓巷。那时候，天天经过那里，熟得不能再熟，静静的，整天胡同里看不到多少人。但是，自从南锣鼓巷改造成了北京的旅游景点之后，我还从没来过。据说，很是热闹，常常游客如鲫，人满为患。幸亏是早晨，我来得早，南锣鼓巷里还算人不多，胡同两旁的房子面目皆非，变身为各色小店，花团锦簇的，早已经第宅皆新主，衣冠异昔时了。

回家之后，画了两张今日的南锣鼓巷小画，和大学时代的记忆做个对比。那时候的清静，仿佛不像真实存在过似的，只是一个遥远的梦境，一个虚构的想象。

2018 年 9 月 18 日于北京

跟雪村学画像

　　站在一位写作者的身边，看着他下笔一个字一个字地写文章，一般是不会学到什么写作的方法的。但是，站在一位画家的身边，看着他下笔一笔一笔地画画，从最初的一点一线，到最后成了阿猫阿狗个儿，如果看得多了，耳濡目染，总能学到点儿东西。起码，从哪儿入笔，怎么画，怎么就成了形，多少会看出一点儿门道。所谓变戏法瞒不过筛锣的，入门之道，是很好的学习机会。

　　我从小到大，从来没有看过画家现场作画，看到的都是展览出来的作品。这戏法是怎么变出来的，总引我好奇。一直到前些年，结识了雪村，他是个正经的画家，并非我这样玩票儿。而且，他很勤奋，走到哪儿，画到哪儿。那时候，常有聚会，便常能遇到他，都会看到他随身带着画本，悄悄地坐在一旁，给人画像。我会站在他的旁边，看他怎么画。这是我第一次看画家作画。一笔一笔地落在纸面上，感觉像燕子衔泥垒巢，起初看不出什么模样，不一会儿的工夫，巢便显形了，活生生地立在那里。

　　我不会画人像，觉得很难，因为很难画得和本人一样像。在我这样一个外行人看来，画其他任何事物景物，都比画人要容易一些。比如，画一座房子，或画一棵树，不必丝毫不差，只要形状大概相似，就可以了，看的人，也就宽容地觉得是那么个意思了。画人像，不行，像是首要的条件，不像，就等于失败。所谓画鬼容易画人难吧。

一般，我是知难而退，很少画人像，省得露怯。学画人像，是自从看到雪村画像时起，也只是偶尔为之。看雪村画像的时候，我发现，观察很重要，迅速观察到一个人的特点，比画得须眉毕现更重要。当然，这需要眼力，也需要笔力，是时间锤炼的双面刃，不可能一日之功，有速成法。

我曾经请教过雪村：画人像的时候，一般先从哪儿下笔好？

他对我说：从哪儿下笔都可以，有人还从脚开始往上面画呢。没有这么多的规矩，你觉得从哪儿画好画，就哪儿开始；你觉得这个人哪儿最有特点，就先开始画哪儿，也可以。

我还发现，雪村作画的时候，笔有时是虚的，来回好几次，笔尖都没有真正地碰到纸面。比如，画一个人的鼻子，他先是来回虚画了几下，然后才会落笔，把鼻子勾勒出来。我想，这样虚晃几下，就像是武术场上虚晃几枪，探探虚实，然后再直捣楼兰，一枪封喉。用笔在纸上虚写几下，是在找轮廓，这是心和眼与笔和纸之间在切磋，在交流，在商量，是心里打草稿的一种形式吧，比直接落笔要更有把握一些。如果不是用铅笔，而是用钢笔或毛笔，直接落笔，画坏了，改起来会比较麻烦。这当然是一种方法，也是一种经验。

画像，自有画像的乐趣。照葫芦画瓢，学着雪村的样子，我偶尔也画起了原来认为不可逾越的人像，算是对自己的一个挑战，也算是给自己找的一个新乐子吧。不揣浅陋，挑选几幅，聊供大家一乐，也求得雪村看看，有一个指教的机会。

在这里，有几幅像，做个简要的说明。

一幅是鲍勃·迪伦。他是我喜欢的一个歌手，我曾经听过他几乎所有的专辑，也曾经写过一篇长文《我和鲍勃·迪伦》。这里有两幅鲍勃·迪伦的画像，都是他前年获得诺贝尔文学奖时候画的。一幅铅笔画，是画他的年轻时候；一幅画的现在，他老了，和我一样的老了。想起他二十岁那一年的冬天，第一次离开家乡明尼苏达，坐在一辆黑羚羊牌的破车的后座上，颠簸了一天一夜，来到了纽约，被孤零零地扔到街头的冰天雪地里。他的歌手生涯就这样开始了，一直走到现在，两鬓苍苍，依然抱着一把吉他唱歌。

　　同时还有一幅帕蒂·史密斯的画像，她是鲍勃·迪伦的好朋友，同样鼎鼎有名的摇滚歌手，唯一一位上过《时代周刊》封面的摇滚歌手。这幅画是照着她出版的第一张专辑《马群》封面上她的照片画的，怎么也画不像，索性都撕掉，不画了。过了几年，偶尔在美国新泽西的一家餐馆里，忽然看到墙上挂着这张照片，便又重拾旧梦，找到这张老唱盘，照着封面上的照片，终于画了出来。

　　有一张画的是邮局的小姑娘。是我去邮局取稿费，等她办理手续的时候，顺手抄来柜台上的几张纸，隔着柜台，画了三张她的速写像。取完钱后，小姑娘对我说，看过您写的好多文章。受到表扬，很受用，不可救药地把其中觉得最好的一张送给了她。她接过画笑着说：看见刚才您在画我呢！

　　有一张画的是我姐姐，她八十岁生日时，我到呼和浩特她家为她祝寿。父母和弟弟先后去世后，她是我唯一一个有血缘关系的亲人了。为了帮助家里的生活，姐姐不到十七岁就离开北京，独自一人去内蒙古修铁路京包线。从那时候起，她每月寄给家里三十元钱，一直

寄到我去北大荒插队。五六十年代，她每个月的工资能有多少钱啊。

还有一张画的是高莽先生。在高莽先生的家里，先生为我画过几次像，每一次画我的时候，雪村都会在一旁画他，画完之后，我照葫芦画瓢，学着也画。这是我回家之后画的一幅高莽先生。

还有一张是我自己的剪纸像。是用一本旧杂志的封面剪成的。那一阵子，我做了很多剪纸画。

最有意思的是，今年五月在芝加哥美术馆，那里专门设立一个展厅，展览一位美国画家的自画像。他将自己的画像画成不同的样子，分别画在一折两开的卡纸上，上面的一折，又对折两半，像两扇对开的大门。打开一扇，上面的半张纸上半个人像，和下面的半张纸上的人像，会有一个新的组合，鼻眼和嘴巴，对不上榫子，往往会出现意外甚至奇妙的效果。展厅中央摆放着硕大的长桌，桌上放着各种颜色的纸张和画笔，让参观者参与其中，也可以这样画，这样制作，这样看着自己的头像变幻成意想不到的效果，然后，把自己的画像挂在展厅四周的绳子上，自己对着画像，哈哈大笑。

我也画了一张自画头像，挂在绳子上，打开的两扇门，出现不同的效果，在绳子下摇摇晃晃。画像，还有这样的玩法，果然，很好玩。

2018 年 9 月 4 日于北京

霸王从来不别姬

今年的夏天，持续高温，可称得上是酷暑。天热日长，心躁事乱，正是坐下来画画的时候，可以打发这漫长难熬的苦夏。这样的时候，笔墨成为消暑的一杯清凉饮料，觉得心似云闲，笔如风卷，让人有了片刻的清静。

我愿意在《诗刊》上画画，一来《诗刊》上空白的地方很多，很适合画画；二来不需花钱去买正儿八经的绘画本，由于不是绘画本，便没有负担，不怕画坏，可以随心所欲，野马奔驰。

拿来一本新到的《诗刊》，画什么呢？正好新来了一张当日的《北京日报》，上面登有前门几家老戏园子现状，即使是郭德纲的德云社演出京戏，也没多少人看，连着赔钱，只好另谋出路。出路之一，便是让人进老戏园子，学习京戏一点儿皮毛，自娱自乐，有个时髦的词儿：戏园子成了体验馆。其中刊载了一张照片，几个姑娘跟着一位青衣，照葫芦画瓢，比划着京戏里的动作。便也随手画了一张。取名叫作"难回过去"。

很多艺术，都和时代相关，梦回前朝，是一些人痴心不改的一个白日梦。京戏，便是如此。在北京城里，自徽班进京，老佛爷爱这一口，庙堂和民间上下两结合，有了同光十三绝之后，正经闹腾过一段不短的时间。不过，自从梅兰芳等四大名旦这一代名角先后过世之后，京戏确实日渐萎靡。出了多少主意，花了多少金钱，京戏只落得被扶植的地位，难以重振雄风。

难回过去。就跟老北京的胡同四合院旧时风貌难回过去一样，京戏也难回过去。

不过，我对京戏一直情有独钟。便想，在这一本《诗刊》上，就画京戏。只是，一时没有想好画什么，怎么画。

在世界所有的戏剧形式中，京戏真的是博大精深，尽管它是一种程式化的艺术，忠奸美丑，爱恨情仇，悲欢离合一杯酒，南北东西万里程，人物和剧情都为人耳熟能详。但是，京戏这门艺术，来自民间，它表达的都是属于中国人自己的情感与道义。而且，它的体量极大，过去有连台本的大戏，有足够吞吐动荡的历史风云与跌宕的人心江湖的容量，而绝不是小打小闹的小品。如果说，真的有什么艺术是融化在中国人的血液里，我以为只有京戏为代表的一切民间戏曲。因此，即使是一字不识，只要是中国人，都会知道几出京戏，知道里面的人物和情节，知道那里面的事情，虽然发生在前朝，却和今天自己的现实密切相关，六朝烟雨，便没有过去。

难回过去，却没有过去。在过去和现实的纠葛之间，京戏是打通过去和现在的一条属于我们别样的精神通道。

当我想到这一点，我想在这本《诗刊》上，就画京戏和现实揪扯不断的这种关系。前几年，我曾经出版过专门谈京戏的一本小册子《戏边草》，书中几十幅插图，都是我自己画的舞台上的京戏人物。这一次，和那时也有个区别，或许，会有点儿意思。

我画了《武家坡》。这是大戏《红鬃烈马》中有名的一折，是所有青衣演员的一出看家戏。王宝钏十八年苦守寒窑，薛平贵回家之后，还要试探她是否为自己守住了贞洁。男女不平等，如今并没有完全得以改观，只不过，如今变得更为严峻得令人瞠目而已。如今，十八年之后，还能再回到武家坡的薛平贵，恐怕已经在城里早另娶娇妻美妾。能回来看看，已经不错，更不要说那些根本不会再重回武家坡的男人。我画的这幅《今日武家坡》，将薛平贵画成了个穿蹩脚西装的人。

又画了《杜十娘》。这是荀慧生的一出名戏，以前，没有看过荀慧生的演出，看过他的徒弟孙毓敏演的杜十娘。杜十娘怒沉百宝箱，痴心女子负心汉，几乎是中国人尽人皆知的故事。贪图钱财，李甲将杜十娘出卖给富商孙富，这样的事情，依然发生在现实生活之中。讨好上奉，为求官阶或利益，把自己的女人双手奉送，已经不是什么新鲜的事情。金钱至上几乎成了第一信仰的今天，别说可以出卖自己的女人，什么不可以出卖呢？如今，别说李甲为了金钱可以始乱终弃，就是杜十娘要是真的怀抱着那么一个百宝箱，也会是待价而沽，能舍得将百宝箱投江吗？我画了这样一幅，杜十娘抱着百宝箱要投江，站在一旁的李甲却手揣着兜，满不在乎，无动于衷：看你真的敢把箱子投进江里面吗？我把画取名叫作《满船李甲遍地走，何处犹寻杜十娘》。

还画了《霸王别姬》。这也是一出名戏，即使没看过京戏的人，也都知道这出戏的来龙去脉。戏里的霸王，是乌江前失败的霸王，穷途末路，无奈别姬，唱了一曲凄婉的悲凉曲。如今，只要是反腐的专案组还没有找上头来的大小霸王，便都还是霸王；只要手上还有权力，自有虞姬愿意上门，而且，不止一位虞姬，飞蛾扑火，自投罗网。我把这幅画叫作《霸王从来不别姬》。当然，真的到了别姬的那一天，落马的霸王，便不再是霸王。

还画了《四进士》。这也是一出名戏，马连良和周信芳都演过，马的飘逸，周的凛然，都让仗义为冤妇杨素贞打官司的宋世杰，成为了正义的化身，成为到处碰壁无路可走的冤屈者盼望和依靠的一线亮光。古往今来，有多少忠义，就有多少冤屈，只是，如今的杨素贞多，而宋世杰少矣。

还画了一幅《钟馗嫁妹新篇》。如今，要出嫁的新潮妹妹，或许会让钟馗吃惊。另外，钟馗是为了报答自己的好友，才将妹妹嫁给这位好友。这样的嫁人，妹妹乐意不乐意，还另一说呢。所以，我画的妹妹，新潮，还是有点儿梗着脖子呢。钟馗，也是斜瞪着眼。新潮不是错，爱情的伦理与价值观不同，兄妹之间的隔膜，比一个时代隔着还要远。

我画的《拷红》，也是这意思。拿着棍子的老夫人，和坐在椅子上身着背带短裙的女孩子，都已经显示了代际之间的矛盾与隔膜。

我改造的雷诺阿《秋千》，画的也是这意思。站在秋千上的，不再是那位穿着曳地长裙的金发女人，而是《白蛇传》里的青蛇。我在画上写了一句话："雷诺阿遇蛇仙，不在断桥，在秋千。"

我画的《琵琶记二重唱》，大概是古今和谐的一曲。不过，《琵琶记》是出悲剧，赵五娘一路行乞寻夫，如今，站在赵五娘身旁一身牛仔的妹子，能懂得其中的辛酸与悲凉吗？时代拉开的遥远的距离，能够在"嘈嘈切切错杂弹"的琵琶曲中弥合一起吗？

或许，会是《回眸一笑不相识》呢。这幅画上，穿着露脐装的现代女子，和穿着一身戏服的女子，在大街上相遇，会是一种什么样的场景呢？彼此都会感到对方身上有自己的影子吗？

今天的我们，对京戏能够回眸一笑，已经不错了。不相识，没关系，多回眸几次，就会熟悉了。就会知道，原来京戏真的挺好玩的。我们今天面临所有的生活境遇，包括烦恼和痛苦以及困惑，几乎都可以从中找到相应和相关的回应、解答，或叩问与质询。它是我们民族的一种珍贵的文化遗存，像是一面青铜宝镜，照见历史，也照见现实。

顺便要说一句：我想把在《诗刊》上画的这几幅画，在宣纸上重画一次。画了其中的第一幅《难回过去》，怎么画，都不如原来的好，越想画好，越画不好。索性不画。看来，在《诗刊》上画，没有负担，不那么拘谨，心无旁骛，随心所欲。这就是在《诗刊》上画画的好处。

2018 年 8 月 20 日于北京

樱桃沟

　　小孙子八岁半，暑假里，我陪他第一次去香山的植物园。一进大门，直奔卧佛寺，要去看大佛。半路上，路过樱桃沟的路口，两旁树木树荫掩映，一片浓郁的墨绿色。由于天阴，没有一点儿阳光，路的深处显得有些迷蒙。没有一个人影，清静得犹如一个谜，不知里面藏着什么秘密。

　　路口有一块指路牌，上面写着"樱桃沟"，他指着牌子问我：往这里面走，有什么？是有樱桃树吗？

　　我答不上来，因为我没有去过樱桃沟。

　　本来是要去的。我读高三那一年的暑假。

　　小孙子的问话，问得我一下有些恍惚。已经过去了五十四年的往事，忽然兜上心头。

　　那时候，我有一个女朋友，是从小一起长大的发小儿，中学不在一所学校。高中每一年的寒暑假，几乎每一天，她都会来我家找我，一起复习功课，或者天南海北地聊天。高二那年的暑假，她黄鹤一去无消息，让我枯坐我们一起聊天的饭桌前，苦等了她一天又一天。

　　那时候，没有电话，更没有手机，所有的联系方式，只能靠信件。邮递员每天来两趟，我每天去大门口守候两次。没有她的信件，邮递员笑笑对我摇着头，骑上绿色的自行车绝尘远去。思念和等待一起绵绵长长，让人心焦。那种感情，第一次出现在我的心里，那样陌生，又那样新奇，虫子一样咬噬着心。我遮掩着，又苦恼着，按下葫芦起了瓢，心上长了草。一直熬过了暑假。从来没有觉得暑假是那样的漫长。

暑假过完，开学之后没几天，我接到了她寄到学校来的一封信。信中告诉我暑假里她陪她的父亲养病，住在香山疗养院里，那里离樱桃沟很近，她天天陪父亲到樱桃沟去散步。她说樱桃沟很美，树特别多，花也特别多，还有从山上流下来的泉水，顺着樱桃沟一直流淌下去。

信里面还夹着两片已经有些干枯的树叶。我认不出是什么叶子。或许就是樱桃树的叶子吧。

樱桃沟，第一次出现在我们的通信里，也是第一次出现在我的生活里。那时候，我见识浅陋，西郊这些可以游玩的地方，除了颐和园，连香山都没有去过。

小孙子拉着我的手，还在念叨着樱桃沟：爷爷，咱们今天能去樱桃沟吗？看看里面到底有没有樱桃树！

我说：行，咱们先去看卧佛，回来就去樱桃沟，爷爷和你一样，也从来没去过呢！

而今，樱桃沟就近在眼前。仿佛五十四年前的记忆复活。山川依旧枕寒流，只是人世几回伤往事矣。

高三开学不久接到她的那封信后，我没有给她回信。以前，接到她的每一封信，放学后同学们都离开教室，我都会坐在座位上给她及时回信，然后在回家的路上，路过邮局，买一张四分钱的邮票贴在信封上，当天寄给她。

其实，我的生气是没来由的。她陪的是她的父亲，难道你比她的父亲还要重要吗？中学时代，有时心真的小如针鼻儿。

开学后的第一个星期天，她出现在我的家里。没有收到我的回信，她知道我有些生气。她对我解释说：我住在那里，附近找不到邮局。然后，她对我说，明年暑假，我们一起去樱桃沟好吗？

这是个好主意，是破解一切烦忧的一剂良药。我立刻破涕为笑。

暑假，我们就要高中毕业了。中学时代，就要告别了。那时候，我们的学习成绩都不错，我的梦想是考北大，她的梦想是考北航。暑假，让我有了一种跃跃欲试的期待。樱桃沟，成为我们青春成长一个重要节点的象征。

可是，没有等到第二年的暑假，"文化大革命"爆发了。我们分别上山下乡，虽然都是去了北大荒，一个在最西头，一个在最东头，天远地远，断了音讯，樱桃沟，成为了一只断线的风筝，不知飘荡在何方。

五十四年过去了，就像王洛宾歌里唱的那样，青春像小鸟一去不飞还。我没有去过樱桃沟。也曾有朋友邀约一起去樱桃沟玩，但是，我都没有去。樱桃沟，像一只飞走了的小鸟。对于我，樱桃沟，只属于青春，属于回忆。

那天，从卧佛寺出来，天阴沉得格外厉害，还没有走到樱桃沟路口，已经是雷声隐隐，风雨欲来。我拉着小孙子赶紧往外跑。路过樱桃沟路口的时候，豆粒大的雨点，噼里啪啦地打了下来。忽然，小孙子指着路口说：爷爷，你看，还有人往里面跑呢！咱们也去里面看看吧！我看见了，是一对年轻的男女，正一边跑一边抖开塑料雨衣往身上披，迎风张开的雨衣，像小鸟飞动的翅膀，能听见他们咯咯的笑声，很快就消失在樱桃沟烟雨迷蒙的深处。

我对小孙子说：咱们不去了，大雨马上就下来，快跑！

如果是五十四年前，我们也会像这一对年轻人一样，迎着再大的雨，往樱桃沟里面跑的。那时候雨中的樱桃沟，应该就像电影《雨中曲》一样，有音乐，还有樱桃树。

2018 年 8 月 16 日于北京

在《诗刊》上画画

1.借题

我时常在《诗刊》杂志上画画。我不懂诗,也不写新诗,所以基本上不怎么看这本杂志。但《诗刊》印制得很不错,用纸也不错,而且,内文留有大量的空白,正好适合画两笔,便常在上面涂鸦。由于不是正规的画本和画纸,所以不那么拘谨,可以随心所欲,信马由缰。乐趣便也由此而生,是在别处画画所没有的。所谓游野泳,或荒原驰马,别有一番畅快的心致。

有一次,画了一个戏人,过了好几天,忽然发现戏人的下面有一首诗的题目,叫作《在梨园》。怎么那么巧,和我画的戏人相吻合,好像有意在那里等着我一样,好和我、和我的戏人有一个邂逅相逢。想如果用《在梨园》作为我的画的题目,不也是得来全不费工夫?

这一发现,给我其乐无穷。便回过头来重新看我在《诗刊》上画的画,居然很多画的旁边或画的里面,都有诗的题目或诗的句子,和画剑鞘相配,仿佛前世的默默姻缘,似乎是埋伏在那里的伏兵,等待着出其不意的袭击,和我的画撞个满怀。

特别是有一张画:在公园里父母给自己的小孩拍照,小孩子扶着他的滑轮车,冲着镜头露出微笑。在画的上面,正好有一行诗句:"惯常浮现的表情"。如果再伸出 V 字形的手指,那真的是孩子们在照相时惯常的表情。

还有一张画，画的是四个身穿漂亮长裙的老女人，如同年轻人一样，手舞足蹈往前走，画的上方，是一行黑体字的题目：《当我回眸无可回眸的青春》。一下子，让我的画立刻如照一面凸透镜，充满反讽。

另外一张画，一位挺着啤酒肚的男人，挽着一位穿着紧腿裤的女人，迎面碰着一位身穿风衣的女人，这女人正用一个手指指着他们。本来，这只是我在公园里偶然见到的一景，被我随手画了下来。不过是熟人意外相见的常见场景。谁想到，在画中穿风衣的女人风衣里，藏着一首诗的这样一个题目：《相逢却不说话》。这让我这张画一下子充满戏剧性，三个人之间构成了富有前因后果的戏剧关系，瞬间变得不那么简单起来。这个题目，让我忍不住想笑。

《在梨园》，并非孤例。诗画暗通款曲。所有的艺术都是横竖相通的。

中国文人画本来就讲究题诗和题句，让画与诗互文。好的诗文，会给画添色，以更多的象外之意。《诗刊》上这些诗句和诗题，无风起浪，帮我这些单薄无聊的画点缀出新鲜一些的生趣。这样意外的发现，让我自鸣得意，在《诗刊》上画画的劲头更多更浓。在我家所有的刊物中，《诗刊》是被利用最充分的，也成为我最喜欢随身携带的速写本。

民间有借钱借物之说，戏曲里有《借伞》的传统折子戏。我从《诗刊》这里则是借题。这样的借题，颇有些像农民种植花木时的嫁接，或像蜜蜂借花传媒，不仅可以生出新的生命，还可以酿造出别样的产品——蜂蜜。所以，应该感谢被我所借用的那些诗人美好的诗句和诗题，可以让我借水行船，划得更远。

2．封面画

两年前的五月，我和雪村、赵蘅几个人一起看望画家兼翻译家高莽先生。那时候，我刚发现在《诗刊》上画画的乐趣，热乎气儿正浓，已经随手画了几本《诗刊》，便从中挑了两本带到高莽先生家，请他看看。一是请他指点，二是和他共同一乐，三是请他在上面题个词，留个纪念。一箭三雕。

高莽先生看了之后，连说不错。他的女儿晓岚在旁边对他说：咱家也有好多旧杂志，你也可以在上面画！他连连说是，这样画画，挺有意思！

我翻开杂志的扉页，请他能为之题个词。高莽先生不仅画好，书法尤其是隶书也挺好的。

那天，高莽先生兴致很高，对我说：我给你画个像吧！

这让我有些受宠若惊，因为相比题词，画像比较麻烦，要费好多时间，而且，高莽先生已经九十高龄，眼神大不如以前了。

他说罢，让晓岚拿来一粗一细两支笔，顺手合上那本《诗刊》，就在《诗刊》的封面上画了起来。

他画了一幅我的侧面像。面目的轮廓用的细笔，头发和眼镜用的粗笔，粗细的对比与融合之间，让画面有了层次，也有了灵动感。

画完之后，他问我：今年多大了？我告诉他：七十初度。他便在画像的下方写了几行小字："老朽九十，能为七十老弟画像，实人生之幸事也。高莽二〇一六年五月十二日于北京。"

这是他的自谦，能够得到九十高龄的高莽先生为我画像，人生之幸事，应该属于我才是。尤其是看到他题字时，手中的笔在不住地颤抖，心里很是感动，也很感激。在所有为我画像的作品中，坦率地讲，这一幅真的是最为简洁而传神。

谢过他之后，他带我走进他的书房，取出一方盒，里面装的全部都是他的印章，然后让我和他一起挑印章，好在画上钤印。一边挑，他一边对我评点这个印章刻得一般，这个是名家所刻……我就对他说，就用这个名家所刻的印章吧！他亲自将印章蘸满印泥，有力地盖在了画像的下端。高莽先生是属虎的，我又挑了一方虎的属相印，雪村告诉我用那个橙黄色的印泥有特点，我便在最后面盖上了这一方印。

没有想到，《诗刊》的封面立刻像变了魔术一般，变成了另一番模样。起码对于我，在所有数期的《诗刊》中，这一本最让我惊艳，是唯一的。

当然，也没有想到，此次有了这样一个意外的收获。

事后好久，重新翻看高莽先生为我造像的这期《诗刊》的封面时，忽然有了另一个发现：我也可以学习高莽先生这样，在每一本我所画过的《诗刊》的封面上画一幅画。那样，我所画过的《诗刊》，便成为了有里有面，有瓤有皮，真正意义的一本速写本了。

高莽先生的启发，让我开始在《诗刊》封面上作画。

不过，比起在《诗刊》里面随心所欲的画来，我显得有些拘谨。因为《诗刊》封面用的是那种米黄色带皱纹的特种纸，我怕画坏了，糟践了一个好好的封面，暴殄天物。再有，货卖一张皮，也怕画坏了，连带着里面的速写也看不下去了。

我最先画的是学蒙克的《水边舞蹈》。画的是局部，彩色变成了黑白。因为有样子摆在那里，画得再走样，心底多少托点儿底。当然，也想借大牌给自己壮点儿门面。

以后，陆续又画了几幅封面，打算贼不走空，把所有我染指过的《诗刊》的封面都一一画过。其中自得其乐中的乐子，和在别处画画又不大一样。我画画本来就是野路子，没有什么大的志向，就是图一个乐儿。马踏青苗，是曹操的乐子；马踏飞燕，是东汉人的乐子；野马飞驰青草地，是不入流的乐子。

有意思的是，前年，我的小孙子从美国来北京度暑假，我拿来高莽先生刚画我肖像的那期《诗刊》给他显摆。他看后说，我也能给你画个封面。我找来一本新到的《诗刊》给他，他拿起笔，三笔两笔就画完了，一条鱼，两枝柳叶，倒也简单。那一年，他六岁半。

一眨眼，两年过去了。

孩子长大了。

高莽先生却离开我们快一年了。

3. 藤萝架下

天坛公园里，有一个白色的藤萝架。春末，一架紫藤花盛开，风中像翩翩飞舞的紫蝴蝶，最是漂亮。其他时候，这里也很不错，我常常愿意到这里来，因为这里会常常坐着好多人，大多是北京人退休的，到这里聊天、散心。也有外地人，一般不会久坐，只是穿行而过，到前面的月季园，或倚在藤萝架下拍照后走人。

坐在藤萝架下，以静观动，能看到很多不同人等，想象着他们不同的性情和人生。没事的时候，我会带本《诗刊》到这里写生，这里是我最好的写生课堂。那么多来来往往的人，成为了我写生的模特。迅速地抓住那转瞬即逝的情景，往往让眼睛和笔都不够使唤，常常是顾此失彼，却是写生最大的乐趣。莫奈最初学画的时候，他的启蒙老师欧仁·布丹就常带着他到户外，让他练写生，告诉他写生是其他绘画方式不可取代的，对他说："当场直接画下来的任何东西，往往有一种你不能在画室里找到的力量和用笔的生动性。"所以，莫奈最愿意在他的吉维尼花园写生他那一池睡莲。

我不是莫奈。《诗刊》，便给了我这样瘸腿老马偏要奔驰的一方草地，容忍我的笨拙，让我可以在上面随意涂抹，画不好，可以毫不吝惜地在下一页接着肆意挥洒。每月两期的《诗刊》，足够我奢侈地挥霍。

去年秋末，藤萝架的叶子发黄，开始飘落了，但阳光明澈，透过稀疏的叶子，如水流淌。我已经坐在这里画了老半天了，正要起身走的时候，忽然看到一位老太太，步履蹒跚地推着一辆婴儿车走过来，在我的斜对面坐了下来。老太太个子很高，体量很壮，头戴着一顶棒球帽，还是歪戴着，很俏皮的样子；身上穿着一件男士的西装，不大合身，有点儿肥大。

这让我很好奇，猜想那帽子肯定是孩子淘汰下来的，西装不是孩子的，就是她家老头儿穿剩下的。老人一般都会这样节省、将就。婴儿车在她身前放着，车里面没有孩子，车的样式，得是几十年前的了，现在的孩子是绝对不会坐这样土得掉渣儿的车了。或许是她初当奶奶或姥姥时候推过的婴儿车呢。如今的车上，放着一个水杯，垫着一块厚厚的棉垫，猜想大概是她在天坛里遛弯儿，如果冷了，就作为自己的坐垫吧。而那婴儿车已经废物利用，变为了她行走的拐杖，和那种助力车的功能相似。

老太太别看老，长得很精神，眉眼俊朗，年轻时一定是个美人。我们相对藤萝架之间几步的距离，彼此看得很清楚，我注意观察她，她时不时地也瞄上我两眼。我不懂那目光里包含着什么意思，是好奇，是不屑，还是不以为然？正是中午时分，太阳很暖，透过藤萝残存的叶子，斑斑点点地洒落在老太太的身上，老太太垂下了脑袋，不知在想什么，也没准儿是打瞌睡呢。

我画完了老太太的一幅速写像，站起来走，路过她身边的时候，老太太抬起头，问了我一句：刚才是不是在画我呢？

我像小孩爬上了树偷摘人家树上的枣吃，刚下得树来要走，看见树的主人站在树底下正等着我呢，有些束手就擒的感觉，让我很尴尬，赶紧缴械投降，坦白道：是画您呢。然后打开旧杂志，递给她看，等待着她的评判。

她扫了一眼画，便把《诗刊》递还我，没有说一句我画的她到底像还是不像，只说了句：我也会画画。这话说得有点儿孩子气，有点儿不服气，特别像小时候体育课上跳高或跳远，我跳过去了或跳出来的那个高度或远度，另一个同学歪着脑袋说我也能跳。老太太真可爱。

我赶紧把《诗刊》又递给她，对她说：您给我画一个。

她接过杂志，又接过笔，说：我没文化，也没人教过我，我也不画你画的人，我就爱画花。

我指着杂志对她说：您就给我画个花，就在这上面，随便画。

她拧开笔帽，对我说：我不会使这种毛笔，我都是拿铅笔画。

我说：没事的，您随便画就好！

架不住我一再的请求和鼓励，老太太开始画了。她很快就画出了一朵牡丹花，还有两片叶子。每一个花瓣都画得很仔细，竟然手一点儿不抖，眼一点儿不花。我连连夸她：您画得真好！

她把杂志和笔递还我，说：好什么呀！不成样子了。以前，我和你一样，也爱到这里来画花。我家就住在金鱼池，天天都到天坛里来。

我说，您就够棒的了，都多大岁数了呀！然后我问她有多大岁数了，她反问我：你猜。我说，我看您没到八十。她笑了，伸出手指冲我比划：八十八啦！

八十八了，还能画这么漂亮的花，真的让人羡慕。我不知道我能不能活到老太太这样的岁数，能够活到这样岁数的人，身体是一方面原因，心情和心理更是一方面的原因。这样一把年纪了，心中未与年俱老，笔下犹能有花开，并不是所有这么大年纪的人，都能拥有这样的心态。

那天整个一下午，阳光都特别的暖。回家的路上，总想起老太太和她画的那朵牡丹花，忍不住好几次打开那本《诗刊》，翻开来看，心里想，如果我活到老太太这样的岁数，能够也画出这样漂亮的牡丹花来吗？

2018 年夏日写毕于北京

藏书票

　　到天津，在天泽书店，闯入眼帘的，不是书，而是一楼的墙上，面对面挂着两个镜框，里面各用卡纸嵌着一幅藏书票。虽然，藏书票的画幅都很小，但一眼还是看出来了，竟然是藏书票。一幅画着歌德，背后是他的家乡，黑白两色，古典式庄重的画法；一幅画着一个女人的人体，简洁的线条，淡雅的色彩，新派的技法。一新一旧，一个古典的歌德，一个现代的女人，遥相呼应，串联起书的历史，投其所好面向不同的读书人。挺有意思。

　　如今的书店，讲究装潢，特别是新一轮的装修风，走的基本都是台湾诚品书店的路子。墙上愿意装点一些新潮的饰品，如果是画框，一般是世界名画的复制品，或者作家艺术家的照片和手迹。我见识浅陋，还没有见过有私人书店愿意专门悬挂藏书票。

　　我们国家没有藏书票的传统，以往的朝代，藏书用的是藏书章，这是我们独有的篆刻的延伸，而藏书票则完全是舶来品，是绘画特别是版画艺术一种袖珍版的瘦身和变身。藏书票的历史，比文艺复兴时期的达·芬奇的绘画还要早，据说，时间最早的藏书票出现，是1470年，黑白木刻，刻的是口衔鲜花、足踏落叶的一个刺猬。我不明其意，也许，只是一种装饰画而已。

　　天泽书店的女老板卞红，见我对藏书票感兴趣，对我说她家书店藏有很多藏书票，在三楼专门藏着，便带我登楼去看。藏书票历史，虽然很长，足有六百余年，但和邮票比起来，却鲜有人整理其历史的来龙去脉，如四大卷《世界邮票大全》一样，也能整理出一套世界藏书票大全来。所以，我国集邮爱好者有七百余万，没听说藏书票爱好者也有这样一个庞大的数字。

我虽然对藏书票感兴趣，但确实对藏书票见识太少。在三楼，一下子见到琳琅满目这样多的藏书票，少说也有几千张，真的有些乱花迷眼，叹为观止。书店有人专门负责整理这些藏书票，分为女性与读书、儿童、宗教、音乐、花卉等各种专题，造册在案。为了搜寻这些藏书票，书店还专门派人求贤若渴般到欧洲去找人登门购买。都说书店不挣钱或只为挣钱，天泽书店，不过是一家规模并不大的个体书店，居然为了小小的藏书票，舍得如此花费，不惜远渡重洋，让我有些吃惊。看着那些已经整理好和尚未整理好的一册册藏书票，可以想象，这绝非一日之功，没有对藏书票的绝对爱好，难以精卫衔石，如此坚持。

我对老板说，你们这里的藏书票多得大概在全国首屈一指吧？老板和书店里的人都摆手道：可不敢这么说，据说拥有藏书票最多的得数马未都。

我又对老板说：不管怎么说，你们这里的藏书票也够多的了，可以办个展览，让更多的人看到！

他们有这个想法，只是这么多的藏书票还在整理之中，办个像样的藏书票展览，也不容易。据说，我国在1986年只办过一次藏书票展览，那是中国藏书票艺术委员会举办的。天泽只是一家小书店。可以想象得到他们的难度，也可以想象他们的雄心。

我国藏书的人不少，热衷于藏书票的人没有那么多。这和我们没有藏书票的传统有关。世界藏书票的历史很长，进入我国的时间却很短，是上个世纪30年代从日本引进的，这要归功于鲁迅先生对版画的重视和介绍。藏书票一般都是用版画制作，成为当时介绍的版画的一种。藏书票虽然是绘画的一种，但由于要在方寸之间见功夫，咫尺应须论万里，制作起来不那么简单。

藏书票，本来应该如文房四宝一样受到文人的喜爱才是，鲁迅先生自己就从日本购买过藏书票，郁达夫、唐弢等人也都喜爱收罗藏书票，叶灵凤自己还刻过藏书票。前些日子，看到作家罗雪村也刻印过藏书票。只是这样的文人太少，而如当年李桦、罗工柳、杨可扬这样愿意挂角一将作这种小画幅不挣钱的藏书票的画家就更少，就别说专门作藏书票的画家了。听说过篆刻家，还真的没听说过有藏书票画家一说。藏书票成为小众又小众的品种，也就是再自然不过的事情了。

其实，藏书票应该是和读书人连带一起的，藏书票是书籍收藏的纪念与升华的一种象征。藏书票也应该是书店出售和展览的一个品种。不过，在国外，藏书票也只是私人的收藏，在书店是很少能见到的。前些日子去美国，看到一些个体书店里，卖一些本地不大知名画家手绘的明信片和贺卡，价格不贵，便想如果我们的书店里也请一些本土画家，不用太知名，美院的学生即可，也制作一些藏书票，卖给读者，或者积分赠给读者，或者哪怕不卖不赠，只是选一些镶嵌在镜框里，不定期地展览在书店里，不也会是一种别样的风景吗？

下次去天泽书店，把这个主意说给老板听听。

2018 年 8 月 12 日于北京

一壶时叙里闾情

——《十里不同乡》序

老友德宁推荐董华这本散文集《十里不同乡》给我。书分四辑，分别书写自己的师友和至爱亲朋，以及难忘的乡间童年。先读书中的第一篇《正大圣殿，我的文学之母》。

很长的篇幅，读起来却不费力，几乎是一气读完。写的是四十年前的一段往事，在那个特殊的年代里，一个从农村走出来的农民，步入《北京文学》编辑部，以一个工农兵往知识分子堆儿里"掺沙子"的特别身份，参与了一段新旧交替时代文坛的动荡与变革；以一种别样的视角见识并勾勒了当时的文坛风景。这样的视角，颇有些像《红楼梦》里刘姥姥以其别致的眼光看待大观园，或《铁皮鼓》中的那个小孩子的眼睛看到了特殊的岁月。尽管彼此时代背景不尽相同，但以这样的视角为文，很有些意思，不仅书写一段自己的经历，同时也为那个时代留下一个旁注，很具有一些史的价值。这是在散文创作中非常难得的，让我读来兴味盎然。

读完这篇文章，心里揣摩，作者董华这人，起码有这样几个特点。

一是他的记忆力真好，四十年前的往事，历历数来如新，宛如昨日。他说的当时《北京文学》编辑部，我也很熟悉，和他一样，当年也是从那里起步。他写到的编辑部门前有一棵茂盛的合欢树，我却不记得了。他记得那样清楚，说是合欢树在门前的左手，有五级大理石台阶，台阶两侧还有护阶矮墙，记得多细致入微。

二是弥散在他的记忆中的，更多是温情和美好，犹如花香，经久不散。对于曾经给予过他帮助的人，如周雁如、张志民等前辈，一直铭记在心，滴水之恩，涌泉相报。这是一个善良的人，忠厚的人，感恩的人。

三是他的文字很朴素，短句居多，不假修饰，无如今一些散文写作中为文而文的刻意和矫揉造作，却是明月松间照，清泉石上流一般，显得清新，让他叙述的人和事，读来可信。

四是他有幽默感。他写编辑部的女同事蓝春荣在浴室里唱评戏，走出浴室，他发现人家"脚丫很白，肥嘟嘟儿美"。他写和编辑部当时新婚不久的赵金九一起到河南辉县出差，看见了赵金九在笔记本上写的情诗，他写道："看了想乐。四句近体诗，写的是相思。正处婚后欢爱阶段，离家一星期，他想家了。出自老赵心窝的诗句，我记着呢，但我不跟你们说。"写得都很俏皮。这种幽默感，透着他对生活的态度，也显示他的性格的一个侧面，有点儿蔫坏，当然也可以说是喝了磨刀水——周雁如曾经夸赞过他的内秀。

五是他的创作路数基本上是他的家乡房山周口店从猿到人的写法，小猫吃鱼有头有尾，写得津津有味。在这篇文章的后面，有一节"风流云散"，他不忘将曾经熟悉的编辑部的诸位人马的最后去向一一交代清爽。这是一个重情重义的人，是一个家里家外都会将方方面面料理得面面俱到的人。

当我读完董华这本《十里不同乡》之后，我发现，这样五个特点，也是他这本散文集的特点。

在这本散文集的后三辑"连根树"、"光阴河"和"童子说"中，那些亲情与乡情的篇章，更为感人。其中这样的五个特点，情不自禁地在文字中跳跃，帮助他完成了对亲人乡里一往情深和难以割舍的情怀。不过，也应该这样说，是家乡这片土地，家乡的这些亲人，帮助他成就了今天文学的书写。读他的这些篇章，让我想起放翁的一句诗："百世不忘耕稼业，一壶时叙里闾情。"我以为，放翁的这句诗，是董华文章与心地的写照。这样世代传递的浓郁质朴的乡土之情，成就了他的文学茂盛的田野；他的文学作品，又呈现出家乡的那一片田野，在那里，他笔下的至爱亲朋、耕织稼穑、农家风物、家长里短，更为美妙和美好，因为那是属于他董华再造的文学乡野。看他的《为乡里翟启父母写碑文》和《董宅重修记》这样在如今散文写作中极少见到的品种，就能够见识到他的家乡在他的文学世界中的重要位置，他愿意为这样的人与事记录，见心，见志。

在这些篇章中，写他的亲人，爷爷奶奶父亲母亲兄弟妻子，最为感人。由于是耳濡目染，是血脉相连，便笔蘸热血，心含真情。《奶奶，远去的慈爱》，他写奶奶，为表达对奶奶的感情，他秋后爬到山坡上的桃树上，不怕挨摔，摘下最甜的桃儿，"我一个也不舍得吃，只将一个桃咬下了一块皮，呷了呷甜汁儿。然后，一路小跑，汗水淋淋地跑回家，将兜里全部桃儿掏给了奶奶"。写得多么的生动，干净的笔墨，无限的深情。

他写母亲，《长在妈妈的谚话儿里》，写得更好，好在比前者有了一个构思的新鲜的角度，将对母亲的感情，全部浓缩在母亲的谚话儿里，文章便更为集中，如同将家乡的清泉水装进一个质朴却别致的瓦罐里，而不是让泉水无节制地漫流。小时候，有人向母亲告他的状，母亲关爱，说的谚话儿是"哪个牛儿不抵母"；弟弟说一个伙伴往自己家里拿公家的东西，母亲教育他们兄弟的谚话儿是"小时偷针，长大偷金"；教育孩子守住本分，母亲的谚话儿是"宁让身子受苦，别让脸儿受热"；和邻里交往，母亲用的谚话儿是"别人给一根豆角儿，要还人家一个黄瓜"；长大以后，母亲维护儿媳妇，用的谚话儿是"门口儿一条河，儿媳妇随婆婆"，然后责备儿子"自己脸上有灰自己看不见"……这些乡间流传的质朴却生动的谚语，是没有文化的母亲的文化，成为孩子们道义的启蒙，串联起母亲的一生，写得不俗。

《夏天和秋天滋味儿》，写得很有点儿意思。全书写人的篇章，大多用从猿到人和小猫吃鱼有头有尾的写法，这一篇是少有的写法不同的篇章之一，便显得格外显眼。他写一个叫四老头子的一年四季看庄稼的人，却只写夏天跳水吃西瓜和秋天放驴拔花生两个情景，最后写四老头子老的时候，他带着儿子看望他，一起回忆这两件往事的情景。不再全景式，而是片段的三段式，却将一个人写活，将自己的感情表达。剪去了枝枝蔓蔓，写得干干净净，人和情更为突出。便是雕塑家罗丹的说法：将一块石头多余的部分去掉，就是雕塑。

看来，从猿到人和小猫吃鱼的写法，是一种写法；罗丹雕塑的写法，也是一种写法。如果董华能够变换一下已经手到擒来的熟悉的方法，多几种笔墨，或许可以让他的散文写作更上层楼。

我与董华素不相识，他信任于我，嘱我为他的这本散文集《十里不同乡》写序。但在电话里，董华对我说：我们认识，四十年前，我们见过一次面。看来，他确实记忆力比我好。记忆力，是写作者应该拥有的重要的品质。纳博科夫曾经说："任何事物都建立在过去和现实的完美结合中，天才的灵感还得加上第三种成分，那就是过去。"纳博科夫所说的过去，是要靠记忆力来完成的，这是写作必不可少的第三种成分。难得董华拥有，愿他珍惜，并能深入挖掘。

2018 年 8 月 8 日立秋后一日雨中

冰镇百合汤

如今，旅游热了起来。富裕起来的中国人，格外热衷旅游，呼朋引伴，国内游不解气，要到世界去旅游，恨不得把世界上所有的国家都转个遍。这让我想起自己年轻时候写过的极端膨胀的诗句："要把红旗插遍世界所有的土地上"。

记得四十年前，刚粉碎"四人帮"后不久，那时候，还没有时兴旅游。那时候全国出现的第一份征婚广告，是登在报纸上，广告上，除了介绍自己的年龄学历籍贯家庭之外，介绍自己的爱好时说："本人爱好文学。"现在的年轻人要是看到了这则征婚广告，要笑掉大牙。报纸上的征婚广告，早已经如明日黄花般落伍，如今婚恋方式更多借助于电视节目，江苏的《非诚勿扰》，我们北京的《选择》，影响甚广。前者面向年轻人，后者面向中老年。无论年轻人，还是中老年，再谈本人爱好的时候，大多会说是旅游。

从文学到旅游，四十年，沧海桑田，变化竟然如此之大。文学的被冷落，旅游取而代之的升堂入室，可以看出人们精神与内心追求的变化，是价值系统倾斜的一个最有中国特色的表征。

当然，旅游没有什么不好。从世界的马可·波罗到我们中国的徐霞客，都是旅游的祖师爷，到一个陌生的地方去看看，几乎是所有人都会拥有的好奇心，只要时间和腰包允许，何乐而不为？但是，在世界各个国家，似乎只有我们中国有如此多如牛毛的旅游团，有导游拿着小旗，那种扩音小喇叭，我们紧随其后，成群结队，吆三喝四的，热闹乃至喧嚣，疲于奔命般从一个景点到另一个景点，上车睡觉，下车拍照，走马灯一般。

四十年前，没有流行旅游，我也没有旅游的概念。那一年的暑假，我到南京的《雨花》杂志编辑部修改一篇文章，编辑部在当年蒋介石的总统府旁边的太平天国李秀成的花园里，我就住在那里修改文章。如今，这两处连在一起的地方，早已经成为旅游景点，再进去得要门票了。

文章修改完毕，我在火车站买了一张到芜湖的火车票，想到那里转转，回来时顺路到马鞍山看看李白的采石矶。如果，这能够算作旅游的话，是我有生以来的第一次旅游了。那时候，芜湖被长江一分为二，长江两岸，很漂亮，往来需要坐船。我坐船在长江上转了一圈，最后来到市中心的镜湖。因为对于芜湖，我一无所知，只知道有个镜湖，是南宋诗人张孝祥捐赠的花园，湖光山色，亭台楼阁，明清两代，很是出名。

天很热，偌大的镜湖公园里，几乎没有什么游人，只有我和一湖的荷花寂寞地开放。镜湖不小，环湖有杨柳垂荫环绕。尽管走在柳荫下，依然是热汗直冒。走到一处凉亭下，有冷饮卖，看见一列长桌上摆着一排我们北京大碗茶那样的大茶碗，每一个碗中盛着不同的冷饮，每一个碗前摆放着一个纸牌，上面写着冷饮的名称。我看到，有莲子汤、红豆汤、绿豆汤、山楂汤、雪梨汤、酸梅汤……品种还挺多，其中有一种叫作冰镇百合汤，那时候，我听说过百合，但还从来没有见过百合，更别说喝这种百合汤了。

想尝尝鲜，我买了一碗百合汤，漂着几片白色的百合，汤里放了糖，挺甜的，也挺凉的。一种清新的味道，是和喝惯了的北京酸梅汤完全不一样的味道。扬脖将一碗百合汤咕咚咚灌下肚，一身汗顿时消了下去。卖冷饮的是位大姐，看我这样饮驴一样的样子，忍不住地笑，南方人大概没有这样豪饮的吧。湖畔四周，没有什么游人，只有我们两人面面相觑，清静的感觉和清凉的感觉，连同我们彼此间友好的感觉，在那一刻，都变得美好起来。四十年过去了，成为了今天难忘的回忆。

记得那碗冰镇百合汤，只有一角钱。不是因为便宜，而是实在好喝，走到半路上，还想喝，竟然折了回去，向那位大姐又买了一碗百合汤。

前些年，芜湖的朋友邀请我去芜湖玩，我没有去，电话里，我只是问了问镜湖有什么变化。其实，这样的问话是多余的，往来千里路长在，聚散十年人不同，更何况已经是四十年过去了。镜湖如今是芜湖旅游的财富，各地的名胜景点，无一不是人满为患。旅游已经成为了一种产业，为了赚钱，为了吸引游客，不要说景点会新建一些东西而发生很多变化，就是以前我去的时候那种清幽的感觉还有吗？

而且，那碗冰镇百合汤，还有吗？

2018 年 8 月 7 日立秋于北京

擦肩而过

　　五月，从美国回国，在芝加哥乘飞机，特意去了一趟芝加哥大学。车子路过一片砖红色的公寓旧楼，停下了车，找穆旦当年在芝加哥大学留学期间住过的房子。由于年头久远，又没有名人故居之类的牌子指引，只知道是这一片楼房之中，不知具体是哪一幢。望着五月冷雨霏霏的这一片寂静的楼房，心里多少有些遗憾，甚至凄凉。

　　今年是穆旦百年诞辰，南开大学在矗立的穆旦雕像前，刚刚开过他的纪念会。所以，我才迟到地找来他的诗读，抄录了《智慧之歌》和《赠别》两首。这是我喜欢的穆旦诗中的两首。其中更喜欢《智慧之歌》。1976年，穆旦逝世之前的诗作，诗短情长，几乎浓缩了他的一生，几近绝唱。

　　之所以喜欢，是因为这首诗历经四十余年，依然有着直指今天生活现实的锐利锋芒与诗意的浸润。对于爱情、友谊和理想，自古以来经久不息诗之咏叹与人生之感叹的这三者，特别是经历了时代的动荡之后，和我们今天一样，穆旦道出了自己的困惑。他说爱情如灿烂的流星，"有的不知去向，永远消逝了，有的落在脚前，冰冷而僵硬"。他说喧腾的友谊如茂盛的花不知还有秋季，"社会的格局代替了血的沸腾，生活的冷风把热情铸为实际"。他说理想"使我在荆棘之途走得够远，为理想而痛苦并不可怕，可怕的是看它终于成笑谈"。

　　不知为什么，这三段诗如三簇利箭，百步穿杨一般，准确无误地击中了我，让我读出一种蓦然惊心之感。或许，今年正好是知青上山下乡五十年的缘故吧，我们这一代人已经从当年的青春年少走到了两鬓苍苍，这一代人所经历的对于爱情、友谊和理想的追求过程，和穆旦的诗竟然如此相似。不知有多少爱情葬送在那个疯狂的年代里，永远地消逝了，或变得冰冷而僵硬。不知有多少在上山下乡艰辛生活中结成的看似牢固的友谊，在商业社会到来之际，变得那么的不堪一击。"社会的格局代替了血的沸腾，生活的冷风把热情铸为实际。"穆旦似乎也经历过和我们共有的知青岁月。

而说到最让这一代人感叹不已的理想，记得那时北大的工农兵学员集体创作过一首关于知青的长诗，名字就叫作《理想之歌》。当年确实是一腔热血沸腾如火，甚至达到奋不顾身飞蛾扑火的地步。如今，却已经变得面目皆非。原来当年只是一场狂热的虚火上升，所谓理想结出的不过是一朵枯萎的谎花，而今更成为下一代人的笑谈。

当然，这只是我读这首诗的即时感想，不免兔死狐悲而已，并非是穆旦自己的真意。他写的是他自己，他们那一代。但是，代际的缝隙并没有拉开两代人的距离，在河的两岸，穆旦所说的"不知道还有秋季"，却都是兼葭苍苍，白露为霜，所谓伊人，并不在那水的一方。

只是，穆旦毕竟与我们不同。他总结了这三者的失落之后，写道："只有痛苦还在，它是日常生活。"然后，他可能觉得这样说有些直白，又打了个比喻："那绚烂的天空都受到谴责，还有什么彩色留在这片荒原？"穆旦毕竟是诗人，我们毕竟是知青，如同经历再多的苦难，诗人也不愿意丢弃诗人的名号，哪怕这名号是荆棘，而不是花环或桂冠；知青也一样，愿意以知青作为一生身份的认同，以此弥合如今的落差与昨日的塌陷。这样的身份认同，不是如同烙印在自己脸上的红字，而是佩戴在自己身上的徽章，尽管心中有过去的痛苦，但却隐含着说不尽道不明的荣耀。

荒原，是五四时期以来诗人的一种意象，也是知青特别是北大荒知青的青春意象。在逝者如斯的岁月回顾中，我们轻而易举就淡忘了，当年我们拼命开垦出的万里荒原，其中一大部分是需要保护的湿地，我们却还要顽固地让青春的色彩保留在那片荒原上。

痛苦是日常生活。穆旦在这里所说的日常生活，指的是眼前。尽管有些宿命，但朴素的诗句却含有内省和指陈今日现实的痛感，便不是如今知青一代面对五十年后的现实感。知青一代更愿意将青春留下一段删繁就简的回忆，热衷于喧腾的聚会、泪奔的还乡，乃至重新披挂知青服装重跳知青歌舞，梦想重回前朝。在穆旦那里，过去的痛苦结成老茧；在我们这里，有意无意将过去的痛苦染上一颗美人痣，梦想破茧化蝶。将痛苦视为日常生活，哪有那么简单，或许只是一句诗。

坐在飞回北京的飞机上，心里还在默诵着穆旦的这几句诗。其实，对于诗，对于穆旦，我所知甚少，甚至可以说一无所知。在芝加哥大学里，至今还藏有穆旦当年学习的档案，我的孩子在这里读博几年，我来这里多次，却未曾想过触摸尘埋网封中历史的流年碎影和穆旦的青春律动。

回到北京没多日，便到天津参加一个关于读书的活动。那天黄昏，活动结束后，朋友约我在南开大学的门口碰头，然后一起穿过南开校园，抄近道去餐馆吃晚饭。朋友毕业于南开大学，对这里很熟悉，一路顺便带我参观了很多地方。恰恰没有去看看校园里穆旦的雕像。前不久，就是在那里召开了穆旦百年的纪念会。如今，从芝加哥到天津是那么的近便，想当年穆旦颠簸了多么长的距离和时间。虽然，诗心未与年俱老，却是壮志皆因老病休。

一连几日，对经过南开大学的校园却和穆旦擦肩而过而心生惭愧。对于我，起码那一晚，诗不如吃饭重要了。

2018 年 7 月 22 日于北京

孙犁的芦苇

四十年前，刚刚粉碎"四人帮"后的1978年，中国青年出版社重新出版了1958年版的《白洋淀纪事》。其封面是我见过的孙犁先生出版过的书中最朴素却也别致的一帧。水墨画写实手工制作，有浓郁的年代感，与现在流行的电脑制作不可同日而语。在封面和扉页上，设计者林锴都用淡墨扫了几笔在风中摇曳的芦苇，逸笔草草，与孙犁先生这本主要收集战争年代白洋淀生活的作品很吻合。

在孙犁先生的笔下，白洋淀的芦苇是生活的场景，也是艺术的意象。很多篇章中，都少不了芦苇，虽然文笔也只是逸笔草草，却已成为作品中的另一主角。

重读这本四十年前的老书，翻到《芦苇》这一篇。这是孙犁先生1941年的散文。文章不长，写到在日本鬼子的一次轰炸中，孙犁先生跑进芦苇丛中，见到一位十八九岁的年轻姑娘，也在那里躲避。轰炸过后，临分别时，姑娘见孙犁先生穿着西式的白衬衣，为免遭遇敌时的麻烦，甚至危险，她将自己的农村大襟褂子换给了孙犁先生，自己穿上了孙犁的衣裳。只是这样一件小事，写出了军民鱼水关系，更写出了这位姑娘细致善良的心地。

在这篇散文中，孙犁先生写了这样一小段话，躲避在芦苇丛中的姑娘，面对日本鬼子的轰炸，其实开始很害怕："姑娘的脸还是那样惨白，可是很平静，就像我身边这片芦草一样，四面八方是枪声，草叶子还是能安定自己。"在这里，芦苇出现了有意的姿态，和文章的题目相呼应，让我们读出了文章题目的主旨指向。这里的芦苇，写的就是这位姑娘。在四围枪声中，芦苇的安定，就是姑娘逐渐由害怕而变得平静。有了这样芦苇衬托的背景，姑娘在芦苇丛中脱下自己的大襟褂子，才会那样的自然妥帖，那样的美好而感人。炮火过后，飒飒风中摇荡的芦苇丛中这样的分别，才成为了一幅动人的画面。

读完这篇散文，我想起孙犁先生的另一篇作品《纪念》。《纪念》写了一位农村的老大娘，为了给战争中口渴难挨的孙犁先生一口水，冒着敌人射出的子弹，跑到院子里，从井里迅速地绞起一罐水，飞快地跑进屋。孙犁先生写道："这水是多么甜，多么解渴。我怎么能忘记屋子里这热心的女人和把一切希望都寄托在我们身上的孩子？我要喝一口水，他们差不多就献出了自己的生命。"

这段话，同样可以作为《芦苇》的画外音。它抒发的是这两篇文章作者共同的情感。一件褂子，一口水，在战争年代弥足珍贵，关乎性命，如今道来非寻常。很显然，《芦苇》比《纪念》写得更含蓄，芦苇的描写，比直接的抒情，更让人感动和感怀。

战争年代，冀中平原，白洋淀普通的芦苇，被孙犁先生迅速捕捉到笔下，反复吟咏，是从生活化到艺术化的一种敏感的情致和写作路径，就像俄罗斯巡回画廊派的画家，将普通常见的白桦林光影交错地呈现画中，成为了一种艺术的至境。

在《采蒲台的苇》中，孙犁先生曾经写过芦苇给予他的第一印象。他说："是水养活了苇草，人们依靠苇生活。这里到处是苇，人和苇结合得是那么紧。人好像寄生在苇里的鸟儿，整天不停地在苇里穿来穿去。"他还写了芦苇的各种用途：可以织席，可以铺房，可以编篓捉鱼，可以当柴烧火……当然，如果仅仅是这样写芦苇，便没有什么新鲜，也便不是孙犁。接着，孙犁说："关于苇塘，就不只是一种风景，它充满火药的气息，和无数英雄的血液的记忆。如果单纯是苇，如果单纯是好看，那就不成为冀中的名胜。"他是把芦苇当成冀中平原的"名胜"，其地位不可谓不高。

在这里，孙犁先生明确地给芦苇以新的定义，他笔下的芦苇，有单纯的美好和实用价值，更有战争中英雄与人民构成的双重意义，即英雄的血液与人民的血液共同铸就的坚韧品格。在这篇《采蒲台的苇》中，孙犁先生还说："敌人的炮火，曾经摧残它们，它们无数次被火烧光，人民的血液保持了它们的清白。"在这里，它们就是芦苇，是孙犁先生的芦苇，是孙犁先生笔下的芦苇，也是孙犁先生自己的芦苇。芦苇和他，合二为一，融为一体。

所以，在孙犁先生前期作品的战争篇章中，芦苇会常常出现，有时会是有意为之，有时会是不期而遇，有时又会是信笔所至，甚至是神来之笔。

芦花初放的时候，"鲜嫩的芦花，一片展开的紫色的丝绒，正在迎风飘撒"（《芦花荡》）。芦花放飞的时候，"每年芦花飘飞苇叶黄的时候，全淀的芦苇收割，垛起垛来，在白洋淀周围的广场上，就成了一条苇子的长城"（《荷花淀》）。即使是到了严冬的季节里，"河两岸残留的芦苇上的霜花飒飒飘落，人的衣服上立时变成银白色"（《嘱咐》）。看，不同的季节，芦苇是多么漂亮和美好！

不过，孙犁认为，芦苇最美好的时候，在五月。他说："假如是五月，那会是苇的世界。"（《采蒲台的苇》）"五月底，那芦草已经能遮住那些孩子们的各色各样的头巾。""这一带的男女青年孩子们，一到这个时候，就在炎炎的热天，背上一个草筐，拿上一把镰刀，散在河滩上，在日光草影里，割那长长的芦草，一低一仰，像一群群放牧的牛羊。"（《光荣》）那是战争间歇中对和平生活的一种回忆和向往，被孙犁先生描画得情深意长。

但是，战争来临的时候，芦苇不会如此美丽娴静，完全变幻成另一种姿态和容颜。敌人逼近的时候，"云雾很低，风声很急，淀水清澈得发黑色。芦苇万顷，俯仰吐穗"（《采蒲台》）。芦苇所呈现的是一片苍茫浑厚的景象。面对敌人炮楼咄咄逼人的威胁，"苇子还是那么狠狠地往上钻，目标好像就是天上"（《芦花荡》）。芦苇所呈现的是一片威武不屈的形象。

孙犁先生完全将芦苇人格化，将其本身具有的美丽、清白，柔韧与坚强的不同侧面，多重性格，一一挥洒在笔端纸上。我还从未见过有作家能够将冀中平原常见的芦苇，写得如此仪态万千，风姿绰约。

在孙犁先生的作品中，以细节的生活化和细腻感，构成其艺术风格之一。常常容易被人们忽略掉的，甚至是视而不见、见而无感的小小的芦苇，恰恰被孙犁先生不经意地拾起，却也落花流水，蔚为文章，既能映水浮霞，又可挟云掠风，委婉有致地道出对战争年代生死与共血肉相连的人与事的无限情思。

谨以此文纪念孙犁先生逝世十六周年。

2018 年 7 月 5 日于北京

图书馆的名字

哥伦布市虽然叫作市，其实是比一座小镇还要小的袖珍城镇。它位于美国中部印第安纳州的腹地，很少有外来游客的侵入，安静自得，犹如世外桃源。全城的人口不过四万，这样稀少的人口密度，比北京的一个社区住的人都少，想不安静都不行。

哥伦布市的第五街上，有一座红色矩形的图书馆，是贝聿铭设计的作品，简洁爽朗的线条，和四周古典式的建筑对比得现代感很强。门前的广场上，矗立着名为"拱门"的青铜雕塑，同样出自名家，是亨利·摩尔的作品，与图书馆对视，一红一绿，别有一番寓言的意味。

这座图书馆是哥伦布市的新图书馆，1969 年建成，从而替代了1899 年的老馆。新馆起的名字叫作克利奥·罗杰斯（Cleo Rogers）图书馆，以人名命名，这个人应该有些来头。

走进图书馆，宽敞明亮的阅览大厅，书架林立，电脑齐整，沙发娴静，玻璃窗洒进温煦的阳光，墙壁上有各种装饰画，一角设有哥伦布市有名的建筑图片介绍。别看哥伦布城小，却有六十多座建筑，都是全世界包括埃利尔·沙里宁、贝聿铭、凯文·洛奇在内的著名设计师设计的艺术作品，学校、医院、消防局、邮局、公交车站，甚至连停车场和监狱，都出身名门，为自己的独家名师所设计。也许是我看得不仔细，在图书馆里，我没有找到关于这个克利奥·罗杰斯的介绍。

回到住所之后，从图书馆借来一本美国小镇丛书中的《哥伦布市》小册子，终于找到了克利奥·罗杰斯这个名字。原来他是图书馆的一名管理员，在哥伦布市的老图书馆里工作了二十八年，直至1964年五十九岁时候去世。五年之后，出资请来贝聿铭设计并建造这座图书馆的，是哥伦布市的康明斯公司的老板欧文·米勒。图书馆并没有如我们这里的很多建筑愿意以出资人命名一样，冠以欧文·米勒的名字。它只是以一个普通的图书馆管理员的名字来命名。我不知道，这个世界上众多的图书馆，还有没有和这座图书馆一样，也是以一名图书馆管理员的名字来命名的。我对这座图书馆怀有深深的敬意和感动。

读完这本《哥伦布市》的小册子，我在想，如果这座图书馆的名字，不是以克利奥·罗杰斯的名字来命名，而是以出资人欧文·米勒的名字，或以设计者贝聿铭的名字来命名，还会让我感动吗？我想起李宗盛在《真心英雄》里唱的那句歌词："灿烂星空，谁是真的英雄，平凡的人们给我最多感动。"是的，一个普通平凡的图书馆管理员，以自己的半生时光，默默地奉献给了图书馆，图书馆以这样的方式回报他，把他的名字镶嵌在图书馆的门额上，让他的名字和时光一起流传，让逝去的平凡岁月有了清澈而温暖的回声。这是对普通人劳动最美好最真挚的尊重。这个世界上，并不只是那些成功人士，如功成名就的艺术家，发了财的老板，可以占据岁月光鲜耀眼的位置上，李宗盛的歌唱得好，平凡的人们给我们最多感动。

回过头来，再看看这座克利奥·罗杰斯图书馆，会为其设计和周围建筑布局的匠心独运而赞叹。门前的广场，已经成为如今哥伦布市的中心。图书馆对面，是1895年建的老市政大厅，砖红色的古典建筑；旁边是1942年建的第一教堂，现代建筑师鼻祖、芬兰设计师埃利尔·沙里宁的作品，米黄色的不对称建筑，号称美国的第一个现代派的教堂，不仅是哥伦布市也是全美标志性的建筑；图书馆的东边，是哥伦布市的欧文花园旅店，建于1864年，深棕色错落有致的楼体，和意大利式的古典花园，是这里现存的最老的建筑之一。这三座建筑，和最晚1969年的图书馆，呈稳定的四边形状态，彼此对峙，相看不厌，构成哥伦布市历史的连接线，让哥伦布市如同一棵大树，四座不同年代的建筑，呈现成不同的年轮，逝去的岁月，一下子变得看得见，摸得着了。你会感到，在哥伦布市一百多年的历史中，普通人完全可以成为主角之一，是这条历史长河中的一朵清澈的不可或缺的浪花。建筑不过是凝固的历史，是人的精神和形象的一种外化——克利奥·罗杰斯图书馆就是代表。

四面有风，广场上扑面而来有花香浮动。正是玉兰、海棠、丁香和紫荆花开的季节。

2018 年 6 月 27 日于北京

废圃谁知博士斋

1930 年，林志钧先生（北大教授林庚之父）为陈宗蕃《燕都丛考》一书所写的序言，开端先借题发挥，说了一段他曾经住过的宣武门外"老墙根地旷多坎陷，其接连上下斜街处，则低峻悬绝，考辽金故城者，辄置为辽南京金中都北城墙址"。接着，他历数上下斜街曾经的名人居处后，具体写了一段下斜街的土地庙："庙每月逢三之日，则百货罗列，游人摩肩接踵，与七八两日之西城护国寺、九十两日之东城隆福寺，同为都人趁集之地。"

读这些文字，可见得林先生对老北京的熟悉，更可见得林先生对于老北京的感情。这确实是只有对老北京非常熟悉并具有深厚感情的人，才可以如数家珍说出的话。林先生的这番话，让我想起清人黄钊当年同样目睹这段辽金故城时，曾经写下过的诗句："辽废城边可放舟，章家桥畔想经流。百年水道几难问，空向梁园忆昔游。"

如今，还有多少人留心诸如宣武门外章家桥、梁家园这些老街巷变迁的历史呢？谁还会关心现在的宽阔的宣武门外大街，曾经有过辽金时代的老城墙根、老河道，有过热闹的土地庙，有过那样多的名人故居呢？喧嚣尘上的马路上的车水马龙，和路两旁的高楼林立，早已经遮盖淹没了过去的一切；吹不散雾霾的风，却容易把依稀残存的记忆吹散得七零八落。

那天，读戴璐《藤阴杂记》，其中一段写道："京师戏馆，惟天平园、四宜园最久，其次则查家楼、月明楼，此康熙末年酒园也。查楼木榜尚存，改名广和。余皆改名，大约在前门左右，庆乐、中和似具故址。自乾隆庚子回禄后，旧园重整，又添茶园三处……"不禁感慨，旧时京城最老的戏园子天平园、四宜园，到了清末变化很大，在旧址重建新楼，已经面目皆非。历史年头其次的查楼，那时木榜尚存，如今不仅木榜早就见不到了，就连老戏楼也早已不存，后来复建的新楼也要摇摇欲坠，一直在重修。高高的吊车，一直还在剧场前立着，恐龙骨架一样，不知是在眺望过去的岁月，还是未来的时光，总之，好多年过去了，只见它突兀地立着，未见广和楼立起来。

如今，硕果仅存的中和戏院，虽还在旧地，却早就关张，徒存旧名，有尸无魂。庚子大火，中和戏院和大栅栏一条街一起被烧毁，重建时颇费周折。那时，中和戏院是永定门外花炮制造商薛家的祖产，但临街门道那块地方另属他家，要价很高。最后，还是瑞蚨祥的孟老板出资摆平，方才使得中和戏院能够重张旧帜。不是瑞蚨祥的老板心疼中和老戏院而一掷千金，而是那时他正在热捧名伶徐碧云，中和重建之后，孟老板将投资的股份赠送给了徐碧云。这一切戏院内外发生的故事，又有谁记得，谁关心呢？放翁诗说："八千里外狂渔父，五百年前旧酒楼。"说是戏楼，也正合适。而今，旧戏楼奄奄一息还在，如孟老板一样的狂渔父早已不在了。

戴璐所说的曾经戏楼云集前门左右的盛景，只如前朝旧梦，明日黄花。如今不仅戏楼凋零，就连整个前门大街都被改造得二八月乱穿衣一样似是而非，仿旧的赝品排列成阵的老店铺里，今天卖这个，明天卖那个，变脸一般，让人莫衷一是，令前人不识故地，让后人误入歧途，如吴梅村诗中所叹："放衙非复通侯第，废圃谁知博士斋。"

那天，翻看《中华竹枝词全编》的"北京卷"，忽然发现其中写青云阁的不少。青云阁作为清末民初北京四大商场之一，确实曾经名噪一时，其门额"青云阁"三个端庄有力的颜体大字，是当时书法家何诗荪所书。其中有这样两首竹枝词，一首："青云阁上客常满，青云阁下马如飞。一路青云闲到此，管他人事几芳菲。"一首："青云阁矗正阳前，第一楼高插碧天。鬓影衣香消月夕，不教海上美青莲。"后者说的"青莲"，指的是上海福州路上有名的青莲阁茶肆，在这里是将青云阁与之媲美。前者则说的是青云阁当时的热闹非常，所谓"客常满"，不仅是吃喝购物，还有游乐，当时的诗人兼书法家萧湘（书法家萧劳之父）就有诗说青云阁"万种华洋货物储，打球人更乐轩渠"。

如今，青云阁尚在，在观音寺街和杨梅竹斜街，还可以看到它完整的前后门，门额上"青云阁"三个颜体大字依然也清晰还在。只是，有多少人记得，青云阁曾经有过如此的辉煌？当年，鲁迅、周作人、梁实秋、张恨水等人，是那里的常客。那里的玉壶春饭馆的春卷和虾仁面，曾经是鲁迅先生的最爱；那里的普珍园，传说是当年蔡锷和小凤仙相见的地方；那里的小舞台，梅兰芳和马连良都演过戏；那里的一楼专门经营旧书的福晋书社，是很多爱书人光顾的地方。

又有多少人记得，北平和平解放之后，它成为了市府的一个招待所。然后，很长一段时间，它便沦落，大门紧闭，只剩下一个空壳。前几年，曾经雄心勃勃整修一新，重张旧帜，建起了小吃城，开门揽客，梦想梅开二度。谁想一年光景不到，北京小吃没有能救得了它，它再次沦落，彻底关门，只留下门额上"青云阁"三个大字，苍凉面对残阳如水。

那天，偶然读到吴梅村和胡南苕关于金鱼池的诗。其中，吴诗："金鱼池上定新巢，杨柳青青已放梢。几度平津高阁上，泰坛春望祀南郊。"胡诗："日射朱鱼吹浪泳，花随彩燕扑帘飞。"想起《帝京岁时记胜》里说到的金鱼池："池阴一带，园亭甚多。南抵天坛，芦苇蒹葭，一碧万顷。"更有棋罢不觉人换世之感。吴胡二位诗中所说的有燕有柳有花有鱼有阁有坛的情景，会让今日人们难以想象；《帝京岁时记胜》所说的"芦苇蒹葭，一碧万顷"，更会让人以为不那么真实似的。只要看过老舍的话剧《龙须沟》，就知道不过百年，曾经柳荫鱼影游人摩肩接踵的金鱼池，早已经变成了臭水沟。如今，又已经变成了改造后居民小区的楼房。地理意义上的金鱼池，经过时代的变化，时间的发酵，已经有了历史的新的概念与意义。

如果再看，金鱼池之北有金台书院；之东有药王庙，之西有精忠庙。金台书院旧址尚存，精忠庙却先变为工厂，后和药王庙一起夷为平地。如今，走在天坛城根下，往北望去，谁还能想象得到金鱼池当年不俗的风光，想象得到金台书院曾有过的书声琅琅，想象得到每年四月药王庙要酬戏于百姓的盛况，想象得到当年北京城唯一一处祭祀岳飞的精忠庙，曾经有过老北京人独特的祭祀方式，"土塑秦桧以煤炭燔之至尽，曰烧秦桧"呢？

这样白云苍狗的变化场地，还可以举出很多。

比如，当年，崇文门内，同仁医院和利亚药房之西和之北，是一片空地，八国联军入侵北京之后，成为了各国洋人的跑马场和演兵场；而如今游人如织的天坛，旧时则认为是"距城较远，游者仍稀"；"永定门、左安门、右安门一带，仍多荒僻，苇塘菜圃与冢墓相间。昔年官立义冢，多在外城以内；施粥厂舍，亦均在南横街、三里河各处，以其为贫民之所麇集也"。现在，走在这些早已经是楼群茂密人流如蚁的繁华地方，有多少人会知道会想起这些陈年往事，由此感慨北京城如此翻天覆地的变化？

再比如，沿前门楼子一直向南，当年，永定门外的沙子口是赛马之地；南顶村是踏青之地；西南侧的南海子是皇家狩猎之地；正阳门之右的关帝庙，每年五月十三是进刀马于关老爷之地，《帝京景物略》中说："刀以铁，其重八十斤，纸马高二丈，鞍鞯绣文，辔衔金色，旗鼓头踏导之。"如此之举被称之为"单刀会"，和精忠庙专门祭祀岳飞一样，为专门祭祀关帝之地……

如今，走在这些旧地，还会有多少人知道这样的老故事、老传统、老礼数呢？前门楼子还在，其左右的关帝庙和观音寺都早已经不在，"单刀会"只存在于老戏文之中。南顶，先成为了肉联厂，当时是北京最大最现代化的牲畜屠宰场，现在变成了四环旁的楼盘。南海子，如今成了湿地公园，四周商业楼盘林立，建成一片新的社区。

有一日，我去南顶旧地，找我的一位中学同学，当年，我去北大荒，他被分配到了南顶的肉联厂，围着一口硕大的大铁锅炸丸子。而今，他住在肉联厂拆迁后分给他的一套楼房里。他开玩笑对我说：炸丸子的车间，变成了我的住房！想起民国时的竹枝词："日丽风和天气清，城南十里小游亭。晚来共看飞车去，柳外一帘酒旆青。"那时的景象，实在难以想象，前朝旧影，今日新景，日落云归，人去梦来，不觉慨然。

同一天，从南顶回家，路过沙子口，那里我曾经是那样的熟悉，沙子口西口的北京市人民食品厂和沙子口医院，往里走的沙子口小学，从童年到青年的时候，我去过很多次。如今，望着大街两旁高楼林立，宽敞大道上车水马龙，和过街天桥上川流不息的人群，想当年五陵年少扬鞭策马之地，如此沧海桑田的变化，眼前的街景恍然如梦。

古诗说："往来千里路常在，聚散十年人不同。"这个世界一切都在变化之中，更何况北京经历过的岁月漫长，其中的沧桑变化是极其正常不过的。要看到，这些变化之中，有很多是新中国成立之后才会有的变化。同时，也要看到，这样的变化，应该是依托历史发展中的变化，而不是想当然的粗暴的变法。更重要的是，对于北京这样一座古都，不要忘记老北京悠久的历史和文化的积淀，在这样的变化之中，寻找到有规律的变法，要依据历史的罗盘，还能够找到回家的路，以及在回家的路上扑面而来的浓烈的乡愁。

加拿大学者雅各布斯在她所著的《美国大城市的死与生》中写道："老建筑对于城市是如此不可或缺，如果没有它们，街道和地区的发展就会失去活力。"她特别强调："必须保留一些各个年代混合的旧建筑。保留这些旧建筑的意义绝不是要表现过去的岁月在这些建筑上的衰败和失败的痕迹……这些旧建筑是不能随意取代的，这种价值是由时间形成的。"她说，这些旧建筑"对一个充满活力的城市街区而言，只能继承，并在日后的岁月里持续下去"。

　　而如今走在北京，簇新的建筑比比皆是，甚至还有怪诞的建筑强暴地闯入眼帘，全然是一座国际大都市的风范。即使走在旧城老街区，那些雅各布斯所说的"老建筑""旧建筑"，也已经所剩无几。在破旧立新、唯新是举的城市建设伦理作用下，这些"老建筑""旧建筑"，已经破旧不堪，千疮百孔，并不值钱，命中注定要沦为推土机下的死魂灵，哪里会觉得它们的价值是"由时间形成的"，是无可复制的，是无与伦比的，是只能继承的城市发展的活力呢？随着这些"老建筑""旧建筑"的消失，更可怕的是和它们连在一起的记忆，也一并消失，以为新改造完成的城市空间，就是以往老北京历史的倒影和地理的肌理。那么，老北京真的就彻底消失而无可追回了。

　　　　　　　　　　　　　　　2018 年 6 月 21 日夏至于北京

世界杯需要场外裁判吗

　　高科技的日新月异，无处不在，也无孔不入。在中国，最为流行的是，电子技术的介入，外卖的小摩托横行于都市的大街小巷。在世界杯，这一届新流行场外裁判，利用电子眼，捕捉赛场瞬间发生的事变，给予主裁判判罚的一个有力的补充和纠正。这在以前，是不可想象的事情，如果以前也有这样的场外裁判，还会有马拉多纳"上帝之手"的奇迹吗？

　　不过，话又说回来了，场外裁判对于世界杯真的值得为之叫好吗？或者说，真的那么需要吗？

　　在我看来，实在没有什么必要。足球比赛，在一切的体育比赛中，其对抗性是最为强烈和激烈的。人们称足球比赛是战争的袖珍版，原因就在于此。球迷热衷世界杯，不远万里，舍家舍财，奔向赛场，看的就是这种充满血性对抗性极强的比赛。因此，一切的犯规，包括身体侵犯甚至断胳膊断腿的犯规，都是其他比赛断然没有的，特别是隔网比赛如乒乓球、排球、网球、羽毛球难以想象的。世界杯好看，正在于其原始的野蛮性，让人们可以遥想古罗马时代斯巴达克英雄当年，这是如今一切变得彬彬有礼的斯文之中，难以再现的场面。世界杯是所有足球比赛的顶级版，满足了球迷这样一时之间内心狂野、发泄与向往的需求。

　　场外裁判，真的可以明察秋毫地判罚并杜绝这样所有野蛮的犯规吗？漫说电子技术不是神仙，难以做到这一切，即便真的能够做到这一切，让犯规者从此心有余悸，踢得文明规范，变得如企鹅一样迈着优雅的方步，世界杯还会有意思吗？

况且，赛场上的很多犯规，是有意无意的，甚至是下意识的恶性犯规。在时空聚集而浓缩的赛场上，足球比赛所具有的剧烈急速跑动中，特别是在禁区里决定胜败那一脚的关键瞬间，不少犯规是有意的，或者是下意识不由自主的。那些背后明目张胆的拉人、铲人、踢人、踩人，甚至熊抱一般肆意的抱人、压人，可以说是情急之下，无所不用其极。这恰恰是人类从猴子变成人之后依然没有去掉的劣根性，或者说人类与生俱来的弱点，是人之恶。

在世界的其他领域中，人们可以衣冠楚楚，戴上面具，绽放出笑脸，高举起酒杯，说着言不由衷的话，在所谓文明的进化中，越发巧妙地遮掩着人之恶。似乎人人都在高唱着"让世界充满爱"，常常会让人们误以为，真的是四海之内皆兄弟。但是，在世界杯的赛场上，就不一样了，起码在九十分钟的对抗中，站在对面穿着异色运动服的人，就是你的敌人。尽管没有真枪真刀，却一样是玩了命地在拼尽全力。因为利益攸关，大力神杯，包括小组赛的胜负，都关系着背后运动员、老板乃至更多人的金钱、地位和美人。

所以，世界杯赛场就是我们这个世界的一面镜子，照见我们自己的人生和周遭的现实。漫说场外裁判有再多的电子眼，也难以滴水不漏，将所有犯规都一网打尽，就是真的一网打尽了，水至清则无鱼，世界杯还好看吗？世界杯对于我们人生与现实的那一面镜子，还会存在吗？世界杯超越足球比赛的意义还存在吗？

足球比赛好看，还在于整场比赛除了中场休息，是不间断的。很少会出现死球、暂停，更不会有如篮球比赛那样有场外教练员叫暂停去面授机宜。足球比赛这种不间断的连贯性，流畅风格，水银泻地，一气呵成，正体现了人类追求的不受外界干扰的自由。如今，场外裁判介入，仅仅看小组赛的几场比赛，就看到主裁判像牵线木偶一样，忽然跑出场外，到电视屏幕前看回放，回来之后，吹哨更改原来裁判的结果。倒是体现了公正，却是中断了比赛，更改了多少年以来世界杯比赛的章程，一条流畅奔流的江水，忽然被大坝拦腰截住，大坝是好看了，比赛却不好看了。

所以我说，场外裁判对于世界杯，实在是多余的。并不是所有的领域都需要高科技。高科技在帮助人类发展与进步的同时，也在扼杀很多灵性或本性的东西。足球比赛的灵性和本性，恰恰在于其不完美性，在于它的意外性，包括裁判的误判和漏判。企图以场外裁判帮助场上主裁判完美无缺，笔管条直，世界杯的比赛还会那么好看吗？

马拉多纳的"上帝之手"，还会成为世界杯的一出戏而至今被人津津乐道吗？

没错，世界杯就是一场大戏，让戏露出一点儿破绽来，让看戏者多些吐槽的褒贬说辞、嬉笑怒骂，正是世界杯这一幕大戏不可或缺的画外音呢。

2018 年 6 月 19 日于北京

一啸猿啼破梦中

最初我对于石涛的认知，源自孙犁先生的文字。对于石涛的画作，孙犁先生在《甲戌理书记·〈石涛山水册页〉》一文中给予高度评价："其画法，简洁而淡远，笔墨纯熟如天成。开卷其作风自现，无第二人可比……"对于这位清初画坛巨擘石涛，孙犁先生则在文中给予一针见血的批评："此僧北游京师，交结权贵，为彼等服务，得其誉扬资助，虽僧亦俗也。乃知事在抗争之时，泾渭分明，大谈名节。迨局面已成，恩仇两忘，随遇而安，亦人生不得已也。古今如是，文人徒作多情而已。"

孙犁先生这里所提及的石涛"北游京师"，虽然仅仅两年半的时间，却是石涛一生中重要的一段经历，最能见得他的性格和心底。对于这一经历，孙犁先生未及细说，以后在其他书籍中，我也未能见到更为深入的言说和描摹。这一次来美国，有工夫读美国学者乔迅所著的《石涛——清初中国的绘画与现代性》，特别留心石涛这一段经历，看他如何为读者陈述和解读。

我特别注意到，乔迅在钩沉这一段历史的时候，写到这样几个细节。

一个是他此次"北游京师"，到底都结交了哪些权贵。我早已知道，石涛之所以选择1690年初这一节点"北游京师"，是有原因的。因为前一年，即1689年，康熙大帝第二次南巡，他在扬州迎驾皇帝时，康熙居然在人群中一眼认出了他，并叫出了他的名字，这让他分外感激涕零，也让他从和尚到弄臣的一步跨越的内心欲望蓬勃燃起。而且，这一年，他已经四十八岁，正处于中年向老年迈进的节点，时不待我，过了这村就没这店，此次"北游京师"，是他夏天里的最后一朵玫瑰。

乔迅告诉我，此次"北游京师"，石涛主要结交的汉族官员，有吏部右侍郎王封溁、礼部侍郎王泽泓、吏部尚书王骘；满族贵胄则有清太祖曾孙博尔都、平定三藩之乱功臣岳乐之子岳端。石涛希望由这些人能够通天觐见康熙大帝。他回报给这些人的是他的画作，这些人为他提供衣食住行的赞助，并为他仙人指路，其中博尔都指点他投康熙之喜好，画好两幅墨竹，再由皇室高阶画家王原祁和王翚分别补石和兰，二手联弹，以此进献康熙，希望皇上痒痒的时候，恰逢其时地递上一个痒痒挠。

二是失败（石涛点儿背，因此时正值康熙对朝中汉人知识分子掌控最为严密的时刻）之后，石涛心灰意冷正欲离开北京的时候，恰逢康熙召见和石涛一样有名的曹洞宗禅僧雪庄（以画黄山而出名）进京。但雪庄进京后，并未出现在御前，而只是派了另一僧人替代他出席。

三是石涛离开北京到天津大悲院的途中，巧遇从大悲院出来的僧人具辉，正要进京见皇帝。石涛立刻打开行囊，将自己的诗卷拿出，上有十首诗，其中有准备献给康熙而未果的诗，又当场挥笔抄录了当年恭迎康熙时写下的诗行，其中有"圣聪忽睹呼名字，草野重瞻万岁前""去此罕逢仁圣主，近前一步是天颜"，都极尽逢迎之态。

四是1692年，石涛终于彻底失望而离京，乘船沿大运河回扬州，重九日在山东和江苏交界处，遇强风而翻船。他幸免于难，但所有的行李，包括画卷、诗稿和书籍，荡然无存。

这四处描写，不知以前是否有人钩沉过，我是从乔迅点点出处都有案可稽的冷静陈述中，如读一篇小说或一出多幕剧，层次明晰，起伏跌宕，看出石涛的际遇、性格、心情，和那个强悍的时代对于一个弱小的知识分子的作用。特别是对于同为画僧的雪庄应召进京这一带有戏剧性情节的出现，石涛有何反应，会不会心里酸酸的，乔迅没有写。放着皇帝接见这样旁人争先恐后艳羡不已的机会，雪庄没有领康熙这个情，石涛对此又有何反应，会不会心有惭愧，还有心有不甘，乔迅也没有写，留白给我们思考。

再看石涛去天津途中巧遇具辉，知道他要进京见皇帝，立刻翻出诗卷，并当场挥笔补写诗句，毫不觉得肉麻和卑躬屈膝，而是做最后一搏状，看来雪庄给他的刺激，并没有给他什么反思，或者有，水过地皮湿。新的哪怕只是一鞭残阳，他也渴望最后抓住，做绝处逢生的挣扎。

或许，这才是石涛最为可悲之处，正是孙犁先生说石涛"虽僧亦俗"。知识分子一心想凭借官方尤其是最高领导人的赏赐进而得到全社会的认可和自我的心理期许，并非石涛一人，也并非康熙年代旧事，而是孙犁先生所说的"古今如是"。

对于这一段惨败而归的"北游京师"，不知日后石涛作何等感想。大运河翻船幸以逃生的第二年，石涛曾经写给他京城的赞助者、皇室贵胄岳端四首诗，回顾那一段日子，写到翻船事时，他写了这样一句："一啸猿啼破梦中"，想那时他的心情该是凄凉的，也是复杂的。

重回扬州之后，石涛又活了十五年。临终那一年，他曾经画过一幅《徐府庵古松树》，画上他的题诗有句："自有齐天日，何须向六朝。贞心归净土，留待欲风摇。"他借松树写自己，他人已经回归旧土，却并非净土，依然念念不忘当年"北游京师""向六朝"之事，还惦记着因风而能够直摇九霄齐天之时。看来，当年翻船之时"一啸猿啼破梦中"的旧梦，依然未破。有些人，有的梦，还真的是至死难破。

《石涛——清初中国的绘画与现代性》这本书里，附录很多幅石涛画作，印制的效果很好。边读此书，边随手学画几幅。很多人都模仿过石涛，模仿最佳者，当数张大千。我的模仿，纯属玩票，虽仅得皮毛，却自得其乐。

2018 年 5 月于布鲁明顿

扫壁苦寻往岁诗

——罗达成《八十年代，激情文坛》序

达成的这部《八十年代，激情文坛——我和〈文汇月刊〉的十年》，是我一直期盼的书，也是我隐隐担忧的书。因为无论对于达成，还是对于如今的文坛，这都是一本不同寻常的书。得知这部书即将在大百科全书出版社出版，我很为达成感到高兴。这部书，书写了《文汇月刊》1980年创刊至1990年终刊的十年历史。这段历史，不仅独属于《文汇月刊》，同时也是中国文坛乃至中国当代一段重要的断代史。

重读这部厚重甚至有些沉重的书稿，不禁眼湿心热。往事如风，扑面而来，清新而料峭，锥心而砭骨，一时百感而难言。夜来无寐，蓦然跳进脑海里的，近乎没来由，竟是放翁的两句诗。一句是"旧交惟有青山在"；一句是"扫壁闲寻往岁诗"。

"旧交惟有青山在"。

八十年代，改革开放的新时代，万象更新，百废待兴。风起于青蘋之末，文坛风生水起，雨后春笋般，创刊许多新的文学刊物。可以说，哪一种也赶不上《文汇月刊》的命运起伏跌宕，并如此揪动作者、读者和编者，乃至多方之心。一本平常的文学刊物，能够遍地开花于社会生活之中，迅速地扑入如此众多人的心目之中，只能属于八十年代。

为这样一本只有十年，为期并不长却内涵不凡的刊物作传，其实，也是为一个时代存照，为自己的一份记忆写心。所以，我说这部

书不同寻常，便在于作者必须具有对史、对人、对己的一份真知卓识，需要见得一颗直面现实与历史交织而难解难分的勇敢的心。

书名说"激情文坛"，"激情"二字，对于八十年代，是一种怀念；对于如今，则是一种反讽。因为如今，激情早已不再，不仅文坛，整个世界，都已经变得面目皆非。重新回顾并书写那段历史，恰恰是这部书的意义所在。《文汇月刊》的兴盛，正是一个时代的兴盛；《文汇月刊》的终结，正是一个时代的终结。在那个时代里，文学不属于精英，而属于大众；文学没有屈膝于权势和资本，而有着独立的品质和正义与正气；文学没有被边缘化或偏安于一隅，而是身处时代的激流之中，让浊浪排空也淋湿自己的一身，而没有衣襟上溅湿一点浪花就狼狈而逃。

因此，《文汇月刊》的历史，就是那段历史的一个缩影。这个缩影之中，既有文学的激情，也有那个时代的激情。没有哪一个时代的文学，比那时更敏感地感知并激情地介入现实的生活中，从而构成了严峻而激荡的历史不可或缺的一部分。没有哪一部书如这部书一样，以一本刊物的兴亡作为个案进行解剖，由此拔出萝卜带出泥，连带出众多作家和编者，连带出世道与人心，连带出活生生的生活，从而鲜活地勾勒出一个难忘的时代。达成的这部《八十年代，激情文坛——我和〈文汇月刊〉的十年》，将成为研究这段历史的文学与社会的一个活标本。我相信，它将成为当代文学史的一部分，也将成为当代历史的一个生动形象的注脚。所以，开宗明义，我说这部书的价值，正在于书写的是中国文坛乃至中国当代一段重要的断代史。

逝者如斯，八十年代，显得那样遥远。达成说："从 1980 年到 1990 年那十年，是我一生最充实最难忘的一段时光。"人至晚年，蓦然回首，他更加"留恋那时文学在社会上的崇高地位"，"留恋那时是充满人情味而少有铜臭味，人与人之间有着真诚交流和相互帮衬"。我以为，这是达成这部书写作潜在的情感动因。一部优秀的文学作品，从来都是从心灵到心灵，所有再厚重再复杂的历史，再浓烈再难忘的回忆，从心灵深处潜在而涌动出难以平复和抑制的情感，都是写作的最初出发点。

对于达成，写作这部书的最初出发点，正出于这样朴素却至关重要的一点。在这部书开端的《〈文汇月刊〉的"创刊三老"》一章中，有着最为详细并最富感情的描摹。对于这三位长辈梅朵、谢蔚明、徐风吾，尤其是梅朵对于这本刊物所付出的心血、对于文学所倾注的情感、对于时代所寄托的期望，以及对于达成的知遇之恩……往事历历，达成曾经不止一次对我陈情诉说过。"旧交惟有青山在"，特别是这三位长辈先后作古，岁月让这一份情感增值，更让他难以抑制。他说："这段经历，如火山深埋心头。"这部书的写作，便是达成火山的喷发口。

达成是一个感情深厚真挚的人，这是他当年作为作者和编者出道时的底色，也成就了这部书最为感人之处。古今中外的作家里，人与作品剥离是常有的。但达成文里文外如一，互文互质，互为镜像。我和达成相识并相交于《文汇月刊》创刊伊始之时。在上海火车站的人流如织中，达成接的我，远远地向我挥手。那是我们第一次相见，却一眼认出彼此，似乎相识多年，他乡遇故知。然后，我们一起穿过丽宏诗中说过的"举着鲜花穿过南京路"，到那间没有窗户的小屋里找丽宏。从此，开始了我们之间的文字和朋友之交。

以后，我会常常被他的电话和电报催稿，逼我的写作更上层楼。可以说，他对我有力的催促，知心的帮助，改变了我写作乃至人生的走向。即便对我的孩子，他一样以诚相待。那时，我的孩子刚刚上小学，他来北京见到孩子，像大人一样和孩子握手，耐心地和孩子纹枰对弈。达成是中国象棋高手，和孩子下棋时却一样认真。孩子说，从来没有一个大人和他握过手。在孩子的童年日记里，记录梦中见到达成的情景。都说作家要有一颗赤子之心，达成有。岁月经年，时至如今，达成还保留着孩子当年画给他的贺年卡。"旧交惟有青山在"，达成重情重义，重视老朋友，哪怕是小孩子。

可以说，没有这样一份真诚而深厚的感情，是不可能写出这样一部书的，因为这不是一部单纯的怀旧怀人之作，可以浅吟低唱，婉转低回，而是要面对严峻的时代，叩问云谲波诡的历史。当然，除了情感，还需要对史料的积累、辩证和识见。这便是我想到的放翁的另一句诗："扫壁闲寻往岁诗"。将诗中的"闲"字改为"细"字，或者"苦"字，对于达成的这部书最合适不过。

"扫壁苦寻往岁诗"。

达成开始这部书写作之前，就是先进行这样"扫壁"的准备工作的。在《文汇月刊》十年之中，达成和全国各地的老中青作家一百多位有过两千余封的通信，开始被他从尘埋网封中翻腾出来，整理出来，一一打印，记录在案。琐碎，单调，却让逝去的岁月回流，万千事物和感怀复活。这些宝贵的第一手材料，破茧成蝶，将成为这部书稿流淌的血脉。之后，他开始走访《文汇月刊》的老人，又以电话和通信的方式，遍访和《文汇月刊》有过密切交往的亲历者。这两样工作，用了他两年的时间。不知道如今还有多少作家，肯下这样的笨功夫、苦功夫，为一本书，愿意让手与脚都磨下粗粝的老茧，让心储满水流如瀑，方敢倾泻在字里行间？这与戏说者、矫饰者和倚马可待者的写作，不可同日而语。

要知道，这时候的达成退休多年，七十初度，已是秋深春远之时。他的身体一直不好，抱衰病之躯，珍时惜日，再鼓余勇，做最后一搏。他说他"不惜以生命的余日为代价，去做这件事"。这话讲得，近乎悲壮，道出的却是他真实的心情与愿景。重新握笔，重温故旧，钩沉往事，思索历史，殚精竭虑，一直坚持六年之久。对于达成，是很不容易的。他是那种郊寒岛瘦苦吟式的作家，尤其写作这部书，所有的经历，所有的文字，于他都有着切肤之痛。出于朋友之间的信任，每写完一章，他都会发我一看，征求意见，一遍遍修改，让我心动，让我感佩，让我汗颜。

写完这部书稿之后，他对我说：心身都被掏空。作为读者，作为老友，我目睹了这部书稿破土萌芽，在六年内的时间里，一步步地完成。这是他"面壁"的修为，是他"扫壁"的努力，是他"破壁"的成就。抵达过去和抵达未来，同样都是不容易的。在过去与未来之间，站着的是有心的写作者。这便是文学写作的力量和魅力。这是一部难得的心血之作、生命之作。达成以最大的努力、耐心和毅力，为我们打捞了一段不应该忘记的历史，对于特别容易健忘的我们，不至于将那段悲喜交加的历史记忆，淡忘、迷失乃至消失在遗忘的风中。

在这部书的写作中，其中重头戏是勾勒了激情四射的八十年代报告文学的成长轨迹。在新时期乃至新中国成立以后漫长的历史中，这十年的报告文学灿若星花，强劲地介入现实的变革生活中，其影响至深，是无可比拟的。它不仅构成了《文汇月刊》的鼎盛，更赢得了众多的作者与读者。因有达成和众多当时风靡一时的优秀报告文学作家的交往，这部书的书写，细节充盈，内容丰沛，笔力沉稳。在稿件的往来中，在评奖的活动中，在日常的交往中，既有友情的慰藉，也有心思的抵牾，甚至矛盾的交锋。其中彼此真实且真诚的投入，见证了那个时代，同时见证了达成的为文为人。在这些清晰翔实而激动人心的记述中，记录下报告文学的十年同时也是《文汇月刊》十年的发展史。这将会是当代文学史绕不过去的一个意味深长的章节。

在这部书中，达成还记述了与北岛、舒婷、赵丽宏、雷抒雁等诗人的交往。达成最早也是一名诗人，他是以诗入文入编入世的。当年，他的报告文学的创作，就融入了诗的元素而为人称道。因此，这部书同样延续了他诗的文笔、秉性、心智与品质。直不辅曲，明不规暗，在事事有案可稽的严谨史实叙述中，他更是神清思澈，假笔传心，将这部书写成了诗。"扫壁苦寻往岁诗"，他将往岁的人记、史记、情记、心记，四者合一，努力写成了一首长诗。这应该是使得这部书不仅具有纪实的史的价值，同时具有诗一样的文学价值。

布罗茨基曾经说过："归根结底，每个作家都追求同样的东西：重获过去或阻止现在的流逝。"我喜欢布罗茨基的这句话。达成的

《八十年代，激情文坛——我和〈文汇月刊〉的十年》，便是这样可以"重获过去，阻止现在的流逝"的一部书。相信读者自会明察。相信曾经和《文汇月刊》共同经历过那十年的作者会感同身受，从心底涌出一声叹息——或感叹，或赞叹。

作为达成的老朋友，能够为这样一部书写序，是我的荣幸。

2018 年 5 月 15 日夜于芝加哥

戏剧学院门口

　　我是 1978 年考入中央戏剧学院的，入学的时候，已经是十一月，宿舍楼前高过窗户的白杨树叶子，开始哗哗地落了。这是我第二次考进这所学院，1966 年的春天，我已经接到了录取通知书，"文化大革命"来了，大学梦破灭，一个跟头去了北大荒。十二年，一个轮回，重新回到校园，一切有了新的开始。

　　就在刚入学不久的一个早晨，我起床想去离我们学院不远的棉花胡同西口的早点铺吃早点。刚出学院大门，往西走没两步，看见一辆车身上印着东城区清洁队的垃圾车，正停在学院院墙墙根儿的两个大垃圾桶前面。我绕过车，从胡同另一侧走过去的时候，忽然听见有人叫我的名字，四下张望，从垃圾车上跳下一个身穿环卫工作服的工人，笑吟吟地站在我的面前。

　　是秋子，我在北大荒一个生产队的北京知青兼中学同学。在北大荒，他是我们队的副队长，四年前，我从北大荒回北京，是他赶着一辆老牛车，顶着细碎的春雪，十八里地，嘎嘎悠悠的，送我到农场的场部，搭乘汽车到火车站。四年没见，没有想到竟然在这里见到了他。

　　他第一句话说：听说你考进了戏剧学院，我负责你们这一片的垃圾，天天早晨从你学院门口过，心里还想着呢，没准儿哪天就能碰到你。今天，还就真的碰上了！然后，他告诉我，他刚刚从北大荒困退回到北京，待业在家，街道上知青办分配工作，有几个地方可以选择，他选择了清洁队。别人都不理解，好歹在北大荒也是个干部，回到北京倒成为了工人，而且是环卫工人，整天不是早班就是夜班地穿街走巷倒垃圾。他倒没有什么心理不平衡的。他对我说，这儿工资高，每天出车还有补助。我知道，上有老下有小，他拖家带口，经济负担重。

不过，尽管我没有说话，他看出来我心里的不解，替他有些不平、担心。都说人往高处走，水往低处流，大家都这么劝他。他宽慰我说：哥哥放心，我在这儿干得挺好的，只要好好干，总有出头的日子。原来在北大荒我不也就是一个农工吗？好好地干，照样当了副队长。看得出，这样的话，他肯定不止一次对人讲过，什么高呀低的，他并没有放在心上。

因为车在等着他，他不能多停留，匆忙告别，跳上垃圾车，把那倒完的两个大垃圾桶搬下车，又跳上车，跟着车驶出了棉花胡同。车颠簸着，他扒着车帮，不住地向我挥挥手。对于秋子，和我一样，一切也是新的开始。

看他随遇而安，又信心满满的，很为他高兴，也相信他的能力。那天，回到学校，坐在教室里上课的时候，我总是走神，总会想起秋子。四年前牛车上挥动着鞭子的秋子。四年后垃圾车上倒垃圾的秋子。交错叠印在一起。

我们四年没有见面，以这种方式，在这样的场合重逢，让我想起入学之前的写作考试，题目就叫作《重逢》。这样的重逢，如果换到今天，会是怎样的一种心境和心情，我不知道。我只知道，当时，我们都很兴奋，为彼此祝福。那一份祝福，是真挚的，是难忘的。那时候，刚粉碎"四人帮"不久，改革开放刚刚开始，正是百废待兴的时候，不管做什么，几乎每个人的心里都有个盼头，脸上也露出朝气，就像他所说的，只要好好干，总能有出头的日子。这话说得虽然朴素，却道出那时候我们所有人心底对未来的一份信心。时代的风气，吹拂起人们的心气，清新而撩人，是1978年留给我最深的感受。

青春奏鸣曲

海滨故人都已老

只有当我们长大成人时，才开始懂得童年的全部魅力

布鲁明顿的雨

夏日的裙子和绿葵一起生长

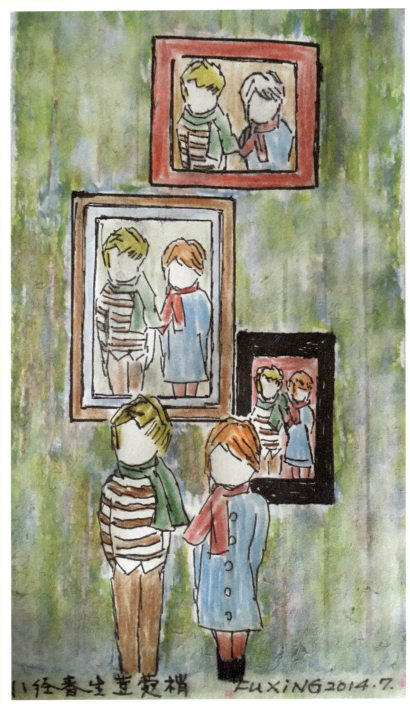

幽径春生豆蔻梢——放翁诗写意

夏日里的树林藏着无数安徒生的童话

当年的旧址：今日的圣路易斯花园

四年之后，我在戏剧学院毕业，留校当老师。暑假的时候，我回了一趟北大荒，又回到我们的生产队。当地老乡都很关心知青，挨着个儿地问遍了每一个知青的情况，问到秋子的时候，我告诉他们，秋子当领导了，现在是清洁队的党支部书记了。老乡纷纷地说：我就是说嘛，秋子没得说，能在咱们这里当队长，领导百十号人，种上百亩的地，还领导不了一个清洁队？

　　那一次，从老乡家借来一台录音机，让每位老乡对着话筒，向回北京的知青说几句话，录下了一盘磁带，带回了北京。我约大伙到我家来听老乡们的录音，秋子也来了，一件砖红色的T恤，显得人很精神。我把老乡的话带给了他。他说：当然，是咱干得好，但也是这个时代好，看到了、也看中了像咱这样好好干活的人。这叫作疾风识劲草……

　　大家打断他的话，纷纷开玩笑说他：行了，说你胖，你就喘，你以为是在你们清洁队开大会听你训话呢！你还劲草呢！你就是一根狗尾巴草！秋子脾气好，嘿嘿地笑着说：狗尾巴草也是草，人家能把咱这根狗尾巴草给扒拉出来，派上了用场，没遇上这个时代能行？他和大家一起哈哈大笑起来。1982年那个夏天的夜晚，让大家笑得格外明朗。

　　日子过得飞快！从戏剧学院门口遇到秋子到现在，整整四十年过去了。我们都早已经退休。去年冬天，秋子开着他自己新换的一辆标致SUV，带着老婆孩子，长途跋涉，一路开到海南过冬。到了三亚，发我微信和照片，得意地告诉我，他天天到海边，从渔民那里买从海里打上来的新鲜的鱼吃。想象着秋子开着自己的私家小车，从北京到南方一路奔驰的情景，不禁想起四十年前他跳上垃圾车，扒在车帮上冲我挥手的样子。不禁感慨，真的是往来千里路长在，聚散十年人不同。变化的，不仅是人，还有时代。

2018年5月10日于布鲁明顿

小镇之春

如今，旅游是一种时髦。富裕起来的国人的一大爱好，便是旅游。对于我，到国外，我更喜欢去那些小镇。所谓国际大都会的名城，其实是千篇一律的风景和人满为患的嘈杂。

说起旅游，我忽然想起眼下时髦的电视相亲节目中，无论男女老少，在面对选择的对象介绍自己的特长爱好时——看吧，几乎都包括"旅游"这必不可少的一项。那劲头儿，就和刚刚粉碎"四人帮"不久，新出现的征婚广告，在介绍自己时爱说"本人爱好文学"一样。"文学"和"旅游"，是为这样两个不同时代镶嵌的两个耀眼而别致的花边。它们几乎可以载进史册，成为历史中一段不可或缺的集体记忆。

我不喜欢跟着旅游团摇晃着小旗那种走马观花的旅游，我更喜欢在一个地方住下来，稍微悠闲一些，稍微仔细一些，看看当地的民风民情。小镇，便给我提供了这样的一道风景。无论美国东岸的新希望小镇，还是西岸的卡梅尔小镇，都给我留下了难忘的印象。

这一次，我来到的小镇是纳什维尔。它只是美国中部一个普通的小镇。我已经不是第一次来到这个小镇了。连续六年，春秋和夏，三个不同的季节里，我都不止一次地来过这里。当然，春天的小镇最美。今年开春雨雪交错而来，天气乍暖还寒，依然没有遮挡住小镇的美丽。而且，天说暖了就暖了，一下子丁香、紫荆、杜鹃、海棠和晚樱都开了，点缀着小镇有几分妖娆别样的风情。

同欧洲的小镇相比，美国的小镇没有什么历史，便没有什么名胜古迹可看。纳什维尔一样如此，而且，它更像一个村镇，没有什么特殊的洋味儿，倒有些乡土气息。几条主要街道两旁，一百多年的老房子，变成了各种各样的小店，鳞次栉比，成为了人们逛小镇的主要节目。这些小店，并不像我们的南锣鼓巷，以吃为主，以赚外地人钱为主。除几家有限的比萨店、咖啡店和冰激凌店之外，小镇大多是卖各种特色货品的小店，各店很少雷同。

有一家专门卖手工艺品的小店，自己用木头做的小艺术品，自己烧制的茶杯，自己手工制作的树皮美术笔记本……都会让人耳目一新。有一家专门卖用废弃的工业原料，如螺母、钢管、铁片之类的东西制作成的艺术品，如风铃、挂钟、图案招牌……琳琅满目，充满想象力。每一次来，我总要到这几家小店逛逛，顺便买一两件小玩意儿。还有一家，专门卖世界各地产的咖啡豆，每一次去，我也不会忘记光顾，因为在这里可以买到非洲产的咖啡豆，是别处见不到的，味道就是不一样。

有意思的是，六年前，第一次来这里是什么样子，六年过去了，还是什么样子，所有的小街，所有的小店，都还是老样子，连门脸油漆的颜色，门前花坛上盛开的鲜花，都还是一样的。小镇的中心小广场，和对面宽敞的绿地，还有那几处不大却花团锦簇的街心花园，花园里的长椅，都没有任何的变化，一切让你感觉走的都还是你曾经来过的老地方，那些熟悉的老地方，像你的老朋友一样，情分未变。

我想起天津大学建筑学教授荆其敏先生，他将这样的老地方称之为城镇布局中的"情事节点"和"亲密空间"。他曾经说："许多城市中著名的情事节点多是自然形成并逐渐成为传统的。"成为了传统，说得多好，老地方的价值就在于它伴随着历史一道，已经成为了这座城市（包括小镇）带有感情色彩的独到传统。可惜，在商业利益面前，这样的传统已经断档。如果是我们这里，像纳什维尔小镇空着那样空阔的绿地，早就见缝插针盖起了楼盘。

　　还有意思的是，小镇虽小，也有自己的一座历史博物馆，就在绿地的后面，一棵大树掩映下的一座木制的小楼。不是麻雀虽小五脏俱全，而是珍爱自己，再小的小镇，都有属于自己的一段历史，就像再小的小树，也有属于自己的年轮。

2018 年 5 月 9 日于纳什维尔

天堂之树

读美国人梅英东写的《消失的老北京》。梅英东在北京宣武炭儿胡同小学做志愿者，说北京话，吃爆肚，住四合院，蹲胡同公共厕所里的蹲坑，住在那里几年。书中有一节《树的记忆》，写他和他的同事朱小姐，在 2006 年的初春时节一起造访椿树胡同。朱小姐是炭儿胡同的英语老师，椿树胡同是她童年住过的地方。

这一节引起我的兴趣，因为几乎在那同时，为写《蓝调城南》一书，我也造访过椿树胡同。椿树胡同是一条老街，这条街自明清以来，特别是从清中期到民国时期，一直香火很旺。就我所知，雍正时的吏部尚书汪由敦在椿树三条住过，并把他的宅子命名为时晴斋。他走后，乾隆时期的诗人赵翼来此居住。另一位乾隆时期的诗人钱大昕，那时住在椿树头条写他的《潜研堂集》。民国时期，辜鸿铭住在东椿树胡同 18 号，一直住到终老。当时的京剧新星荀慧生和尚小云分别住在椿树上三条 11 号和椿树下二条 1 号。梨园宿将余叔岩住在椿树上二条，因为他有夜半三更吊嗓子的习惯，痴迷的戏迷们为听他这一嗓子，大半夜地披着棉猴跑到他家院门前候着，成为小胡同里热闹非凡的一景。

我想看看 2006 年初春的椿树胡同，在一个外国人眼里是什么样子。他重点写了一段朱小姐对这条胡同里椿树的回忆。在朱小姐尚未回忆之前，梅英东先入为主介绍了一下椿树："它的英文名字叫'天堂之树'（tree of heaven），然而中文名字叫'臭椿'，因为开花时味道刺鼻。在英文世界里，椿树也叫中国漆树，或贫民窟的棕榈树，因为它四处蔓延，什么环境都能生长。"

他说得不完全对，椿树有两种，臭椿是一种，另一种是香椿。椿树也并非四处蔓延，它们长得高大粗壮。如果椿树胡同种的都是臭椿，且枝干四处蔓延，怎么会有那么多达官贵人愿意居住于此？而且，他后面写到"朱小姐熟稔于椿树的季节变换，和许多老北京人一样，她盼望着那个可以采摘嫩叶的季节"，就更肯定不是臭椿，而是香椿才对。

亲历者的回忆，比后来者的记述，更为真切可靠。朱小姐指着一棵椿树说："刚发芽的时候，不是绿色的，有一点发紫，又有一点发红。"不过，说 2006 年朱小姐指着一棵椿树，我很是怀疑，因为那时候我去椿树胡同的时候，不要说一棵椿树也见不到了，就连那一片椿树胡同，也只剩下了东椿树胡同的东边一溜平房，早在 1998 年，那里已经建起来椿树园小区了。

是朱小姐充满感情的回忆，让椿树复活："我会爬到那棵树上面去采树叶，然后我奶奶就会把它碾碎，用来煎鸡蛋，真是太好吃了，特别的新鲜，简直跟香菜叶味道差不多，但口感要更鲜明一些。"

是啊，哪个老北京人没有吃过香椿摊鸡蛋呢？在北京开春的时节，香椿芽是和鸡脖韭一样，是老北京人时令菜肴呀。香椿树，才会对于如朱小姐一样的北京人那么的亲切，那么的充满难忘的回忆。在北京众多的树木中，叶子可以吃的，除了香椿，大概只有榆树了。开春时择下榆钱做榆钱饼吃，尤其在灾荒年间更是人们的渴望。在我的味蕾记忆里，香椿树和榆树就是这样的一对兄弟。

2006 年的开春，我去椿树胡同，已经是第二次了。那时，梅英东笔下写到的沃尔玛和它旁边的一幢幢大厦已经落成。他说："这一带的胡同是我觉得北京最好看的风景，而正在被一座座大厦取而代之。老槐树舒展着枝杈，斑驳的树影就洒在每户人家灰色的墙上，四合院的墙头上，春日的花枝悄悄地探出头来。"当他问朱小姐什么问题的时候，"却没听到回答，于是转过身去，发现她独自站在胡同的深处，抬起头，静静地看着那些大树"。

读完梅英东这一节《树的记忆》，我想起了前两年开春在北京郊区一个新社区里见到的一位老人，他家的窗前长着一棵不高的小香椿树，他正爬在一个人字梯上伸手摘香椿芽。我正巧路过，觉得太危险，忙跑过去帮他扶住梯子，对老爷子说："您一个人摘香椿，得小心，别摔下来！"他对我说："没事！得赶紧摘点儿摊鸡蛋吃，过两天物业一打药，就没法吃了！"老爷子摘下香椿芽，爬下梯子，谢了我之后，又对我说："现在的香椿不如以前的好吃了，原来住在城里的时候，院子里也有一棵香椿树，别看是老香椿树，开春时冒出的嫩芽摊鸡蛋，那味儿才叫蹿呢！"

不用说，城市胡同和四合院的拆迁，让老爷子搬到了离城里几十公里之外。尽管也有香椿树，还是让他忍不住想起四合院的香椿树。他不能再如朱小姐重回故里静静地看着那些健在的老树，只能回忆那些老树。

2018 年 5 月 4 日于布鲁明顿

瓦浪如海

老北京四合院的房顶铺的都是鱼鳞瓦。灰色，一片灰色的瓦，紧挨着一片灰色的瓦，连接着一片浩瀚的灰色，铺铺展展，犹如云雾天里翻涌的海浪一样，一波又一波，直涌到天边。

这种由鱼鳞瓦组成的灰色，和故宫里那一片碧瓦琉璃，做着色彩鲜明的对比。虽不如碧瓦琉璃那般炫目，那般高高在上，但满城沉沉的灰色，低矮着，沉默着，无语沧桑，力量沉稳，秤砣一般压住了北京城，铁锚一样将整座城市稳定在蓝天白云之下。难怪贝聿铭先生那时来北京，特别愿意到景山顶上看北京城这些灰色的鱼鳞瓦顶，对此情有独钟。

同样作为建筑师，张开济之子张永和先生，对于这些由鱼鳞瓦所呈现的灰色，拥有着和贝聿铭先生同样由衷的情感。这位从小在奶子胡同里长大的建筑师，对这样的鱼鳞瓦太熟悉不过，他说："我成长于一个拥有低矮地平线的城市中。从空中俯瞰，你只能看到单层砖屋顶上灰色的瓦浪向天际展开，打破这波浪的是院中洋溢着绿色树木以及城中辉煌的金色。"

他说得真好，特别是他说的"灰色的瓦浪向天际展开"，真的是太好了。是的，只有北京房屋上面那些瓦，才能成为一片瓦浪如海。那些绿色的树木和城中辉煌的金色，只有在这样一片灰色的瓦浪中，才会显示出自己的力量。而这样的力量，是在灰色的层层瓦浪的衬托下，才呈现，才拥有的。

在我的童年，即上个世纪五十年代，北京的天际线很低，不用站在景山上面，就是站在我家的房顶上，从脚下到天边，一览无余，基本上是被这些起伏的鱼鳞瓦顶所勾勒。因为那时候成片成片的四合院还在，而且占据了北京城的空间。想贝聿铭先生看见这样的情景，一定会觉得这才是老北京，是世界上任何一座城市都没有的色彩和力量吧？

想想，真的很有意思，那时候，四合院平房没有如今楼房的阳台或露台，鱼鳞状的灰瓦顶，就是各家的阳台和露台，晒的萝卜干、茄子干或白薯干，都会扔在那上面；五月端午节，艾蒿和蒲剑要插在门上之后，也要扔到房顶，图个吉利；谁家刚生小孩子，老人讲究要用葱打小孩子的屁股，取葱的谐音，说是打打聪明，打完之后，还要把葱扔到房顶，这到底是什么讲究，我就弄不明白了。

对于那时候我们许多孩子而言，鱼鳞瓦的灰色房顶，就是我们的乐园。老北京有句俗话，叫作"三天不打，上房揭瓦"，说的就是那时我们这样的小孩子，淘得要命，动不动就跑到房顶上揭瓦玩，是那时司空见惯的儿童游戏。

我刚上小学，跟着大哥哥大姐姐们一起从院子的后山墙爬上房顶，弓着腰，猫似的在房顶上四处乱窜，故意踩得瓦噼啪直响，常常会有大妈大婶从屋里跑出来，指着房顶大骂：哪个小兔崽子呀？把房踩漏了，留神我拿鞋底子抽你！她们骂我们的时候，我们早都踩着鱼鳞瓦跑远，跳到另一座房顶上了。

鱼鳞瓦，真的很结实，任我们成天踩在上面那么疯跑，就是一点儿也不坏。单个儿看，每片瓦都不厚，一踩会裂，甚至碎，但一片片的瓦铺在一起，铺成了一面坡的房顶，就那么结实。它们是一片瓦压在一片瓦的上面，中间并没有什么泥粘连，像一只小手和另一只小手握在了一起，可以有那么大的力量，也真是怪事，常让那时的我好奇而百思不解。

漫长的日子过去之后，大院里有的老房漏雨，房顶的鱼鳞瓦换成波浪状的石棉瓦，或油毡和沥青抹的一整块平整的坡顶，说实在的，都赶不上鱼鳞瓦。不仅质量不如，一下大雨接着漏，也不如鱼鳞瓦好看。少了鱼鳞瓦的房顶，就如同人的头顶斑秃一般，即使戴上颜色鲜艳的新式帽子，也不是那么回事了。

十几年前，听说老院要拆，我特意回去看看，路过长巷上头条，看见那里已经拆光了大半条胡同了。一辆外地来的汽车挎斗里，装满了从房顶上卸下来的鱼鳞瓦。那些鱼鳞瓦，一层层，整整齐齐地码在车上，和铺铺展展在屋顶上的景象完全不一样了，尽管也呈鱼鳞状，却像是案板上待宰的一条条鱼，没有了生气，更没有浪瓦如海，翻涌向天际展开的气势了。

我望着这满满一车的鱼鳞瓦，经历了一百多年的雨雪风霜，还是那样的结实，那样的好看。又有谁知道，在那些鱼鳞瓦上，曾经上演过童年那么多的游戏和游戏带给我们的欢乐呢？还曾经有过比我们的游戏和欢乐更多更沧桑的故事呢？

其实，那时在房顶上踩着鱼鳞瓦疯跑的游戏，平日里并没有任何内容，但形式带给我们的快乐大于内容，能惹得邻居大骂却又逮不着我们，便成为了我们的一乐。当然，要说它带给我们最大的乐，一是秋天摘枣，二是国庆节看礼花。

那时，我们的院子里有三棵清朝就有的枣树，我们可以轻松地从房顶攀上枣树的树梢，摘到顶端最红的枣吃，也可以站在树梢上，拼命地摇树枝，让那枣纷纷如红雨落下，噼噼啪啪砸在房顶的瓦上，溅落在院子里。比我们小的小不点儿，爬不上树，就在地上头碰头地捡枣，大呼小叫，可真的成了我们孩子的节日。

打枣一般都在中秋节前，这时候，国庆节就要到了。打完了枣，下一个节目就是迎接国庆了。

国庆节的傍晚，扒拉完两口饭，我们会溜出家门，早早地爬上房顶，占领有利地形，等待礼花腾空。那时候，即使平常骂我们最欢的大妈大婶，也网开一面，一年一度的国庆礼花，成了那一天我们上房的通行证。由于那时没有那么多的高楼，晚霞中的西山一览脚下。我们的院子就在前门东侧一点，前门楼子和天安门广场都看得真真的，仿佛就在眼前，连放礼花的大炮都看得很清楚。看着晚霞一点点消失，等候着夜幕一点点地降临，就像等待着一场大戏上演一样。我们坐在鱼鳞瓦上，心里充满期待，也有些焦急，不住问身边的大哥哥大姐姐：礼花什么时候放呀？

　　我们心里谁都清楚，让我们期待和焦急的，不仅仅是礼花点燃的那一瞬间，更是礼花放完的那一刻。由于年年国庆都要爬到房顶上看礼花，我们都有了经验，随着礼花腾空会有好多白色的小降落伞，一般国庆那一天都会有东南风，那些小降落伞便都会随风飘过来。燃放礼花的那一瞬间，我们会稳稳坐在那里，看夜空中色彩绚丽的礼花，绽放在我们的头顶。但降落伞飘来的那一刻，我们会立刻大叫着，一下子都跳了起来，伸出早已经准备好的妈妈晾衣服的竹竿，争先恐后去够那些小小的降落伞。

　　当然，够得着够不着，全凭风的大小和运气了。因为那一刻，附近四合院的鱼鳞瓦顶上站满和我们一样的孩子，在和我们一样伸着竹竿够降落伞。风如果小，就被前面院子的孩子够走了；风要是大，降落伞就会像成心逗我们玩似的从头顶飞走。记得国庆十周年，那时我上小学五年级，属于大孩子了。那一天晚上，不知是天助我也，还是那一年国庆放的礼花多，降落伞飘飘而来，一个接着一个，让我轻而易举就够着一个，还挺大的个儿，成为我拿到学校显摆的战利品。

　　也就是从那一年以后，我没再上房玩了。也许，是认为自己长大了吧？便也就此和鱼鳞瓦告别。一直到十几年前，重返我们的老院，又看到童年时爬过的房顶，踩过的鱼鳞瓦，才忽然发现和它们这么久没有相见了，也才发现瓦间长着一簇簇的狗尾巴草，稀疏零落，枯黄枯黄的，像是年纪衰老的鱼鳞瓦长出苍老的胡须，心里不禁一动，有些感喟。

　　其实，这种狗尾巴草，童年时就曾经见过，它们一直都是这样长在瓦缝之间。风吹日晒，瓦缝之间一点点可怜的泥土早就风干，变得很硬，不知道狗尾巴草是怎么扎下根的，一年又一年，总是长在那里，它们的生命力和鱼鳞瓦一样的强而持久。

去年的秋天，我路过草厂胡同一带，那里的几条胡同已经被打理一新，地面重新铺设了青砖，四合院重新改造，有老房子的房顶被改造成露台。顺着山墙新搭建的梯子，爬到房顶，楼房遮挡得远处看不到了，但附近胡同四合院里房顶的鱼鳞瓦，还能看得很清楚，尽管已经没有了张永和先生说的"灰色的瓦浪向天际展开"的景象，却还是让我感到亲切，仿佛又见到了童年时候的伙伴。真的，这和看惯各式各样的楼顶，哪怕是青岛那样漂亮的红色楼顶的感觉是不一样的，因为这种灰色的鱼鳞瓦，才能带给我老北京实实在在的感觉，是一种家的感觉。

我还看见了眼前不远处屋顶上鱼鳞瓦之间长出的狗尾巴草，迎着瑟瑟秋风，摇曳着枯黄的颜色，和鱼鳞瓦的灰色，吟唱着二重唱。我忽然想起了刚刚逝去的余光中先生写过的一首题为《狗尾草》的小诗：

> 最后呢谁也不比狗尾草更高
> 除非名字上升，向星象去看齐
> 去参加里尔克或者李白
> 此外
> 一切都留在草下

在我的眼前，在那一片灰色的鱼鳞瓦前，这首诗的最后一句应该改成这样：

> 此外
> 一切都留在瓦浪下

2018 年 5 月 3 日于布鲁明顿

在美国小城遇见巴黎

布鲁明顿是一座小城，只有六万人口，一半是印第安纳大学的师生。别看城小，到晚上和周末，城中心照样人满为患。这一个周末的晚上，我们从城中心一直往外走，快走到城边，才发现一家餐馆里有空座位。

这家餐馆叫作"小餐馆"。走进去，餐馆的老板笑吟吟地走了过来，招呼我们入座。餐馆里，灯光幽暗，抬头一望，发现餐馆是老厂房改建的，房顶上粗大的工业管道，恐龙骨架一般赫然在目。

老板是一个有些弓背的小老头儿，手里拿着一个点餐记录的小本。和在其他餐馆不同，他没有先问我们吃什么，而是随手将旁边餐桌前的一把椅子拉过来，坐在我们的面前，第一句话，先对我说了句英语，我没有听清他说的什么，他在他的小本上迅速地写上一行字，撕下来递给我。我才明白，他说我长得像一个电影演员，纸上写着演员的名字：Charles Bronson。我没有听说过这个名字，用手机上网一查，看到这个演员的照片，还真的有点儿像我。

他开始和我们聊起天来。他告诉我们，他是巴黎人，五十年前，来到这个小城。然后，他耸耸肩膀，对我们说：我到现在也没有融入这个社会，我也从来没有想要融入。我这才注意到，四周的墙壁上挂着的全部是巴黎街景的照片和法国印象派画家画的巴黎风景。他顽强地保存着对巴黎的记忆，以此和外部强悍和阔大的世界抗衡。

聊了一通天之后，他才问起我们吃点儿什么，在他的小本上记下之后，转身向厨房走去。我发现，并不是对我们这些中国人好奇，对每一桌的客人，他都是这样随手拉过一把椅子，坐下来和客人聊天。这不仅成为他独特的服务态度，也成为他和世界沟通、连接的方式。我只是非常好奇，他在巴黎待得好好的，为什么偏要跑到这座偏远的小城？这座小城，和繁华的巴黎无法同日而语。五十年前，他只是一个毛头小伙子呀。心里暗想，除了爱情，对于一个毛头小伙子，还有什么别的原因更能让他抛离故土，远走江湖呢？

菜上来了，正宗的巴黎菜品，还有专门从巴黎空运过来的小瓶芥末。为我们上菜的是个墨西哥人。看来，老板只负责和顾客的沟通。过了一会儿，老板走了过来，指着桌子上的菜，说：五十年前，我第一次在这里看到三个中国人吃饭，像你们一样，把每一盘菜分成三份各自吃，我感到非常惊奇！说罢，他笑了起来，笑得那样的开心，仿佛五十年前的情景，依然状若眼前。

我很想趁机问问他五十年前为什么从巴黎跑到这里来。还没容我开口，一个身穿长裙的瘦高个子女人走了过来，凑在他的耳边说了句什么。他抱歉地对我们说：厨房里有些事情。临走前，指着这个女人，向我们介绍：这是我的太太。那女人冲我们嫣然一笑，和他一起走去。看年龄，这个女人应该和老板差不多大；看模样，年轻的时候，一定是个美人。不用问了，我的猜测一定是对的，为了这样一个美人，浪漫的巴黎人，尤其是年轻的时候，是什么事情都能够做得出来的。

吃完饭后，走出餐厅，在门厅的墙壁上，看到了贴满一排发黄的旧报纸，一眼先看见报纸上几张照片有一对青年男女。不用说了，就是五十年前的老板和他的太太。报纸上整版报道这一对巴黎男女五十年前刚刚来到这里的情景。

老板和他的太太都走出来送客。我指着报纸问老板：五十年前，你多大年纪？他告诉我：今年我七十一岁了。我告诉他：我今年也七十一了。他高兴地搂住我的肩膀一起照张相留个纪念。他对我说：五十年了，这个餐馆也办五十年了！

走出餐馆，看看门前贴的营业时间表，餐馆只有周末的晚上和周一、周三的中午开门揖客。这是这家餐馆又一个与众不同之处。赚的钱够生活，见好就收，不想让工作压迫生活，足够潇洒。世上的爱情故事，见过不少，这样让巴黎的青春芳华在小城白头偕老的故事，第一次见到。春天的夜晚，满城的海棠和杜梨的花朵，和满天的星星，正在怒放。

2018 年 4 月 25 日于布鲁明顿

流水斜阳太有情

　　我第一次知道张江裁（字次溪）这个名字，是十多年前到棉花头条看林白水故居后，查关于林白水的资料，读《燕都丛考》的时候，看到里面引张江裁《林白水故居记》的说法：因为"其地为秦良玉屯兵之所，兵卒违反军法者，就戮于此，孤魂无归，时出为祟"，所以，他认为林白水住的这院子，"为燕市凶宅之一，卜居之，多不利"。我记住了这个名字。

　　林白水和他的故居都早已不在，以为张江裁还在。这次来美国，在印第安纳大学图书馆里翻书，看到红学家周汝昌的一本书，里面有一篇题目就叫《张江裁》的短文，翻开一看，才知道张江裁早于"文化大革命"中过世。关于张江裁的死，周先生只写了一句："死得很惨。"词语简洁，留白甚多。张江裁死时，才六十岁。

　　我对张江裁感兴趣，在于他对北京风土民俗的关注与研究，在那一代人是很突出的。这和他的家学有关，父亲是康有为的学生，他自幼跟随父亲进京，一直住在烂漫胡同的东莞会馆里，对于老北京一往情深，尤其对北京风土民俗感兴趣。他家藏书甚丰，有三万余册，不少为他搜罗的京津史地民俗之类书籍。大学毕业之后，他曾经在北平研究院工作，参与北京民俗的研究工作。我曾在《北平研究院北京庙宇调查资料汇编》一书中，看到过他参与其中的实地调查和文字记录工作。

我还看到，在他编写的书中，有陈宗蕃为之所作的序，看得出他和陈宗蕃很熟。不过，和陈宗蕃不同，他一生或编或印或写的书很多很杂。可惜的是，不像陈宗蕃毕其功于一役，沉潜十年，耐得住屁股下的冷板凳，专注只为写一本《燕都丛考》。他比陈宗蕃小二十九岁，代际的差异很明显。

不过，看张江裁一生所编纂出版的书目，让人叹服，也让人感喟。1934年，他二十六岁，编印了一套《北京历史风土丛书》；1937年，他二十九岁，编印了一套《北平史迹丛书》；1938年，他三十岁，编印《京津风土丛书》；1939年，他三十一岁，编印《燕都风土丛书》。同时期，他还编印过《中国史迹风土丛书》《京津风土记丛书》《清代燕都梨园史料》等多种。都是他在二十多岁到三十多岁这十余年的成果。这其中有重新出版的《帝京岁时纪胜》《一岁货声》《燕市百怪歌》等多种，为今天研究老北京留下宝贵的资料。迄今为止，我没有见过有哪一位学人肯如此下力气，单凭一己之力，孜孜不倦致力于北京民俗风土志一类书籍的钩沉、挖掘与出版的。陈宗蕃在为他编印的《中国史迹风土丛书》所作的序言中，称赞他对"京津风土之学爱如性命"。

特别是清人潘荣陛所著《帝京岁时纪胜》一书的发掘和出版，很能说明他对"京津风土之学爱如性命"的情景。张江裁于1936年底为此书所作的跋中，详细介绍了此书从发现到出版的过程。他早在《光绪顺天府志》中见到此书的目录，一直苦于找不到书。他在跋中首先感慨："记述燕都岁时风物，向少专书。明人刘侗著《帝京景物略》，以之入春场篇。康熙二十七年，秀水朱彝尊纂《日下旧闻》，以之入风俗篇。光绪十一年续修《顺天府志》，以之入十八卷京师志风俗门。皆零星脞记，语焉弗详。"因此，对于在《顺天府志》提到的这本流传甚稀的《帝京岁时纪胜》，他求之若渴，渴望以补京师岁时风物之阙。

还是在这则跋中，他写道："适厂肆有潘书一部，余冒雨访之，而已先一夕为人攫去。曾与友人桥川时雄君言之，一日访之于东城东厂胡同，君出示一帙，则潘书也。亟借归移录……"简短的文字，道出两个细节：一是知道琉璃厂的书肆中有这本书，冒雨跑去，书于前一天已被人买走；一是从日本友人那里见到这本书，借回去连夜抄录，方才让这本书重见天日。不能不说是他的功劳，更是他对之"爱如性命"活灵活现的注脚。这里的"攫"字用得最妙，最能点染他的感情色彩。

很有些人说张江裁编纂的书多，而自己写的书少。他写的书也不算少，《北京天桥志》《燕京访古录》《北平岁时志》，都是他写的。他还为康有为、李大钊、林白水、汪精卫写过传，为他的同乡袁崇焕写过《东莞袁督师遗事》。至今还在出版的《齐白石自述》，也是出自他的手笔，由他整理而成的。不过，对于他一直倾心的北京风俗之类的书，他只写过《燕京访古录》《北平岁时志》这样两本而已。前者，是他二十一岁之作；后者，是他二十八岁之作。

坦率讲，这两本书，都赶不上他编纂的那些丛书。《燕京访古录》，是张江裁唯一一本实地考察而写出的北京风土之书，书虽然很薄，还是留下一些有意思的真实材料。比如，他写道：东四牌楼勾栏胡同为元时御勾栏，胡同有一小庙，内有"铜铸妓女崇拜之神像，高四尺八寸，方面含笑，头插花二枝，身着短衣露臂"。都是前人没有记载过的。可惜，1938 年尚在的这些遗存，如今早已经荡然无存，便更见张江裁为之存照对于老北京的价值。

《北平岁时志》出版时，有林志钧和郭家声两位前辈所作的序。林序指出："今而吾复见东莞张君次溪《北平岁时志》之作，书得十二卷，卷以月分，史乘笔记，旁征博采，称为瞻洽。"并称"补前人所未备"，"先哲风规，承平气象，以今视昔，诚使人睹代序而兴身世之感"。这样的称赞，当然有其道理，但是，和我看到的李家瑞所编的《北平风俗类征》第一卷"岁时"篇相比较，所谓"卷以月分"的编法是一样的；所谓"史乘笔记，旁征博采"，实在是并未超出《北平风俗类征》。

郭序称赞他"多习往事","尤勤考索",认为此书以节为目,"月各一篇,先属词以寄意,复证实以群篇,无一字无来历焉"。这样说,倒是很准确的,和同类的岁时志相比,此书最重要的区别,是在每月之首,有张江裁自己所写的对这个月的综述,即"先属词以寄意"。这些文字,不仅有对一个月时令风俗的概括,还有他自己的见闻与理解,以及感时伤怀的怀旧之情。特别是每月对于京戏所要演出的剧目的介绍,尤其看出他对梨园的喜好和学问。

对于张江裁的身份定位,有人说他是藏书家,有人说他是文献家,有人说他是学者。在我看来,他更是一位北京风土民俗的出版家和研究的专家。起码对于北京风土民俗方面,张江裁所做的贡献,迄今没有得到应有的重视和充分的评价。他所编纂和书写的书籍,除《齐白石自述》(他的署名只在书最后一行),如今很少见到出版。当然,这也不能完全归罪于世人的淡忘和薄情。张江裁倒霉就倒霉在日伪时期出任伪职。这一点,和瞿宣颖,和周作人相似。便难怪1964年周作人曾有诗赠张江裁:"禹迹寺前春草生,沈园遗迹欠分明。偶然拄杖桥头望,流水斜阳太有情。"同病相怜的惜惜之情,含蓄又委婉地表达了。

陈宗蕃在为他的《燕京访古录》作的序中说:"次溪之不合时宜也。"这是陈宗蕃在他二十一岁时说过的话,不想一语成谶。

2018 年 4 月 3 日于布鲁明顿雨中

春日四帖

一

元宵节后，看到一张包装纸，很柔软，微微起皱，半透明，觉得用它画画可能有意思，便裁下两块，随手画了两张小画，自以为乐。

一张画的是元宵节。虽在美国，中国的节还是要过的，尤其是和中国节相关的吃食，自是忘不了的，中国人讲究"不时不食"。好在中国超市里有卖元宵粉，美国超市里有卖肉和糖、芝麻以及各种果料，买得回来，在自家里包元宵吃，并不难。有意思的是，这一天到中国超市里买元宵粉的，不止我一人，都是中国老乡，提着一袋元宵粉，面面相觑，相互一乐，无限的感情和感慨，都在这相视一笑里了。

画好这张画，在下面写了一首打油诗：

窗外雨潇潇，屋里包元宵。
馅是异国馅，包是自己包。

二

又画了一张，取名为《春天来了》。尽管这里今年雨雪格外多，一会儿雨，一会儿雪的，交替光顾，乍暖还寒，春天毕竟来了，草等不及先绿了，花虽零散不多，却也不甘寂寞地在草丛中开了。树，远看还是一片枯黄，近看，已经在雪花中展开了浅绿色的芽苞，用不了几天，只待春风一吹，便会是一片绿，甚至是一树缤纷的花朵。

便画了树树皆春色，着了些鹅黄淡绿。

过两天，偶然读到朋友发来的一组诗，是一位叫李南的女诗人写的。这位女诗人的名字，我是第一次听到，她的诗也是第一次看到。第一首，题目叫作《呼唤》，诗不长，摘抄如下：

> 在一个繁花闪现的早晨，我听见
> 不远处一个清脆的童声
> 他喊——"妈妈！"
>
> 几个行路的女人，和我一样
> 微笑着回过头来
> 她们都认为这鲜嫩的呼唤
> 和自己有关
>
> 这是青草呼唤春天的时候
> 孩子，如果你的呼唤没有回答
> 就把我眼中的灯盏取走
> 把我心中的温暖也取走

这首诗写得不错，捕捉到生活里最动人的那一瞬间。其实，在"几个行路的女人，和我一样微笑着回过头来"处，诗就可以打住。难道读者不明白，她们回过头来是以为和自己有关吗？后面的"青草"与"灯盏"形象的比喻，以及"温暖"抽象的意义，都是诗人忍不住自我的抒情。缺少必要的节制，便容易把诗写满，就像我把画画得过满，还不太懂得以少胜多。

忽然想起了前两天画的《春天来了》。如果非要在"几个行路的女人，和我一样微笑着回过头来"后面加几句，如果是我，就加："春天里的树，那一刻都绿了。"当然，也不好。不如留白。我只是想起了我的那张小画，下次再画，该再多留点儿白才是。

三

只画了两张小画，总觉得少。

又补画了一张。大红大黄，万紫千红，题为《春天还是来了》。其实，这应该是春深之景，或者是自己想象的春天。

画得还是那样的满，还是不懂得留白。

很多的时候，很多的事情，我们总是觉得多多益善，多比少要好。

四

看央视《中国诗词大会》第三季，出现外卖小哥雷海为，在第九场比赛中，第二次突出重围，从百人团中杀出，又舌战群雄，勇夺擂主之位，不觉眼前一亮。

时运不济，让他早别家乡，远走江湖。这位小哥，生活拮据，让他没钱买书，便到书店读诗背诵下来，回到住地后凭记忆抄录，记不全时，再重回书店看书。他还在送餐的路上和间隙背诵诗词，风里来雨里去，多了一般人少有的辛苦，也多了一般人少有的收获。

如此坚持，一十三年，如今，他能够背诵古诗词一千余首。他钟情古诗词，出自深心的热爱，并非附庸风雅，追逐名利，或取悦他人，真的会让今天很多人汗颜。想起自己初中时抄录过一本千家诗，每日在上学的路上背诵一首，因此而得意，甚至以为是经验之谈，向别人介绍。对比他背诵的一千余首，只有惭愧。

知道诗词大会只是一场电视节目。节目结束之后，小哥还要回去，骑着电动车送外卖。在一个不是诗的时代，诗在电视节目中花团锦簇，在实际生活中，一时改变不了什么。但有古诗词相伴，和只有一肚子油腻，或一脑门官司，或一串子心眼的人，毕竟不同。当然，和一屁股屎的人，就更不相同。

便画了一张春天里的小哥，心里盼望春天能够带给他好运。

也随手写了一首打油诗：

十三年后笑纵横，一片冰心自有情。
店角诗词灯自识，途中歌赋汗相明。
长风空唱断桥雪，深树犹鸣折翅莺。
我敬小哥清似镜，忍看狗苟与蝇营。

2018 年 4 月 1 日于布鲁明顿

唐花坞

我小时候，开春看花，一般到中山公园。那时，我家住前门，走着去，穿过天安门广场，十几分钟就到。

家长花五分钱买一张门票，带我到中山公园，为的是到唐花坞看花。那时候北京还没有室内植物园，另外，我的见识也少，从来没有见过其他的室内花园。因此，每一次去唐花坞，都会很兴奋，好像去参加花仙子邀请的盛会。尤其是冬天，大雪纷飞的日子里，那里温暖如春，会看到很多从来没有见过的花在争奇斗艳，真的是感到神奇无比。

北京有这么一个唐花坞，要感谢朱启钤。他当时任内务部总长兼北京市政督办（应该就是北京市的市长），有这份权力，1914 年，在一个多月的时间里，就将这个皇家的园林初步建成人民的公园。如果没有他，不知道在北京要晚多少年才能建成一座公园。

当然，除了权力，还得有眼光和公心，将权力化为私利者，从古到今都大有人在。这便越发显得朱启钤的难得。当时，他向政府各部要求捐款改建这个公园，每个部都捐了一千块银元，他朱启钤一个人捐的也是这个数，足见和一般的官府之人不尽相同。

朱启钤本人不仅是官员，还是建筑家，中国营造学社就是他创建的。中山公园改建之初，他新建了一些亭台楼阁，唐花坞便是其中第一批建的扇面式中西合璧的建筑。建了这个唐花坞之后，据说，他家有一株珍贵的昙花，高达五尺，每到花期，他都会让人把昙花搬至唐花坞，供众人观赏昙花一现的珍贵一刻。从另一个侧面，见识了朱启钤这个人。

如今唐花坞前的荷花池和水榭，也都是当年朱启钤主持挖的、建的。尽管有人批评水榭建得太偏于里面，发挥不了其作用，但是，当年有这样的设计，为百年后的今天还留下这样的景观，也实在是不容易了。

如今，外地游客到故宫的人多，到中山公园来的很少。在北京市内所有的公园里，我爱去中山公园，独自一个人走走，相比一墙之隔的天安门广场上的人山人海，这里像是远避万丈红尘之外，有别处难有的清静。

每一次来这里，我都会忍不住想起上小学三年级那一年夏天，我和同院住的小伙伴一起到唐花坞前的荷花池偷摘荷花和莲蓬的情景。荷花摘到了，莲蓬没有够着，再探身伸手摘莲蓬的时候，一脚打滑，落进水中，被公园的工作人员发现后救上，不客气地把浑身湿淋淋的我们带到办公室，一通数落之后，通知家长来公园领人。这成为我童年最羞愧的一件囧事。

但是，这并没有阻挡我去中山公园的兴致，以至以后我上了中学，还常常会自己一个人到唐花坞去看花。记得初三那一年的寒假，我们学校高三的一位学长，取了一个笔名"园墙"，写了一篇散文《水仙花开的时候》，发表在当年的《北京文艺》杂志上，很是让我羡慕。他的这篇散文写的就是唐花坞里的水仙花，那水仙花我也见过，好多更好看更新鲜的花，在唐花坞里，我也见过，为什么我写不出这样漂亮的文章，也发表在《北京文艺》上呢？那时候，我仿照着他这篇散文的笔法，写了好多篇唐花坞，没有一篇成功。

到唐花坞看花，我喜欢上了花。我曾经专门买过一本很精致的美术日记本，在扉页上自己题写了"花的随笔"几个美术字，专门记述看花的笔记。那时，我已经不只是到唐花坞看花了，哪个公园里举办花展，我都要去看。上高一的秋天，北海公园里有菊花展览，我跑去看。各式各样的菊花，成百盆，上千盆，铺铺展展，简直成了菊花的海洋。我是第一次见到这样多的菊花，回家后在日记本上赶紧写笔记，自以为收获不少。

老年之后，看邓云乡老先生的书，有一篇文章，他写北京的菊花时，说菊花是隐逸之花，然后，他写道："千百盆摆在一起，并没有什么看头，因为显示不出其风格，况且千百个'隐逸'聚在一起，那还叫'隐逸'吗？弄不好还有聚众闹事、图谋不轨的嫌疑呢？"想起自己中学时代专门跑到北海公园去看菊花展览，不禁哑然失笑。

2018 年 3 月 18 日于布鲁明顿

圣路易斯速写

走在密西西比河西岸河边的石子路上，日子仿佛一越百年，回到马克·吐温《哈克·贝恩历险记》的时代。路边砖红色的破旧楼房，还有废弃厂房的遗迹，甚至连从河上吹来的晨风，都有这里沧桑的味道。

圣路易斯是依托密西西比河建立的城市。没有密西西比河，就没有圣路易斯。也可以这样说，没有法国人，就没有圣路易斯。1764 年，法国人来到了这里，发现密西西比河两岸有屠宰后的牛皮可以贩卖发财，开始在这里建立了城市。这座新兴城市的名字，就是为纪念法国国王路易九世而命名的。

当年在美国中部，圣路易斯比芝加哥声名赫赫，也比芝加哥历史更长。1904 年，圣路易斯举办过世博会，见证了它早年的辉煌。如今走在这样凋零的石子路上，你会感到圣路易斯已经无可奈何地衰老，是一座没落的城市。想当年，这里可是圣路易斯最繁华的地段，厂房林立，商店鳞次栉比，轮船停泊在密西西比河边，一时热闹非凡。此刻，却门前冷落车马稀，只有河边矗立着写有"历史老街区"和"马克·吐温《哈克·贝恩历险记》处"字样的牌子。河上的老铁桥，河边的老桥洞，都显得有些孤零零的。阳光打在石子路上，凄清而没有回声。据说，只有到夜晚，这里才会有生气，因为这里已经改造成为酒吧街，为了让人们怀旧，饮酒时望着河上浮动的星光月色，与逝去的岁月干杯。

这样旧城改造的思路，在城中心那些一百多年前建立的老制鞋厂也得到了证明。那些老厂房下面一层改造成餐馆和商店，上面的几层被改造成公寓。其中一座老皮鞋制造工厂，最为醒目而别致，叫作城市博物馆。大厅里所有的柱子都被重新包裹。包裹的材料五花八门，碎瓷片、废钢管、铅板字母和图片磨具。柱子焕然一新，是我在别处完全没有见过的最神奇的柱子。大厅里还有残缺的大理石雕像镶嵌成过廊的门框；吊车吊着废矿石，立在水池边成了新颖的装饰；老式的旧壁炉变成冰激凌小卖部的窗口；破旧的钢琴任人弹奏别人永远听不懂的音符……

这是一座十层大楼，现在完全是一个儿童乐园，但和诸如迪斯尼乐园等儿童乐园完全不同的是，除露台上有一个旋转轮盘的大型电动游乐项目外，没有一点儿高科技的影子，楼上楼下，脚前脚后，遍布洞口，你可以随意从任何一个洞口进去，在斗曲蛇弯的洞中钻来钻去，不知会从哪一个洞口钻出来，眼睛一亮，别有洞天。很可能是一个新的楼层，也可能是一个新的游乐场，或是一个长长的滑梯，坐上去载你滑到别处。大楼的天井，被充分利用，变成了一个神秘的山峰，里面布满纵横交错的暗道机关，可以看到传说中的神女和动物雕塑，在迷离灯光下闪烁着诡异的光；也可以通向不同的楼层，替代了格式化的升降电梯。

所有这一切在城市现代化进程中被废弃的东西，也就是我们常说的可以送进垃圾场的废品，在这里都焕发出新的色彩和活力，被重新定义而有了艺术的魅力。这一切，都是一个叫罗伯特·卡西里（Robert Cassilly）的雕塑家，在1983年买下了这幢大楼，亲力亲为把它改造完成的。和我们这里的一些艺术家不同，他将自己赚来的钱不是为自己买别墅、娶年轻的小老婆、开餐厅酒馆，而是做成了这样一个公益事业。

从拱门笔直往西，先是它圆顶的市政府大楼（现在是博物馆），后面是一条带状的公园，成了城市的中轴线。公园里有一尊巨型钢板搭成几何图形的现代雕塑，命名为《吐温》，是美国当代著名的室外雕塑家理查德·塞拉（Richard Serra）的作品。这个公园被命名为城市花园，2009 年建立。想也是为了改造旧城风貌，以吸引游人，重振雄风吧。这样的思路，和我们就不大一样了。想起北京中轴线南端最重要的前门大街，曾经被李健吾先生称之为一直"通向中国心脏"的一条大街，改造的思路是重建明清风格的商业街。其实，商业是一种选择，文化也可以是一种选择，同样在市中心寸土寸金的地方，也是可以改造为一条带状公园。

最值得一看的是城西 1904 年在这里举办的世博会遗址。如今，全部成了绿地覆盖的公园，叫作森林公园，比芝加哥的林肯公园，甚至比纽约的中央公园的面积还要大。废弃的旧址改造成各种博物馆，最为醒目的是美术馆，门前有路易九世跃然马上的雕像、轩豁的坡地草坪和喷水池，和凡尔赛宫有几分相像。还有一个比北京动物园大许多的动物园。动物园和所有的博物馆都是免费的。这真的是体现这座城市与众不同的风度和价值观，如果和我们这里一些本来属于公共属地的旅游景点水涨船高的门票相比，让人汗颜。

2018 年 3 月 16 日圣路易斯归来

餐馆的细节

在美国的餐馆里，无论大小，无论中餐西餐，客人入座之后，如果是带着小孩来的，服务员拿着笔、本前来问客人点餐的时候，同时，会拿来一小盒蜡笔和一张纸来。蜡笔一般只是四色，顶多六色，纸是白纸或纸上印有黑色线条的图案，让孩子用蜡笔在上面填空涂颜色。如果来的是两个或更多的孩子，他们会多拿来几盒蜡笔和几张纸，分给每个孩子一份。这些蜡笔和纸张是免费的，你用完餐之后，可以随身带走。这几乎成为了很多餐馆的一定之规，就像必备餐巾纸一样习以为常。

前不久，我们在圣路易斯市一家德国餐馆里吃饭，正赶上是星期天，客人很多，服务员忙得脚不拾闲，一时忘记了给孩子拿蜡笔和纸。开始，我还以为这家餐馆没有这项服务呢。两个孩子已经习惯进餐馆就等着蜡笔和纸张，可以随手画画，打发等餐的时间。餐座上没有这两样玩意儿，一下子像是少了碗碟刀叉和调料瓶一样，显得桌上空荡荡的，两个孩子有点儿坐不住了。忙叫来服务员，指着身边毛了爪儿的两个孩子，问有没有蜡笔和纸张。服务员连声道歉，转身拿来了蜡笔和纸张。

餐馆这样做的目的，并不是为了让孩子不忘画画抓紧时间随时随地地学习，而是在等候上菜之前这一段时间里，让孩子手里有个抓挠，别猴子屁股坐不住，到处乱跑、捣乱。

在我国的餐馆里，我没有见过有这样的服务。其实，蜡笔和纸张，成本不高，却让孩子在等餐时可玩，让家长多了一种体贴的温馨之感。我们的餐馆常会高悬"宾至如归"的匾额，却往往忽略了投入小收益大的这样一点。不是舍不得，是想不到。所以想不到，是我们更愿意想那些宏观的大的方面，容易忽略这样小小不然的点滴之处。却往往是这样的细枝末节，润物无声，最见功夫。

在圣路易斯德国餐馆的经历，让我想起前两年孩子来北京时在北京餐馆的一段经历。那时，我常常带他们去一家上海风味的餐馆。餐桌上摆着一个小方盒，盒子放着一沓 7 厘米宽 14 厘米长的浅褐色的纸条，和一支铅笔。这是供客人用来填写要点的菜品的，纸条的一面印着很多小格，让客人填写座号、菜品的编号和需求的数量。

可能是在美国的餐馆里的蜡笔和纸张，让他们习惯地以为这就是给他们画画用的纸笔呢。两个孩子，一个人从一个方盒里拿出一张纸，一支笔，就在纸的背面开始画画。这纸条太小，哪里是够他们施展拳脚的天地？不一会儿的工夫，他们就从方盒中抽出了一张又一张的纸条，在上面龙飞凤舞。本来盛放着厚厚一沓纸条的方盒，很快像渗水池一样水流所剩无几。

服务员走了过来，先是看看孩子趴在桌上画画，发现了画画的用纸，再一看方盒中的纸条愈来愈少，二话没说，探身上前，猿猴轻舒长臂一样，将两个孩子身边两张桌子上的方盒都拿走了。

没有画画的纸了，哥哥先大声哭了起来，叫道：他们不让我画画！

那时，弟弟还小，愣愣地瞅着哥哥，不知如何是好。

邻座的客人，纷纷侧目，不知道我们这里发生了什么事情。

我赶紧起身，从别的桌上的方盒里取出纸条，给小哥俩送来，哥哥才不哭了，接着在纸上画，一直到饭菜送来。

下一次，再来到这家餐馆吃饭，小哥俩记吃不记打，又惯性地从那小方盒中取出纸笔画画。为防止上次哥哥的哭声重现，不让服务员替餐馆节约几张纸条，就心情迫切地把纸条拿走，我老奸巨猾地对他说：你先画张画，送给那个服务员阿姨！

那时，他刚学会画熊猫，便在纸条上画了一只熊猫，等服务员过来时，送给了她。

服务员一看，很高兴，对他说：画得真好！又问他：你几岁呀？

他告诉人家：五岁半！

孩子得到了夸奖，服务员得到了尊重，两相齐美，彼此相安无事，再无人查岗一般来查看方盒中的纸条是否在迅速减少。

那年夏天，孩子回美国之前，从高高在那个餐馆里用铅笔在那种纸条上画的画中，奶奶挑出了两张，一张是一棵柳树枝条上升起一个大大的红太阳，另一张，高高说是一头大肥羊的身上站着一只小鸟。奶奶对他说：这两张画得好，你涂上颜色，我替你粘在你的画本上，是你这次来北京的纪念，好不好？

他用彩色铅笔在画上涂上了颜色，浅棕色的背景，衬托着彩色铅笔的痕迹，有点儿仿旧的效果呢。

如今，重看这两幅画，觉得很有意思。有意思不是在于他画得好，而是在于两个国家的餐馆里关于小孩子画画的不同经历与不同经验，以及关于餐馆细枝末节的不同感悟和不同的纪念。

2018 年 2 月 26 日于布鲁明顿

雨中邂逅

我的两个孙子，高高上二年级，得得上学前班，跟宋老师学画水彩画。

宋老师是北京人，得得上幼儿园的时候，宋老师从德国来到美国，当得得的老师。宋老师是学美术的科班出身，从北京工艺美术学校毕业，到德国留学，然后工作，和一位德国人结婚生子。丈夫到美国做博士后的工作，宋老师辞去了挺好的设计工作，跟随丈夫来到美国。

因为是北京人，一口地道的北京腔，孩子们和宋老师关系很好，都很喜欢宋老师。宋老师办起了这个教孩子画水彩画的辅导班，两个孩子都报名参加了，跟着宋老师学习了两个周期。

宋老师学美术的出身，懂美术，但每一次教孩子画画之前，宋老师会先仔细地备好课，她的备课法子，是先用自己想好的方法，让自己的孩子先练习一遍，看看哪里适合孩子，哪里还需要调整和改进，就像舞蹈演员在后台先练习好了功夫才会上台。

每个星期天，我们在北京和孩子视频的时候，孩子总会拿出宋老师教他们的水彩画给我们看，每一次，都会让我格外惊讶，孩子们画得实在不错，可以看出是宋老师教得好。孩子的这些画，是宋老师的作业，也是宋老师教学的成果。

孩子画的小鹿，弟弟画的鹿头是橙红色的，哥哥画的是绿色的；鹿角都是长长的、尖尖的，哥哥画的鹿角橙红色中点的是绿，弟弟画的鹿角橙红色中点的是黄，显然是绿颜色里加的水多了。不过，画得都很可爱，是孩子们喜欢的那种小鹿。那种小鹿，他们都很熟悉，常常会从家的窗口跑过，有一年的春天，一群小鹿还把他们家窗前所有郁金香的花瓣都吃得精光呢。

他们画的企鹅最让我忍俊不禁。都是四棵小树，两只企鹅，在树间行走。哥哥画的企鹅，黑色的羽毛，白色的身子，黄色的小嘴，橙色的爪子，天蓝色的背景，和企鹅生长的寒冷环境相吻合。弟弟的企鹅，画成了两只奇诡的大鸟，一个是半身红半身紫的身子，一个长出一对黄色的大翅膀，背景的红色，倒是很配合这两只怪模怪样的大鸟。

宋老师夸奖了他们，画成什么鸟，不是主要的，主要的是画出了自己想要的那种鸟，那种鸟就是好鸟。教孩子画画，不求千篇一律，非得和老师画得一模一样，而是尊重孩子的个性，培养孩子的兴趣，是宋老师值得我学习的两点。

弟弟画了一幅四联画，一幅画中分成了四个方格，每个格中的颜色不同，都有一个猫头，在猫头中间，都有一条鱼。显然，画的是小猫吃鱼的传统故事。有意思的是，那四条小鱼的样子都是一样的，都是像木刻，用黑色和红色的油彩印上去的。一问，果然是事先宋老师刻好了鱼的剪纸模型，让孩子们套色印在小猫的脸上。这真的是一个很好的创意，花样翻新，让孩子兴趣盎然，让画画变成了游戏，是孩子最容易接受的。

透过手机屏幕，仔细看，我看到有的画上有斑斑点点的墨点，有的画上有颗粒粗粗的突兀出来的斑点，显然，不是孩子不小心抹在画面上的，而是有意挥洒在上面的，有了一种好看别致的装饰效果。

我问孩子，这是怎么弄上去的？

孩子告诉我：墨点是在笔上蘸好墨汁，然后用铅笔轻轻地敲打那支笔，笔尖上的墨点，溅落在纸上了。那些突兀出来的斑点，是在纸上撒上的盐，等颜色干透了，就出现了这样的效果。

显然，这都是懂得绘画的人的法子，简便易行，对于初学的孩子，最是富有吸引力。教孩子画画，不在于孩子画得好坏，更在于孩子兴趣的培养和美育的入门。我对这位宋老师充满好感和敬意。

　　教小孩子画画，尤其是水彩画，因为有了水的加入，对于孩子会多了一种兴趣，这有点儿像孩子玩水一样，都会让孩子跃跃欲试。以水醒色，让色彩在瞬间发生梦幻般的变化，让孩子看到绘画的神奇好玩。作为老师，是不容易的，不简单的，不是所有会画画的人都能够胜任的。它需要的不仅是绘画的技能，更需要的是对孩子心理的了解，以及对孩子的耐心和爱心。

　　这一次来到美国，我专程去看了一次宋老师教孩子画画。

　　课堂就在宋老师家的地下室里。走进房间，到处摆放着宋老师自己的画，往地下室走的楼梯上方，挂着宋老师临摹的局部《韩熙载夜宴图》，工笔线勾白描。地下室一分为二，外间摆着两幅大画，都是富有现代派味道的装置艺术，一幅是用铁丝编制，一幅则是用深褐色的长角豆荚，一根根，用线缝制在一块白布上，根根遒劲，自然地扭曲着，交错着，舞动着，雕塑感很强，金属感很强，造型很是别致新颖。

　　一个女人，曾经有着自己喜爱又待遇不错的工作，为了丈夫的事业，也是为了家和爱，毅然辞去了工作，跟随丈夫千里迢迢来到一个完全陌生的国度，栖身做一个幼儿园的老师，并没有像有些娇惯的北京女人那样抱怨或失落，而是心态平和，不仅随遇而安，还保持着一份对艺术的挚爱之心，让平淡的生活有了新鲜的色彩和律动，不是所有的女人都能够做到的。

　　里面的一间，便是课堂了，好几个孩子趴在桌子上画画。桌子上布满了管状的水彩颜料、调色盘和水。宋老师站在里面，正在教孩子们画画，见到我，走了出来。

　　这两天刚下了雪，今天我想让孩子画画雪，没想到今天下雨了，雪都化干净了。宋老师笑着对我说。

在她的指导下，孩子们画的雪，都很有意思。我仔细看了看，画面都很简单，背景的天蓝色中加了一点淡淡的紫色，然后用点点的白色从空中飘洒下来片片的雪花。为了衬托这雪花的白色，下面用墨色画几棵松树，松树的画法也很简单，只求神似，不求形似，都是上尖下宽，几笔弯曲扭动下来，有了树的意思。这样的画法，对于孩子简便，好掌握。

我对宋老师说：您教得真好，两个孩子总对我说起您，他们都特别爱跟您学画画！

宋老师微微地笑着，说我说得太客气了。

我说：是真的，我也从中学到不少呢！

那一刻，窗外细雨霏霏，扑面不寒，天气渐暖，春天就要来了。

2018 年春节于布鲁明顿

春联和年画

年真的是越来越近了，纵使如今年味已经变淡，但人们还是期待着过年，毕竟这是一年里最大的一个节。旧时风俗，进了腊八，就算是过年。这时候，无论贫富，各家都要开始办年货了。采办年货的内容中，有一项是买春联和年画。过年时候，张贴在自家的门口和墙上，即使已经没有过去年代里新桃换旧符的传统意义，红红火火的，也多少添个过年的喜兴。

老北京，过年之前，买副春联，买张年画，是讲究的。春联，不能是如现在一样都是印刷品，必要真枪真刀用毛笔和墨来写。写春联者，有端坐在正经店铺里的，但多是私塾的老先生或落魄的文人，在当街上摆个摊儿。《春明采风志》中说"预先贴报'书春墨庄''借纸学书''点染年华'等语"，以招揽买者。当然，用纸不一，以应对不同买者。旧时竹枝词唱道："西单东四画棚前，处处张罗写春联。"曾是年前很长一段时间的盛景。

春联，除寺庙用黄纸，其余都是用红纸的。那时红纸有顺红、梅红、木红、诛笺、万年红等多种之分，如同穿衣的布料一样多种多样的讲究。旧时有俗语叫作："大冻十天，必有剩钱。"说的是站在腊月的寒风里写春联，虽挣不了大钱，还是多少有些收入的。

这句俗语中说的十天，是有历史原因的，那时候，卖春联和年画的，都是在腊月十五开张，一直卖到腊月二十四收市。因为在有朝廷的时候，这时候是官府封印之时。如今京戏舞台上，包括说相声的德云社有封箱之说，都是从这个传统而来的。卖春联和卖年画的，依就的也是这个传统。

腊月十五，卖年画的出动了，比卖春联的还热闹。因为卖春联的必要站在那儿写，卖年画的可以走街串巷。蔡省吾先生著的《一岁货声》中，专门介绍这些卖年画的人是"以苇箔夹之肩负"。当然，更吸引人的是在街头搭起的年画棚，一张张年画，张贴在画棚的秫秸秆上，人们既可以挑选，也可以参观欣赏。那里便成了一个个小小的展览会，常是人头攒动。

当然，画棚里，既卖年画，也卖春联，还卖门神和吊钱。这样的吊钱，是一种古老的民俗，图招财进宝的吉利，是挂在窗前和楣上的，一般是过了正月初五要用竹竿挑掉。清时有诗："先贴门笺后挂钱，洒金红纸写春联"，是要在年前将挂吊钱和贴春联一气呵成来完成的。这样的吊钱，如今在天津还有，北京已经渐渐淡化了。《一岁货声》中，有一段专门介绍画棚里卖货吆喝的热闹劲儿："街门对，屋门对，买横批，饶福字！揭门神，请灶王，挂钱儿闹几张！买的买来捎的捎，都是好纸好原料。东一张，西一张，贴在屋里亮堂堂！……"

那时候，所卖的年画，大多数是来自天津杨柳青，粉连纸上，木版着色。《春明采风志》中介绍年画上画的内容："早年戏剧外，丛画中多有趣者，如雪园景、围景、渔家乐、桃花源、乡村景、庆乐丰年、他骑骏马我骑驴之类皆是也。"民俗和乡土气息很浓，接地气，自然受大众欢迎。这种年画，俗称叫作"卫抹子"。"卫"，可以理解，天津卫嘛，指的是杨柳青年画来自天津，但是，为什么"抹子"，我一直不得其解，是指这样的年画手工操作，在木板上抹上颜色，再在纸上一抹而过，印制而成吗？

我小的时候，这样的画棚还有，一般在天桥一带。卖这样"卫抹子"年画的也还有。那时，我家常买的一种是胖乎乎的娃娃怀里抱着一条大鲤鱼，鲤鱼上片片的鱼鳞都清晰闪光，自然图的是"年年有余"的吉利。不过，这种粉连纸尽管柔韧性很好，毕竟有些薄。以后，画棚渐渐消失了，买年画要到新华书店，那里卖的都是彩色胶版印刷品，但纸张很厚，颜色更鲜艳，内容也更现代，杨柳青的年画渐渐失宠。记得很清楚，那时我家曾经买过一张年画，画的是两个系着红领巾的男女少先队员，每个人的怀里抱着一只和平鸽；还有一张是哈琼文画的年画，在鲜花丛中一位年轻的母亲肩扛着孩子，孩子的手里拿着一朵小红花，向着天安门欢呼。

如今，大多人住进楼房，过年的时候，常常还能看到门前贴有春联，尽管都是千篇一律印刷体的了。但是，基本上已经看不到在家里墙上张贴年画的了。有一阵子，流行过一段时间印着花花绿绿美女或风景的挂历；这一两年，又开始时兴印有各种图案的所谓手账，类似过去的日历或月份牌，但要奢华许多。也许是年老守旧，我不大喜欢这样的玩意儿，还是更钟情过去的年画。想起前两年，在美术馆看到哈琼文那张一连贴在我家墙上好几年的年画的原作，心里着实兴奋一阵。对于孩子，一张年画的作用，不止于过年气氛的渲染，还参与了童年的成长。

2018 年春节前于布鲁明顿

大悲院旧事

一百四十五年前，1873 年的 8 月，一位叫作小栗栖香顶的和尚，从日本长崎乘船，先到上海，后来到天津，然后准备到北京。他此行的目的是求师拜佛，希望找到名寺高僧。近读香顶和尚著《北京纪事　北京纪游》（中华书局，2008 年）一书，其中记述他到天津访大悲院一事，很有些意思。

在天津，他两眼一抹黑，先到的寺庙是藏经阁，这是唐朝的寺名，后来已经叫俗了，称为铃铛阁，因为阁上的铃铛迎风能响好几里地远。所幸的是，他来的是时候，铃铛阁还在，二十一年后，铃铛阁就被一场大火烧没了。

他到铃铛阁，问那里的和尚，天津有哪些名寺古庙，和尚告诉他：天津城东西南北各有一个大庙，号称四大名寺，只是其中两座已经被烧毁，只剩下城北的大悲院和城南的海光寺两座了。他谢罢之后，立刻起身，拜佛心切，先到了城南，见到海光寺在大野地里，四周全是水，没有船根本过不去，只好掉头向北来到大悲院。没有想到，大悲院也需过水，幸亏水上有大浮桥，过桥后，见一座五层高塔立于田野之中，走到塔下，东西两侧，都有兵营驻守，营门上题有"大胜寺"字样。我猜想，这大概是驻兵长官自己起的名字，对于备战守城的将士而言，自然觉得大胜比大悲要更长自己士气。

只是营门有兵士把守，不得进去。通报之后，一个将领出来，领香顶进了兵营，"左右统炮山积"。这是当时香顶的记述。想香顶来这里，正是甲午战争之前，炮火堆积渤海口，大悲院被包围在兵营之中，便可以理解。而香顶来此五年之前的1868年，日本明治维新，对中国一手大炮，一手求佛，可谓双向出手，无论上层还是民间，都睽睽指向中国。

香顶见到大悲院的监院澄空和尚，不知道这位和尚是否会说日语，看香顶的记录，没有说明，只注明是"笔话"。但看他们二位的交谈，从京城八大名寺，到如何进京，以及进京住店的费用，进寺留学的费用，内容十分丰富，而且交流自如，并无阻隔；再看香顶离开天津，他和香顶的往来书信，文采斐然，很有文化，绝非一般的和尚。

中日两位和尚纸上的交谈，令兵营里的人十分好奇，很多将士围拢过来。之后来了一位官人，对香顶说：现在，大悲院驻扎营盘，带兵的统领，我们吴将军正在塔上恭候，请你登塔一见。说着，将带来的一双鞋让香顶换上。为什么要换鞋？我猜想，正是夏天，日本和尚大概穿的是木屐，登塔不方便。看来，这位吴将军很是周到，对这位日本和尚很友善。

香顶沿旋转梯子登上这五层高塔，不忘观察，"塔内有大炮十门，弹丸十数箱"。吴将军早在塔上备好茶点水果，见到香顶，作揖让座，礼貌备至。香顶自日本来华，一路舟船颠簸，身心劳顿，受到如此礼遇，又在塔顶一览天津市景和海上风光，心情一下大好，是可想而知的。

他这样记述："予在船中，连日抑郁，忽驾高塔，快甚。西北隔广野，遥望群山如黛，东南苍海万里，渺茫接天。市街参差，人马杂沓。塔下两营，骑马者、步驰者、发炮者、演弓枪剑戟者……举在一睹之中。"可见心情不错，吴将军趁势呼人拿来笔墨，请香顶题诗。香顶一挥而就，题一首七绝："欲访中华无限春，单身万里到天津。一声不觉呼痛快，高塔排云见大人。"这诗写的既有自己来华的目的，也有到天津的心情，还有对吴将军的拍马。自然，吴将军很是受领，他立刻叫来手下的文官，和诗一首："为爱名山到处欢，萧然世外一身闲。相逢今日三生幸，此去京师几日还。"

读香顶的这段记录，觉得非常有意思。一百多年前的兵营与和尚，居然还有如此的雅兴，能够在兵器森森之中，和诗交流，这既是一种友好的雅兴，更是一种坦然的底气。想甲午之后，晚清一路下滑，已经找不回这样的情景了。

可惜，一年之后，香顶回日本路过天津，因突然痢疾发烧，未能再去大悲院重见吴将军和澄空和尚。不过，香顶和澄空有过通信，可以见他对澄空与大悲院的感情。他送给澄空两把叠扇，作为友情的谢意，并嘱托澄空"乞代香顶厚谢于将军"。想所谓叠扇，应该就是我们的折扇。澄空回信对香顶勉励说："在昔祖师达摩，航海入中土，此时语言不通，至少林，面壁九年，首度武帝，再度神光，指示人心即佛。"一百四十五年前一段大悲院旧事，由两位和尚谱写一则中日文化纯净交流的篇章。如今，"心即是佛"这四个大字，雕刻成匾额，依然悬挂在大悲院的山门大殿之上。

2018 年 1 月 8 日布鲁明顿雨中

雪　雀

　　在北大荒，最有名的山，当数完达山。我只进过一次完达山，去
那里伐木。数九寒冬，坐上爬犁，几匹马拉着，爬犁飞快地在雪地上
跑，可以和汽车比赛。刚进完达山，风雪飘起，洁白如玉的雪，厚厚
地铺满山路，爬犁辙印下粗粗的凹痕，立刻就又被雪花填平。如果没
有两边的参天林木，爬犁始终像是在一面晶莹的镜面上飞行，就这样
一直跑着可以飞进天上去。

　　快到目的地了，雪说停就停了。好像突然之间太阳就露头，天上
的雪花不知藏到哪里，只剩下了地上一片白茫茫。不知从哪儿突然飞
来一群像麻雀大的小鸟，当地人管这种鸟叫雪雀，我是第一次见到这
种奇怪的鸟。它们浑身的羽毛和雪花一样也是白色的，只是略微带一
点儿浅褐色。雪地上飞起飞落着小巧玲珑的雪雀，和雪地那样浑然一
体的白，在夕阳金色的余晖映照下，分外迷人。那情景有些像童话，
仿佛我们要赶去参加森林女王举办的什么舞会，而它们就是森林女王
派来的向导。那群雪雀在我们的爬犁前飞起飞落，然后飞到林子里，
落在树枝上，坠得树枝颤巍巍的，溅落下的雪花响起一阵细细的声
响，像是雪在窃窃私语。

　　安扎下帐篷，已经到了晚上，一弯奶黄色的月亮升起来，在缀满
雪花和冰凌的树枝间穿行。第一顿饭，我们用松木点燃起篝火，把带
来的冻馒头放在铁锹上，架在火上烤，烤得金黄的馒头带有松木的清

香。我们吃凉不管酸，吃着这样松香撩人的烤馒头，欢笑声四起。

那一次，在完达山伐木很长时间。几乎一个冬天，天天被树木簇拥，被白雪包围。有一种远避尘嚣的感觉，远离北京对家的思念，统统被这大雪所覆盖，被这森林所遮掩。这种感觉，是在别处未曾有过的。

完达山上森林里的雪，让我难忘，还在于那时候我们天真烂漫甚至虚妄的情怀和想象中的雪，其实是并不真实的。我们不知道这样洁白美丽的雪花中暗藏的玄机甚至是杀机。在雪地上摔伤，是常有的事情，关键是十几个人用肩膀扛一棵被伐倒的参天大树去归楞，那弯腰扛上肩，再弯腰抬下肩，使劲儿将树木甩上木堆码好，最吃劲的，不是脚下的雪滑，而是腰。很多人就是在这时候伤腰而不知，积存的腰伤，不是经年树液积淀下来的琥珀，可以成为珍品，而成为一生的痛苦，在晚年时如鬼魂幽灵一样窜了出来进行残酷的报复。我的好几位知青朋友，都是在最近几年不得不到医院做了手术，在腰上打了好几个钇钛合金的钉子，支撑起自己的老腰。这是完达山的森林雪地上埋下的种子，在我们老的时候发芽，开出的恶之花。

我算是幸运的，我的腰虽然有两节腰椎间盘突出和一节膨出，但并没有去做大手术打上几根钉子。比晚年做了手术打了钉子更为悲惨的是，在伐木时被突然倒下的大树砸伤的知青。在知青中曾经流行过这样一句话：年轻时不懂得爱情。其实，是年轻时不懂得大自然。大自然风平浪静的时候，显得云淡风轻，什么事情都没有，但是，一旦风波骤起，就会是人命关天。纷飞的雪花中，洁白的雪地上，滴落的殷红的鲜血，实在是惊心动魄，让我难以忘怀。倒在地上的知青，是那么的年轻，和浩瀚的完达山的森林对比是那样的不成比例。他们起不来，必须等待我们用树枝绑好一个简易的担架，把他们抬出茂密的森林，抬上马拉的爬犁，送下山，直奔医院。在把他们抬上担架这样瞬间的工夫里，雪花已经盖满了他们的全身，像一个坍塌的雪人，像一个倒下的白雪的雕像。

这是我现在的想象。当初，我们一样吃凉不管酸，我们一样年轻气盛争强好胜，以为是干什么惊天动地的大事业。当初，我是把那洒在雪地上的滴滴鲜血，写成诗，比喻为雪地上的朵朵红梅花。

那时，我们真的是吃凉不管酸，内心里鼓胀着小布尔乔亚的情怀，以为诗比生命还要重要，还要美好。记得是那样的清楚，我们从完达山下山的时候，我还惦记着上山时见到过的雪雀，我希望在下山的时候，能够再次见到它们，内心里的渴望，就像要见自己的情人。

可是，我再没有看见过雪雀。以后，在北大荒所有冬天的日子里，我都没有再见过雪雀。我一直渴望能再见到它们，也曾在下雪和雪住的日子里，专门而专心地寻找过它们。但是，我都没有再能见到它们。好像第一次进完达山那天看见过的一切不是真实的，而只是一时的幻觉。

2017 年 12 月 12 日于北京

养老院母子

有的事，有的人，真的很难忘记，虽然只是匆匆的一面。

在北京寸土寸金的二环内，有一个养老院，是一座四合院改造的，空间有限，只能接纳二十几位老人。看中这家养老院的，都是看中了它地理位置和专业养老条件不错；如果住进去，晚辈来探望，没几步路，抬脚就到，也方便。自然，价钱不便宜，每人的基本养老费用每月是一万元。

今年夏天的时候，我曾经去过那里一次。那天，天很热，但天气不错，我陪朋友看望他的师傅，我跟着他去了那里。我不认识他的师傅，跟他去了那里，有私心，是顺便也想为自己看看那个养老院的情况如何，因为我也已经迈进老年的门槛，孩子又在国外，养老的问题再不仅仅是别人的事情，和自己切肤相关。

这是北京一个典型的老四合院，进门有影壁，左右有东西厢房，正房两侧各有一块空地，分别植有花草和藤萝，对面有倒座房，院子很宽敞，四周有抄手回廊，都涂上了鲜亮的红颜色，很是喜兴。

刚进大门，便在院子里见到一个满头银发的老太太坐在轮椅上，正在大槐树的阴凉下面摇着一个大芭蕉扇乘凉。老太太很时髦，上穿一件黑色横罗小褂，下穿一条府绸的花裤子，足蹬一双千层底的绣花鞋。

朋友见到老太太，大老远地就高声叫奶奶！然后，转过头笑眯眯地问我：你猜奶奶多大年纪了？看那样子，怎么也得有八十以上了。我这样猜。听完我的话，朋友接着笑，那奶奶也跟着笑，竟然耳朵一点儿都不背。朋友竖着两个巴掌的手指对我说：一百零四岁啦！

我说，这我可真没有想到。一点儿都不像！

朋友接着说，你没有想到的，在后面呢！

朋友对老奶奶说了句，我先进去看看我师傅去，回头再和您聊！

老奶奶冲他摆摆手，他领我走进靠北头的一间东房里，里面摆着两张单人床，家具设备一应俱全。电视开着，嗡嗡响着，紧里面的床上，一个男人躺着正在睡觉。朋友指着那男人对我说，你绝对想不到，这是我师傅，就是那位老奶奶的儿子，属鸡的，今年整八十四岁。没等我反应，他又说，你更想不到，老奶奶二十岁生下我师傅，她丈夫就离开她到缅甸去了，在那边结婚成了家，再也没有回来过。我师傅是老奶奶一手带大的。吃的苦，就没法说了，最苦是我师傅小时候，她给人家当老妈子，没饭吃，沿街还要过饭。都熬过来了，真了不得！

我忍不住回过头，透过窗玻璃，看看院子里乘凉的老奶奶。一个女人的一生，这么快，就要走完了。都说人生如梦，她的这一生是像一出梦一样的大戏，再怎么苦，怎么悲，怎么不容易，老了，老了，能住进这么好的养老院，成了她一生大戏最好的收尾。因为并不是所有的人到老了之后，都能有这样一个幸福的尾声。屋子里显得格外安静，只有朋友的师傅微微的鼾声，院子里那棵大槐树上的蝉鸣一下子响亮了起来。

现在，我师傅的身体还不如老太太呢，我师傅神志不清瘫痪在床，她只是行动不行，脑子没事。

朋友的话，我没有听进去，我有些走神。一个女人，从二十岁带着一个孩子，再没有结婚，苦巴巴把孩子带大，多么不容易。同时，我在想，两个老人同时住进这样好的养老院，每月基本开销就是两万元呢，对于一般家庭，这不是小数字，这一家人中能够拿得出这样多钱的，只能是他们的后代。他们就容易吗？

我把疑问抛给朋友，他感慨地说，这多亏了我师傅的孙子！他知道他太奶奶的经历，老早的时候就表示过了，太奶奶养老的事，他负责到底了。没有想到，他爷爷的病比他太奶奶来得还快、还重。孙子说，索性把两位老人一起送进养老院，两人相互依靠了一辈子了，就还让他们相互照应，这样对我爷爷对我太奶奶养病养老都有好处。我们平常上班忙，也好放心。这养老院就是他找的！

算一算，孙子也往四十上奔了。80后的孩子，能做到这样，不容易。不要和那些啃老族比，就是跟一般年轻人比，即使有经济条件，一般是疼小不疼老，给自己的孩子怎么花钱都舍得，谁舍得每月掏出两万块钱，心甘情愿给老人花？孩子的孝心，一般时候看不分明，到了老人真的不行了，不得不住进养老院的时候，才会出水看见两腿的泥！

孙子不错，也得说是孙子媳妇不错。一般孙子愿意，媳妇要是别扭着，这事也难办成！我感慨地对朋友说。

是啊，媳妇也是通情达理的人，他们小两口都是被老奶奶这一辈子感动了。他们说，自己现在再受苦，能苦过太奶奶当初吗？他们发誓，一定尽自己最大的力量，让太奶奶和爷爷住进最好的养老院，多活几年，过好晚年！

这时候，老奶奶自己摇着轮椅走进屋来，问道：你师傅还没醒？叫醒他，睡得时候不短了！朋友对老奶奶说，不急，看我师傅睡得挺香，让他再睡会儿。老奶奶往床上望望，乐了，说道：兴是做梦呢！我们两人也跟着乐了起来。阳光透过树荫、窗玻璃洒进来，摇曳得满屋都是温馨斑驳的绿色。蝉声更响了。

那一幕，多么的温馨动人。真的很难忘记。转眼冬天到了，朋友又要去看他的师傅和老太太了，打电话问我，还跟着去不去？我说去呀，得看看两位老人怎么样了。冬天的暖阳下，该是另一番情景呢，让我羡慕，让我嫉妒的呢。

2017 年 11 月 21 日于北京

栈桥书店小记

在海边，多有餐馆酒吧或礼品小店。如果是书店，一般不会选择在海边，而会在小街深巷里，世界各地皆然。但在青岛，如今多了一家号称离海最近的书店。当然，这多少有些夸张，离海边毕竟还有一条街的距离，能看到海，还不在海边。不过，这已经很不错了，北京这么多大小书店，装潢得再豪华，品种再齐整，不要说靠海了，连一家是近水临风的都没有。

因为靠近海，离青岛最老的地标栈桥很近，这家书店取名为栈桥书店。书本来就是连接读者和作者、外界与内心、想象及现实的一座桥。店名取得也适宜，朴素却也虚实相映，阴阳互补。我对它感兴趣，多于和它相距不远的青岛书房，那也是一家新开不久的书店，依托曾经住人的老洋房翻新而成的书店。只是这样的书店，在国外见过很多，并不新奇。我前几年在美国新泽西见到一家名为书虫的书店，便也是由一幢老别墅改成，和房子一样彻底的老，不像我们这里愿意化旧为新，将皱纹涂抹成鲜艳的酒窝红唇，只留下几张老照片，挂在墙上，让人们遥想当年。

栈桥书店是由一家专卖教材教辅的书店改造而成。从商业的角度，显然卖这种书是远比现在要挣钱。现在，栈桥书店走的是时尚的路子，这在全国书店新一轮的起落中，并不新鲜。新鲜的是，它靠的不是大同小异的时尚装潢，惯性地沿着台湾诚品书店的路下滑。它靠的是海，是得天独厚的自然风景，便也手到擒来成为书店的借景，进而形成自己的背景。尤其是一楼，迎面一张硕大的渔网打捞上来的一本本书，蓝屋顶飞翔着一只只洁白的海鸥，已经将它张扬的企图和内心的渴望，彰显无余。它打出的是海洋文化的牌，这张牌上的 logo，无须人工再来设计，它前面的海和栈桥便已经自然而然地形成。

店里也有现在时尚书店卖的咖啡，有趣的是，还有牛肉面之类的快餐和西式的大餐，满足于不同读者的需要，可以小酌，可以慢饮，可以临时挂角一将，也可以久坐促膝交谈，或将朋友的聚会、商家的社交，换一个书店的环境，沾一点儿书香。看看价格表，还都适中，并非梦想靠它贴补书店的亏空。

临窗的地方，大多安放了舒适的沙发。明确地昭示着，来青岛游玩的人，在海边玩累了，在栈桥照完相了，可以过街到这里小憩。这里有舒适的环境，有不贵的冷热小吃，也有丰简由人的餐饮。即使什么也不买，什么也不吃，坐在免费的沙发上，歇歇脚也好。来的都是客，走了都会将这家书店的印象带回到全国各地。如果能买到一本自己心爱的书更好，如果从书架上挑选自己喜欢的书，倚在这里的沙发上读着读着睡着了，进入的是另一种世界。那世界，是书的，是书店的，也是你自己的。

我来到这里，正是秋末冬初交替的季节，遇见了它，有种落花时节又逢君的感觉。说是又逢，是因为以前来青岛多次，也曾经路过这家书店，只是未曾进去，而如今它焕然一新，世事沧桑中，让我感到读书人和卖书人在变与不变之间的浮沉、纠结与坚持。

在一楼靠窗的那一排沙发上，我看见坐着几个年轻的姑娘，手里捧着书在读。我不知道她们是青岛人，还是外地的游客，忽然觉得这时候，读海明威的《老人与海》，读麦尔维尔的《白鲸》很合适，他们写的都是海。再有，读陈梦家当年为青岛写下的《海》更合适："我与远处的灯塔与海上的风 / 说话……那是智慧明亮在海中的浮灯 / 它们在海浪上吐出一口光 / 是黑夜中最勇敢而寂寞的歌声。"坐在这里读这样的诗句，海就在前面，灯塔也在前面，海上的风吹来，能够吹拂在你的身边。坐在这里，读这样的书，纸上黑字栖鸦，窗前幽身化蝶，会让你的心滤就得大海一样澄静而寥远，甚至因为你和这家书店的邂逅而又发生一个意想不到的故事——无论这个故事是发生在书店里，还是在你片刻的梦里。书店，会是比商店和餐馆更容易发生故事的地方，巴黎的莎士比亚书店，伦敦的查令街 84 号书店，旧金山的城市之光书店，不都是这样的书店吗？

当然，最好能把陈梦家的这几句诗，先刻印在书店里。

2017 年 11 月 13 日大风中

文化街的礼物

还是天津文化街重整旧貌刚刚开张不久的那一年秋天，我和老褚一起从北京到文化街玩。我们是发小，又曾经同到北大荒，彼此很要好。

我们在文化街一家不大的书店里闲逛，突然，他大声叫了我一声，招呼我过去，把周围的人都惊动了，纷纷侧目。我走到他身旁，他手里拿着一本书，很是高兴地对我说：快看，我找到这本书啦！我接过书一看，是《外国音乐曲名词典》，上海辞书出版社出版的老书，精装本，只要两元两角钱，很便宜。那时我正迷古典音乐，早就想找这本书，一直没有找到。这一切，他是知道的，所以，才如此替我激动，尽管他自己并不喜欢听古典音乐。那个年代，书和友情，对于我们，都显得格外珍重。

我买下这本书，没有想到，他也买了一本。我有些奇怪，因为他并不喜欢听古典音乐，便问他：你买这本书干吗呀？拿回家当摆设？他头一扬，对我说：就兴你买？后来，我才知道，那时，他交了一个女朋友，是从内蒙古插队回来的知青。这人我也认识，她是和我们相邻女校的一个女生。中学时，五一节和国庆节的晚上，要在天安门广场联欢，跳集体舞，我们要一起合练舞蹈，彼此早就见过面。女朋友爱听古典音乐，他是投其所好，给人家献上一份礼物，就像如今时兴献鲜花一样。

按理说，旧时的同学阔别重逢，彼此知根知底，年龄也都大了，应该容易花好月圆才是。却没有想到，好事多磨，老褚这段恋爱谈了好几年，最后没成。具体什么原因，众说纷纭，版本各异。我问过老褚，他语焉不详，支支吾吾，似有难言之隐，我也不便深问。

劳燕分飞之后，他们倒是没有像有的人，不成一家，便成冤家，彼此老死不相往来。因为有着中学和"文化大革命"以及插队共同的经历，我们这两所中学的同学之中，成为一对的人不少，相互联系很多，也经常聚会。老褚和他的前女友，有时在聚会上也常见面。他们各自成家，过得都还不错，聚会时，除了打哈哈，彼此的交谈云淡风轻，对过去的事情，都只字不提，好像根本没有那么一段马拉松恋爱似的。

由于老褚的前女友爱好古典音乐，有时候，常找我切磋。特别是前好些年流行 CD 和打口带的时候，她买唱盘时常向我咨询，我还陪她到五道口买过打口带。她是一个性格开朗，又带有浓重小资情调的人，这和老褚的性情有些相悖，特别是后来老褚经营买卖之后，彼此的距离越拉越大，也是可以想象的。和她熟悉了之后，我忍不住问了她为什么最后和老褚没有成功。因为我觉得除了爱好不尽相同，他们是挺好的一对。那时候，我恨不得天下有情人都成眷属才好。她听我的问话之后，嘿嘿一笑，只说了一句：都是挑水过井（景）的事情了，还提它干什么呀？

老褚举家移民新西兰已经好几年了，他的前女友我倒是常见，见他一面不容易了。今年中秋节前，老褚给我发来一封微信，告诉我他从新西兰回北京了，但是，马上要到南方亲戚家，然后去美国、加拿大旅游，约好等他回来后大家一起聚聚。我便把这个消息告诉了他的前女友，想他肯定也想和她见见面。都说是朋友老的好，衣服新的好，毕竟曾经好过一场，也毕竟好几年没有见面了。

老褚回来了，聚会是他选择的地点，城中心，地铁站附近，大家来都方便。该到的朋友都到了，唯独老褚的前女友没来。这让我多少有些奇怪。聚会散后，我对老褚说：你临走前得空看看她，毕竟年龄不饶人，你回来一趟也不容易，说句不好听的，见一次少一次了！

老褚人不错，临行之前，尽管很忙乱，还是抽空去看了看他的前女友，饭是没有时间吃了，但他带去了一份小礼物，算是想得周全。老褚走后的第二天，他的前女友就给我打来一个电话，劈头盖脸问我：你知道他送我的礼物是什么吗？我问她，是什么？是一包丝袜！她气哼哼地告诉我，然后又说，送人礼物，总得想想吧？我要是送人礼物，不会这么随便，随手拿什么丝袜的。这也拿得出来？

这礼物确实有点儿给老褚跌份，不知老褚是怎么想的。我忽然想起那一年到天津文化街买的那本《外国音乐曲名词典》。同样是礼物，这样的礼物才对他前女友的口味。我便对她说：肯定是他忙，才随手拿去了丝袜，当年他可是投其所好专门买了一本《外国音乐曲名词典》送你的呀！什么？他可是从来没有送给我什么音乐词典的！话筒里传来她惊愕的声音。

老褚回新西兰安定之后和我联系，我问他那本《外国音乐曲名词典》的事，虽然过去三十多年了，他倒还是记得，坦白地告诉我，从天津回到北京后，不知把书放在什么地方了，怎么找也找不着了。

事情已经过去好多天了，但我总还时不时地会想起这本《外国音乐曲名词典》的事。如果当初老褚把这本书送给了人家，事情也许就是另一种结局了呢。

2017 年 11 月 3 日于北京

草有时比花漂亮

　　草有时比花漂亮，这话其实并不准确，因为所有的草也都应该是开花的，只不过，它们大多数的花很小，我们几乎看不见，或者基本忽略掉了，甚至鄙夷不屑地认为，它们居然还会开花？

　　我到现在也不知道，花和草的历史到底谁的更长。《诗经》和《楚辞》里，就已经有很多花草的名字出现了，它们的历史大概一般长吧？不过，读白居易的《赋得古原草送别》一诗，草生在古原之上，没听说什么花也是生在古原的。而且，李时珍有《本草纲目》一书，专门为草作传，草还有着那样多治病救人的药用，便对草平添一分好奇和敬意。

　　对于我们这一代在北京四合院里长大的孩子，认识最早最多的草，是狗尾巴草。那种草的生命力最顽强，属于给点儿阳光就灿烂，在大院墙角，只要有一点儿泥土，就能长得很高，而且是密密地挤在一起，就像我们小时候玩"挤狗屎"的游戏，大家拥挤在一起看谁把谁挤出人堆。夏天，狗尾巴草尖上长出毛茸茸的东西，我不知道是不是它们的花，我们男孩子常常会揪下草尖，将毛茸茸的东西探进女孩子的脖领里，逗得她们大呼小叫。

　　狗尾巴草，还会爬上房顶，长在鱼鳞瓦之间。那时候，我很奇怪，连接瓦之间的土都已经硬得板结，它们是怎么扎下根的呢？房顶上的狗尾巴草，不能如墙角的草一样长得高，但比墙角的草活得长。

到了秋天，一片灰黄，它们依旧摇曳在风前，即使冬天到了，墙角的草早已经没有了踪影，它们还是摇曳在风前，只是少了很多，稀疏零落的，像老爷爷下巴上的山羊胡子。

我对我曾经度过童年、少年和整个青春期的大院的回忆，少不了狗尾巴草。大院里，有很多色彩鲜艳芬芳四季的花木，但是，不能少了狗尾巴草，就像我们大院里那位老派的学究的桌前，少不了一盆蒲草。蒲草，是他的清供，自视高雅；狗尾巴草，是我童年的伙伴，医治如今老年时回忆中少不了的一味解药。

离开大院，我到北大荒去了六年。那六年，说是开垦荒原，所谓荒原，是一片荒草甸子。但是，至今我也没有弄清楚，那一片无际无边的萋萋荒草，究竟叫什么名字。它们浅可没膝，高可过头，下面有时会是随时可以拉人沉底的沼泽。狂风大作时，它们呼啸如雷，起伏跌宕，摇晃得仿佛天边的天际线都在跟着它们一起摆动。特别是开春时节，积雪化净，干燥的天气里，草甸子常常会突然冒起荒火，烈焰腾空，一直烧到天边的地平线。那些草，可谓边塞的豪放派，我们大院里的狗尾草，只能属于婉约派了。

在北大荒时，当地老乡常对我说去打羊草，我不知道荒草甸子的草是不是大多属于羊草。羊草是用来喂牲口的，应该是那种叫作苜蓿的草，野生的苜蓿草，在北大荒很多，但一般不会生长在沼泽地里。那些生长在沼泽地里的荒草，很长，很粗，韧性很强，不容易扯断。当地的老乡和我们知青的住房，都是用这种草和上泥，拧成拉禾辫，盖起来草房，再在房子的里外抹上一层泥，房顶上苫上一层。别看是草房，冬天却很保暖，荒原上的荒草，居然派上这样大的用场。当年在北大荒的时候，并没有觉得什么，现在，看到公园里修剪得平整如茵茵地毯一样的草坪，再想起它们，贫寒的它们，没有草坪的贵族气息，却更接地气，曾经温暖过我整个的青春。

在北大荒，我见过最多的草，一种是乌拉草，一种是萱草。貂皮、人参、乌拉草，号称北大荒三件宝。传说冬天将它们絮在鞋子里，可以保暖。有一年，我的胶皮底的棉鞋鞋底有些漏，雪水渗进去，很冷，絮上乌拉草，别说，还真管用，帮我抵挡了一冬的严寒。

夏天的时候，成片成片的萱草开着黄色的喇叭花，花瓣硕大，明艳照人，当时，我们都叫它们黄花菜。在它们还没有绽开花瓣的时候，赶紧摘下来，晾干，就是我们吃打卤面时放的黄花菜，成为了北大荒的特产。那时候，我是把它们当作花的，从来没有认为是草。但它们确实是草。

现在想来，萱草应该属于草里的贵族了。草里面开那么大那么长花朵的，我还真的没有见过。后来，读孟郊诗："萱草生堂阶，游子行天涯。慈母倚堂门，不见萱草花。"想起年轻时北大荒的萱草，不禁心生感喟，我看见的是成片成片壮观的萱草花，母亲却看不见，但母亲的堂前明明也是有萱草花在开着呀，因为母亲望着天边久不归家的儿子。对于萱草，我不再认为属于贵族，而属于亲情。

属于贵族的草，如今大概是薰衣草了。不知从何时起薰衣草在我国成了贵族，大片引进种植，普罗旺斯成为了它贵族的族谱和背景。媚外的心理总是有适合它们生长的土壤，都说移花接木，其实也可以移草连心。

去年，我去密云一家台湾人投资开辟的山地公园，吸引众多人前往的，是那里有一片薰衣草。拍照的人，一拨紧接一拨，成了流水的兵，薰衣草成了铁打的营盘，被宠爱有加。不仅如此，还被制成薰衣草口味的冰激凌，在那里专卖。

今年，我去广东新会，在巴金写过的"鸟的天堂"前，有一片跟薰衣草一样紫色的园地，很多人呼叫着薰衣草像呼叫着情人的名字一样，奔向前去拍照。拍完照后，才发现草地前立有一块小木牌，上面写着"鼠尾草"。鼠尾草和薰衣草像是双胞胎姊妹，长得很像，却只能是薰衣草的替身。如果薰衣草是属于草中的贵族，鼠尾草大概属于平民了，因为它们很常见，几乎在所有的公园里都能够见到。

就像在一般人眼里，花要比草高级，草中也确实是有这样贵贱之分的，在我国古代就早已有草芥之说。这不过是人群中社会学划分在花草中的折射而已。看苏联作家巴乌斯托夫斯基的《一生的故事》一书，他把苜蓿草说成是草中的灰姑娘。苜蓿草，就是我们北大荒司空见惯的羊草，岁岁枯荣，任人践踏。同样是草，只能喂牲口，不能如萱草一样给人吃，更不能如薰衣草一样为人做拍照的背景，甚至可以制成冰激凌吃。大自然中，如这样卑微的草有很多，多得我根本叫不上它们的名字。

我很惭愧，能够叫得上名字的草，即使不是如薰衣草一样出自洋门或名门，也都大多有些来头或说头。有时候会想，我就像一个势利鬼，不可救药地狗眼看草低。

我最早认出以前没见过却在书中早就听说的草，是酢浆草，是那种长着紫色叶子开着浅紫色小花的酢浆草。我认识了它并记住了它，其实不仅是因为它的五瓣小花漂亮如小小的五角星，三角形的叶子像蝴蝶的翅膀，更是因为它的名字有点儿洋气，便觉得有点儿不同寻常。其实，就是虚荣心作怪。我才发现，我们人对花草的认识，来自根深蒂固的心里的潜意识。所有关于草的高低贵贱和大高洋古，都来自我们对社会对人生对文学对艺术浅薄的认知。

还有一种草，我也是早在少年读书时就知道但一直没有见过，是猪笼草。这种草，可以吃虫子，很有意思。一直到十几年前，我去新加坡，参观植物园，才第一次见到猪笼草，有大有小，长着长圆形的口，像嘴巴一样伸着，姜太公钓鱼一般，坐等着虫子上钩。在植物园的小卖部里，有卖猪笼草的，将它密封进一个水晶玻璃中，很是好看，我买了一个带回家，算是圆了一个少年时候的梦，不该算是我嫌贫爱富。

另外有一种草，也不能算是我嫌贫爱富，而是我心里一直残存的一点梦想和想象。它叫作书带草，其实就是麦冬草。这种草，很常见，并不是多么名贵的草。但是，也是在书中认识的它，而且在书中还知道了关于它的传说，说它和书生读书或抄书相关，后来又读到梁启超集的宋诗联"庭下已生书带草，袖中知有钱塘湖"，便对它充满想象。更重要的，是上个世纪七十年代末和九十年代末，以及2009年，我三次去扬州，拜谒史可法墓，都在祠堂前看到了青青的书带草，爬满阶前和甬道两旁。在我的眼里，它们是史可法的守护神，虽然柔细弱小，却集合如阵，簇拥在祠堂前，也簇拥在史可法墓前。那些书带草，让我难忘，总会让我想起与史可法一样的英雄文天祥的《正气歌》，便觉得这一片青青的书带草，应该叫作正气草。

2017年10月30日于北京

高高的苔草依然在吟唱

——怀念高莽先生

六月，我还见过高莽先生；十月，高莽先生就离开了我们。真的是世事茫茫难自料。

那一天，我和雪村、绿茶去他家探望，看他消瘦了许多，胡子也留长了许多。他早早地在等候我们，每一次去看望他，他都是这样早早地守候在他家那温暖熟悉的门后。我知道，这是礼数，也是渴望，人老了，难免孤独，渴望风雨故人来。

我算不上他的故人，我和他结识很晚。三年多前，雪村张罗一个六人的"边写边画"的画展，邀请的六人中有高莽先生和我，我才第一次见到了他。第一次相见，他在送我的书的扉页上随手画了我一幅速写的肖像，虽是逸笔草草，却也形神兼备，足见他的功力，更见他的平易。

我和他居住地只有一街之隔，只是怕打扰他，并不多见。不过，每一次相见，都会相谈甚欢，对于晚辈，他总是那样的谦和。记得第一次到他家拜访时，我请教他树的画法，因为我看他的树和别人画法不一样，不见树叶，都是线条随意地飞舞，却给人枝叶参天迎风摇曳的感觉，很想学习。他找来一张纸，几笔勾勒，亲自教我。这是我生平第一次有真正的画家教我画画。

他喜欢画画，好几次，他对我说，现在我最喜欢画画。在作家、翻译家和画家这三种身份里，我觉得他更在意做一名画家。在他的眼里，处处生春，画的素材无所不在，甚至开会时候，坐在他前排人的脑袋，都可以入画。晚年，足不出户，我发现他喜欢画别人的肖像画，也喜欢画自画像，数量之多，大概和梵高有一拼。有一幅自画像，我特别喜欢，居然是女儿为他理发后，他从地上拾起自己的头发，粘贴而成。这实在是奇思妙想，是梵高也画不出的自画像。那天，他拿出这幅镶嵌在镜框里的自画像，我看见头发上有很多白点儿，很像斑斑白发，便问他是用白颜色点上去的吗。他很有些得意地告诉我，把头发贴在纸上，看见有很多头皮屑，用水洗了一遍，就出现了这样的效果。然后又对我说：我喜欢弄点儿新玩意儿！俏皮的劲头儿，童心未泯。

有一次，他让我在他新画的一幅自画像上题字，我担心自己的字破坏了画面，有些犹豫，他鼓励我随便写，我知道他是想用这样的方式和人交流。以往文人之间常是这样以文会友，书画诗文传递着彼此的感情与思想。"樽酒每招邻父共，图书时与小儿评。"他是这样一个愿意将自己的作品和平常人分享的人，不是那种自命不凡甚至待价而沽的画家。

记得那次，我在他的自画像上写了句："岂知鹤发老年叟，犹写蝇头细字书。"这是放翁的一句诗，我改了两个字，一个是残，我觉得他还远不到残年之时；一个是读字，因为晚年他不仅坚持读，更坚持写。

说起写，《阿赫玛托娃诗文抄》，是他写作的最后一本书。尽管已经出版很多本著作，这本书对于他，意义非同寻常。他不止一次说过：我翻译阿赫玛托娃，是为了向她道歉，为自己赎罪，我亏欠她的太多。七十一年前，他在哈尔滨工作的时候，看到苏共中央对阿赫玛托娃的批判文件，而且，是他亲手将文件从俄文翻译成中文。一直到三十年过后，1976 年，他在北京图书馆里看到解禁的俄文版阿赫玛托娃的诗集，内心受到极大的震撼。这样美好的诗句，这样爱国爱人民的诗句，怎么能说是反苏维埃反人民呢？自己以前没有看过她的一句诗，却也跟着批判她的人，他的良心受到极大的自我谴责。从那时候起，他开始翻译阿赫玛托娃的诗，就是想在自己的有生之年完成对她的道歉，为自己赎罪。

我们中国文人，自以为是的多，撂爪就忘的多，文过饰非的多，明哲保身的多，闲云野鹤的多，能够真诚地而且长期坚持以自己的实际行动，向他人道歉，为自己忏悔的，并不多见。在这一点，高莽先生最让我敬重。他让我看到他谦和平易性格的另外一面，即他的良知，他的自我解剖，他的赤子之心。淹留岁月之中，清扫往日与内心的尘埃，并不是每一位文人都能够做到的。

在高莽先生最后的时光里，重新翻译阿赫玛托娃的诗，并用他老迈却依然清秀的笔，亲自抄写阿赫玛托娃的诗，成为他生命中最重要的事，可以说是他人生最为浓墨重彩的一章。"让他们用黑暗的帷幕遮掩吧，干脆连路灯也移走"；"让青铜塑像那僵凝的眼睑，流出眼泪，如同消融的雪水……"如今，重读《安魂曲》中这样的诗句，我有些分不清这究竟是阿赫玛托娃写的，还是高莽先生自己写的了。在我的想象中，译笔流淌在纸墨之间那一刻，先生和阿赫玛托娃互为镜像，消融为一样清澈而清冽的雪水。知道先生过世消息的这两天，我总想象着先生暮年，每天用颤抖的手，持一管羊毫毛笔，焚香静写，老树犹花，病身化蝶，内心是并不平静的，也是最为幽远旷达的。

六月，我们见他时，已经知道他病重在身，但看他精神还不错，和我们聊得很开心。聊得最多的还是绘画和文学。这是他一辈子最喜欢做的两件事，是他的爱好，更是他的事业。只要有这样两件事陪伴，立刻宠辱皆忘，月白风清。那天，他还让他的女儿晓岚拿来笔纸，为我画了一幅肖像画。晓岚在他身后对我们说：这是这大半年来他第一次动笔画画！

他在画我的时候，雪村也画他。两位画家都是画人物的高手，不一会儿，两幅画都画得了，相互一看，相视一笑。他的笑容，定格在那天上午的阳光中，是那样的灿烂，又显得那样的沧桑。想起一年前，我们一起为他过九十岁生日的时候，虽是深秋季节，他的笑声比这时候要爽朗许多。不知为什么，心里总有一种"病叶多先落，寒花只暂香"的隐忧和哀伤。

那天，我学习雪村画的高莽先生的肖像画，比照着也画了一幅，送给他。他很高兴，将他画我的那幅肖像画送给了我。在这幅画上，可以看到他笔力不减，线条依然流畅，也可以看到他从青春一路走来的笔迹、心迹和足迹。他为我画过好几幅肖像画，这是最后一幅，也是他留给世上的最后一幅画。

如今，高莽先生离开了我们。九十一岁，应该是喜丧。我们不该过分的悲伤，他毕竟为我们留下了那么多的作品，包括绘画和译作，更有他的心地和精神。我想起在他最后的那本书《阿赫玛托娃诗文抄》中，有他亲手抄写的一段诗句："让我孤零零的一个人能够，安然轻松地长眠，让高高的苔草萋萋地吟唱，吟唱春天，我的春天！"记得一年前先生九十岁生日的宴席上，九十三岁的诗人屠岸先生解释他的名字时说，高莽就是站在高高的草原上看一片高高的青草呀！那么，阿赫玛托娃诗中高高的苔草，也应该是你——高莽先生呀！就让你在天堂里，和阿赫玛托娃相会，和所有你曾经翻译过他们作品的诗人相会，吟唱你的春天吧！春天，永远不会离开你，你也永远不会离开我们！

2017 年 10 月 10 日宜兴绵绵秋雨中

为母亲拍照

　　节假日里，公园里常会人满为患，很多游人拥挤在亭前阁中、水边山上、花丛树荫里拍照。如今，智能手机普及，自拍架也普及，到处更可看到自拍的人，摆出各种姿势，抖动各种围巾，亮出各种服装，拍得很嗨！当然，大多是兴致勃勃的年轻人、不服岁月的中年人，老年人腿脚不利索了，精神气儿差了，便很少见到了。

　　但是，也不能说没有，自娱自乐的，和儿孙一起游园的老人，也有一些。不过，我说的不是这样老而弥坚的人，而是那些年老力衰需要人搀扶，甚至是坐在轮椅上需要人帮助来推的老人。特别是孩子不仅陪伴他们来游园，还特意为他们拍照的，就更少。遇见这样的为老人拍照的年轻人，我总会不由自主地站下来，向他们投以赞赏的目光。

　　为自己年迈的母亲父亲拍照，和为自己的孩子拍照，或为自己的情人拍照，是两种完全不同的意思，镜头里出现的人物，是两种完全不同的景象。纵使再怎么说"霜叶红于二月花"，霜叶毕竟不是二月花，纵使真的是花，也是此花开罢再无花了。人生季节的流逝，是生命的流逝，在这样的流逝中，做孩子的心总会情不自禁地有所偏移向自己如花似玉的孩子一边，而有意无意地将已经是霜叶凋零的老人冷落在一旁。特别是节假日里出门去远方旅游的年轻人，更容易把已经腿脚不利索的父母撇在家中。这是孩子也是父母都心安理得的一种选

爷爷当年住过的老院

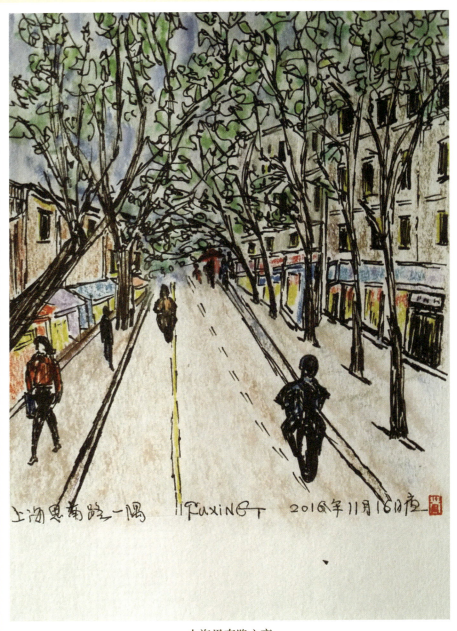

上海思南路一隅　IIFUXINGT　2010年11月16日夜

上海思南路之夜

既已青春酬白雪，别将白发唱青衣——北大荒五十年忆

这里到处是苇，人和苇结合得是那么紧——孙犁

画室里的母与女　FUXING 2014.7.15

画小时候的自己

荷林斯镇 老街十字路口 RuXinG 2012.6

十字路口总会挤着很多人

星期天的早餐

我们这一代人的标配：三口之家

择，谁也不会责怪。

今年国庆节假期，赶上中秋节在内，双节之中，公园里花多，游人更多。在天坛公园通往祈年殿的甬道两旁，摆上了一盆盆三角梅，硕大的花树，紫色的三角梅盛开，迎风摇曳，像是一群紫蝴蝶飞舞。站在花丛中拍照的游人很多，我看见一位满头银发的老太太站在花丛中，一只手颤巍巍地伸出来扶着花枝，由于个子比较矮小，三角梅几乎遮住了她的脸，一头银发在紫色的花朵中更加醒目。

我停下脚步，看着老太太的对面站着一个胖胖的中年女人端着手机，正准备为她拍照，站在他们两人之间有一个中年男人正望着老太太笑着说：妈，您笑一个！老太太抿着没牙的嘴唇笑了，笑得不大自然，因为她发现我一个外人在望着她。我对那个男人说了句：你给他们娘俩一起照张相多好呀，留个多好的纪念！那男人拿着手机开始拍照，老太太笑了，两个手机几乎同时按动了。紫色的三角梅在午后的阳光下那样的明艳照眼。

老太太从花丛走了过来，像是对我说，又像是自言自语：都八十老几了，老眉喀嚓眼的，还照什么相呀！我对她说：照得挺好的，看您多精神呀，哪像八十多岁的人呀！身边那一对她的孩子都笑了。一问，才知道他们是陕西人，趁着国庆节放假，特意带着母亲到北京来玩的。女人对我说：我妈上一次来北京还是她年轻的时候呢！

我的心里真的是充满感动。老人总爱说年纪大了还照哪门子相呀，但是，如果你真的要给他们拍照，他们的心里其实还是挺受用的。他们倒不是为了看自己照片上的面容，而是享受孩子为他们拍照的过程。在我的想象中，这和孩子为他们买了件新衣服，帮他们穿在身上，或者是买了新上市的荔枝、橘子或栗子，替他们剥开皮，喂进他们的嘴里，是一样的感觉。

我母亲年老之后，腿脚不利索了，住在楼房里，很少下楼。那一年，我家对面新修了一座公园，国庆节正式开放，我和我的刚刚读小学的儿子搀扶着她下楼，到那个公园里看看。我让她站在那一盆盆正在盛开的菊花前，说给她照张相，她也是这样说：人老了，还照哪门子相呀！但是，她还是很高兴地站在菊花前面，照之前还特意用手拢了拢头发。那是母亲留给我的最后几张照片。

在公园里，我格外注意那些为母亲拍照的人。每一次看到这样为母亲拍照的人，我的心里总是很感动。我很想对他们说，我现在已经没有机会为母亲拍照了，你们多么幸福，你们要格外珍惜！

2017 年 10 月 2 日于北京

寂寞的冰心

　　虽然离上飞机回京的时间很紧张了，我还是去了一趟冰心文学馆。以前来过福州几次，都以为长乐离福州很远，这一次朋友说福州的机场就在长乐，离冰心文学馆只有二十几公里，便决心一定去那里看看。

　　向往冰心文学馆，已经很久。二十年前，1997年，冰心文学馆建立前夕，原在《福建文学》工作的王炳根曾经告诉我，他要调到那里去做馆长，很为他高兴，因为他可以天天守在冰心的身边，那是一种难得的幸福。

　　读中学的时候，冰心是我的最爱。那时候，我就读的汇文中学是用当年庚子赔款建立的一所老学校。在学校书架顶天立地的图书馆里，我发现有一间神秘的储藏室，被一把大锁紧紧地锁着。我猜想那里应该藏着许多解放以前出版的老书和禁书。每次进图书馆挑书的时候，我的眼睛总禁不住盯着储藏室大门的那把大锁看，想象着里面的样子。

　　当时，负责图书馆的高挥老师看出了我的心思，她破例打开了那把大锁，让我进去随便挑书。我到现在仍然清晰地记得第一次走进那间光线幽暗的屋子里的情景：小山一样的书，杂乱无章地堆放在书架上和地上。我是第一次见到世界上居然有这样一个地方藏着这样多的书，真是被它震撼了。那一年，我刚刚升入高一。就是那一年，我从这间阔大的尘埋网封的储藏室里，找全了冰心在解放前出版过的所有作品，包括她的两本小诗集《春水》和《繁星》。我迷上了冰心，抄下了从那里借来的冰心的整本《往事》，还曾天真却是那样认真地写下了一篇长长的文章《论冰心的文学创作》，虽然一直悄悄地藏在笔记本中，到高中毕业，也没有敢给一个人看，却是我整个中学时代最认真的读书笔记和美好的珍藏了。

作为读者，我读冰心至今已经五十四年。我不算是她最老的读者，但也是一个老读者了。曾经到过美国冰心就读的威斯利大学，也曾经到过冰心的家中，唯独少了到她的文学馆。在她家乡建立的文学馆，应该更能清晰地触摸到她一生的足迹和心迹。

冰心文学馆建在长乐市中心。白色的建筑在池塘前立着，红色的朱槿花开着，赵朴初题写的"冰心文学馆"的木牌挂着，九月南中国的阳光灿烂地照着。整幢大楼里空无一人。和我想象中的冰心文学馆完全不同。在二楼的展览大厅里，看完了展览，尽管大多数是照片，真正的实物不多，但满满一面墙的各种版本的冰心著作，她的已经褪了颜色的钢笔书写的手稿，1926年第一次出版的她的文集上，有着她送给美国老师时题写的纤细的英文，她手把手教孩子制作的小橘灯，还有那无数孩子寄给她的信件……还是让我心动，忍不住想起曾经读过的抄过的背诵过的她的很多作品，还有她那略带沙哑的嗓音，以及温煦如风的笑容。

空旷的展厅里，似乎有冰心声音的回声在荡漾，有无数个娇小的冰心的身影，从各个角落里向我走来。

参观完毕，走出展览大厅，依然是空无一人，想在春水书屋的小卖部买一张木刻的冰心像，却也找不到一个人。只有那几帧单薄的黑白木刻小画，在柜台里静静地待着。

忽然觉得冰心是寂寞的。一楼大厅里，在大海背景前端坐的冰心雕像是寂寞的。咖啡厅里，没有咖啡没有茶香没有人的桌椅是寂寞的。系着红领巾的冰心头像前的触摸屏是寂寞的。放映厅只有白白的一面墙也是寂寞的。展厅外，空旷的庭院里，绿色的树，红色的花，前面池塘里清静的水是寂寞的。花岗石座上刻有"永远的爱心"，上面立有冰心和孩子们交谈的汉白玉雕像已经裂开了一道粗粗的裂纹是寂寞的。文学馆一进正门就能看到的喷水池后刻有冰心的名言"有了爱就有了一切"的花墙，喷水池没有喷水，更显得寂寞。

想想，在任何一个时代，文学其实都是寂寞的。尤其是在商业化的时代里，文学家是无法和明星比肩的。那一年去甪直叶圣陶先生的墓地，墓地和墓地前的展览大厅、四方亭、未厌亭和生生农场，也都是寂寞的，空无一人。尽管如今各种甚至未死文人的文学纪念馆方兴未艾还在建，但长乐人心里比我们都清楚，文学馆不是剧院，不是歌厅，不是咖啡馆，从来不会那么的热闹。文学和文人是寂寞的，其作用在他们作品的细雨润物，潜移默化，无声无形，却绵延悠长。所以，冰心文学馆，如今还在建设中，四围搭起围挡，里面在大兴花草林木，要建设成一座冰心公园。这是一个远见之举，它比单纯的生平展览更能深入人心。

想起前几年在美国的普林斯顿的镇中心，看到将美国著名的黑人男低音歌唱家罗伯逊的故居，改造为儿童乐园和附近成年人免费学习艺术的场地。和冰心公园相比，有异曲同工之妙。又想起前两年，路过广东萧殷的故乡佗城，那里的人们没有建他的故居，而是在城中心特意开辟了一处街心公园，在公园里立起一块石碑，只在石碑上刻写"萧殷公园"四个大字，萧殷便和来来往往的家乡人天天朝夕相处。因此，冰心公园，更让我期待。

吃过午饭，又路过冰心文学馆，看见一对四五十岁左右的夫妇，从穿着看，像我一样的外乡人，正站在大门外一面院墙前自拍，墙上有"冰心文学馆"五个醒目的大字。这一对夫妇，多少给我些安慰。或许，我不该这样悲观，冰心不会寂寞。

坐在回北京的飞机上，长途寂寂，闲来无事，写下一首打油诗，记录此次造访冰心文学馆之行，聊以遣怀：

清秋长乐访冰心，偌大展厅无一人。

常忆夜灯抄白夜，每看春水读青春。

浪来笔落风前老，梦去诗成雪后新。

深院空闻鸟声响，幽花寂寞与谁邻？

2017 年 9 月 25 日长乐归来

自画像和自拍照

自画像，是绘画样式中特殊的一种。它们总能引起我卑俗的窥探欲，多少能够猜想到画家绘画之外内心一隅的些许秘密。

非常多的画家都画过自画像，就如同很多作家都愿意写自传。这种传统，大概自文艺复兴时期达·芬奇始。达·芬奇的那幅自画像属于写实派，须眉毕现，更像照相，只是自己的心情与性格，并不十分分明。特别是与后来流派纷呈时代的画家自画像相比，比如阴冷抽烟的贝克曼，手比脸还要长的席勒，脸部完全变形的培根，裸体的基弗，色块堆砌的塞尚……画风与意象，相去甚远。

我不知道世界上哪一位画家画的自画像最多，从资料上看，似乎是梵高和弗里达位于前茅。仅仅在 1885 年到 1889 年这四年里，梵高就画有四十多幅自画像；而弗里达一生中三分之二的作品，画的都是自画像。

还有一位画家，自画像画得也是不算少的，便是蒙克。

好几年前，我和孩子在纽约玩，正赶上蒙克回顾展在现代艺术馆展览。展品丰富，贯穿蒙克一生。有意思的是，蒙克后期的作品，特别喜欢重复画以前曾经画过的旧作。自画像，便是他重复画的作品。那次展览中，看到他晚年画的很多幅自画像，其中几幅都是蒙克年轻时候曾经画过的自画像。从画面上看，笔触苍劲，画得依然那样的英俊潇洒，风华正茂，心里便有些奇怪，蒙克为什么要在衰老之年画这些青春时的画像？是伤红悼绿，留恋远逝的青春吗？

蒙克不是一个外向的人，他有些内敛，甚至有些羞涩。他的童年和少年是不幸的，五岁，母亲因病去世；十四岁，姐姐又因病去世。不幸的阴影，加上贫穷沉重的影子，一直伴随整个青春期，成为他画中与画外世界的一种联结点。在远离青春几十年之后，反复画同样一幅画，是蒙克记忆顽强不灭的一种方式，也是蒙克消除自身痛苦的一种方式，同时，成为了他绘画艺术中独有的美学表现的一种方式。

那次画展中，留给我至今难灭印象的，是这样两幅画。一幅题为《在时钟和床之间的自画像》，他画了自己老年的样子，却努力挺直了高高瘦削的身子，一身黑西装颇有些笔挺地站着。他的右侧的书架上摆放着一个不大的老式时钟，他的左侧是铺着黑红相间横条纹床单的单人床，床边挂着一幅朦朦胧胧的黑白女人裸体画。在这一幅自画像中，可以看到命运再如何不屈服，毕竟已经老了，强撑着疾病缠绕的身子，远逝的一片苍白的爱情，时钟和床，便都成为了带有象征意味的生命流逝的背景。

另一幅，是展览中最后的一幅画，这是蒙克在他晚年，1940年（这时他已经七十九岁，两年后去世）画的自画像，也是他最后的一幅自画像。他再也无法挺直身子，他索性脱掉了那件黑色的西装，赤身裸体地站在床边（还是那张寂寞的单人床），那样的瘦骨嶙峋，衰败颓然，让人不忍目睹。这是以前在画册中从未见过的，它让我心里涌动着一股说不出来的感觉。生老病死，蒙克都经历过了；爱恨情仇，蒙克也都品尝过了。旧事已无人共说，鹤发残年，蝇头细笔，只剩下了自己手中的调色盘。他知道自己走到了生命的尽头。

都说艺术家都有自恋情结。画家的自画像和作家的自传，可能表现出来的这种情结更显著。心理学家说过，任何自传都免不了包含着自我辩护。如果这样的说法成立，自画像也应该会包含着自我辩护。难得的是，蒙克最后的这两幅自画像，没有那种春风得意的画家画风中情不自禁流泻而出的志得意满，也没有那些人老之后江湖码头大佬般的颐指气使。他没有回避自己的衰老和病态，他真实再现了垂危时刻形体的丑陋，面容的呆滞，内心所掩藏不住的无助、无奈的悲凉，以及我所难以了解的他更为复杂的心情和感情。

自画像，让我想起如今流行的手机自拍。但是，这种自拍照和画家的自画像本质的不同，便在于画家的自画像属于艺术品，来自人的内心世界；而借助电子化立马可得的自拍照，只会有脸上瞬间绽放的表面甚至是伪饰出来的表情，而难有自画像笔墨色彩勾勒而出的内心曲折的流露。

梵高在谈自己的那些自画像时，曾经说过这样一句话："一个世纪之后自己的自画像，在那时人的眼里如同一个幽灵。"这话说得很有意思，自画像，尤其是如梵高和蒙克这样的现代派画家的自画像，确实会给人这种穿透时光、心灵和面目的幽灵般的感觉，再绚烂多姿的自拍照，绝对不会有这样的感觉。这或许从另一个侧面，说明了自画像和自拍照的区别，是一目了然的。

2017 年 9 月 14 日于北京

诗意这个东西

　　《一天上午的回忆》是普鲁斯特的一本老书，我国 2000 年有王道乾先生翻译的版本。这是一本关于文学创作和批评的书，这里不仅有普鲁斯特自己的切身体验，更有并不避讳的锋芒锐利的观点，是一本和曾经非常流行过一段时间的巴乌斯托夫斯基创作谈《金蔷薇》完全不同的书，是我们国家作家中少见或者说是难以写出来的书。

　　在这本书的前言里有一段关于诗意的话，普鲁斯特讲得非常有意思。他说自己在一次乘坐火车旅行中望着车窗外，努力记住一些一闪而过的景象，比如阳光闪烁中的花树，乡村的小小墓园，等等。以后，他反复追想那一天，希望领会那一天留给自己印象中的诗意部分。但是，他没有能够做到。他有些绝望。直到有一天，吃午饭的时候，他的汤匙无意中落在了瓷盘上，发出的声响，和那天列车靠站扳道工用铁锤敲击列车车轮的声音一样，"就在这一分钟，声音敲醒的那个难得一遇而又不可理喻的时刻，又在我心上复活，这一天，完完整整地在其全部诗意中又在我心中活了起来，只是那村中墓园、布满一条条阳光的树木和巴尔扎克式的路边野花却排除在外，因为这一切是经过有意识的观察取得的，诗意的再现全部消失了"。

　　让我感到有意思的，是这样两点：一是汤匙掉在瓷盘上的声音一下子敲醒了他那天乘车旅行的回忆，这样的回忆不是散漫的、笼统的，更不是抽象的，而是集中浓缩在一点，即扳道工用铁锤敲击车轮的声音上。并且，他将这样的声音上升为诗意。也就是说，在普鲁斯特那里，回忆和诗意是紧紧联系在一起的。或者说，没有这诗意的一声响，回忆不会被敲醒。应该说，这就是普鲁斯特这样的作家同一般作家的不同之处，他的回忆，不是我们惯常见到的那些婆婆妈妈，一地鸡毛，而总是需要带有一点儿的诗意的存在，回忆中的东西，才可以一闪而亮，化为艺术。

二是普鲁斯特对回忆的处理方式，是绝对的删繁就简。有了上述的那一点声音，他便将曾经刻意而仔细观察过的在车窗外掠过的种种景物，统统从回忆中删芟剔除。他甚至这样绝对地认为："因为这一切是经过有意的观察取得的，诗意的再现全部消失了。"他将观察到的事物和感受到的诗意，居然这样对立起来。我理解他是强调诗意在回忆中的重要，因为作为作家的回忆更多的是为了写作中的艺术，观察到的东西很容易是浅表面的，是谁都可以做到的，而能够被汤匙落在瓷盘上的声音一下子敲醒回忆，再现诗意，则是属于普鲁斯特这样作家的特异功能。

当然，回忆对于写作的重要，是复杂而丰富的，不仅止于诗意的唤醒。纳博科夫讲："回忆是写作的第三种成分。"也就是说，回忆对于写作的不可或缺是多方面的。但是，不容否认的是，普鲁斯特这里所讲的，为我们提供了认知和处理回忆和写作之间关系的一种方式和视角。更重要的是，普鲁斯特对于诗意的在意和刻意追求，为我们提供了认知和处理生活和写作之间关系的一种方式和视角。

还是在这本《一天上午的回忆》中，有一段关于清晨阳光的描写和议论。最开始，普鲁斯特看到窗台上有什么东西在闪动，是无色的，而且，看不出光亮；渐渐地，它在时时扩展，一点点地变成了一束阳光；没过多久，窗台有一半被阳光照上，那阳光又有些迟疑，像是畏怯一样，往后退了退，最后一片苍白的光色溢满窗台。然后，他打了一个比喻："我看阳光在窗台上就在我眼前不断增强，进展很快，而且持续不断，就像一阕序曲结尾的音符那样。……在震耳欲聋的胜利的强音上序曲结束。"

在这里，普鲁斯特以细微而精准的目光，看到阳光是如何出现直到溢满整个窗台的。普鲁斯特觉得还不够，他又借助窗台外面露台上的已经剥蚀的铁栏杆，让阳光在另一个舞台上展露身姿。他说阳光浮动在铁栏杆的上面，沿着圆曲而旋转的铁栏杆直到极细的尖端，给他原来认为是世界上最难看的铁栏杆投射下精美的阴影，简直像"一位追求无限完美的艺术家为求得图形完美所体验到的喜悦在这铁栏杆涡旋形花纹上仿佛也有充分的表露，像这样的艺术家对某一对象忠实的再现，就把它所没有的美附加上去了"。尽管这一段的翻译有些别扭，但普鲁斯特所要表达的意思，还是可以理解的。那就是他让自己的目光扩展到铁栏杆上，便进一步看到了阳光将一种附加的美释放在这个世界上。

我之所以要引用这一段，不仅是因为普鲁斯特文字优美和联想丰富，更是想说这一段无论阳光的序曲，还是阳光和铁栏杆的共舞，其实，都是他有意识观察的结果，和他前面所说的"这一切是经过有意识的观察取得的，诗意的再现全部消失了"，是打脸的。关键是，这样一段阳光的描写，难道就没有属于普鲁斯特所强调的诗意这个东西了吗？诗意可以敲醒回忆，也可以点亮现实的观察。作家毕竟不是理论家，即便如普鲁斯特这样的大牌，在谈论写作与批评时，逻辑也常常是让位于感性的。往往这样即兴式的感性抒发，更是经验之谈，值得学习。

2017 年 8 月 31 日于北京

岁月陶然

　　日子实在是有些不扛混。上个世纪八十年代，文学界最为活跃，现在想想，活跃得有点儿像打了鸡血，却也比现在单纯而值得怀念。算一算，三十来年过去了，那时候结识的朋友，现在还有来往的，所剩无几。陶然是硕果仅存的几个朋友之一。起码，对于我是这样，便越发珍重。

　　陶然重情重义。不管浮世、人事或人情如何跌宕，他始终如一，注重友情，比爱情更甚，真的世上少有。平日里，他在香港，我在北京，联系并不多，友情和爱情不同，便在于不见得非要天天死缠一起，依然顽强地存在。友情如风，即使看不见，却始终在你的身边吹拂，而不是风向标，随时变幻着方向，寻找着出路和归路。

　　我和他相识在八十年代末，那时，他在香港办《中国旅游》杂志，后来，又主编《香港文学》。但是，他没有架子，没有那么多酒肉关系的吃喝玩乐，他的身份始终是一个，便是朋友。

　　每一次，他到北京，无论是开会，还是到他的母校北京师范大学，他总会约我见上一面，或清茶朗月，或白雪红炉，畅谈一番。那一年，我们相约在王府井见面，不过是在路南口的麦当劳随便吃了点东西，然后，我们边走边聊，顺便送他回驻地。他住在通县靠近城东的一家宾馆，我们就沿着长安街向东，一直走到那里。那时，京通快速路还没有修通，路上没有那么多的车水马龙，或者有，我们只顾着聊天，没有听见市声的喧嚣。去年年底，他来北京参加作代会，看到花名册上有我的名字，给我打电话，想约上一见，可惜那时我正在呼和浩特姐姐的家中。电话中，他语气中颇多遗憾，却兄长一样地关心叮咛，让我感受到塞外冬天难得的温暖。

前不久，他寄来他厚厚近五百页的新书《旺角岁月》（香港文学出版社 2017 年 4 月版），是他近年散文创作浩浩的集合。见不到他的日子，读他的作品，如同晤面。因融有感情，读起来格外亲切亲近，就像听他娓娓而谈。在这本新书中，他写人，写事，写景，一如过去的风格。有的人风格多变，有的人风格以不变应万变，陶然属于后者，为文，为人，互为镜像，高度统一。白居易有诗："万物秋霜能坏色"。陶然难能可贵，是不随秋霜而变色，保持始终如一的眼观浮世，笔持太和的风格，静水流深，水滴石穿。

在这本新书中，他写香港，写大陆和台湾，也写很多世界的其他地方。在陶然的散文创作里，有着明显的地理概念，这是我们古人知行合一、神与物游的古典传统。凡是他足迹踏过的地方，他一般都会留下文字，这些文字，不是一般的到此一游的旅游笔记，而是留下他的心情如鲜花盛开，甩满身前身后幽深交叉的小径。

我最喜欢他写香港的篇章，自从他 1973 年从北京到香港，已经有四十余年了，自然对那里更富有感情，尽管他的文字清淡如水，却是一潭深水，而不是轻易便冒着泡沫溢出瓶口的汽水。他写第一次到香港下火车的尖沙咀火车总站，如今变为了红磡，只有钟楼尚在。他写第一次在香港看电影的国都戏院，如今已随两百余家戏院一起被关掉，代之而起的是商业楼盘。他写英皇大道旁的小山丘，如今早已经被炸掉，百惠苑以及金城银行、麦当劳和地产公司耸然而立。他写街角店铺并非公共却供人方便使用的电话，如今已经进入网上新世界……他不动声色却又细致入微地道出了世风民情变化的同时香港的发展变化，他将地理的变化演绎融入了历史的沧桑感。

他也写香港的茶餐厅、咖啡馆、老街巷、街头艺人，写旺角响着音乐声的雪糕车、湾仔长在石墙缝隙间的神奇石墙树、大角咀的排长队的车品品小食店、油麻地平民的庙街……在这些篇章中，弥漫着浓重的怀旧色彩。但他以极其克制的笔调，写得那样的云淡风轻，大味必淡。看似平易至极的文字，却是精心打磨的。他注意炼字炼意，在这本书的前言中，他说过一句有意思的话："一句足以传世的句子，就像梦露裙摆吹拂，一个镜头变成永恒。"这是他的追求。看他写大角咀夜市琳琅满目的小吃后，只是一笔便戛然而止："我们刚晚饭，无意宵夜，便慢慢踱回去，春夜正在倾斜。"余味袅袅，写得真是好。

他写他曾经住过四十余年的鲗鱼涌，写得最是富于怀旧的感情。文章开门见山，说四十年前投奔姐姐，第一次到鲗鱼涌，而今旧地重游，他写道："有轨电车叮叮当当从街当中穿过，这响声一直响着，见证了岁月渐渐老去。"结尾又写到有轨电车："那叮叮当当了超过百年的有轨电车依然，车身尽管不断变幻，广告也五花八门，但电车依旧从东到西，再从西到东，不紧不慢，贯穿香港岛，静静笑看风云。"他总是能找到寄托自己情感的东西，这一次，他找到了老有轨电车，便将自己哪怕在心中再翻江倒海的情感，也化为涓涓细流，不紧不慢、静静地流淌。可以说，这就是他一贯的风格。

我说他是一个重情重义的人，无论对人对事对景，对再琐碎的事物，都是如此。这样性情的人，怀旧之情，便常会如风吹落花，飘时犹自舞，扫后更闻香。拥有一支这样静穆情深之笔的人，是幸福的。在这样的笔下，岁月陶然，心亦陶然。

2017 年 8 月 29 日于北京

书房的沦落

归有光写过一则短文，名字叫《杏花书屋记》。文章记述了他朋友父亲的一个梦："尝梦居一室，室旁杏花烂漫，诸子读书其间，声琅然出户外。"父亲将这个梦告诉给儿子后，嘱咐道："他日当建一室，名之为杏花书屋，以志吾梦云。"

对于中国的读书人，谁都会有这样一个书屋之梦。坐拥书城，犹如拥有六宫粉黛，书房便不仅成为读书人被人认可的一个身份证，也成为了读书人对外拿得出手的或值得骄傲的一张名片。特别是在住房紧张、经济拮据的年代，书房是很多读书人可望而不可即的一个梦。

具体到我自己，有这样一个梦，是我读初一的那一年。我的一个同学的父亲，是当时《北京日报》的总编辑周游先生。有一天，这位同学邀请我到他家去玩，我第一次见到了书房是什么样子，那一个紧挨一个的书柜里排列整齐的书籍，让我叹为观止。要是我也有这样一个书房该多好啊！梦在当时就这样不切实际地升腾。

当时，我连一个最简陋的书架都没有，我少得可怜的一些书，只好蜷缩在拥挤的家中墙角一个只有区区两层的鞋架上。

没有书房，退而求其次，我的梦想是有一个书架也好。

我终于有了一个书架，是十四年之后的 1974 年，我从北大荒返回北京当中学老师。发了第一个月的工资，我迫不及待地跑到前门大街的家具店，花了二十二元买回一个铁制书架。那时，我的工资一个月只有四十二元半，花出一半钱了。买好书架，才想到我无法把书架扛回家，只好找到我的一个同学，他力气大，一手扛着书架，一手扶着车把，把书架帮我弄回家。

那时，我的书还放不满书架。但是，没过两年，"四人帮"被粉碎了，王府井大街的新华书店门口开始排长队买书了，买回来的书，很快挤满了书架。人心不足蛇吞象了，初一开始的书房之梦，如同冻蛇，僵而未死，蠢蠢欲动地复活。

二十六年之后，我真正有了属于自己的一间比较宽敞的书房。两面墙摆满了当年周游先生家那样的书柜，书柜里也挤满了那样多花花绿绿的书。我的年龄也像当年周游先生一样老了，在书房梦的颠簸中，青春一去不返。

暂短的兴奋，如绚丽的焰火，逝去后，忽然，我很是有些失落。

记得书放在鞋架子上的时候，那些书，翻来覆去，不知看过多少遍，有的地方，还用那种只有那个年代里才有的纯蓝色的墨水钢笔抄录在笔记本上。

那个铁制书架上的书，我也都全部看过，不仅自己看，还推荐给朋友看。朋友来我家，最爱去的地方，就是到那个书架旁翻书，然后抽出一本，朗读一段，和我探讨，或者争论。那时候，书中真的会有黄金屋和颜如玉一般，令我们痴迷。

如今，书柜里的书拥挤不堪，已经扔掉很多，但仍有很多，自从买过就没有看过，却还敝帚自珍。

如今，我很少到书房。读书，写东西，都是躺在卧室的床上。

如今，朋友来，更很少到书房。我出的书，送给他们，他们都懒得看，哪里还有兴趣和热情去看不相识的别人的书？兴趣和热情，都放在手机上，除非我的文章被放在手机上，他们兴致勃勃，重回过去，然后，水过地皮湿，把它删掉，移情别恋新的电子文章。

书房沦落，如今只是一个摆设，一种虚饰。

归有光在那篇文章中，记述他的那个朋友后来在父亲逝去数年之后，遵照父亲的意愿，"于园中构屋五楹，贮书万卷，以公所命名，揭之楣间，周环艺以花果竹木。方春时，杏花粲发，恍如公昔年梦中矣"。古时，一楹是一间屋子，按照北京老四合院的规矩，一般是建有正房三间，已经足够宽敞了。五间屋的书房，可谓不小，否则，也放不下他的贮书万卷。

归有光没有写那万卷书，他的这位朋友是否都看过或翻过了。我猜想，尽管古人崇尚行万里路，读万卷书，但恐怕和我的书房里的那些书的命运一样，是不会读完的，甚至是连翻都不曾翻过，任其尘埋网封，虫蠹雨湿。

我想起早年前看过中国青年艺术剧院演出的一部话剧，是田汉先生的《丽人行》。剧中那个资本家的家里也放有一个书架，他的太太以前爱读书，书架放满了鲁迅的书，几年过后，书架上的书一本也没有了，放满了她各种各样的高跟鞋。

如今，我们的书架和书柜里倒是还放着书。

又想起归有光的文章，他的朋友的那位老父亲，在做书房之梦时，还给他的书房起了个"杏花书屋"这样好听的名字。幸亏当年我做书房之梦的时候，没有想到给书房起名字。要是也起个什么杏花樱花梅花之类的名字，真的要羞死了。

2017 年 8 月 28 日于北京

如今的聚会和当年的聚会

如今，朋友以各种名义张罗的聚会多了起来。这样的聚会，对于我，主要来自北大荒的荒友和中学同学。有时合二为一，因为很多荒友就是中学同学，当年是坐着同一辆火车一起从北京到北大荒。这样的聚会，同窗且荒友，两两相加，不能不去。

如今，这样的聚会一般都会选在饭店酒楼，一桌子丰盛的菜肴，鱼呀，虾呀，贝呀，鸡呀，鸭呀，酒呀，应有尽有，往往吃不了，也不兜着走。就着陈芝麻烂谷子的往事回忆，一直到酒足饭饱，晕晕乎乎，晃晃悠悠地握手告别，不知今夕何夕。

下一次聚会，依旧是这些陈芝麻烂谷子的往事回忆，祥林嫂一般，一遍遍地陈情诉说。不谈自己的家庭，因为有的家庭好，有的不好；不谈自己的孩子，因为有的孩子有出息，有的孩子没出息；也不谈自己的身体，因为同样有的身体没问题，有的有问题……

除了时事新闻，就谈过去的陈芝麻烂谷子，那些陈芝麻烂谷子好像还能鲜榨出喷喷香的香油来。浓郁的感情，加上更浓郁的怀旧情绪，像一把把火燃烧起过去的岁月和流逝的青春，不是将其烧成灰烬，而是将其在火中涅槃，真的像卡朋特那首老歌唱的那样，可以昔日重来。重来的昔日，已经过滤掉很多难言的苦涩和艰辛，被我们人为地诗化和戏剧化。

以前，我们也曾聚会。这个以前，是指我们刚刚从北大荒返城的时候。那时候，我们二十多岁，一晃竟然过去了四十多个年头。那时候的聚会，我们还谈依旧相信的未竟的理想，谈不着边际的浪漫的憧憬，谈刚读过的新买的小说或刚看过的电影。聚会的内容，不切实际，却心心相通，那么丰富温暖，又那么新鲜，有滋有味，如同当年知青宿舍热炕灶里刚烤好的南瓜。

那时的聚会，我们都是在各自的家中，一张桌子移到床边，床上坐人，椅子上坐人，围成一圈，把窄小的房间挤得满满当当。那时候，根本没有想到聚会去饭店，因为兜里的"兵力"不足，一根扁担挑两头，还要养活上老下小。但呼朋引伴到各家聚会的劲头，一点儿不亚于眼下。最有意思的一次，是床上坐的人多了，竟然把床板给坐塌了，倒了一地的朋友哈哈大笑的声音，至今还响亮地回荡在耳边。

聚会的酒是北大荒，那种白底绿字牌牌六十度的北大荒酒，如今很难找到了。饭菜则都是出自我们的手。那时候，我们很多人都无师自通或自学成才，操练成烹饪高手。记得有一年，我的一个中学同学兼荒友结婚，为了省钱，婚宴在家里，屋里院里摆上好几桌，我自告奋勇当主厨。正过五一，赶上菠菜上市，便宜，我买了很多菠菜，一连做了好多菜：菠菜肉片、菠菜豆腐、菠菜海米……就连珍珠丸子，我都在下面铺一层翠绿的菠菜。我的这位同学新郎官跑进厨房，苦瓜一样耷拉着脸对我说：赶紧换换吧，别再菠菜了，都快给大伙的脸吃绿了！但是，这并没有影响这次重要的聚会，以至到现在人们还记忆那场菠菜宴。

聚会，我还有一个拿手菜，是沙拉。那时候，哪里去买沙拉酱？我用开锅的热油，浇在鸡蛋黄上，要一手倒油，一手不停搅拌蛋黄，直至搅拌成我的沙拉酱，大家吃得像在老莫那里一样开心。

当然，这只是重要聚会才会出手的绝活，一般聚会，如果只是三两好友，我的菜谱上只有一道，便是疙瘩汤。现在，饭馆里也卖疙瘩汤，我做的疙瘩汤，没有西红柿，没有最后飞上的一层蛋花，也没有点上的那一滴滴的香油，只有大白菜和面疙瘩，用葱花炝锅，最后洒一点儿酱油。我管它叫拨鱼儿，因为我用筷子把和好的面一片片拨下锅，真有点儿像一尾尾的小银鱼。我会做上满满的一大锅，如果来的是一个人，我们俩人把这一锅吃得精光；如果来的是两个人，我们三个人把这一锅吃光。那时候的聚会，不会因为拨鱼儿的简单，而有损一根毫毛。我们照样天南地北，海阔天空，上至马列主义，下至鸡毛蒜皮，聊得开心尽兴，一直到夜阑人静，朋友才依依不舍骑上自行车，消失在茫茫夜色里。我那雷打不动的拨鱼儿，当时只道是寻常，现在却常让我怀想。

如今的聚会，有时也会点上一盆疙瘩汤，那只是点缀，像饭后的甜点，为了给大家解酒或腻缝儿的。

其实，一般的聚会，或陌生一点儿的人，或社交礼节性的聚会，可以去饭店酒楼，但像我们这样发小加荒友的聚会，大可以常去各家去重温旧梦。只是，如今的聚会，已经断然没有去各自家中的了。如今的聚会，我拿手的沙拉和疙瘩汤，再也派不上用场。

想起这些，心里有些伤感。聚会归来，躺在床上睡不着，写下一首打油诗：

> 而今聚会太奢华，爱在餐厅不在家。
> 又笑老林深迷鹿，还怜浅草曲藏花。
> 青春尽醉一杯酒，白首且分三泡茶。
> 难有当年窄屋里，半锅烂面话天涯。

2017 年 8 月 15 日于北京

谁还在等待盛装出场的未来

　　很少听流行歌曲了。也不是一点儿没听，听到的，有的词不错，曲不行；有的曲不错，词太水。难有词曲咬合，水乳交融，让人心里为之一动的。

　　偶然间，听到北京电视台跨界演唱里王珞丹和朴树合唱的一曲《清白之年》，如莲出清水，月开朗天，吹来一缕酷夏里难得的凉爽清风。两位演唱，站在台上，一个握着话筒垂肩颔首，一个抱着吉他不动声色。一曲唱完，没有多余的动作，像一幅没有一处败笔的工笔画。不像眼下一些歌手选秀大赛，比赛着恨天怨地的大幅度夸张动作，似乎流行歌曲就必须龙腾虎跃，搔首弄姿。

　　他们的穿着也很朴素，一个白衬衫、蓝裙子，一个白T恤、蓝裤子，和《清白之年》很搭。曾经在电视里看到歌手那英和陈奕迅一起演唱一首歌，各自穿的衣服肥肥大大，尤其是袖子宽大得如同各自挥舞着牛魔王的芭蕉扇。歌唱会毕竟不是时装台。除了服装，如今歌手选秀大飙高音，甚至海豚音，似乎唱歌就像卖东西，谁吆喝的嗓门儿高谁的就好。朴素的装束，朴素的声音，和朴素的唱风，一起在沦落。我们似乎已经不会静静地、好好地唱歌。其实，鲍勃·迪伦也常常只是抱着一把吉他静静地唱歌的。

　　《清白之年》让我心里感动，是因为它没有追逐那些轻薄的时髦。它的曲风和歌词，都清澈如一潭绿水，却能静水流深，映彻云光天色。歌里唱道："我情窦还不开，你的衬衣如雪。盼着杨树叶落下，眼睛不眨；心里像有一些话，我们先不讲，等待着那将要盛装出场的未来。"写得不错，唱得更好。尤其是"盛装出场的未来"那一句，透露出朴树的才华。谁在年轻的时候，心里没有一个"盛装出场的未来"呢？那是一种美好的向往，或者是一个憧憬和梦想。这个"盛装出场的未来"，只有青春时节衬衣如雪，只有杨树叶纷纷落下，才和它遥相呼应，背景吻合，人物吻合，将写意的心情和线性的时间叠印交织。它才会不时地隐约出现，如惊鸿一瞥，魅惑诱人；如青蛇屈曲随身，又咬噬在心。

当然，如果这首歌唱的只是这些，尽管有一个"盛装出场的未来"句子，也只是一道漂亮的彩虹，会瞬间消逝。幸亏它还有下面的歌唱："数不清的流年，似是而非的脸，把你的故事对我讲，就让我笑出泪光。""就让我笑出泪光"，不算是朴树的水平，有了经年之后的沧桑。但老眼厌看南北路，流年暗换往来人那些似是而非的脸之后，还愿意倾听"你的故事"，一丝未散的温情之中，多了沧桑之中几许无言的期待，尽管那期待是属于过去时的。

接下来，他们唱道："是不是生活太艰难，还是活色生香，我们都遍体鳞伤，也慢慢坏了心肠。"舒缓而轻柔的吟唱之中，唱得真是痛彻心扉。在我们司空见惯的怀旧风里，蓦然高峰坠石，即使没有砸到我们，也会让我们惊吓一阵。这句词是崔健以前在《新鲜摇滚》里唱的"你的激情已经过去，你已经不是那么单纯"的变奏，比崔健唱得更加锐利——不再单纯和坏了心肠，一步跨过了一道多么宽阔的河。这唱的是他们，也是我们。这是这首歌的核儿，一枚能够扎进我们心里的刺，看谁敢正视，看谁又敢拔出。

《清白之年》，在这里才显示出题目之中"清白"二字的尖锐意义。有了这句歌词，让这首歌变得不那么千篇一律的庸常。只是结尾收得太稀松平常："时光迟暮不返，人生已不再来。"但收尾的笛子吹得余音袅袅，追心追魂一般，替他们弥补了许多。

这首歌，延续的是老狼的校园民谣一脉，有意思也有意义在于，它不再仅仅囿于校园回忆的云淡风轻，和时过境迁怀旧的惆怅和忧郁，而有了事过经年对现实的无奈，还有难得的对自己的批判。这便让这首歌成为了朴树自己也成为校园民谣那一脉的延长线，成为了一代人的青春祭。

《清白之年》，让我想起作家张承志写过的一篇散文，题目叫作《清洁的精神》。相同之处，在于他们对于清白、清洁的刻意的恪守，以及向往和追求；不同之处，在于他们一个更偏重于现在，一个更偏重于过去；一个更在于自身的经历，一个更在于自身的精神。

听完这首歌之后，我在想，王珞丹和朴树唱完之后，还会一身衬衣如雪，再"等待着那将要盛装出场的未来"吗？或者说，还会相信那曾经期待并等待的未来能够盛装出场吗？

我们自己呢？

2017 年 7 月 26 日于北京

送给诗人的礼物

——苏金伞先生逝世二十周年纪念

端午节那天，我在郑州火车站。候车大厅里人非常多，好不容易找到一个座位，坐下等车回北京。离开车时间还早，正好书包里有苏金伞的小女儿刚刚送我的一本《苏金伞诗文集》。书很厚，苏金伞先生一辈子的作品，都集中在这里了。

苏金伞是河南最负盛名的老诗人，他的诗，我一直都喜欢看。最早读他的诗，已经忘记了是在什么时候了，记得题目叫作《汗褂》。这个叫法，在我的老家也这么叫，我母亲从老家来北京很多年，一直改不掉这种叫法，总会对我说："赶紧的，把那个汗褂换上！"所以，一看题目就觉得亲切，便忘不了。忘不了的，还有那像汗褂洗得掉了颜色一样朴素至极的诗句："汗褂烂了，改给孩子穿；又烂了，改做屎布。最后撕成铺衬，垫在脚底下，一直踏得不剩一条线！"

赶紧在书中先找到这首诗，像找到了多年未见的那件汗褂。跳跃在纸页间的那一行行诗句，映射着苏先生熟悉的身影，映澈着逝去的岁月，才忽然想到，今年，苏金伞先生去世整整二十年了，日子过得这样的快！心里一下子有些莫名的感喟，不知是为什么，为苏先生？为诗？还是为自己？

苏金伞先生是 1997 年去世的。在一个不是诗的时代，真正的诗人是寂寞的。苏金伞先生的去世是很寂寞的，只是在当地的报纸上和北京上海几家有关文学的报刊上发了个简短的消息。记得那时当地的领导忙于开别的会议，没有参加他的追悼会。有文人愤愤不平，给当地的领导写了一封信，直言不讳地批评他们，讲到艾青逝世时国家领导人还送了花圈，苏金伞是和艾青齐名的老诗人呀，他不仅是河南人民的骄傲，也是中国诗坛的一株枝繁叶茂的老树。

这些话是没有错的。作为中国新诗的奠基者，他在中国文学史上的地位应该是和艾青齐名的。从二十年代就开始写诗，一直写到九十岁的高龄，仍然没有放下他的笔。一直到现在，我依然清晰地记得，在他逝世前一年年底的第 12 期《人民文学》上，他还发表了《四月诗稿》，那是他写的最后的诗了。

我在书中又找到《四月诗稿》，这是一组诗，一共五首，第一首《黄和平》，写的是一种叫作黄和平的月季："花瓣像黄莺的羽毛一样黄，似鼓动着翅膀跃跃欲飞。我仿佛听见了黄莺的啼叫声，使我想起少年时，我坐在屋内读唐诗，黄莺在窗外高声啼叫，它的叫声压住了我的读书声。""现在黄莺仍站在窗台上歌唱着，可我不是在读诗，而是在写着诗，月季花肯定是不败落的了。"很难想象这样美好的诗句是出自九十岁老人之手，轻盈而年轻，如黄莺一样在枝头在花间在诗人的心头跳跃。"月季花肯定是不败落的"，说得多好。有诗，月季花就肯定是不会败落。这是只有诗人的眼前才会浮现的情景。

1997 年，香港回归。苏金伞先生没有等到那一天的到来，临终之际他用含混不清的声音对他的大女儿说，他要写一首香港回归的诗，他都已经想好了……他就是这样的一个诗人，是真正意义上将诗和生命和时代融为一体的诗人。他曾经有一首诗的名字叫作《我的诗跟爆竹一同响着》，实际上，在他一辈子漫长的岁月里，他的诗都是这样跟爆竹一同响着。可以这样说，在目前中国所有的诗人中，写了那样漫长岁月的诗的，除了汪静之等仅有的几位，恐怕就要数他了；而坚持到九十一岁的高龄将诗写到生命的最后时刻的诗人，恐怕只有他了。苏金伞是我们全国诗坛和文化的财富。这话一点儿不为过。

在一个不是诗的时代，诗集却泛滥，这在当今中国诗坛实在是一个颇为滑稽的景观。只要有钱，似乎谁都可以出版诗集，而且能出版得精装堂皇，诗集可以成为某些老板手臂上挽着的"小蜜"，或官员晚礼服上点缀的花朵。苏金伞没有这份福气。虽然，在二十年代，他就写过《拟拟曲》，三十年代就写过为抗战呐喊的《我们不能逃走》，四十年代又写过《无弦琴》等一系列脍炙人口的诗篇，曾获得朱自清、叶圣陶、闻一多等人的好评。在现当代中国诗歌史上，谁也不敢小觑而轻易地将他迈过。

我在书中翻到了这几首诗重读。《我们不能逃走》里的诗句"我们不能逃走，不能离开我们的乡村：门前的槐树有祖父的指纹——那是他亲手栽种的……"，还是让我感动，好诗是从心底流淌出来的，没有落上时间的尘埃。但是，只因为这首诗当年发表在胡风主编的《七月》杂志上这样一条原因，苏金伞被打成右派，落难发配到大别山深处。

我又找到我特别喜欢读的他的那首诗《雪跟夜一般深》。那是刚刚粉碎"四人帮"之后不久八十年代初的作品，我是在《人民文学》杂志上读到的。记忆中的诗句，和记忆中的人一样深刻。"雪，跟夜一般深，跟夜一般寂静。雪，埋住了通往红薯窖的脚印，埋住了窗台上扑簌着的小风。雪落在院子里带荚的棉柴上，落在干了叶子的包谷秆上，发出屑碎的似有似无的声音，只有在梦里才能听清……"读这样的诗，总能让我的心有所动。我曾想，在经历了命运的拨弄和时代的动荡之后，他没有像有的诗人那样愤怒亢奋、慷慨激昂、指点江山，而是一肩行李尘中老，半世琵琶马上弹的沧桑饱尝之后，归于跟夜一样深跟雪一样静的心境之中，不是哪一位诗人都能够做到的。这样质朴的诗句如他人一样，他的老友、诗人牛汉先生在他诗文集序中说："我读金伞一生的创作，最欣赏他三十年代和八十年代的诗，还有他晚年的'近作'。它们真正显示和到达了经一生的沉淀而完成的人格塑造。这里说的沉淀，正是真正的超越和升华。"这是诗的也是人生的超越和升华。不是每一个诗人都有这份幸运。

但是，有了这份幸运又能如何呢？徒有好诗是无用的！如他一样的声望和资历，在有的人手里可以成为身价的筹码，进阶的梯子，在他那里却成了无用的别名。他一辈子只出版过六本诗集，1983年在人民文学出版社出版《苏金伞诗选》，十年后的1993年在百花文艺出版社出版《苏金伞新作选》，到1997年去世，再无法出版新书。原因很简单，经济和诗展开肉搏战，诗只能落荒而逃。出书可以，要拿钱来。河南一家出版社狮子大开口要十七万元，北京一家出版社带有恻隐之心便宜得多了，但也要六万元。应该说，苏金伞也算作一位大诗人，出版一本诗集，竟如此漫天要价，在我看来简直有些敲诈的味道。幸亏河南省委宣传部拨款五万元，一家出版社方才答应出书。作为一个以笔墨为生的诗人，在晚年希望看到自己最后一部诗集，该是一种什么样的心境。我禁不住想起他在以前写过的一首诗中说过的话："眼看着苹果一个个长大，就像诗句在心里怦怦跳动；现在苹果该收摘了，她多想出一本诗集，在歌咏会上朗诵。"可惜，他在临终之际，也未能看到他渴望的新诗集。苹果熟了，苹果烂了，他的诗集还未能出版。我可以想象得到，诗人临终之际是寂寞的。

　　其实，我和苏金伞先生只有一面之交。那是1985年的5月，我到郑州参加一个会议，他作为河南省文联和作协的领导来看望我们，听说我出生在信阳，离他落难大别山的地方不远，相见甚欢，邀请我到他家做客。临别那天，天下起雨来，他特地来送我，还带来他刚刚写好的一幅字。他的书法很有名，笔力遒劲古朴，写的是他刚刚完成的一首五绝："远望白帝城，缥缈在云天。踌躇不敢上，勇壮愧萧乾。"他告诉我，前不久和萧乾等人一起游三峡，过白帝城，萧乾上去了，他没敢爬。"萧乾比我还小四岁呢。"他指着诗自嘲地对我说。那一天的晚上，他打着伞，顶着雨，穿着雨鞋，踩着雨，一直把我送到开往火车站的一辆面包车上。那情景，怎么也忘不了。那一年，他已经七十九岁的高龄了。

　　我再也没有见过苏金伞先生，但是，我们一直通信，一直到他去世。我们可以说是忘年交，他比我年长四十一岁，是我的长辈，一点架子也没有，一直关心我，鼓励我。他属马，记得那一年，他八十四岁，本命年，我做了一幅剪纸的马，寄给了他，祝他生日快乐。他给我回信，说非常喜欢这张剪纸的马，他要为这张马写一首诗。想起这些往事，我的眼睛有些湿润，书页上的字也有些模糊，仿佛一切近在眼前，一切又遥不可及，一片云烟迷离。

竟没有发现一个十来岁的小姑娘，已经站在我的身旁一会儿了。她看我从书中抬起头来望着她，递给我一张硬纸牌，上面写着"为残疾孩子捐赠"几个大字。我很奇怪，候车大厅里的人非常多，她怎么一下子选中了我？我问她，她是个聋哑的孩子，但是从我的连比划带说中明白了我的意思。她笑着指指我手中的《苏金伞诗文集》。那意思是看苏金伞的诗的人，应该有爱心。我也笑了，掏出了一百元交给了她。她把钱装进书包里，顺便从书包里掏出一根鲜艳的线绳。我知道，这是用黑白黄红绿五种颜色的细线编成的，所谓五色，对应的是五毒。这五色线，可以系在手腕上，专门在端午节为驱赶五毒，平安祈福的。她帮我把这端午节的五色线系在我的手脖子上。我觉得这是端午节缘由一本《苏金伞诗文集》而得来的礼物，端午节又是纪念诗人的节日，这应该是冥冥之中送给苏金伞先生的礼物。

2017 年 7 月 20 日于北京

水果之香

　　水果的香味，不同于花香。果香里有花香没有的另一种味道，是什么味道呢？我说不清。

　　似乎花香是青春少女，而果香则是成熟的妇人。这是一个蹩脚的比喻。有时候，我会想花香或许像做汤时漂在上面的那层油花，而果香则是渗透进汤的每一滴水珠里面了。当然，这也是蹩脚的比喻。但是，果香里有果实的味道，是厚重的，不像花香只出自花蕊和花粉，是显而易见的。

　　号称世界水果第二大产量的苹果，那种清香，是属于大众常见的香味。佛手的清香则与众不同，仿佛妙手天成，清新如诗。随着时间的延长，那清香仿佛音乐的展开部一般，渐次高潮，形成华彩，分外香气扑鼻，是属于天堂的香味，难怪要把佛手供奉在寺庙的佛祖面前。

　　梨也是清香，却是有着丝丝水汽的清香，特别是天津鸭梨，那种清香富于地域特点。李子的清香，则有点涩涩的感觉，欲说又止一般，恰便多情唤却羞。杏子的清香，则有股酸甜的意思。表面温存，不动声色，却是内含机锋，格外撩人。

　　果香刺鼻的也有，菠萝蜜是其中之一，榴莲更是其中之一，它们属于果香中的另类。

　　果香从来不愿和花香雷同，也不愿攀附花香，去借水行船，招摇自己。唯独一种葡萄取名玫瑰香，将自己和花香联姻。这大约是众多果香最不齿的。况且，那种葡萄的香味也和玫瑰花的香味大相径庭。

花香，是为了吸引蜜蜂，是植物的一种欲望，为了自己的生存而复制繁衍的一种本能。这是迈克尔·波伦在他的《植物的欲望》一书中说的。

果香呢？果香不是为了自己的生存，它满足的是人的欲望。这样说来，果香颇有些奉献精神。

其实，这样说来，也不尽然，好像果香就是为了取悦于人，这实在有些贬抑果香了。果香，存在于大自然之中，有人无人，它的香味都独立在那里存在，无风自落，有风飘散。草木本无心，何须美人折？

那么，水果为什么会拥有香味，而且是拥有这样不同样式的众多香味呢？

我想起钟嵘在《诗品》中开宗明义说过的话："气之动物，物之感人，故摇荡性情，形诸舞咏。"钟嵘说的"气"，是针对诗而言，但我宁愿相信同样适合于水果的香气。水果之所以拥有这样多的香气，能够感人，是水果自己的性情。不同的水果，有不同的性情，就有不同的形状，也就有不同的香气，三位一体，互为表里。苹果的性情是温顺的，形状是圆圆的，香气是清新的；榴莲的性情是另类的，形状是怪异的，香气是冲人的；佛手的性情是神性的，形状如千手观音的手指，香气是圣洁的。不同的香气，荡漾在空气中，缭绕在我们的面前，袅袅婷婷，虽然看不见，却是不同水果形诸自己的舞姿翩翩。如果水果也会说话，香气就是它们各自的发言。

我从小就喜欢杏的香气，觉得它比其他水果散发的香气要好闻。麦熟杏黄时节我总要买好多不同品种的杏回家。黄杏只是杏的一种，如果从颜色分，红杏、黄杏和京白杏的香气，略有差别。红杏的香味淡，黄杏的香味浓，京白杏的香味最清雅。如果说红杏如夏天的清晨，黄杏就如同炽热的中午，而京白杏则像是清凉而弥漫着花香的夜晚。如果打一个通俗的比喻，红杏像这时候摇的团扇，黄杏像摇的芭蕉扇，而京白杏则像是香妃扇。

如果论好看，红杏当然像红颜知己；论好吃，还得数黄杏，沙沙的，绵软可口。但如果论香气好闻，得独数京白杏。

有意思的是，无论什么品种的杏，开的花都不香。曾经有一年的开春，路过京郊怀柔，有一大片杏树林，漫山遍野开满着白花如雪，一点儿也不香。但到了杏黄麦熟的季节，再路过那片杏林，清香透人心脾，仿佛它们把香气像酒一样储存整整一个春天，到它们成熟的时候，才打开酒瓶塞子，举办属于它们自己的盛宴。

前两天，我买了一篮京白杏。买来的时候，杏还没有熟透，尖上还是青的，香味都还深藏不露。我把它们放在阳台上，等过两天再吃。没有想到，第二天上午一开阳台的玻璃门，满阳台都是那么浓郁的香味，而且，那香味像憋不住似的，立刻长上了翅膀一样飞进屋里，久散不去。

2017 年 7 月 18 日写毕于北京

孙犁和石涛

　　读画和读帖，是孙犁先生晚年的重要生活内容之一。当然，这个爱好并不是自晚年始，早在上个世纪的六十年代，孙犁先生就曾经买过不少的画册和画论方面的书。只不过晚年的孙犁更有了时间和心境，面对画册与碑帖，可以相看不厌，打通心梦两界，勾连画与生活的血脉关系。因此，读画而感的写作，便也成为孙犁先生晚年的重要文字。《读画论记》等，是关注或研究晚年孙犁生活与创作、情感与思想绕不过去的篇章。

　　通常说，文艺不分家。尽管美术和文学，一靠笔墨，一靠文字，相距很远，但是，自古有诗书画为一体的传统，很多作家都是喜爱美术的。不过，如孙犁先生晚年如此偏爱中国古画并深有见地的作家并不多。他的《甲戌理书记》中有一节，是读《张大千生平和艺术》后所写，其中说道："余自作《读画论记》，内涉及中国绘画发展史，恐有失误。今读此书，余所作时代划分，尚与大师主张相吻合，乃一块石头落地。"其认真和喜悦之情，溢于纸上。

　　清初画家石涛，是一位在中国绘画史上绕不过去的巨擘。自然，石涛便不会跳出孙犁先生的法眼。孙犁先生在几处论及石涛。今天，重读孙犁先生论及石涛的文字，颇有意思。有意思，不是就画说画，或就人说人，而在于由画到人，再由人到画，互为表里，彼此镜像，犹如醒墨，从而洇染，旨在澄心。因此，重读孙犁先生二十多年前的文字，并未有时过境迁之感，相反，依然具有对现实的警醒之意。

说起石涛，即使没有看过他的真迹，很多人也都知道他的名言，诸如"搜尽奇峰打草稿""笔墨当随时代""法自我立"等。他的巨幅山水，他的册页小品，均成为罕世珍品，几乎是所有画中国画的画家必须学习的范本。孙犁先生在《甲戌理书记》中的《〈石涛山水册页〉》一文中，高度评价石涛："其画法，简洁而淡远，笔墨纯熟如天成。开卷其作风自现，无第二人可比……"在孙犁先生所评论过的画家之中，石涛真的是无第二人可比。

《读画论记》最后一节《石涛画语录》中，孙犁先生从石涛的一首题画诗入笔，以中国画的传统六法为理论，详尽分析了石涛的画如此出类拔萃，为什么能够做到，又是怎么样做到的。他这样说："面对眼前的景物，他的创作欲望，非常强烈。他进入自然景象之中，并有推动和支配这些景物的愿望。他终于与自然景物结为一体，成为大自然的一个组成部分。人景合一，天人合一。他创作的画，活了起来，也成为自然的一部分，并影响着自然，赋予眼前景物新的光彩，增加了大自然的美的内涵，美的力量。这样，石涛的画，就有了气韵，就完成了六法，也表现了个性。"气韵，是六法中的第一法。

作为画家，无疑石涛是出类拔萃的。但是，作为一个人，他却有着让人一眼望穿的毛病和弊端。他是一个性格复杂的人，一辈子渴望得志却并不得志的人，他自称"苦瓜和尚"，确实一生都是苦瓜一个。

石涛出身显赫，为明靖江王十世孙，却生不逢时，处于改朝换代的乱世。父亲被清朝杀死时，他才三岁多。如果不是被一个太监抱到寺庙之中，早就和父亲一样死于非命，断不会以后流落为僧，精于绘事。为世人所诟病的是，清康熙大帝两次南巡，他两次都叩头迎驾，渴望得到皇帝的宠幸，即使做不成官，起码也可以做一名御用的宫廷画家。一次，是在南京长干寺；一次，是在扬州平山堂。第一次，他四十三岁；第二次，他四十八岁。正值壮年，但有希望，尚可回黄转绿，落照辉煌。他渴望能够从和尚到弄臣的一步跨越。第二次，让他更是充满希望，因为第二次，他迎驾皇帝时，康熙居然在人群中一眼认出了他，并叫出了他的名字。这让他分外的感激涕零。事后，激动之余，他写了两首七律，画了一幅画。诗中他说："圣聪忽睹呼名字，草野重瞻万岁前"；"去此罕逢仁圣主，近前一步是天颜"。他的画的名字是《海晏河清图》，上有题诗："东巡万国动欢声，歌舞齐将玉辇迎。"都极尽逢迎之态，道不尽的笔歌墨舞、心飞意动之情。

孙犁先生在《〈石涛山水册页〉》中，也曾经论述过石涛两次迎驾康熙大帝之后的一段经历。孙犁先生说："此僧北游京师，交结权贵，为彼等服务，得其誉扬资助，虽僧亦俗也。乃知事在抗争之时，泾渭分明，大谈名节。迨局面已成，恩仇两忘，随遇而安，亦人生之不得已也。古今如是，文人徒作多情而已……"

在这里，孙犁先生对石涛的批评极有分寸。他只说他"虽僧亦俗也"，六根并未剪净。其实，这话却是绵里藏针，针藏在这句话的前面和后面，权贵和名节，是坠石涛入这俗之烂泥塘的两块充满诱惑并吸引他拼命追求的巨石。

如果我们重读孙犁先生的另一则文章《读〈史记〉记》，或许会明白，这样的两块巨石，虽然巨大得充满诱惑，却是孙犁先生厌恶痛恨的。在这则文章中，他引班固论《史记》关于"文直、事核、不虚美、不隐恶"的文字后说，这"就更非一般文人所能做到。因为这常常涉及许多现实问题：作家的荣辱、贫富、显晦，甚至生死大事"，"不直，可立致青紫；不实，可为名人；虚美，可得好处；隐恶，可保平安"。

以此观石涛，便可以明白孙犁先生对石涛批评的真正意义所在。涉及许多现实的问题，石涛所做的一切，便可以理解，这是孙犁先生的宽容态度；不能迁就甚至饶恕，这是孙犁先生晚年历经世态炎凉与人生况味特别是文坛的各色人等与春秋演绎之后，所醒悟并恪守的为文为人之道。可悲的是，石涛还不如我们现实中的有些人。在巴结了权贵甚至阿谀了皇上之后的石涛，名人的头衔和青紫的声望是达到了，但真正地进入宫廷得到天颜宠幸的梦想却是破碎的。

值得注意的是，在这则《甲戌理书记》论述石涛的文字中，孙犁先生特别强调了这样四个字："古今如是"。这便是孙犁先生论述石涛至今依然具有的鲜活的现实意义，也是孙犁先生文笔的老辣。

谨以此小文纪念孙犁先生逝世十五周年。

2017 年 7 月 16 日于北京

梁启超的绿豆粥

　　和很多地方一样，旅游景点外面都有一条小街，专门卖些当地的物品和吃食。在广东新会的茶坑村参观完梁启超故居后，在门外的小街上第一家卖陈皮和绿豆粥的小摊前坐下，花五块钱，买了一碗绿豆粥。老板娘端上一个很有些精致的白瓷盖碗盅，打开盖一喝，冰镇的，有一股特别的味道。不是那种加了桂花的味道，桂花太浓郁了，而是清新爽口的味道。仔细看，粥里有一道道细如发丝的东西，像是姜丝。老板娘告诉我：是陈皮。

　　哦，原来是加了陈皮。新会到处都有卖陈皮的。这不新鲜，用陈皮做成的陈皮糕、陈皮鸭，满城都有。

　　健谈的老板娘看出了我的不以为然，对我又说：我用的可是五年的陈皮哟！

　　自然，陈皮是年头越久味道越好，价钱也就越高。舍得放五年陈皮熬绿豆粥的，为的就是这个地道的味道。

　　老板娘看我望着她，以为我不相信她刚才讲的话，回身走到身后的柜台前，那里摆着一溜儿大玻璃罐子，她从其中一个罐子里掏出一块陈皮，然后走到我身边，将陈皮递给我，对我又说：喏，这就是五年的陈皮，你闻闻它的味道。

　　我先看它的样子，花开一般，三角梅一样呈三瓣，这是从当地的大红橘整个剥下的橘皮，外皮已经变成黑褐色，内皮有些像发霉的斑斑点点。老板娘看我有些疑惑地在端详那些斑点，像老师指点她的学生，用一种有些居高临下的口吻对我说：看好了，这是氧化的了，这样的陈皮，质量最好。

我又闻了一下，确实有一种淡淡的清香。离开橘肉的橘皮，已经有五年的时间了，居然不生虫，不发霉，风干得如同清癯老人，还能保持橘子的初心一样，保持那样持久的清香味道。与其说是这里村民几辈子传下来的本事，不如说更是大自然的奇迹。果皮变废为宝的，除了陈皮，我在梅州叶剑英故居还买到过柚子皮做的果脯，非常特别，非常好吃。

老板娘大概从我的眼神里看出了，我对她的陈皮已经由一无所知到了一知半解，从疑惑到彻底转变了认识和态度，微微地一笑。我看得出，那笑里带着几分得意和自豪。一碗五块钱的绿豆粥，外带要讲解这样多的内容，这碗绿豆粥真是平添了好多附加值。

我以为老板娘关于陈皮的授课到此结束，因为我的一碗绿豆粥已经差不多喝完了。谁知她余兴未尽，用手指指对面山上的一座塔，又接着对我说：你看见那座塔了吗？它叫龙子塔。我看见了，这座明朝的塔就在梁启超故居的后面，从矗立在故居和展览馆之间的梁启超全身雕像那里看，龙子塔就好像立在梁启超的身后。他的家乡整个茶坑村，就坐落在山脚下。

老板娘接着说：你别看新会到处都卖陈皮，可是，只有龙子塔下面山上种的橘子树，结出的大红橘的橘子皮，才能够做出我们这样的陈皮。不是这座山，做出的陈皮，和我们这里的味道就差远了。

这是真的有道理，还是一畦萝卜一畦菜，自己的孩子自己爱的王婆自夸，我不得而知。但是，老板娘下面的话，让我相信是真的：你是刚看完梁启超的了，梁启超是了不起的人物了，对吧？这都是因为有了他的保佑，我们的陈皮才会这样的好。你信不信吧？

真的是一方水土出一方人，也可以说是一方人出一方水土，两者相存共生。同为梁启超故居，天津有，北京也有，都和这里不同。天津意租界的故居是座小洋楼，位于北京粉房琉璃街的新会会馆，梁启超只是在戊戌变法前两次在这里小住。只有这里才真的算得上是梁启超的故居，乡土气息浓郁，原汁原味，故土故人，可以遥想当年。

我喝完绿豆粥起身要走的时候，老板娘对我讲的一句话，把我给逗乐了：你花五元钱，喝了一碗梁启超的陈皮绿豆粥，值不值呀？

老板娘这句话，让我忽然想起那一年在美国参观海明威故居，故居前不远的街上有一家小饭馆，取名叫"海明威"，她的绿豆粥，自然也可以取名叫"梁启超"了呢。投之以桃，报之以李，对于老板娘如此热情又自得的介绍，虽然贵了点儿，一斤要五百六十元的五年陈皮，我还是买了一点儿，准备回家如法炮制"梁启超陈皮绿豆粥"。

2017 年 7 月 1 日广州归来

二进宫

　　说来有意思，四十年前恢复高考，在那一年我同时参加了两次考试，先后出现在两次高考的考场上。这样的情景，恐怕并不多见。

　　中断了十二年的高考，终于要恢复了，不仅是国家大事，对于我们这样一代尤其对于66届高中毕业生而言，同样也是大事，因为在十二年前，我们这一届高中毕业生跃跃欲试正要参加高考的时候，"文化大革命"降临了，废除高考，大学梦断。

　　那一年，我在北京郊区一所中学当老师，教高三毕业班的语文。一天，我到学校的传达室接电话，不经意间看见电话机旁边有一张当天的《北京日报》，报纸的下方登载着中央戏剧学院招生的启事，我的脑海里立刻出现1966年春天初试、复试过后，接到中央戏剧学院录取通知书就要入学的时候，一个跟头，我落在北大荒，和大学失之交臂。

　　我决心再次报考中央戏剧学院。谁想到教育局通知，凡在校教师此次报考大学只能报考师范院校，其他类大学一律不准报考。这无疑给了我当头一棒。

　　我还是执意报名并着手准备复习考中央戏剧学院，这是我第二次考这所学院了，机不可失，时不再来。我向学校一再申明这个理由，不管学校同不同意，反正我决心已定，先考再说了。

　　中央戏剧学院的考试是在春末，分为上下两场，一场是戏剧文学常识，一场是写作。考场在离戏剧学院不远的鼓楼的一个大厅里。这个大厅，"文革"期间一直处于封闭状态，考试成为它见得阳光、舒展腰身的劫后重生。以后，它曾经变为卖集邮邮票等物品的小卖部。那里四周没有窗户，只有大门透射进来少许阳光，光线完全靠灯光，大白天的，一片刺眼的光明。坐在里面，虽穿着厚厚的衣服，依然感到阴凉得有些瘆人，但隔音效果极好，街上车水马龙的喧嚣，立刻被过滤得一干二净。

写作考试的题目是《重逢》。这个题目不仅很符合戏剧要求的基本元素，也很符合十年动乱之后人们的悲欢离合的命运跌宕。那时候，我爱好写作，写过一篇小说《遗忘荒原的红苹果》，写一位来自柬埔寨的女华侨，北京华侨补校中学没毕业，就随知青大潮来到北大荒，受到不公正的待遇，不得不悲愤地离开北大荒，离开中国，到国外找她的父亲去了；"四人帮"被粉碎了，她回国来找她在北大荒的恋人，与他重逢。因为考试的题目正好撞在我的枪口上了，答得很顺利，几乎是一气呵成，早早就交了卷。另一场戏剧文学常识，考试的内容答对的部分我全都忘了，偏偏答错的地方，至今记忆犹新：文学卷中问"举国欢腾"（这个词很有时代特色，那时刚刚粉碎"四人帮"，报纸上常出现这个词）的"举"字当什么讲；戏剧卷中问萧伯纳的代表作，举出其中的一部。除了这两点小错外，我考得还可以。

由于教育局有规定，我担心戏剧学院的考试成绩再好，学校也不让我入学。于是，我同时报考了普通大学，第一志愿填写的是北京师范大学。这便是我参加的第二次高考。记得很清楚，考场在当时的木樨园中学。那里离我教书的中学不远，我和学校的老师曾经到那里和他们学校的老师比赛过篮球，我的中学同学、作家萧乾的儿子萧铁柱，和我一样插队返城后在那里当老师，我还曾经找过他。对于这个考场，我比较熟悉，环境影响心情，因此，比到鼓楼的考场，我的心情放松很多。

这一次考试是在夏天，第一天考试，我早上到木樨园中学，以为去得很早。到那里一看，好家伙，校门外，操场上，树荫里，树荫外，密密麻麻站着的都是人。我没有想到参加高考有这么多人，后来一想，高考中断了十二年，十二年积压下来的人，当然不少，就像煤层的层叠、树木年轮的增加，这么多人都在聚集力量，在此一搏，渴望如煤激情燃烧，如树枝叶参天。

在考场上，我遇见很多熟人，其中包括萧铁柱这样和我一样66届的高中毕业生。我们都知道，这样的机会，不可能像夏日树上开的花朵一样，开完一朵接着还会有下一朵等着我们。

我还遇到我教的学生。这并不让我感到惊奇，只是让我感慨。仿佛时光定格了十二年，让年龄相差了整整一轮的人，重叠在一起，可以让正值花季的春花和迟桂残菊一并绽放，一锅烩在这样历史绝无仅有的考场上。

我考得不错，第一天考完我最担心的数学，我就自信满满，觉得这个大学已经手拿把掐。因为毕竟有十二年没有摸过数学书了，由于前一段时间主要对付戏剧学院的考试，留给我复习数学的时间有限。我从学校的数学教研组借来从初一到高三的十二本数学书，仅仅用了一个上午的时间，就把初中三年的六本数学书看完，但高中尤其是高三解析几何的复习，对于我艰难而且时间逼仄。问题就出在试卷最后一道解析几何题上，我没有答出来，被扣除了二十五分，其余的题目，我一点儿没有出错。我对于我的这第二次高考，还算满意。

成绩出来了，我是我们那一片考试总成绩第一名的考生。即使戏剧学院不让我上，总会有一所大学可以上了。不管怎么说，迟了十二年的大学之门，终于可以向我敞开了。想一想，这个大学之门，早该在十二年前就进去的，却迟到如今进得门去，算得上"前度刘郎今又来"，该是"二进宫"。再想一想，这一年两次迈进高考的考场，也算是"二进宫"吧。时光拉开的舞台上，让我的人生演绎了双出的"二进宫"。

我已经弄不清最后是区教育局还是我们学校网开一面，反正后来当中央戏剧学院的录取通知书到来的时候，学校同意我去报到，并且是让我带着工资入学的。那时，我们这所中学的老校长是西南联大毕业的一位教育家，他只是要求我报到之前和年轻的老师搞一次座谈，谈谈我的学习体会。座谈会之后，他夸奖了我，说我讲得不错，嘱咐我进了大学好好珍惜这难得的时光。我到现在还记得他握着我的手望着我那慈爱的目光。

2017 年 6 月 30 日改毕于北京

西瓜记事

　　有好长一阵子，西瓜刚刚上市的时候，下班回家的路上，我总要停下自行车，走到路边的西瓜摊或西瓜车旁，帮助瓜贩或瓜农卖西瓜。好像那里有什么特殊的魔力在吸引着我，我就像一个棋迷，看见了棋盘，就情不自禁地向那里走过去。

　　那时，广渠门内白桥那里，常常会停着一辆马车，车上装满西瓜，趁着下班人流密集，卖瓜的瓜农站在车上，吆喝着卖西瓜。我常常会帮他们卖西瓜。卖瓜的瓜农，自然很高兴，来了个不要工钱的帮手，就像现在的志愿者。关键是我挑瓜的手艺不错，总能够从瓜蒂的青枯、瓜皮纹络的深浅，或者轻轻地拍拍瓜，从瓜发出的声音、传递到手心的感觉，来断定瓜的好坏，瓜皮的薄厚，是沙瓤还是脆瓤，是刚摘的新瓜，还是前好几天摘的陈瓜。

　　开始，卖瓜的主儿含笑不语，买瓜的人满脸狐疑。好像在等待着一场什么好戏，等着意想不到的结局，或等着拾乐儿。

　　被刀切开的一个个西瓜豁然露出那鲜红的瓜瓤，比什么都有说服力，铁证如山一般，让所有人哑口无言，脸上只剩下了惊讶或赞叹。那是我最开心的时候，仿佛戏台上一个角儿的精彩亮相，博得满堂彩。

　　没过多久，他们对我充满了信任。信任，让人亲近起来，信任也像忽然得了传染病一样，让好多买瓜的人认识了我，在白桥一带，我有了一点儿小名气。他们说，这里有个挑瓜的，手艺不错！每天下班之后的黄昏时分，他们看见我在路边支上自行车，老远就纷纷地招呼我：师傅，帮我挑个瓜！尤其是碰上个模样俊俏的小媳妇或时尚年轻的姑娘，绽开花一样的笑脸招呼我，心里还是挺受用的，甚至有些隐隐的得意，仿佛遇到了知音，挑起瓜来，格外来情绪。

好在我没有失手过。当场验明正身，切开的瓜，红瓤黑籽，水灵灵的，红粉佳人一般，个个不错，惹人怜爱。所有人，包括我自己，在瓜被切开的那一瞬间，眼睛都会一亮。那几个卖瓜的主儿，看着车上渐渐变少的西瓜，眯缝着眼睛笑，乐得其所。那些买瓜的人，在瓜被切开之前，就像考试的学生在揭榜之前一样，有些兴奋，也有些紧张，还有些跃跃欲试的期待。我的眼睛里，不仅是西瓜，余光里有这些人的表情，心里的感觉很爽。

我趴在车前，拍拍这个瓜，再拍拍那个瓜，然后，指着前面那个瓜，对那些老头老太太小媳妇小姑娘说：就要这个瓜！没错，就是它！面对一列众人，和满满一车的西瓜，那落地有声，那信心满满，那指点江山，甚至有些得意洋洋的劲头，不像皇帝选六宫粉黛，不像将军指挥千军万马，也多少有点儿像引吭高歌一曲，立刻能获得满台掌声和瞩目的目光。买瓜的高兴，卖瓜的高兴。顺便给自己挑一个西瓜，夹在自行车后架上，驮着夕阳回家，家里人也高兴。那一阵子，下班路上，瓜车前面，夕阳辉映之下，我颇有些成就感。

说起那一阵子，是我从北大荒插队刚回到北京的那几年。我所有挑瓜的手艺，都是在北大荒那里学来的。那时候，我所在的大兴岛二队的最西边，专门开辟了一块荒地做瓜园，种的都是西瓜和香瓜。从西瓜还未完全成熟，到西瓜拉秧耙园，我们从夏天一直能够美美地吃到秋天。那时，瓜园是我们知青的乐园，西瓜和香瓜是我们能吃到的唯一水果。

那时，西瓜刚刚结果，在瓜园里就搭起一个窝棚，每天从白天到夜晚都会派老李头儿看守。他是当地的老农，孤寡一人，伺候瓜地有一手，他就像对自己的媳妇一样，把瓜园伺候得细致周全，自然每年瓜都结得不错，算是对他的回报。他每天吃住都在那里，为了防备獾和狐狸夜里跑来糟蹋瓜园。老李头儿大概是没有想到，夜袭瓜园的，常常不是獾和狐狸，而是知青。我们常常会趁风高月黑时分溜进瓜地去偷西瓜。瓜园的田埂边，有一道不宽的水沟，西瓜要水，水沟是老李头儿挖的，为了瓜园浇水用。我们在瓜园里偷的瓜，就都放进水沟，瓜顺着流出瓜园，我们可以大摇大摆地拿到知青宿舍里尽情地吃。我们自以为老李头儿不知道，其实，他门清儿，只是不揭穿我们的小把戏罢了。事后好多年，我重返北大荒，见到老李头儿，提起旧事，老李头儿对我说：都是北京来的小孩子，一年难得有个瓜吃，就敞开了吃呗！

赶上老李头儿高兴，他会教我们挑瓜。不过，那时候，我们不怎么听信他的。我们信奉实践出真知，吃得多了，见得多了，瓜的好赖，自然就分得清了。西瓜自然也被我们糟蹋不少。

西瓜成熟的季节，瓜分不过来。队上分瓜，知青按照班组派人去瓜地挑瓜。去的人每人要挑出一麻袋西瓜，扛回来大家吃。这是个美差，因为扛西瓜回知青宿舍之前，先自己美美地吃得肚子滚圆。有一次，我和一个同学去瓜地挑瓜，先韩信点兵一般从瓜园里摘下半麻袋瓜，然后，一屁股坐在地头吃瓜，用拳头砸开瓜，吃一口不好，扔掉，吃一半扔一半，直到吃得水饱，吃不下去为止。老李头儿看见我们扔了一地的西瓜，气得冲我们喊：有你们这么糟蹋瓜的吗？那瓜长了一春一夏，容易吗？吓得我们扛着麻袋一溜烟儿跑走。

我的挑瓜手艺，就是这样练出来了。

那时候的流行语，叫作"要知道梨子的滋味，就要亲口尝一尝"。如果说在北大荒那几年，青春蹉跎殆尽，残存的收获之一，便是挑瓜的手艺了。想想那一阵子下班回家的路上，无所事事又像在干什么有意思的事情，去瓜车前挑瓜的情景，其实，兴奋自得之余，有些好笑，也有些苍凉。我就像一个过气的演员，已经没有了青春，没有了演出的舞台，却独自一个人跑到野台子上，亮亮嗓子和身段，过一把唱戏的瘾。

说起那一阵子，真的有些像天宝往事一样遥远。如今，马车早已经不允许进城，白桥那一带早已拆迁变得面目皆非。原来前面的女十五中，早改名为广渠门中学，整幢楼从南面移到北面了。世事沧桑中，我也廉颇老矣，偶尔在瓜摊前自以为是地挑个瓜，也不灵光，手艺潮了。挑瓜和唱戏一样，也得曲不离口，拳不离手，多年不练，武功尽废。

偶尔，也会想起老李头儿。只是，前好几年，他已经去世。

2017 年 6 月 24 日于北京

北京的树

老北京以前胡同和大街上没有树，树主要都在皇家的园林、寺庙或私家的花园里。故宫御花园里号称北京龙爪槐之最的"蟠龙槐"，孔庙大成殿前尊称"触奸柏"的老柏树，潭柘寺里明代从印度移来的婆罗树，颐和园里的老玉兰树……以至于天坛里那些众多的参天古树，莫不如此。清诗里说前门"绿杨垂柳马缨花"，那样街头有树的情景是极个别的，甚至我怀疑那仅仅是演绎。

北京有了街树，应该是民国初期朱启钤当政时引进了德国槐之后的事情。那之前，除了皇家园林，四合院里也是讲究种树的。大的院子里，可以种枣树、槐树、榆树、紫白丁香或西府海棠，再小的院子里，一般也要有一棵石榴树。老北京有民谚："天棚鱼缸石榴树，先生肥狗胖丫头。"这是老北京四合院里必不可少的硬件。但是，老北京的院子里，是不会种松树柏树的，认为那是坟地里的树；也不会种柳树或杨树，认为杨柳不成材。所以，如果现在你到了四合院里看见这几类树，都是后栽上的，年头不会太长。

如今，到北京来，想看到真正的老树，除了皇家园林或古寺，就要到硕果仅存的老四合院了。

在南半截胡同的绍兴会馆里，还能够看到当年鲁迅先生住的补树书屋前那棵老槐树。那时，鲁迅写东西写累了，常摇着蒲扇到那棵槐树下乘凉，"从密叶缝里看那一点一点的青天，晚出的槐蚕又每每冰冷的落在头颈上"(《呐喊》自序)。那棵槐树现在还是虬干苍劲，枝叶参天，起码有一百多岁了，比鲁迅先生活得时间长。

在上斜街金井胡同的吴兴会馆里，还能够看到当年沈家本先生住在这里就有的那棵老皂荚树，两人合抱才抱得过来，真粗，树皮皴裂如沟壑纵横，枝干遒劲似龙蛇腾空而舞的样子，让人想起沈家本本人。这位清末维新变法中的修律大臣、我们法学的奠基者的形象，和这棵皂荚树的形象是那样吻合。据说，在整个北京城，这是屈指可数的最粗最老的皂荚树之一。

在陕西巷的榆树大院，还能够看到一棵老榆树。当年，赛金花盖的怡香院，就在这棵老榆树前面，就是陈宗蕃在《燕都丛考》里说"自石头胡同而西曰陕西巷，光绪庚子时，名妓赛金花张艳帜于是"的地方。之所以叫榆树大院，就因为有这棵老榆树，现在，站在当年赛金花住的房子的后窗前，还可以清晰地看到那榆树满树的绿叶葱茏，比赛金花青春常在，仪态万千。

西河沿 192 号，是原来的莆仙会馆，尽管早已经变成了大杂院，后搭建起的小房如蘑菇丛生，但院子里有棵老黑枣树，一直没舍得砍掉。在北京的四合院里，种马牙枣的枣树，有很多，但种这种黑枣树的很少。那年夏天，我专门到那里看它，它正开着一树的小黄花，落了一地的小黄花，真的是漂亮。当然，我说的是十多年前的事情了，不知道如今这棵黑枣树是否还健在。

尽管山西街如今拆得仅剩下盲肠一段，前面更是拆得光光的，矗立起高楼大厦，但甲 13 号的荀慧生故居还在。当年，荀慧生买下这座院子，自己特别喜欢种果树，亲手种有苹果、柿子、枣树、海棠、红果多株。到果子熟了的时候，会分送给梅兰芳等人分享。唯独那柿子熟透了不摘，一直到数九寒冬，来了客人，用竹梢头从树枝头打下梆梆硬的柿子，请客人就着带冰碴儿的柿子吃下，老北京人管这叫作"喝了蜜"。如今，院子里只剩下两棵树，一棵便是曾经结下无数次"喝了蜜"的柿子树，一棵是枣树。去年秋天，我去那里，大门紧锁，进不去院子，在门外看不见那棵柿子树，只看见枣树的枝条伸出墙头，枣星星点点，结得挺多的。老街坊告诉我，前两天，刚打过一次枣。

离荀慧生故居不远的西草厂街88号的萧长华的故居里，也有一株枣树，比荀慧生院子的枣树年头还长。同荀慧生爱种果树一样，这棵枣树是萧长华先生亲手种的，前些日子去那里看，虽然院子已经凋零一片，但枣树居然还活着。

在北京四合院里，好像只有枣树有着这样强烈的生命力。因此，在北京的四合院里，枣树是种得最多的树种。小时候我住的四合院里，有三株老枣树，据说是清朝时候就有的树，别看树龄很老，每年结出的枣依然很多，很甜。所谓青春依旧，在院子里树木中，大概独数枣树了。我们大院的那三株老枣树，起码活了一百多年，如果不是为了后来人们的住房改造砍掉了它们，起码现在还可以活着。如今，我们的大院拆迁之后建起了崭新的院落，灰瓦红柱绿窗，很漂亮，不过，没有那三株老枣树，院子的沧桑历史感，怎么也找不到了。

如今，北京城的绿化越来越漂亮，无论街道两侧，还是小区四围，种植的树木品种越来越名目繁多，却很少见到种枣树的。这种变化，是老北京断然没有想到的，人们对于树木的价值需求和审美标准，就这样发生着变化。老北京四合院的枣树，在这样被遗忘的失落中，便越发成为过往岁月里一种有些怅惘的回忆，很有些老照片的感觉。

在我所见的这些树木中，最容易活的树是紫叶李，最难活的是合欢树，亦即前面所引清诗里说的马缨花。十多年前的夏天，我的孩子买房子时，便是看中小区里有一片合欢树，满眼毛茸茸的绯红色花朵，看得人爽心悦目。如今，那一片合欢树，只剩下六株苟延残喘。记得我读小学的时候，离我家不远通往长安街的一条大道两侧，种满合欢树，夏天一街茸茸粉花，云彩一般浮动在街的上空，在我的记忆里，是全北京城最漂亮的一条街了。可惜，如今那条街上，已经一株合欢树也没有了。

在离宣武门不远的校场口头条，那是一条闹中取静的小胡同，在这条胡同的47号，是学者也是我们汇文中学的老学长吴晓铃先生的家。他家的小院里，有两株老合欢树，不知道如今是否还活着。那年，我特意去那里，不是为拜访吴先生，因为吴先生已经仙逝，而是为看那两株合欢树。合欢树长得很高，探出墙外，将毛茸茸的粉红色的花影，斑斑点点地正辉映在大门上一副吴先生手书的金文体门联"宏文世无匹，大器善为师"上。那花和这字，才如剑鞘相配，相得益彰。如诗如画，世上无匹。

曾经有一段时间，我着了迷一般，像一个胡同串子，到处寻找老院子里硕果仅存的老树。都说树有年轮，树的历史最能见证北京四合院沧桑的历史。树的枝叶、花朵和果实，最能见证北京四合院缤纷的生命。尤其是那些已经越来越少的老树，是老四合院的活化石。老院不会说话，老屋不会说话，迎风抖动的满树的树叶会说话呀。记得写过北京四合院专著的邓云乡先生，有一章专门写"四合院的花木"。他格外注重四合院的花木，曾经打过这样一个比方，说京都十分春色，四合院的树占去了五分。他还说："如果没有一树盛开的海棠，榆叶梅，丁香……又如何能显示四合院中无边的春色呢？"

十多年过去了，曾经访过的那么多老树，说老实话，给我印象最深的，还都不是上述的那些树，而是一棵杜梨树。

那是十二年前的夏天，我是在紧靠着前门楼子的长巷上头条的湖北会馆里，看到的这棵杜梨树。枝叶参天，高出院墙好多，密密的叶子摇晃着，天空浮起一片浓郁的绿云。春天的时候，它会开满满一树白白的花朵，煞是明亮照眼。虽然，在它的四周盖起了好多小厨房，本来轩敞的院子显得很狭窄，但人们还是给它留下了足够宽敞的空间。我知道，人口膨胀，住房困难，好多院子的那些好树和老树，都被无奈地砍掉，盖起了房子。前些年，刘恒的小说《贫嘴张大民的幸福生活》，被改成电影，英文的名字叫作《屋子里的树》，是讲没有舍得把院子里的树砍掉，盖房子时把树盖进房子里面了。因此，可以看出湖北会馆里的人们没有把这棵杜梨树砍掉盖房子，是很不容易的事情，也是值得尊敬的事情。

那天，很巧，从杜梨树前的一间小屋里，走出来一位老太太，正是种这棵杜梨树的主人。她告诉我她已经八十七岁，不到十岁搬进这院子来的时候，她种下了这棵杜梨树。也就是说，这棵杜梨树有将近八十年的历史了。

那年的冬天，我旧地重游，那里要修一条宽阔的马路，湖北会馆成为一片瓦砾，但那棵杜梨树还在，清癯的枯枝，孤零零地摇曳在寒风中。虽多少有些凄凉，但毕竟还在。我想起了一位俄罗斯的作家写过的一篇小说，说一座城市修路，中间遇到一棵老树，于是这座城市的领导和专家一起讨论，要不要为了路把树砍掉？最后，为了树，路绕了一个弯。心里为这棵杜梨树庆幸，也许为了它，新修的马路也会绕一个弯。

那位老太太让我难忘，还在于她对我讲过这样一段话。那天我对她说：您就不盼着拆迁住进楼房里去？起码楼里有空调，这夏天住在这大杂院里，多热呀！她瞥瞥我，对我说：你没住过四合院？然后，她指指那棵杜梨树，又说：哪个四合院里没有树？一棵树有多少树叶？有多少树叶就有多少把扇子，只要有风，每一片树叶都把风给你扇过来了。老太太的这番话，我一直记得，我觉得她说得特别好。住在四合院里，晚上坐在院子里的大树下乘凉，真的是每一片树叶都像是一把扇子，把小凉风给你吹了过来，自然风和空调里制造出来的风不一样。

日子过得飞快，十二年过去了。这十二年里，偶尔，我路过那里，每次都忍不住会想起那位老太太。那棵杜梨树已经不在了，我却希望老太太还能健在。如果在，她今年九十九岁，虚岁就整一百岁了。

2017 年 6 月 26 日于北京

《大讼师》中的主角

　　坐在首都剧场看人艺新戏《大讼师》，最先被震撼的，是首先出场的河南坠子的老艺人。一束追光灯下，他坐在舞台偏僻的一隅，手里握着一把老琴，腿上绑着一个击打节奏的打板，几乎面无表情在拉琴演唱。他的声音却一下子穿透舞台，回荡在整个剧场中，犹如一只凄厉的唳鹤，踏雪冲天而去，带我到另一个世界而去。这个世界，不在眼前，而在遥远的时空之外。戏的主角和诸多人物，还没有出场，他先用琴和嗓子浑然融为一体的唱腔，营造出这样一个特别世界的氛围和历史的空间。

　　这是中国戏曲开场的独有方式，类似开场前的锣鼓点，纷繁抑扬，错落有致，先将观众带入戏剧规定的情景之中。这也就是钱穆先生曾经说过的中国戏曲独具魅力的"锣鼓点中的诗意"。

　　中国话剧从西方引进已有百年历史，有意着力于话剧的中国化，《大讼师》有属于自己的明确的指向，它主要借力于中国古老的戏曲和民间的曲艺。首先出场以后每幕幕前出场演唱的，都是地道的原汁原味的河南坠子。形式上，很像《茶馆》里每幕前出现的数来宝，却比数来宝更能营造全剧的氛围，更吻合从传统戏剧《四进士》改编而来的《大讼师》戏剧本身，更能传达这个曾经真实发生在河南的故事的乡土气息，便也更能唱彻世道人心。

　　《大讼师》改编于传统戏曲《四进士》，走的不是颠覆之路，而基本是原封不动的移植，这可以看出剧作家和导演对传统戏曲的敬意和认知。这是一种有意之为，在不动声色中表达对如今话剧的理解与求变求新的心情，乃至对痴迷西方话剧模式一些花拳绣腿的别样见解。

我国传统戏曲的故事都不是独创的，但每一出耳熟能详的戏曲里，都基本会包含着忠奸、善恶、义利的道义传达。因此，戏曲与话剧一个很大的区别，便在于，话剧更讲究演，而戏曲则更在乎说。如何将一个老故事说好，说出新意，说得让人耐听，让人觉出和今天相关不远的意味，便是传统戏曲经年不衰的魅力。这一次，《大讼师》有意将河南坠子这样传统的民间说唱的曲艺搬上舞台，正可以为说好这个故事，找到了相契合的形式，和戏曲一起左右开弓，丰富并拓宽一些话剧艺术的表现形式，将这个古老的故事说得有滋有味，而且说得具有浓郁的乡土味道。

我国地域辽阔，乡间说唱样式的曲艺极其发达，因其具有着民族基因，而渗透进我们的血液里。这些不同地域不同民族的曲艺形式，是我们各类艺术形式的丰富营养。以前，也曾有有识之士认识到曲艺的博大精深，做出过有益的尝试，如二手玫瑰乐队曾经将东北二人转改编进他们的演唱中，苏阳和谭维维等流行歌手也曾经将甘肃花儿、华阴老腔等民间曲艺形式纳入他们的歌声里；前两年，人艺的话剧《白鹿原》，曾经请来地道的农民演唱老腔；更早些年，电视连续剧《四世同堂》，请来骆玉笙演唱荡气回肠的京韵大鼓，让我们至今记忆犹新。

今天，《大讼师》将曲艺如此大幅度地运用进自己的演绎之中，有意识地将曲艺不仅作为背景音乐，不仅作为插曲，不仅作为每幕之间的串联，也就是说不仅仅作为点缀和渲染，而是作为自己剧情的演进，作为自己表演的内容，作为自己叙事的策略，作为自己血与肉的一个组成部分，而在全剧中血脉贯通。这样的话剧创作与表演的尝试，我还未曾见过。

因此，看完《大讼师》，曲终幕落之后，人们会发现，这出新编老戏的主角，不仅是宋世杰，不仅是四进士，也是这位河南坠子的老艺人。他同人艺的那些演员一起，参与了这出戏的创作。

2017 年 6 月 12 日于北京

黄昏跟着父亲一起进来

世上写母亲的文字，远远多于写父亲的。在我所看到的写父亲的文字中，犹太画家夏加尔和法国女作家安妮·艾诺的文字，最让我难忘和感动。

夏加尔出生在俄国的维台普斯克。这是一个只有四万人口的小镇，四万人全都是犹太人。夏加尔的父亲是一个制作咸鱼的工厂的工人。晚年的夏加尔写过一部自传，在这部自传里，他用一节着重写他的父亲，其中有这样一段：

> 瘦高的父亲，穿着油腻因工作而污秽，有着暗褐色手帕口袋的上衣回家，黄昏总是跟着他一起进来。父亲从口袋里拿出饼干、冻梨等，用布满皱纹黑色的手分送给我们小孩子。这些点心总比那些装在漂亮盘子端上来的，更让人觉得快乐，更为好吃。我们一口气把它们吃完了。如果有一天晚上，从爸爸的口袋里没有出现饼干或冻梨，我会觉得很难过。只有对我，父亲才是非常亲密的。他有一颗庶民的心，那是诗，是无言的重压的诗。

也曾读过一些别的画家或艺术家回忆自己的父亲的文字，夏加尔这一段话，写得很朴素、简洁，却让我们看后好久都不忘。他写得真好，他不说黄昏时候父亲走进家门，而是说黄昏总是跟着父亲一起进来，特定的时间里有了人影出现，有了内心期待的完成，朴素中便含有了感情；如果有一天没有从父亲的口袋里出现饼干或冻梨，"我"会很难过，设想的如果，让文字倒悬，摇荡出内心的涟漪，让看不见的感情化为了看得见的动作。

父亲的心，是诗，只有夏加尔才会这样形容父亲。他从一位浑身满是咸鱼味道的贫穷的父亲身上，他从日常最平凡琐碎黄昏的日子里，看到了一颗含有诗的意味的心，这样的诗心，不是缠绵，流淌着富贵人家雅致的韵脚，而是无言而重压。无言，又重压，是因重压而无言，他捕捉到，更是他感受到，因为他同样拥有一颗诗一样的心。只不过，他用的不再是父亲给予他的饼干或冻梨，而是一支灿烂生花的画笔。他将对父亲的感情画成了一幅幅美丽的画作。他让父亲永远存活在他的画作中。

安妮·艾诺的《位置》，是写父亲在她生命中的位置。这位只是在诺曼底一个小镇上开一家小酒馆的普通父亲，像我们所有底层人的父亲一样，除了贫穷，并没有带给她什么好的生活。回忆父亲琐碎的人生时，安妮·艾诺写得很节制，绝没有我们这里一般回忆父母时惯常见到的煽情。

她只是写了父亲说话带有乡下的土话口音，拼写字母常常出错；拿着二等车票却误上了头等车厢，被查票员要求补足票价时被伤的自尊；从来没有去过博物馆，却爱看宏伟的建筑；喜欢看丰满的女人，爱和女客人闲扯淡时说些粗俗不堪的性笑话；能从叫声分辨出小鸟的种类，从天空的颜色预报出天气的好坏；她请同学来家里做客时，父亲为讨好女儿，对客人的款待如同过节一样，泄露出出身的卑微；和自己的亲戚在一起，酒从中午喝到下午三四点，他们边喝边聊战争，聊亲人，"几张相片在空杯周围递过来递过去。'要死也得先痛快再死。来吧！'"那种叫喊，那种怀旧，以及星期天父亲收拾旧物时手里拿着一本黄色刊物，正好被她看到的那种尴尬……

一直到父亲临死的前一天夜里，摸摸索索地探过来搂母亲，那时他已经不会说话了，一个垂危的父亲顽强表现的感情，被她写得无微不至，触动人心。父亲下葬那天，"绳子吊着棺木摇摇晃晃往下沉，这时候，我妈妈突然啜泣起来，就像我婚礼那天"。奇妙地将葬礼同婚礼一起写，写得更是别开生面，令人感动。她以母亲对父亲的感情，衬托出当时自己的不懂事，不理解父亲，也不动声色地道出自己如今对父亲的怀念和愧疚之情。

她写得真的很好，和夏加尔一样的好，非常动人。夏加尔和安妮·艾诺的动人，是那种朴素中的动人，就像亚麻布给人的肌肤感觉，并非丝绸华丽的触摸。他们对于普通的父亲的感情，用的不是感叹的词汇，不是惊天动地的事件，甚至也不是我们常常说的细节，而都是些琐碎得不能再琐碎的日常生活，就如同流水账。只不过，他们将父亲一生的流水账，在自己的心底里翻开，一遍遍读出的时候，不像读课文时那么做作，更不像讲演时那么虚张声势，也不像和朋友交谈时的宣泄。他们像是在喃喃自语，像是对父亲说的话，朴素却真挚，父亲才会慰藉，我们才会感动。

葬礼时哭得像婚礼时一样，是对父亲怀念之情的一种音乐。

黄昏总是跟着父亲一起进来，是对父亲怀念之情的一种意象。

2017 年 4 月 28 日于北京

北京城需要我们不断重读

　　世界任何一座伟大的城市，都会有伟大的作家为她写传，为她写史。像巴黎有雨果，都柏林有乔伊斯，芝加哥有德莱塞和索尔·贝娄。为什么？因为这座城市有着她自己悠久的历史和独特的文化。北京也是这样一座城市。北京当然需要变化，需要发展，只是这些发展与变化，应是依托北京城独有的历史与文化基础和背景的发展和变化。如果失去了自己独有的历史与文化，北京城也就不存在了，她可能只成为世界另一种现代化都市的拷贝，跟任何一座城市就没有任何的区别了。

　　北京之所以能成为世界上独一无二的北京，就是因为有自己的历史，自己的文化，是别的任何一座城市所不能取代的。对于我，阅读北京，是一种需要不断重读的事情。尽管我几乎一辈子都在读北京，但未能真正读懂她。作为一个土生土长的北京人，我对北京的感情是复杂的，既有对这座古老城市的巨大发展的由衷喜悦，也有对她的忧虑，甚至对她的无奈。

　　不必再举遥远的例子，只举近在眼前的例子，水绕前门，号称新发掘的三里河，成为如今的一个新闻。这是北京的一种变化，它的初衷无疑是好的。古代确实有三里河，前门也确实有水，但是这条河是明正统年间为泄洪用的，从前门东侧的护城河开了一道口子，只是一条壕沟。在《明史·河渠志》、清《顺天府志》《京师坊巷志稿》等书里都有记载，这条壕沟从现在前门火车站东侧的位置上往南流，那时候还有后河沿，然后流到西打磨厂，老百姓把这个地方称之为鸭子嘴。为什么叫鸭子嘴？它这儿像鸭子嘴有一个分岔，往西流向孝顺胡同，往东流向长巷上头条，然后才流到如今新三里河起点这个位置上。

重读这些前辈为我们留下的书，我们就会明白，为什么如今的水从这里开始，因为，水的源头护城河早就消失，西打磨厂鸭子嘴以西，包括戬子市胡同、北孝顺胡同等处，以东到长巷上头条，都在前几年整修前门大街和开辟前门东侧路时拆除殆尽。世界上任何一座老城，在时代的演进过程中，都需要改造，问题是我们要把北京城，具体到前门地区，改造成以前哪一段历史的哪一种样子？明嘉靖三十二年（1553 年），北京城修了外城之后，三里河已经没有了水，有水波荡漾的三里河，只存在了不足百年的历史。这以后才在干涸的河道上有了长巷头条，有了长巷二条、三条和四条这样顺着三里河旧河道蜿蜒而成的老街巷。前门地区的老街巷，都是在这之后明清两代逐渐形成的。

新三里河的初衷，为了改善、美化老街巷，也为了恢复历史遗存。但是我们要知道，在城市化的进程中，越是古老的城市越需要保护和改造，它既是矛盾，也是一个前进的动因。问题是首先需要闹清楚，我们是保护或者改造成老北京的哪一段历史，或者是要恢复到哪一段历史的哪一种情景？如果说三里河恢复的是明正统年间的样貌，那所有的街巷都应该以此为主。可看看如今，台湾街是以台湾会馆为中心的现代化的小广场；前门大街恢复的是民国时期的前门大街。前门地区的保护和改造，便有些像二八月乱穿衣了，或者像分割成几段不同历史时期的拼盘。

我们每一个关心北京城的人，都希望北京城保留更多历史的、文化的遗存。因为保护了它，实际上是保护了我们自己的记忆，保护了我们对这座城市的一份感情。不是不可以拆，也不是不可以建，但是要有一个主心骨。这个主心骨就是早在梁思成先生在世的时候一再告诚我们的：北京旧城区是保留着中国古代规制，具有都市规划的完整艺术实物；这个特征在世界上是罕见无比的，需要保护好这一文物环境。他强调这是一片文物环境，强调是艺术实物，强调的是罕见无比，就因为它包含着悠久的历史文化。

因此，无论是读北京的人，还是写北京的人，读懂它是首要的；读懂它，都需要不断重读，重读梁思成先生的文章，重读我前面提到的《明史·河渠志》、清《顺天府志》《京师坊巷志稿》等典籍。这些书，会让我们更清楚看到北京城历史与文化的来龙去脉，从而明史以观今。

读懂北京这样一座全世界绝无仅有的古都，不断重读，是我这些年来的功课，不仅是为了写作《蓝调城南》《我们的老院》《八大胡同捌章》这几本书，更是不断加深了解认知北京城的感情的必需。苏珊·桑塔格说："最有价值的阅读是重读。"她强调了重读的价值与意义，指出了最重要也最有效的一种读书方法。其实，无论读书，还是读人，或是读城，重读都是必需的，是读懂一本书、一个人、一座城的先决条件。因为这是读懂的入门基础，是读懂的知识储备，是历史与现实之间有效的联结，既是相互连接的桥梁，也是彼此映照的镜鉴。不知道别人如何为读懂北京城而选择自己的读书篇目和方式，我选择的是苏珊·桑塔格所强调的重读方式，其中重要书籍，就放在我的写字台前，除上述书之外，还包括侯仁之先生的《北京城的生命印记》、陈宗蕃先生的《燕都丛考》、李家瑞先生编选的《北平风俗类征》等书。

2017 年 4 月 23 日世界读书日于北京

回不去的城南

时间快得像梦一般不真实。那是 2003 年的年底，我偶然路过前门，那时前门大街还没有整修，显得很破败。在大北照相馆前，立着一块蓝底黑字的路牌，上面写着西打磨厂。这几个普通的字，打起我心头一阵热浪头。这是我从落生开始到二十一岁去北大荒，从北大荒回来又住了两年多，一共生活过二十三年的老街。

迎着凄清的冷风，往东一拐弯儿，我进了西打磨厂，到了我小时候居住的粤东会馆老院。老院正面临拆迁，我家曾经住过的那三间东房被打通，满地狼藉，满墙挂着水墨画，问起老街坊，知道如今住着一位外地来京的流浪画家。那时候，老院虽然破旧不堪，一片凋零，如同老舍先生写过的《柳家大院》，但基本格局未变，几户老街坊还在，让我有一种久违的亲切感，也有一种过去与现在交织的错觉，似是而非，恍惚而迷离。

那一刻，心里忽然涌出这样的感觉，老北京，起码是我曾经熟悉的城南一带，已经不复从前，破败的程度和拆迁的速度，都远超过我的想象。如果再不抓紧时间来看看，迎接我的将是彻底的面目皆非。而城南特别是以前门为轴心的东西两片，可以说是北京城如今保存最为完整的老街区了。

三年之后，2006 年，我写成《蓝调城南》一书，终于由北京十月文艺出版社出版。那三年的时间，我几乎天天往城南这一带的大小胡同里跑。看着满墙贴着的拆迁文告，听着满耳推土机轰隆隆的响声，做着笔和拆迁速度赛跑的事情，力不胜任，却自以为是。

转眼间，十一年过去了，重回旧地寻访，尽管心里早做好了准备，十来年关于城南一带的拆迁，包括我在内的很多人都曾经呼吁或上书过，但拆迁的脚步一直在进行中。不过，旧地重寻，还是让我惊讶，在《蓝调城南》中写过的不少地方，如今已经找不到了。重回城南，很多记忆连同这些消失的街巷、店铺和四合院一并风流云散。

前门东西新开通的东侧路和西侧路，让长巷头条、南北孝顺胡同、煤市街几条老街巷竞相消失；新打通的从前门大街到两广大街的草厂三条路，让墙缝胡同和草厂三条西边的半扇老宅院彻底无存；正在修筑的另一条打通前门大街和两广大街的街道，将新开路和草厂十条半扇老宅院削平；宣武的棉花片，已经高楼耸立，大吉片围挡拦住，里面拆成废墟一片；崇文磁器口东南大片和东北一角，已经被漂亮的围墙拦腰圈地，里面一样将老胡同、老房屋拆平，执意要盖起高楼一片。

想起十多年前，在长巷头条湖北会馆大门前，见到的那位八十七岁的老太太和她身后那枝叶繁茂的老杜梨树；想起在南孝顺胡同，见到的那个外国人和他前面那盛开的满满一架粉红色蔷薇花；想起在草厂三条，见到的我小学同学家雕花门楼下面"林花经雨香犹在，芳草留人意自闲"那一副古色古香的门联……真的是有些恍然如梦。不过过去了仅仅十年，居然已经消失得如此干净利落。

鲜鱼口，前几年依托台湾会馆前拆掉的好多老院和老巷凭空而建的阿里山广场，如今门可罗雀，甚至店门关闭，一片凋零。同样，前几年新修的前门大街，簇新得如同热热闹闹待嫁的新娘，如今两旁店铺的人气远不如设想得那样足，一条龙老饭馆冷清的门外，店家居然在那里站街吆喝客人。

想起李健吾先生曾经讲过的话："繁华平广的前门大街就从正阳门开始，笔直向南，好像通到中国的心脏。"这条帝京中轴线南端的老街，这条天子祭天拜农的天坛和先农坛的老街，这条能够通到中国的心脏的老街，两旁原来是密如蛛网的胡同和四合院铺展展连成片儿的，血肉和筋和皮是长在一起的。那样壮观的景象，在全世界都是绝无仅有的。通向中国的心脏，如今通向哪里呢？我很是迷茫。

心里忍不住在想，梁思成先生在世时曾经一再告诉我们：北京旧城区是保留着中国古代规制，具有都市规划的完整艺术实物；这个特征在世界上是罕见无比的，需要保护好这一文物环境。他强调这是一片文物环境，我们如今则强调是危旧房屋。如果说往事无可追回，但如今大面积拆迁旧城区，将这样本来连成整体的文物环境切割得七零八落，就是这些年发生的事情呀。我们一边为全世界独一无二的北京城中轴线申遗，一边还在对中轴线两旁大动干戈，大建一批假景观和商业楼盘。我们健忘，完全无视梁思成先生曾经给予我们的那些振聋发聩的建议和思想。

不过，想想，如今宣武和崇文两个区都没有了，这两个归属于老北京的特属的名字都没有了，所谓名不正言不顺的古训都不顾了，还能让人说什么呢？商业早已经在无情地对老北京进行重构，胡同、老四合院和老字号，都需要进行新一轮的消费。

前些天，我再次去了那里。在西打磨厂，临汾会馆以西，重新铺设了地下管线和路面，保留了几处老宅院，其余的地方用假墙和围挡围住，里面不是拆成碎砖乱瓦，就是变成了一片菜地。想是暂时的，就像十多年前我来这里人们对我说的那样，以后或许要盖起新的四合院出售或出租。而以前曾经在这条老街上风光一时的福寿堂、刻刀顺兴张、三山斋等老店铺，将一起淹没在崭新的建筑中了。历史与文化的价值，不知不觉且无师自通地让位于商品的价格了。

我也去了长巷和草厂胡同一带。在草厂四条和五条，正在举办一个北京国际设计周的展览，很多年轻人在新改造的院落间游走。那几个作为样板间的院落，有卫生间和厨房，有落地玻璃窗，让老四合院有了现代感和几分洋气。这或许就是以后重新改造后的四合院的雏形吧？我心里在想，北京解放几十年了，这一片老街区如果早投入力量进行维修、改造和保护，也不至于沦落到如今贫民窟的境地，老房子、老宅院，完全可以焕发青春。我也在想，旧城的改造和保护，是为政者和建设者以及居住者共有的一道难题，心思不同，期待不同，角度就不同，努力的方向也就不同。但不管怎么说，改造和保护的努力，总比一味夷为平地的拆迁要好。

每次重回城南，走在那些曾经熟悉的老地方，感触都不尽相同。总会觉得，踩在再破旧却古老的哪一条街巷的尾巴，也会让整座城市的头跟着一起在动一样。我知道，这只是我自己心里颤颤巍巍的感觉而已。尽管我努力在写，渴望写得多一些，但写得再多，也只是沧海一粟。布罗茨基曾经说过："归根结底，每个作家都追求同样的东西：重获过去或阻止现在的流逝。"我能够让过去重新获得，并阻止得了现在的流逝吗？在《蓝调城南》这本书中，我写过的那些老街巷、老宅院、老店铺，如今随着那些老人的逝去，好多已经不复存在，我并未能阻止得了它们的流逝。我只能稍稍庆幸自己在它们尚健在的时候，走访过它们，并记录下了它们，起码可以让后人在文字中还能看到它们，找到一些回忆的依托，让曾经拥有的过去不至于完全流逝。

于是，面对越发变得我几乎不认识的城南，即使每一次从那里回来，都对自己感伤地说下次再也不去了，过不多久，还是忍不住又去了。

便也忍不住接着又写了这么多。

2017 年 4 月 14 日写毕于北京

三十岁生日那天

日子过得真快。今天，是我七十岁的生日。我想起了三十岁生日那天。

那天下午，我下班回家。那时，我在郊区的一所中学里教书，因为患有高血压，大夫给我开了每天半日休息的病假条。下午，便是我慵散的自由时光。那时，我还没有结婚，三年前，父亲病故，家中只剩老母亲和我相依为命。回到家后，家是冷清的，无所事事，我便对母亲说想出去转转。母亲说，好，早点儿回来，今天是你的生日，我擀面条晚上吃。

那时，我家住在城里，离王府井只有两街之隔，穿过一条小胡同和台基厂街就到。我便来到了王府井。先到了王府井南口的新华书店看新书，又到了东安市场看旧书，再到路西的外文书店，看不懂洋文书，看洋文的画册。转了一圈，出来后，天近黄昏。顺着马路西边走，没走多远，看到了北京照相馆。忽然心血来潮，想进去照张相。今天是我三十岁生日嘛，没有一个人相伴，自己给自己留个纪念。

在王府井一条街上，有两家照相馆，一家是路东的中国照相馆，一家便是它，都是北京不错的一级照相馆，相互对峙，东西对仗。九年前，我离开北京去北大荒，就是自己一个人到这家照相馆照了张一寸虚光的照片，给自己留个纪念。

走进北京照相馆，交了钱，开了票，在摄影室外等了一会儿，轮到我了，摄影师打开门招呼我，走进摄影室，明亮的灯光映照下，摄影师和我都认出了对方，几乎同时都格外惊喜地叫出了对方的名字。摄影师是我的小学同学小朱，他家离我家很近，一个很小却很漂亮的独门独院，我常到他家去玩。

先没拍照，先忙着叙旧。自从小学毕业，我们就再没有见过面。算一算，十七年了，真的是人生不相见，动如参与商。交谈中，知道十七年的日子过得不尽相同，命运的轨迹却很是相似。同样是该上大学的时候，上山下乡去了，只不过他去的是北京郊区，比我返城早，父亲提前退休，他顶替父亲进了照相馆当了摄影师。一晃，无忧无虑的少年时光，如梦一般逝去，我们俩都已经人到三十。无限的感慨，一下子灌满了小小的摄影室。如果不是有人推门进来催问怎么还没照完，我们俩还在接着聊。

他为我拍照的时候，问我，怎么想起跑到这里来照相了？有什么用处吗？我告诉他今天是我三十岁生日，自己给自己留个纪念。人说三十而立，我却还是孤独人一个，什么也都没立起来呢！他笑着说：我不跟你一样？然后，把脑袋探进照相机取景框外面的那个黑布罩里，又说：这张相片我得给你好好照！

那张我三十岁生日的纪念照，小朱照得并不好。我猜想他的心隐隐在激动，按下快门的时候手有些发抖。我本想找他重照，又一想，别给他找麻烦了，再说，我们的青春就是这样在时代的拨弄下，摇摇晃晃走过来的，这张照片更有意思。

走出照相馆，王府井大街已经华灯初放，一街车水马龙，热闹得好像都在为我三十岁生日庆祝似的。我孤零零地一个人走回家。再繁华和热闹的街景，也并不属于我。属于我的，只有家中母亲已经热了好几遍的面条。记得很清楚，是碗西红柿鸡蛋面。

一晃，四十年过去了。今天，我七十岁了。母亲已经不在。王府井改造后，北京照相馆也已经不在。和我一样七十岁的老朱今天在哪里？只有他为我拍的那张照片还在我的相册里。只有母亲为我做的那碗西红柿鸡蛋面还在我的记忆里。

2017 年 3 月 9 日于北京

遥远的土豆花

在北大荒，我们队的最西头是菜地。菜地里种得最多的是土豆。那时，各家不兴自留地，全队的人都得靠这片菜地吃菜。秋收土豆的时候，各家来人到菜地，一麻袋一麻袋把土豆扛回家，放进地窖里。土豆是东北人的看家菜，一冬一春吃的菜大部分靠着它。

土豆夏天开花，土豆花不大，也不显眼，要说好看，赶不上扁豆花和倭瓜花。扁豆花，比土豆花鲜艳，紫莹莹的，一串一串的，梦一般串起小星星，随风摇曳，很优雅的样子。倭瓜花，黄澄澄的，颜色本身就跳，格外打眼，花盘又大，很是招摇，常常会有蜜蜂在它们上面飞，嗡嗡的，很得意地为它们唱歌。

土豆花和它们一比，一下子就站在下风头。它实在是太不起眼。因为队上种的土豆占地最多，被放在菜地的最边上，土地的外面就是一片荒原了。在半人高的萋萋荒草面前，土豆花就显得更加弱小得微不足道。刚来北大荒那几年，虽然夏天在土豆开花的时候，常到菜地里帮忙干活，或者到菜地里给知青食堂摘菜，或者来偷吃西红柿和黄瓜，但是，我并没有注意过土豆花，甚至还以为土豆是不开花的。

我第一次看到并认识土豆花，是来北大荒三年后的夏天，那时候，我在队上的小学校里当老师。

小学校里除了校长就我一个老师，从一年级到六年级的所有课程，都是我和校长两个人负责教。校长负责低年级，我负责高年级。

三个高年级的学生，鸡呀鸭呀挤在一个课堂里上课，常常是按下葫芦起了瓢，闹成一团。应该说，我还是一个负责的老师，很喜欢这样一群闹翻天却活泼可爱的孩子。所以当有一天发现五年级的一个女孩子一连好多天没有来上课的时候，心里很是惦记。一问，学生七嘴八舌嚷嚷起来：她爸不让她上学了！

为什么不来上学呢？在当地最主要的原因是家里孩子多，生活困难，一般家里就不让女孩子上学，提早干活，分担家里的困难，这些我是知道的。那时候，我的心里充满自以为是的悲天悯人的感情和年轻涌动的激情，希望能够帮助这个女孩子，说服她的父母，起码让孩子能够多上几年学，便在没有课的一天下午向这个女孩子家走去。

她是我们队菜地老李头的大女儿。家就住在菜地最边上，在荒原上开出一片地，用拉禾辫盖起的茅草房。那天下午，老李头的女儿正在菜地里帮助她爸爸干活，大老远地就看见我，高声冲我叫着"肖老师"，从菜地里跑了过来。看着她的身上沾着草，脚上带着泥，一顶破草帽下的脸膛上挂满汗珠，心里想，这样的活儿，不应是她这样小的年纪的孩子干的呀。

我跟着她走进菜地，找到她爸爸老李头，老李头不善言辞，但很有耐心地听我把劝他女儿继续上学的话砸姜磨蒜地说完，翻来覆去只是对我说：我也是没有办法呀，家里孩子多，她妈妈又有病。我也是没有办法呀！她的女儿眼巴巴地望着我，又望着他。一肚子的话都倒干净了，我不知道该再说什么好，竟然出师不利。当地农民强大的生活压力，也许不是我们知青能够想象的，在沉重的生活面前，同情心打不起一点分量。

那天下午，我不知道是怎么和老李头分手的。一种上场还没打几个回合就落败下场的感觉，让我很有些挫败感。老李头的女儿一直在后面跟着我，把我送出菜地，我不敢回头看她，觉得有些对不起她。她是一个懂事的小姑娘，她上学晚，想想那一年有十三四岁的样子吧。走出菜地的时候，她倒是安慰我说：没关系的，肖老师，在菜地里干活也挺好的，您看，这些土豆开花挺好看的！

我这才发现，我们刚才走进走出的是土豆地，她身后的那片土豆正在开花。我也才发现，她头上戴着的那顶破草帽上，围着一圈土豆花编织的花环。这是我第一次看到土豆花，那么的小，小得不注意，几乎会忽略掉它们。淡蓝色的小花，一串串地穗子一样穿在一起，一朵朵簇拥在一起，确实挺好看的，但在阳光的炙烤下，像褪色了一样，有些暗淡。我望望她，心想她还是个孩子，居然还有心在意土豆花。

土豆花，从那时候起，不知为什么在我的心里有一种忧郁的感觉，让我总也忘记不了。记得离开北大荒调回北京的那一年夏天，我特意邀上几个朋友到队上的这片土豆地里照了几张照片留念。但是，照片上根本看不清土豆花，它们实在是太小了。

前几年的夏天，我有机会回北大荒，过七星河，直奔我曾经所在的生产队，一眼看见了队上那一片土豆地的土豆正在开花。过去了已经几十年了，土豆地还在队上最边的位置上，土豆地外面还是一片萋萋荒草包围的荒原。真让人觉得时光在这里定格。

唯一变化的是土豆地旁的老李头的茅草房早已经拆除，队上新盖的房屋，整齐排列在队部前面的大道两旁，一排白杨树高耸入天，摇响巴掌大的树叶，吹来绿色凉爽的风。我打听老李头和他女儿，队上的老人告诉我：老李头还在，但他的女儿已经死了。我非常惊讶，他女儿的年龄不大呀，怎么这么早就死了呀？他们告诉我，她嫁人搬到别的队上住，生下两个女儿，都不争气，不好好上学，老早就退学，一个早早嫁人，一个跟着队上一个男孩跑到外面，也不知去干什么，再也没有回过家，活活把她给气死了。

我去看望老李头，他已经病瘫在炕上，痴呆呆地望着我，没有认出我来。不管别人怎么对他讲，一直到我离开他家，他都没有认出我来。出了他家的房门，我问队上的人，老李头怎么痴呆得这么严重了呀？没去医院瞧瞧吗？队上的人告诉我：什么痴呆，他闺女死了以后，他一直念叨，当初要是听了肖老师的话，让孩子上学就好了，孩子就不兴死了！他好多天前就听说你要来了，他是不好意思呢！

在土豆地里，我请人帮我拍张照片留念。淡蓝色的、穗状的、细小的土豆花，在这片遥远得几乎到了天边的荒原上的土豆花，多少年来就是这样花开花落，关心它们，或者偶尔之间想起它们的人会有多少呢？

世上描写花的诗文多如牛毛，由于见识的浅陋，我没有看过描写过土豆花的。一直到上个世纪九十年代，看到了东北作家迟子建的短篇小说《亲亲土豆》，才算第一次看到了原来还真的有人对不起眼的土豆花情有独钟。在这篇小说的一开头，迟子建就先声夺人用了那么多好听的词儿描写土豆花，说它"花朵呈穗状，金钟般垂吊着，在星月下泛出迷幻的银灰色"。这是我从来没见过的对土豆花如此美丽的描写。想起在北大荒时，看过土豆花，却没有仔细观察过土豆花，竟然是开着倒挂金钟般穗状的花朵。在我的印象里，土豆花很小，呈细碎的珠串是真的，但没有如金钟般那样醒目。而且，我们队上的土豆花，也不是银灰色的，而是淡蓝色的。现在想一想，如果说我们队上的土豆花的样子，没有迟子建笔下的漂亮，但颜色却要更好看一些。

让我没有想到的是，迟子建说土豆花有香气，而且这种香气是"来自大地的一股经久不衰的芳菲之气"。说实话，在北大荒的土豆地里被土豆花包围的时候，我是从来没有闻到过土豆花有这样不同凡响的香气的。所有的菜蔬之花，都是没有什么香气的，无法和果树上的花香相比。

在迟子建这篇小说中，种了一辈子土豆的男主人公的老婆，和我一样，说她从来没有闻到过土豆花的香气。但是，男主人公却肯定地说："谁说土豆花没香味？它那股香味才特别呢，一般时候闻不到，一经闻到就让人忘不掉。"或许，这是真的，我在土豆地，都是在一般的时候，没福气等到过土豆花喷香到来的时候。

看到迟子建小说这里的时候，我突然想起了老李头的女儿，她闻得到土豆花的香气吗？她一定会闻得到的。

2017 年 3 月 8 日写毕于北京

答《易读》杂志问

1. 您印象深刻的第一本书是什么？

我读的第一本书，是一本杂志《少年文艺》。那时，我大概上小学三四年级，是上个世纪五十年代后期。那里面有美国作家马尔兹写的一篇小说《马戏团来到了镇上》，写两个小男孩为了看从来没有看过的马戏，辛辛苦苦干了一天的活儿，好不容易坐在帐篷里，终于等到马戏演出了，却累得睡着了。可以说，是这篇小说带我进入文学的领地。它在我心中引起的是一种莫名的惆怅，一种夹杂着美好与痛楚之间的忧郁的感觉，随着两个和我差不多大的孩子睡着而弥漫起来。少年时的阅读情怀，总是带着你难忘的心情和想象的，它对你的影响是一生的，是致命的。第一本书的作用力竟然这样大，像是一艘船，载我不知不觉并且无法抗拒地驶向远方。

2. 在您的阅读历程中是否也走过弯路、读过一些烂书？

烂书肯定是读过的，大多数是报端推荐的或是所谓专家推荐的书，书名就不要提了吧。这样的烂书，不少是出版社的营销行为，与专家和报纸联手合谋。如今，出版的门槛降低，有不少这样的烂书充斥市场，要格外警惕，并非开卷有益。因此，如今，对于新书，我会仔细留神，不会轻易听信宣传，而要相信自己的眼睛，所谓要知道梨子的滋味，自己去亲口尝尝。

阅读中的弯路，不仅指的是读了这些烂书一无所获而浪费时间，还在于阅读的盲目性，缺乏长久的计划安排。读大学期间，因为钟情写作，饥不择食读了好多中外的小说和电影剧本，不管好坏，也不管自己是否真正喜欢，觉得多多益善，营养的吸收自然会好些。其实，贪多嚼不烂，一锅糊涂没有了豆，收获就不大。

阅读中的弯路，还在于轻车熟路只读自己喜欢的、熟悉的，而忽略其他。对于一个作者，陌生化的写作，是一种要求；陌生化的阅读，是另一种要求。在这样陌生化的阅读中，能给予作者一个新鲜而缤纷的世界，丰富自己的知识结构，调整自己的写作角度，让单调的重复的惯性的已经磨出老茧的写作，别开一点生路。

3. 您走上文学创作道路，著作等身，阅读是否给您带来了直接影响？又是如何影响的？

著作等身，我是远远谈不上的。应该说，没有阅读，就没有写作，无论什么样的写作，文学也好，科学也好，历史也好，哲学也好，阅读是所有写作重要的老师。

我的写作起步在于中学，在中学整个六年的时光里，我几乎读遍了图书馆里藏有的五四时期所有作家的散文集，鲁迅、叶圣陶、许地山、郁达夫、黄庐隐、废名、师陀、冰心、丽尼、朱湘、丰子恺……好多前辈的散文断章，都抄录在我的笔记上。可以说，这些作家的作品，是我文学的启蒙，也是我人生的启蒙。这些作品，虽然只是短小制式，薄薄一束，但是不仅对我的写作，而且对我的成长至关重要，无可取代。我应该格外感谢那时候在校园里，在书店里，和他们的邂逅。我常常会面对着书中他们美丽而梦幻般的文字，诉说自己心中缤纷如花或纷乱如云的一些想法、情感和生活的场景。有时候，也会照葫芦画瓢，学着他们的样子、他们的文字、他们的口吻，悄悄地写下属于自己的散文。尽管幼稚可笑，我却买了一本漂亮的美术日记本，郑重地在上面记录下我最初行走时蹒跚的轨迹。有意思的是，虽然日子颠簸了半个多世纪，又经历过北大荒的风雪洗礼，一肩行李，零落不堪，这个笔记本居然健在，雪泥鸿爪，留下了一段难忘的回忆。这个笔记本见证了你所提的问题，阅读对于我写作与成长的最直接的影响力和作用力。

4. 您的阅读量非常大，那么您是怎样读一本书的？谈谈您的阅读经验。

其实，因为荒废了"文化大革命"整整十年正处于青春期的读书大好时光，我的读书远远不够。谈不上经验，我的读书方法很简单，一是认定的好书，需要不断重读；二是做笔记。

苏珊·桑塔格说："最有价值的阅读是重读。"比如，举个例子，钱仲联先生校注的《剑南诗稿》，多年以来，一直是我不断重读的书。一是因为我的古典文学的根基浅薄，需要在不断重读中加深印象和记忆；二是每一次重读都会有不同的收获，变成自己的营养，在不断的咀嚼中便于自己的吸收。

获得过诺贝尔文学奖的加拿大女作家门罗的短篇小说，我很喜欢，觉得和我们国家一些作家常见的短篇小说的写法不尽相同，那么，她的写作方法到底体现在哪里？我便对门罗的小说进行过不少解剖式的抄录。在这样稍微仔细一些的读书笔记中，寻找她写作路数的蛛丝马迹，观察她写作策略的流动脉络，从而便于自己的学习，避免仅仅是看个热闹，看个情节。

5. 您的《我教儿子学作文》自出版以来，被家长和老师奉为作文教育的经典，请您再谈谈关于阅读、教育、写作培养等方面的问题。

这本书确实十多年一直不断加印，受到家长和老师的欢迎，但说是作文教育的经典，是远远谈不上的，只是说提供给家长、老师和孩子一种新一些的参考。

对于孩子，阅读的重要性，不仅在于写作，更在于参与孩子的成长。少年季节的阅读，融化在少年的血液里，镌刻在少年的生命中，一生受用无穷。而在这些书籍的阅读之中，文学书籍的作用，在于滋润心灵，给予温馨和美感，以及善感和敏感，是其他方面的书籍所无可取代的。日后我们长大当然可以再来阅读这些书籍，但和少年时的阅读已是两回事，所有的感觉和吸收都是不一样的。可以这样说，一个孩子的成长史就是阅读史。

6. 您的《音乐笔记》深受读者喜爱，获首届冰心散文奖，后又以《我的音乐笔记》多次再版。请您谈谈现代生活、文学与艺术的关系。

关于音乐方面的写作，源于小时候对音乐的爱好。那时候因为家里生活拮据而和小提琴失之交臂，成为日后心里一个永久的痛。从某种程度而言，包括文学在内的一切艺术，都是为追求更为美好人生的一个梦。我一直认为，文学和艺术都是为那些心想事不成的人的，而不是为了那些功成名就者锦上添花，或点缀做下午茶的一道甜点。这或许就是文学、艺术与我们现代生活的关系吧。

7. 您喜欢怎样的阅读环境？您对当前社会阅读现状有什么看法？

我对阅读环境没有要求，只要安静就可以。现在的阅读环境已经很不错了，但阅读现状并不尽如人意。如今，需要和现在这样三种阅读状态做决绝的斗争：拇指阅读、碎片阅读和实用主义阅读。拇指阅读，指的是现在越来越普遍的手机微信，所谓"两耳不闻窗外事，一心只读朋友圈"。碎片阅读，指的是现在流行的网络阅读方式，这种方式，更多获取的是信息，而信息和阅读是两码事，纸上阅读，属于古典式的阅读，其中肌肤相亲的感觉，和触屏阅读的感觉完全不同。而只是学生为了写作文、为了应对考试，成人为了职场、为了驾照或烹饪的生活实际，都是实用主义阅读的一种。

8. 让您给读者推荐五本书，您会推荐哪五本？

对不起，我一般不给人推荐书目。阅读是一种最个人化的方式，需要自己亲身去进行和体验，在这样的体验中进行属于自己的选择，有一种辛苦，也有一种乐趣；是一种历练，也是一种能力。所以，我是劝人一般不要过于相信和依赖他人的推荐。即使推荐的确实是好书，但适合不适合自己，却是另外一说了，就像鞋子再好看，穿在自己的脚上，合脚不合脚，又是另一回事一样。

2018 年 8 月 26 日

写作源于对世界的深情

——答《海南日报》记者问

1. 您最近在进行与北京主题有关的散文书写，比如出版了《我们的老院》《蓝调城南》等，请问北京在您的写作中有什么特殊的意义？

北京主题方面的写作，确实是我一直努力想做的事情。大约十四年前，我偶然路过前门，顺便回我们的老院看看。那是一座有着百年历史的老会馆，我在那里住了二十一年，一直到二十一岁去北大荒，从北大荒回北京后，又在那里住了几年，可以说，我所有童年少年和青春期的记忆都在那里。让我惊讶的是，许多以前的记忆，已经被现实涂抹得面目皆非，我们的老院和那条明朝就有的老街，也都已经变得面目皆非，到处张贴的是拆迁布告，墙上写的是大大的"拆"字。当时，我心里想，我来晚了，如果再晚，恐怕好多地方还得拆，该抓点儿紧了。就是从那时候起，所有的记忆在那一瞬间被打开复活。您所说的北京主题的写作，就是从那时候开始的。

一连几年，只要有空，我就回那里看看，找老街坊聊聊。这座城市，有我和他们共同的情感。2006 年出版《蓝调城南》的时候，我在书中引用了土耳其诗人纳齐姆·希克梅特说过的一句话："人生有两件东西不会忘记，那就是母亲的面孔和城市的面孔。"作为一座古城，北京的面孔不应该仅仅是高楼大厦，那很可能只是另外一座城市的拷贝。母亲和城市的面孔，可以苍老，却是不可再生的，经不起我们肆意的涂抹和换容。我希望以我自己浅薄的努力，为这座城市写传。世界上有很多作家毕生专门为一座城市写传，比如芝加哥的索尔·贝娄和德莱塞，都柏林的乔伊斯等。我只是觉得自己做得太晚了，再有就是能力不足。

2. 您新近出版的《十万春花如梦里》，提到了各个方面的很多人物，对您来说有何意义？

谢谢您关注《十万春花如梦里》这本书。这本书是由上海东方出版中心出版的我一本新书。对于我来说，这是一本重要的书。您看得很仔细，说得很对，这本书中写的全部是人物，这些人物对我至关重要。

这些人物包括我的父母姐姐弟弟等亲人、我所结识或并未结识过的前辈作家或同辈作家、我所喜爱的艺术家这样三部分。最后一篇《蔡立坚祭》，写的是当年的知青蔡立坚，在上山下乡运动中，她曾经影响过一代年轻人。今年正好是知青上山下乡五十年，这篇文章放在压轴的位置，也是有意为之的。所有这些人，对我影响是极大的，可以说从童年到现在，影响着我的一生。这本书的责编在书的封底写了一段话，写得非常好，其中最后一句是："所有的悲欢离合，都源于我们对这个世界的深情。"这种深情，应该说，来源于书中我所写到的那些人，亲人用他们的爱，作家和艺术家用他们的作品，知青朋友用他们和我青春与共的命运，为我打下的情感的底色，和情感的厚度。一切优秀的文学作品，从来都是从心灵到心灵，从情感到情感，所有再厚重再复杂的历史，再浓烈再难忘的回忆，从心灵深处潜在而涌动出难以平复和抑制的情感，都是写作的最初出发点。

3. 音乐也是您创作的重要主题，您还出版过《音乐欣赏十五讲》之类普及的书，您对音乐有什么样的情结？

如您所归类，音乐方面的书，确实也是写作的一个方向。2000 年出版了我的第一本音乐方面的书《音乐笔记》，2002 年出版了第二本

《聆听与吟唱》。前者，写古典音乐；后者，写摇滚音乐。起初，只是个人的一种偏好，因为我读小学的时候，非常喜欢音乐，最早是花了一角多钱买了一把笛子，学习吹笛子。后来又学过二胡和阮。再后来，我想学高级点儿的小提琴，那时，家里生活拮据，没有钱给我买挺贵的小提琴。我父亲对我说：干什么要专一，你看看人家陆春龄，靠一把笛子照样吹出名气！你先好好学你的笛子！那是我第一次听说陆春龄这个名字，前几天，看报纸，看到九十多岁的陆春龄去世的消息，禁不住又想起当年父亲对我的数落。

2004 年，北京大学出版社作为大学的通识教材出版了我的《音乐欣赏十五讲》。这是我没有想到的，因为我只是业余的发烧友而已，没有一点专业的背景。更没有想到的是，这本书直到今年还在再版。无疑，这给我极大的安慰和鼓励，让我童年未竟的弦上之梦，变为了纸上之梦。当然，这也无形中给了我好大的压力。不过，又想，反正我也不是学音乐出身的，只是爱好而已，说错的，只当是无知无畏吧。

4. 您还曾经担任过《小说选刊》的副总编、《人民文学》的副主编，从事过多年的文学编辑工作，请问您对最近这些年的文坛有何看法？

在《小说选刊》和《人民文学》工作时候，尤其是在《小说选刊》，每月要看的小说真的很多，那时候，我开玩笑说我是一名职业读者。退休之后，惭愧的是，我对当代文学关注不多。但是，当代文坛给我的感觉还是有的，一个感觉是新人辈出，而且，比起我们这一代，年青的一代，起点都很高。本来，文学的事业就应该是长江后浪推前浪，这是这个事业发展的征候，也是这个事业未来的希望。另一个感觉，是如今的作品，无论长短或样式，都更为丰富多样化，从文学意义而言，更回归文学本身，而且，向着文学应有的深度进发。

当然，从另一方面讲，也就使得文学相应地更为内化。和以前尤其是八十年代的文学相比，如今的文学，从某种程度或角度而言，更属于精英，而不属于大众；有的文学特别是有的报告文学，屈膝于权势和资本、市场或评奖，而缺少真正大气磅礴、有历史感和时代感的作品。面对今天变革开放的时代，我们的文学应该更自觉更主动地身处并投入这个时代的激流之中。

2018 年 5 月 28 日

关于京味文学

——答《人民日报》（海外版）记者杨鸥问

1.当今的京味文学有什么特点？和过去比有什么不同和变化？

当今全身心致力于京味文学创作的人并不多，影响也还不够广泛，起码还找不出一位能够和老舍先生势均力敌的作家，甚至连新时期的作家邓友梅《那五》、刘心武《钟鼓楼》、陈建功《找乐》、王朔《顽主》那样有影响的作品也不多见。当然，也有作品反映当下新生活或年轻人的生活，但总的来说，远远不够，和飞速发展激烈变化的当下国际大都市的北京不相匹配。

此外，当年能够称得上京味文学，作家不仅老舍一人，还有很多，如张恨水等；不仅长篇小说，还有很多散文杂文，如齐如山、金受申、翁偶虹、刘叶秋、林海音、张次溪、金云臻等一批作家的作品。如今，无论从作家的阵势还是文体的丰富来说，都远有差距。因此，以我粗浅的认知，当今京味文学还没有形成自己明显和明确的特点。

2.为什么会有这样的变化？

我以为京味文学要具备北京独有的历史、文化和地理这样三大元素。在全世界范围里，北京建城历史较为悠久，历史的积淀，让北京城储藏丰富的内涵；由此形成的文化，也和其他城市不一样，起码应该包括皇家、士子和平民或者叫作胡同文化这样三种，犬牙交错，相互渗透，蔓延成阵，蔚为大观。不能仅仅是人艺舞台上儿化音的京腔京韵，或豆汁儿、爆肚、炒肝儿浅表层的东西。正因为我们缺乏这样文化的积累，学问的深厚，以及成长的背景，当今的京味文学有待提高。

3. 京津沪属于全球化影响较大的地区，在全球化背景下，地域文化色彩淡化，文学的地域性是否也有淡化？

全球化会让一座城市尽快发展成为现代化的城市，从而融入世界，这对于经济的发展无疑作用很大。但是，对于本土的文化却带来有弊有利的变化，和经济的发展并不成正比。地域文化色彩的淡化，让城市千人一面，同时让文学书写的空间愈来愈拘谨，老北京的文化，便很容易成为老照片式的一种怀旧。

4. 在全球化背景下，文学的地域性是否应该保持？如何保持？作家如何保持个性？

在这样全球化的背景下，文学的地域性必须加强，才会让本土的文学创作更有自己的特色和特点。文学创作，不能一味地怀旧，也不能一味地趋新。事实上，写芝加哥的索尔·贝娄，写伊斯坦布尔的帕慕克，他们的作品中都没有淡化自己的地域性特点。一部《水浒》，几百年过去了，发生那些故事的地理环境依然鲜活地存在，很多地方按图索骥，现在依然可以找到。我前面说过，京味文学所包含的三大元素，其中就有地理元素。从某种程度而言，地理或说地域性，是书写这样城市的坐标，是一部作品中另一位不说话却同样风情万种的主角。

5. 文学地域性发展前景如何？

我是相信发展的前景肯定是宽阔的。因为这里的道理非常明确而简单，没有了地域性，京味文学便没有了书写的背景和空间，其文化历史的血液便无法在作品中流淌，人物便容易成为空心人。没有地域性的依托，文学便像一棵树没有了根下的土地，便失去了生长的力量和生气。起码，京味文学也就不会存在了。

2017 年 9 月 26 日

读书的乐趣和读书的意义

——答《解放日报》记者徐芳问

1. 您最近新出了一本书《读书知味》，能否说说您知的是什么味吗？

谢谢你关注这本小书。这本书原来的书名叫作《读书的乐趣》，出版社的朋友大概觉得有点一般化，改成了这个书名。我想读书要读出味道来，得如同我们品尝食品一样，首先得味道好吃才行，才吃得下去，咽得进去，进而化作营养。这个味道，变得格外重要起来了，在我看来，这个味道还得是乐趣。对于读者尤其是年轻的读者，读书的乐趣的挖掘和培养，乃至养成，是读书能够读得进去的首要条件。以前，我们爱说读书的意义，这话是没错的，但是，读书的意义再重要，没有兴趣，等于零。学者郑也夫指出，年轻人特别是学生读书的兴趣没有或缺乏，是当前读书最大的问题。我认同他的说法，我认为面对读书这样的话题，读书的乐趣是第一位的。我的这本小书，试图在这一点上做些努力，来和读者沟通、交流，企图让读者咂摸咂摸滋味，恍然有所悟，哦，读书原来还是挺有乐趣的。过去，老北京的便宜坊烤鸭店店门前悬挂着一副对联："闻香下马，知味停车。"希望我们今天的读者也能够如此，停车坐爱读书，品味其中读到的乐趣与滋味。

2. 看您的这本《读书知味》，能够猜得出来关于阅读您有很多难忘的故事，您能够说一些和大家分享吗？

像我们那一代人，每一个喜欢读书的人，都会有自己关于读书的故事，因为我们成长的那个年代，图书远不如如今这样的琳琅满目，也不像现在这样好找。我读高一的那一年，非常幸运遇到学校图书馆的高挥老师。她是从志愿军文工团转业到我们学校。她看我爱读书，破例允许我进入图书馆自己挑书。在书架顶天立地的图书馆里，我发现有一间神秘的储藏室，被一把大锁紧紧地锁着。我的中学是北京有名的汇文中学，有着一百来年的历史，图书馆里的藏书应该很多，我猜想那里应该藏着许多解放以前出版的老书和禁书。每次进图书馆挑书的时候，我的眼睛总禁不住盯着储藏室大门的那把大锁看。高老师看出了我的心思，她破例打开了那把大锁，让我进去随便挑书。那么多的书，把我震撼了。我像是跑进深山探宝的贪心的孩子一样，恨不得把所有的书都揽在怀中。那时，我沉浸在那间潮湿灰暗的屋子里翻书，常常是，天已经暗了下来，图书馆要关门了，高老师在我的身后，打开了电灯，微笑着望着我。那一年，我从那里找全了冰心在解放前出版过的所有的书，包括她的两本小诗集《春水》和《繁星》。我抄下冰心的整本《往事》，又那样认真地写了一篇长长的文章《论冰心的文学创作》，虽然一直悄悄地藏在笔记本中，到高中毕业，也没敢给一个人看，却是我整个中学时代最认真的读书笔记和美好的珍藏了。"文化大革命"开始后，图书馆被封，高老师依然帮我找书，每一次我把想看的书的书名写在纸上交给她，她偷偷地跑进图书馆将书找到用报纸包好，放在学校的传达室里，让我去取。用地下工作者传递情报的方式借书读书，成为我最难忘的回忆。

　　3. 在您的这本《读书知味》中，对四十几位中外著名的作家的五十余篇作品，进行了具体而深入的文本解读，从而道出您的读书经验。那么，这些经验对于今天的读者来说，还能够起到同样的作用吗？

　　你的这个问题提得非常好。在写这本书的时候，我也问自己这个问题。尽管时代的变迁和代沟的存在，是客观的实际存在，但是，我想无论什么样的年代，读书的本质是不变的，那就是我们在读书的时候进入的是和现实不一样而且是更加美好的世界，读书才让我们的心感动甚至激动而充满想象和向往，让我们觉得有价值，有乐趣。因此，尽管我个人经历和经验不足为训，却可以和今天年轻的读者进行一番交流，从而对读书的认知和读书的方法，可以有一种新的探讨和碰撞；对读书的能力的培养与训练，可以有一种参照物的比较方向，甚至是可以打倒重来的靶子。

4. 在作家中您对学问有着始终不渝的热情与追问，而您在音乐、建筑、城市历史、文学、声律等方面都有很专门专业的著作，一时不可尽述。学问广博，也被朋友称为：上天入地无所不知，三教九流无所不晓。您的写作，通过阅读提取某种生活，这是一种视角或态度的选择吗？阅读与写作，又该如何互相促进与转化？

这是你的夸奖了。我虽然也经过了大学的正规训练，但坦白地说，在读大学的时候，执着于写作，忽略了读书。记得我在中央戏剧学院读书，教我们中国戏曲史的教授祝肇年先生，在课堂上曾经不无调侃地说我们，问：读过什么版本的《西厢》呀？答曰：小人书。真的，确实是读书太少，我需要认真地补课。这十年来，因为常去美国看孩子，那里大学图书馆里找书很方便，无形中为我提供读书的便利条件。读书，不仅让我补充学习了很多不懂的知识，让我的眼界打开，拓宽我写作窄小的范畴，也常常会突然让我眼前惊鸿一瞥，或豁然云破天青，让我在读书的某一处由此及彼，甚至想起很多书之外的很多自己的事情，点亮或唤醒久已沉眠的回忆。你说的写作和读书的相互转化，我常常是这样完成的。特别是蓦然重逢撞你满怀的回忆，正如纳博科夫说的那样，是写作的第三种成分，是可遇而不可求的。

5. 有人曾经说："阅读其实是一种有重量的精神运动。阅读的重量有时在于它的'重'，有时却在于它的'轻'。这'轻'，不是轻浮，而是一种无用之用，是阅读心境的解放。"也有网友针对所谓"中国人不读书现象"，言辞亦犀利："不要找一些难以让人相信的理由和借口……""也不能只看读书节上名家的荣耀，而不知普通读者阅读的艰辛与困难"等。关于阅读，我们是否皆有反躬自省或读不下去的故事？

我是这样看你提出的这个问题的，不管有如何的理由，怎样的说辞，甚至阅读的种种难处，目前我们的读书现实是令人堪忧的，是格外需要正视的。这和我们所处的时代相关，转型期社会的动荡，连带人心的浮躁，对物质的渴望远大于对精神的需求，功利化、拇指化、实用主义读书，自然就盛行。我们的读书乐趣和快感无可奈何地下降甚至沦丧，我们读书的能力更是以极快的速度下降。牛津大学教授约翰·凯里好多年前就说过这样的话，警告他的同胞英国读者："放下书本，打开电视，轻松的感觉随之而来。这是因为你大部分的思维已经停止了工作。电影影像的光束直射入你的大脑，你被动接受，并不需要输出什么。这就意味着，与读者占大多数的国家相比较，电视观众占大多数的国家基本是不用大脑的。我们的国家在二十年代下半叶从前者变成了后者。"在影像和电脑时代，我们习惯于读图和击打键盘、按动手机按钮——所谓进入了一个拇指时代，拇指在替代大脑，我们的阅读能力确实是无可奈何地在退化。约翰·凯里发出这样的警告，同样适合于我们。关于读书，如果需要我们反躬自省的，是我们不要步他们的后尘，要重视认真自觉地训练并培养自己的读书能力，不要让我们这一代成为从用大脑变成不用大脑——也就是不读书，或者准确地说是不会读书的一代。

6. 在我们的阅读教育里，经典训练应该是一个必要的项目。经典训练的价值不在实用，而在文化吗？作为一个经典的阅读者、阐述者，您能否为我们讲解一下您独到的"读道"？关于阅读的方法，歌德说过："经验丰富的人读书用两只眼睛，一只眼睛看到纸面上的话，另一眼睛看到纸的背面。"那么，"经验丰富的人读书"——如您，是否就是知道把功夫花在刀尖上呢？

你说的这个"读道"很有意思，我理解"读道"不仅仅是读书的方法，也是读书的能力。你说的经典阅读的训练，其实就是能让我们尽快上道的路径之一。阅读确实需要训练，但这种训练，首先目的要明确，不在于功利化，为考试而能立等可取，这便是人们常说的读书有用与无用之别。如今，我们从学生时代的读书，便是重视以考试为轴心的智商的训练和培养，当然，这没有错，这样的训练不能丢，但情商在一个人的成长中也起着至关重要的作用，是无可替代的。而读书，特别是阅读你说的经典文学方面的书，恰恰是训练和培养一个人情商的最佳路径，是一个人能够全面健康成长不可或缺的营养。实际上，你提到我的这本小书《读书知味》，就是企图做一些你说的"读道"的工作，尽管力薄气微，却是来寻求这个对于我们已经越发失去了乐趣而显得越发陌生的"读道"之道的。在这本书中，我谈到了读书需要联想，需要想象，需要不断向自己抛出一个又一个的问号，需要透过文字看到文字独特的魅力，触摸到文字后面的丰富和曲折……大概就是歌德所说的读书需要的两只眼睛吧？这样的两只眼睛，用在读书之中，是属于自己的发现，从而再转化为自己成长的营养与财富，也就是你说的"读道"。我谈不上是一个阅读经验丰富的人，但是一个喜欢阅读并且是由读书伴随自己成长的人，是一辈子都在寻找"读道"的人。

2017 年 7 月 27 日

文学的边界

从事文学写作，对于我已四十余年，年头不算短，但对于文学的认知，却一直在混沌之中，说得好听些，一直在探求之中。年轻的时候，觉得文学的边界是一片透明和蔚蓝，连接着天和海。人到老年，感到文学的边界，连接着的是一片杂草丛生。因为是杂，所以丰富；因为是草，所以生命力更为茂盛，更能贴近本质。对于文学的认知，对于读书的兴趣，随着年龄的变化而变化。

退休之后，日渐对于虚构性的文学作品兴趣减弱，而移情别恋在如杂草丛生一般的杂书方面。特别是在腰伤躺在病床上那半年的时光里，哪儿也去不了，只有趴在那里看书。忽然想起孙犁先生生前写信时对我说过，他最爱读的就是杂书，他甚至说读书烦了，就读字帖和画册。他说"这是中国文人的消闲传统"。我便学着孙犁先生，开始读帖读画，读古人论画札记。也就从那时候自己开始学着画画，我最初的画就是趴在病床上画的，颜色染上床单，画得歪歪扭扭，却自得其乐，乐此不疲。

因为对画的兴趣，连带着对画家感兴趣。有时候到国外走走，首选的地方就是当地美术馆。艺术总是横竖相通的，记得有一次在纽约现代美术馆里，看到荷兰画家蒙德里安的一幅画作，题目叫作《百老汇爵士乐》，画的是纽约百老汇地区的街道。他别出心裁地用各种颜色的小小色块，一块挤着一块，密集在一起，串联起这些纵横交错的街道，成为了一条条彩色的河流，既抽象，又形象。这让我想起北京，那些密如蛛网一样交织一起的胡同，不是爵士乐了，得是更辉煌的交响乐。今年，在写新书《咫尺天涯：最后的老北京》的时候，我把这种感觉写了进去，无形中扩充了我对北京的认知和感受，也让文字蔓延出新鲜一些的感觉。有意思的是，我的好几本书里面用的都是我自己画的插图。这实在是画画给予我的一个意外的赠品。

文学的边界，本来就不必画地为牢，只在文学的圈圈里面打转转，只会越写越窄，很容易重复自己，出息不大。我想，就像当年李可染先生要求自己绘画要用最大的气力跳进来，再用最大的气力跳出去，自己需要从已经熟悉的文学天地跳进一个其他并不熟悉的领域，给自己一点儿新鲜感，才有可能给读者一点儿新鲜感，从而让写作的天地由窄变宽，由旧变新。

除了画画，我还对音乐感兴趣，对相关老北京文化方面的杂书感兴趣。前者源于小时候家里生活拮据而和小提琴失之交臂的音乐之梦的破碎，后者源于在城市现代化进程中老北京的渐行渐远的旧梦难回。从某种程度而言，包括文学在内的一切艺术，都是为追求更为美好人生的一个梦。我一直认为，文学和艺术都是为那些心想事不成的人的，而不是为了那些功成名就者锦上添花。文学的边界，就是梦的边界，不囿于文学自身，不满足于自己熟悉书写的一亩三分地，而拓展写作的疆域，会拓宽文学的边界。或许，如同动植物的杂交，或跨学科的研究一样，才会出现一点让人感到新鲜的东西，而不让写作成为一种惯性的重复吧。

由于写作关于老北京的系列，逼迫我读了关于这方面的杂书，我才发现，对于我自以为熟悉的北京，其实是所知甚少的；同时，我也发现，关于老北京的杂书，仅清末民初以来，竟然出版过那么多（远远多出如今出版的同类书籍），很多都是我没有看过的。对于写作者来说，发现这些对于自己陌生又渴盼一读的书籍，像是野马发现一片青草地，有着尥蹶扬蹄的欢快。这其中近人陈宗蕃、张江裁、李家瑞、侯仁之和翁偶虹的书，以及清人潘荣陛的《帝京岁时纪胜》、戴璐的《藤阴杂记》、震钧的《天咫偶闻》、杨静亭的《都门纪略》、蔡绳格的《一岁货声》等一批杂书，拓宽了我的阅读视野，丰富了我的认知路数，成为了我写作的营养。

看这些老先生做学问，作文章，真的让我看到自己的差距。学问是无止境的，对于我们这一代人而言，更是缺乏古典学问的根底，很多方面都是非常生疏的。对于写作者，陌生化写作是一种要求；陌生化阅读，是另一种要求。在这样陌生化的阅读中，在看似繁杂的文字中，却能给作者一个荒原杂草一般富有生命力的新鲜而缤纷一些的世界，从而丰富自己的知识结构，调整自己对历史、现实与文学之间的认知方式和写作角度，让单调的重复的惯性的已经磨出老茧的写作，别开一点生路。

与此同时，对于城市现代化进程中的老城，对于大众文化冲击下的老城人，所面临的新困境与新挑战，我知道仅仅读这些老书是不够的，应该再读一下前沿研究出版的书籍。雅各布斯的《美国大城市的死与生》、约翰·费斯克的《理解大众文化》、安托瓦纳·贡巴尼翁的《现代性的五个悖论》等，给予我很大的启发和令人耳目一新的见解。这样新旧两类书籍的碰撞，让一座沧桑老城碰撞出一点新的色彩与意味；也让文章不仅仅是历史的回顾，故纸堆的钩沉，以及情感的怀旧，而能多一点新旧交替变革时代中的思考，多一点文化的含量；让文章不是一杯淡而无味的白开水，或一杯搅拌过多情感色素和人为添加剂的碳酸饮料。

我很喜欢陆游的一联诗："细考虫鱼笺尔雅，广收草木续离骚。"这是陆游对自己的要求，我当然做不到。但是，我应该努力去做。《尔雅》和《离骚》，是中国文人追求的一种象征，达不到这样的一个极致，起码要努力广收草木，细考虫鱼。在我看来，广收就是读书面杂一些，生活面宽一些，转益多师是吾师；细考则是坐下来，认真读书，仔细学习，让自己的营养源和吸收力都能够获得增强，自己写作的路，才能够走得长些、远些，从而也让自己文学的边界开阔一些。

2018 年 8 月 12 日改毕于北京

图书在版编目（CIP）数据

擦肩而过：肖复兴散文新作选／肖复兴著 . -- 北京：作家出版社，2021.1

ISBN 978 - 7 - 5212 - 0694 - 4

Ⅰ . ①擦… Ⅱ . ①肖… Ⅲ . ①散文集 - 中国 - 当代 Ⅳ . ① I267

中国版本图书馆 CIP 数据核字（2019）第 185720 号

擦肩而过：肖复兴散文新作选

作　　者：肖复兴
责任编辑：赵　超
助理编辑：郭晓斌
装帧设计：崔晓晋
出版发行：作家出版社有限公司
社　　址：北京农展馆南里 10 号　　　邮　　编：100125
电话传真：86 - 10 - 65067186（发行中心及邮购部）
　　　　　　86 - 10 - 65004079（总编室）
E - mail: zuojia@zuojia. net. cn
http: // www. zuojiachubanshe. com
印　　刷：北京中科印刷有限公司
成品尺寸：152 × 230
字　　数：291 千
印　　张：22
版　　次：2021 年 1 月第 1 版
印　　次：2021 年 1 月第 1 次印刷
ISBN 978 - 7 - 5212 - 0694 - 4
定　　价：58.00 元